本书系广东省特支人才计划·青年文化英才项目成果
本书系岭东人文创新应用研究中心阶段性成果
本书系广东省普通高校创新团队项目"岭东文献整理与研究"阶段性成果

穿越词语的丛林

陈培浩 著

中国社会科学出版社

图书在版编目(CIP)数据

穿越词语的丛林／陈培浩著 . —北京：中国社会科学出版社，
2019.5

ISBN 978-7-5203-4666-5

Ⅰ.①穿⋯　Ⅱ.①陈⋯　Ⅲ.①新诗-诗歌研究-中国-文集
Ⅳ.①I207.25-53

中国版本图书馆 CIP 数据核字(2019)第 136345 号

出 版 人	赵剑英
责任编辑	慈明亮
责任校对	周　昊
责任印制	戴　宽

出　　版	中国社会科学出版社
社　　址	北京鼓楼西大街甲 158 号
邮　　编	100720
网　　址	http：//www.csspw.cn
发 行 部	010-84083685
门 市 部	010-84029450
经　　销	新华书店及其他书店
印刷装订	北京市十月印刷有限公司
版　　次	2019 年 5 月第 1 版
印　　次	2019 年 5 月第 1 次印刷

开　　本	710×1000　1/16
印　　张	21
插　　页	2
字　　数	322 千字
定　　价	99.00 元

凡购买中国社会科学出版社图书，如有质量问题请与本社营销中心联系调换
电话：010-84083683
版权所有　侵权必究

自序：诗中要睁着一双亡灵的眼睛

一直在思考着这个问题，什么才是诗，什么才是好诗？

对诗的看法变得越来越宽容，很多以前断然不认可为诗的，现在也可以认定其为诗。很多以前读了不甚了然的诗，现在开始有所会心；只是，很多以前并不认为是好诗的，现在依然。

这些年很大的一个发现是：不同写诗者心中的诗歌想象并不相同，他们对诗歌功能的不同设定直接导致了他们对诗歌审美资源的选择，导致他们不同的诗歌评价标准。那些坚持诗歌必须优美、必须押韵的人，跟那些坚持诗歌必须对抗、必须亵渎优美的人，他们的诗歌标准怎么可能一样？

古典诗学、浪漫主义诗学、革命诗学和现代诗学，他们有各自的一个圆，有时候基本没有重叠，站在各自的圆中说话，大家谈的都是诗，可是说的并不是一回事。

可是依然有人相信诗有一个最大公约数，并认为这就是诗之所以为诗的语言本体。这种说法很可能也是一种浪漫化的想象，即使各方都能够认可诗歌的根本是一种语言方案，但对此种方案依然有不同的设计。是不是一定要押韵？近体诗与现代汉诗的审美趣味、语言标准是否必须达成一致？

作为一个研究者，我始终力图理解所有的立场，给所有的观点以"历史的同情"，可是作为一个诗歌写作者，我的诗歌观却不能认可什么都行。

我认为诗歌可以优美，但优美不是诗的绝对条件。

好诗可以优美，但优美不是好诗的充分条件。

诗歌处理的首要对象是语言，但诗歌处理的绝不仅仅是语言。

诗是语言、想象、经验和敞开的综合体。

诗必须不断发现新语言，寻找新世界。伟大的诗人发现新的诗歌语法，优秀的诗人发现新的诗歌用法，平庸的诗人连用法都在重复别人。

诗必须有超凡的想象，李白的"日月照耀金银台"是超凡的想象；欧阳江河的"鸟儿衔萤火虫飞进果实"也是超凡的想象。诗的想象力来自对日常逻辑的背叛，来自诗性思考对写作的解放。

诗必须有独特的经验范畴，日常经验、女性经验、对抗经验、流亡经验，独特的经验有助于诗获得不可替代的面目。但经验不是自在的，诗的经验必须经过语言和想象的提纯。成为语言中的经验，想象中的经验。最终，经验被语言化，被想象化，被诗化；而语言和想象由于获得了独特的经验底座，踩着坚实的土地，不致凌空蹈虚。

这一切，都是为了到达诗的敞开，诗被敞开，同时也敞开世界的一角。优秀的诗中必有光源，照亮世界或心灵的某一部分。

可是，我要说，所有这一切的实现，有赖于诗中睁着一双亡灵的眼睛。这个世界，太多"有死者"的眼睛。"有死者"这一说法来自于人必有一死这一基本前提。有死者的眼睛是被现实的绳索牵引着的眼睛，他们盯着世界，盯着脚下，他们总不能忘记身后利益的鞭影。不能怪他们，这是命运的一部分。

但是，诗人必须学着去睁开一双亡灵的眼睛。

亡灵是已死者，因此是已死的不死者。亡灵有着不同的凝视世界的方式。唯有亡灵眼神望到的地方，语言才飞起来，世界才被重新发现。

有时我想，正是因为有死者的身体里没有睁着一双亡灵的眼睛，有死者才总是失去方向。但是，有死者是活着尘世之上的，所以，如果他看世界用的永远是亡灵的眼睛，他也迟早要变成亡灵，在这个世界上，诗是间歇性的，引用我曾经说过的一段话：

> 诗人不是一种永久的身份，诗人的存在尖锐地提示着这个社会本真生存和庸常生存的对立。诗人是这样一些在本真和庸常的状态中来回的人。

诗不是这个恶浊世界的装修涂料，也不仅仅是诗人的语言修习所，而应是心灵的重要坐标，若非如此，我们何必喜欢诗呢？

这本书是我多年读诗和诗歌批评的产物，也是我开设的现代诗歌选修课的产物。很多内容既来自于课堂，又回归到课堂。

感谢诗歌，让我们穿过词语的丛林，看到另一种更高的可能。

目　录
CONTENTS

第一辑　诗之思

何谓现代诗的"现代" …………………………………（3）
现代诗的比喻 ……………………………………………（13）
现代诗歌的视角 …………………………………………（33）
现代诗的想象力
　　——以海子《九月》为中心 ……………………（44）
80年代以来现代汉诗意象思维的几个侧面 ……………（56）
80年代以来现代汉诗的三种空间符号表述：
　　麦地、卧室和乡野 ………………………………（67）
第三代诗歌精神的历史性终结 …………………………（78）
谁将确定历史橱窗的陈列法
　　——关于70后和"70后"诗歌 ……………………（89）
为梦想招魂：谈"完整性写作" ………………………（95）
开放观照"当代"的诗学视域
　　——谈《江汉学术》对诗歌"当代性"的建构 ………（103）

第二辑　诗与人

民间性与人民性的辩证
　　——读杨克诗歌，兼谈一种介入式现代主义 ……………（119）

目　录

非常爱，非常诗
　　——读朵渔《爱虚构》组诗 …………………………（132）
生命囚徒的"江南共和国"
　　——读朱朱诗集《故事》 ………………………………（147）
一个灵魂安居者的精神路径
　　——黄礼孩诗歌的宗教情怀和精神价值 ………………（168）
乡村书写和柔软诗学
　　——读徐俊国的诗 ………………………………………（184）
抒情如何现代
　　——游子衿《时间书简》的启示 ………………………（202）
符号帝国的奇观文本及迷思
　　——读梦亦非长诗《儿女英雄传》 ……………………（213）
回到古老父亲的怀抱
　　——读唐不遇的诗 ………………………………………（229）
机械复制时代的灵晕诗人
　　——从本雅明和辛波斯卡出发读冯娜 …………………（236）
寻找身份和技艺的生命之旅
　　——读阮雪芳的诗 ………………………………………（250）
奔跑着燃烧的诗矿
　　——谈丫丫的诗歌 ………………………………………（268）

第三辑　诗本身

智性诗歌的精神辩证法
　　——读辛波斯卡《在一颗小星星下》 …………………（289）
历史的"不可能"和"可能"
　　——读特朗斯特罗姆《论历史》 ………………………（295）
晚年视角和隐藏于群星中的爱
　　——读叶芝《当你老了》 ………………………………（300）
象与像的张力
　　——读罗伯特·哈斯《像》 ……………………………（302）
诗歌的光影声色和精神景深
　　——读阮雪芳《分居期女人》 …………………………（304）

在生命河边钓出心之所好
　　——读水丢丢《渔者》 …………………………………（307）
诗的叙事与象征
　　——读潞潞《深夜听到卡车》 ……………………………（310）
拼贴之于当代诗
　　——读林柳彬《是水在控制我》 …………………………（313）
空间并置的生命流离
　　——读宋尾《家》 …………………………………………（315）
失眠者听觉中的生命深陷
　　——读雪鹰《张医生》 ……………………………………（318）
"梦"游者说
　　——读林溪《大梦谁先觉》 ………………………………（320）

第一辑　诗之思

何谓现代诗的"现代"

现代诗的功能

我们通常将20世纪以来产生的以自由体为主、区别于古典汉诗的诗歌称为新诗，另外它也有白话诗、自由诗、现代诗、现代汉诗等不同命名。这些概念命名各有侧重，都说出了这种新诗体的新质。强调白话诗，是强调诗歌使用的语言材料乃是白话，与文言相对。这种用法在五四前后使用较多，及至白话作诗的合法性不成其为问题，再强调白话诗就颇不适当。因为诗终究是诗，白话入诗在一开始固然是革命，但白话却并非诗之为诗的充分保证。在胡适1919年发表《谈新诗——八年来的一件大事》之后，新诗这个命名渐渐就替代了白话诗，及至今日依然沿用，作为跟古典诗相对的诗体概念。新诗之命名固然旗帜鲜明地提出了有别于古典诗的标识，但这种"新"究竟是什么？此外，新诗草创之初乃是以废文言、启白话的语言革命为手段，此之谓新；那么经过几十年上百年之后，依然称之为新诗，此时则新在何处？何以维新？这是新诗命名引发的疑问。王光明教授在20世纪90年代末就致力于对现代汉诗这一概念进行理论建构，并意图以之取代通行的新诗之称谓。王先生强调现代汉诗是现代汉语、现代经验和诗歌文类三大要素之间的互动化合形成的文体。相比之下，现代诗的命名就抽离了民族语言元素，强调了现代经验和诗歌文类两个要素。因此现代诗是一个可以涵盖所有民族进入现代阶段之后具有崭新审美经验的诗体概念。

如果放眼于世界，便会发现现代诗事实上是随着各个国家从封建帝国转向现代民族国家过程中，伴随着古典民族语言向现代民族语言转变同时产生的审美现象。以中国为例，胡适们之所以拼尽全力要废除文言、启用白话，其目的带着鲜明的社会功利性。因为以简约朦胧为特征的古典文言不能装下经过工业革命而催生了大量崭新事物的近代世界。胡适们的诊断是：虽然帝国体制被辛亥革命改变了，但民族国家的现代化进程却被我们使用的语言束缚住了。因此，五四一代的先驱们并非在审美意义上谈文学，而是在语言与民族国家现代化的关系上谈文学——文学可以承担探索一套现代而雅正之国语的功能，所谓"国语的文学，文学的国语"简洁说明了文学在此承担的任务。

虽然胡适们的文学革命具有相当功利性，但我们却不能不承认他们切中了国家—社会—语言现代转型过程中的历史规律。虽则20世纪以来依然有那么多人用文言作诗，但用现代语言表达现代经验，并创造一种具有现代审美和现代形式的现代诗，才是真正与现代社会并肩而行的写作实践。

现代诗的功能何在？这是我们首先要问的。相比古典诗歌，我们会发现现代诗歌功能发生了巨大变化。古代诗歌的功能是什么？仕进、酬唱、赠别、怀古、抒怀等。现代诗的功能是什么？抒怀。你会发现一个规律，从古到今，诗歌的功能有从内外兼备向内转的倾向。现代诗歌主要是处理内在经验的。那么，有人说，难怪我看不懂，每个人的内心都不一样，你写你的内心跟我有什么关系？写内心的现代诗歌的功能是什么？

T.S. 艾略特在《诗歌的社会功能》这篇文章中说："诗人作为诗人对本民族只负有间接义务；而对语言则负有直接义务，首先是维护、其次是扩展和改进。在表现别人的感受的同时，他也改变了这种感受，因为他使得人们对它的意识程度提高了；诗人使得人们更加清楚地知觉到他们已经感受到的东西""我所说的诗的最广义的社会功能就是：诗确实能影响整个民族的语言和感受性。"① 怎么理解？如果我们想表达物是人非的感慨，我们会想到"人面不知何处去，桃花依旧笑春风"；我们想表达惜别依依之情，则会说"相见时难别亦难，东风无力百花残"。现代诗当然也有有力地表达

---

① [英] T.S. 艾略特：《艾略特诗学文集》，王恩衷编译，国际文化出版公司1989年版，第245页。

了人们感受的，我们要表达独立的爱情观，会说"我必须是你近旁的一株木棉，作为树的形象和你站在一起"。诗歌确实影响了整个民族的语言和感受性。一个不懂感受的人和一个不懂感受的民族都是可悲的。

艾略特显然注意到语言的生长性，以及诗歌对于语言生长的重要作用。或许，我们并不是住在一间已经定型的汉语屋子中，我们是站在一棵每年都在换叶、每年都在生长的汉语之树下面。很多人或许会觉得他习得的是一套已经先在固定的语言，这是一种语言工具论的观点。信奉语言工具论的人会认为语言仅仅是我们使用的工具，一把钉钉子的锤，那么在我们使用它之前，它当然必须是已经完成并客观存在的。但假如我们秉持语言存在论的话，就会发现，我们不是使用语言，而是活在语言中，语言是我们的瞭望镜，是我们的屋子和后院，也是我们的墙。我们想要什么样的生活，就需要建设什么样的语言。语言的腐败和板结导致的是我们精神的窒息。现代社会本来就是一个更便捷但容易格式化的社会，这是科技现代性的结果。从这个意义上，诗提供了对科技现代性的一种拯救。现代诗必须去发明一种安置灵魂的语言，它让我们被减损的存在重新丰富起来；它让我们无处皈依的灵魂找到停息之地，这是它存在的最大理由。

何谓现代诗的"现代"

接下来我们必须说清楚一个问题：什么是现代诗的"现代"？换言之，使一首诗被称为现代诗的规定性内质是什么？我们知道并非中国人画的画都能被称为国画，中国人可以画西洋画，外国人也可以画中国画。可见，所谓中国画事实上是指具有某种审美和技法特征、具有质的规定性的绘画类型。同理，现代人所写的无韵分行文字未必就是现代诗。何谓现代诗的"现代"这个问题的实质其实是什么是现代诗的质的规定性？在我看来，现代诗的现代性至少包含如下三个方面的内涵：一、语言形式上的现代性；二、经验上的现代性；三、审美上的现代性。

所谓语言形式的现代性要求现代诗不仅是分行的文字，它在语言形式上必须有高于分行的追求。这里带出了现代诗的形式难题，即自由体与形式秩序之间的矛盾。现代诗是一种无形式的形式，说其无形式，是指现代诗破除了古典诗的韵律和形制，没有一定之规。这是现代诗内在的自由精神。但现代诗的自由并不意味着可以为所欲为。只有创造出内在属己的语言秩序的现代诗，才能真正驾驭诗的自由。这是现代诗的悖论，它失去了形式，却必须在每一首诗中为自己发明一种形式。现代诗的悖论其实正是现代性的悖论：上帝已死，但每个人必须为自己再造一个上帝。所以我们会发现那些伟大的诗篇总在表面的疏散底下一定有一个统一的形式秩序。现代诗人最难之处在于，你和其他诗人使用同一语言，却必须在每一首诗中去创造属于自己的语言形式。

我们看辛波斯卡的《在一颗小星星下》，形式上也体现了现代诗内在的秩序感，那就是全诗都由"向……致歉"的句式构成，相同的句式赋予诗歌内在的一致性，赋予诗歌写作以难度，同时全诗那种辽阔宽广的爱也建基于这一句式。《在一颗小星星下》显然是现代诗于形式自由中建构自我秩序的典型例子。这首诗极其博大：诗人以非凡的智性想象力把宇宙万象纳于其中，又显露了一种心性的博大。诗人所致歉者常为抽象之物如"必然""偶然"，这是对日常以外形而上的关心。更有趣的是，诗人还展示了一种特别的伦理观：既为远方的战争而致歉，却又并不因之而绑架当下的生存；既关怀博大辽远的事物，为自己无法无所不在而致歉，却又立足于细小的存在（注意：诗是在一颗小星星下，而不是在一片星空下），确认具体事物的存在价值。辛波斯卡此诗，既剑走偏锋又辽阔博大，既智慧又感性，既机巧又厚朴，即使在辛波斯卡绝大部分佳作中也是毫无愧色的上品。辛波斯卡的《种种可能》同样是用一个句式贯穿全篇的佳作，用的是"我偏爱……"此诗虽没有《在一颗小星星下》博大，却同样充满机趣，辛波斯卡一次次击穿了读者的阅读惯性，"偏爱混乱的地狱胜过秩序井然的地狱"，"偏爱格林童话胜过报纸头版"，"偏爱自由无拘的零/胜过排列在阿拉伯数字后面的零"，"偏爱昆虫的时间胜过星星的时间"，这些巧妙的借代都指向了诗人对具体、真实、感性事物价值的倾心肯定。换言之，世界在她，并非一个有确定答案的存在，世界之美，美在种种可能。我认为用同一个句式写三个句子不难，三个以上就像做连续后滚翻一样越来越难了。这是一种剑走偏锋的形式现代性，相似的例子很多。如德里克·沃尔科特的名诗《安娜》，此诗对安娜的一系列定语，它打破了定语的"形容词"属性，而把大量名词性、描述性的生活经历用作安娜的定语，从而串起了一个安娜的不同生命侧面和多个安娜的不同命运。恩岑斯贝格尔的《辨析》则是一首穷尽可能、不断翻新的智力之作，面对一张但丁的照片，如何一次次推衍出始料未及却又合乎逻辑的描述。这是典型的偏锋，在围绕但丁的自认、他认的错位和混乱背后可能隐含着一种典型的现代意识，即真相的逃遁，如罗生门。刘洁岷的《路过》全用"路过……"句式，人生便是一次次的路过，所以路过不仅是一个词，而是观察和描述人生的一个重要角度。诗人抓住并提取了这个角度，并在其中灌注了自己世相观察的澎湃能量。刘洁岷的诗，有繁复杂多，也有疏朗明净，这首当然是繁复的，繁复考验的是语言和思想的肺活量，在无所关联的事物之间创造关联的能力。繁复杂多到一定程度，世相底下的本相就隐于其中。

还有一些以剑走偏锋而创造独特形式的现代诗，它们常常引发争议，比如雷平阳的《澜沧江由维西县向南流入兰坪县北甸乡的三十七条河流》。2005年雷平阳还是一名崭露头角的青年诗人，这首诗引发了巨大争议。最主要的质疑是："如果这也叫作诗……"无疑，这是一首偏锋之作，它前所未有地把地理写实性纳入诗歌，创造了一种超乎航拍俯瞰的精神地图效应。河流本来就是绵延不绝、跌宕起伏的生命之象征，此诗地理写实的背后，有一种跟雷平阳写作一以贯之的气质：魂系高原，山河有灵。值得一提的是，它的可模仿性背后其实是彻底的抗模仿性，这样的诗歌仅属于首创者。这其实再次重申了现代诗对首创性、独创性的要求。现代诗具有某种内在的先锋性，它不是要追求一种可以放之四海而皆准、代代相传而不衰的形式，而是要在看似已经被穷尽的形式中再次推陈出新、别有洞天。

现代诗有时也借助于"仿体"来创造自身的形式。所谓"仿体"是指诗歌在形式上戏仿某种实用文体，或某种艺术风格，从而在两种文类的张力中创造诗歌表意的可能性。比如在《广告》中，辛波斯卡就戏仿了某种广告体：

我是一颗镇静剂，

我居家有效，
我上班管用，
我考试，
我出庭，
我小心修补破裂的陶器——
你所要做的只是服用我，
在舌下溶解我①

  我们会看到很多有趣戏仿的例子，比如恩岑斯贝格尔对商业指南（《商业信函指南》）、于坚对档案（《0档案》）、黄金明对会议记录（《会议记录》）、伊沙对结巴风格（《结结巴巴》）、赵丽华对晚会体（《当一只喜鹊爱上一只喜鹊》）、乌青对颂歌体（《对白云的赞美》）的戏仿。戏仿是一种后现代诗歌的重要技巧，有些诗歌的戏仿纯粹是为了解构，比如《对白云的赞美》《结结巴巴》，但有些诗歌的戏仿其实是把一种异质的结构缝纳进诗歌之中，需要相当高的建构性语言才能。成功的戏仿在于在二种异质的体式中打开意想不到却又丝丝入扣的表意可能。戏仿可以算是现代诗之语言形式现代性的重要体现之一。

  接下来谈诗歌经验上的现代性。这意味着真正意义上的现代诗要表达现代所独有而不能与古典世界共享的经验领域。现代依然有那么多的乡愁诗，乡愁是一种在古典世界存在已久的经验，所以书写乡愁的诗歌从经验而言并不现代。但我们也不能武断地说所有乡愁诗必然不是现代诗，因为假如它的乡愁表达融入了现代的语言形式创造的话，那也可能成为有效的现代表达。余光中的《乡愁》是非常古典的新诗，但并非现代性突出的作品；而洛夫的《边界望乡》里面却有相当富于现代感的想象变形，因此《边界望乡》又是具有现代性的。

  还必须辨析的一点是，并非书写了现代专有的经验，就必然是现代诗。比如你写现代专有的光电声气，你写火车飞机甚至是人工智能这些传统世界没有的现象及其催生的经验，是否就能创造更好

---

① ［波兰］辛波斯卡：《万物静默如谜》，陈黎、张芬龄译，湖南文艺出版社2012年版，第67页。

的现代诗呢？当然不是。光有表象的现代经验是不可能催生诗性的。现代诗所要求的现代经验其实是一种既能表征现代人区别于古代人的存在世界，又能体现现代人内在困境和精神立场的经验。

这里且举两个例子。庞德的两行短诗《地铁车站》非常有名，是一首典型的现代诗。说其"现代"不是因为它书写了地铁站这个典型的现代空间，写到从地铁车站中涌出、行色匆匆、疲惫不堪的人潮。重点不在这种现代经验的表象，而在于这首诗借助隐喻、通感等手段呈现出来的现代人的内心世界——

> 人群中这些面孔幽灵般显现；
> 湿漉漉的黑枝条上朵朵花瓣。①
>
> （杜运燮译）

表面上似乎没有半点人的内在经验，它看似依然以"人面如花"这个古典的比喻作为全诗的基础性装置。可跟"梨花一枝春带雨"这样的古典诗句一比，你就会发现它大异其趣，表达的是全然不同的现代经验。在"梨花一枝春带雨"中，花是完整的一朵；而在"黝黑潮湿树枝上的花瓣"中花分成了瓣，而且是被雨水打湿叠在一起粘在树枝上的花瓣，可能已有了残缺。联系到诗题，黝黑潮湿其实以通感的方式接通了从地铁车站中涌出者的内心。这些现代都市里的人群，他们没有资格一枝独秀地在枝头。那种人潮中的迷失感、那种千人一面的平庸感正是一种典型的现代经验。

再举一例——尹丽川的《妈妈》。

> 十三岁时我问
> 活着为什么你。看你上大学
> 我上了大学，妈妈
> 你活着为什么又。你的双眼还睁着
> 我们很久没说过话。一个女人
> 怎么会是另一个女人

---

① ［美］庞德：《地铁车站》，袁可嘉主编《欧美十大流派诗选》，上海文艺出版社1991年版，第582页。

的妈妈。带着相似的身体
我该做你没做的事么，妈妈
你曾那么地美丽，直到生下了我
自从我认识你，你不再水性杨花
为了另一个女人
你这样做值得么
你成了个空虚的老太太
一把废弃的扇。什么能证明
是你生出了我，妈妈。
当我在回家的路上瞥见
一个老年妇女提着菜篮的背影
妈妈，还有谁比你更陌生
2000.9.23①

  写母亲的诗歌何止千千万万，古诗《游子吟》可谓是此中典范，尹丽川此诗的"现代"在于它以一种现代女性的价值立场重新审视了人们已经完全自明化的母职身份。如果没有某种现代价值立场的加入，便不可能有《妈妈》这首诗的出现。这首诗以挑衅的姿态审视了一种缺乏自我价值的女性生存方式，一种将自我完全掏空而将生存意义全部附着于儿女成长的传统女性生存范式。在过去，这样的生存会被赞美为奉献，当这首诗在价值上对此发出质疑的时候，当然会把传统被颂扬的母亲形象呈现为"空虚的老太太""一把废弃的扇"。也正因为切入了现代人精神价值自我确认的内在现场，这首诗才展现了某种典型的经验现代性。

  最后谈现代诗之"现代"的第三方面内涵——审美之现代。所谓审美之现代是指现代诗往往创造了一种古典审美中所没有的范畴。在美学上把主要的审美范畴划分为"优美""崇高""悲剧"等，这些事实上都是从古典时代就存在的审美范畴。问题在于，进入现代社会之后，随着社经验复杂性、丰富性的大大增加，审美范畴也被大大拓展了。古典审美是不可能把"丑""恶""无聊"的

---

① 尹丽川：《妈妈》，蔡天新主编《现代汉诗100首》，生活·读书·新知三联书店2007年版，第329—330页。

对象纳入审美的视域,但著名的《巴黎圣母院》就把审"丑"变成了一种重要的审美类型。同理,"恶"也是现代文学一再表现的主题以至于审"恶"也成为现代审美的重要构成。此外,荒诞、晦涩、媚俗、解构、无厘头等都成为重要的现代审美类型。

现代的审美转型

审美的现代转型给一般读者的诗歌阅读带来了巨大障碍。那些秉持古典型审美趣味的读者经常面对某些现代审美类型而感到严重不适。他们很难理解为什么很多"读不懂"的诗会被封为经典;更难以理解某些看起来过分简单无聊的作品也被视为诗歌,值得进行严肃分析。前者诸如很多现代派诗歌,后者则如某些日常主义的解构性诗歌(比如乌青《对云的赞美》等)。

如上所言,对现代诗歌来说,其提供给整个社会吟唱、消遣、社交的功能已经严重弱化,现代诗歌主要功能演变成:一、通过诗人的个人创造力维护和拓展一种民族语言的感受性(艾略特的观点);二、通过与速朽而喧嚣的日常语言保持距离,为人类探索一种更具内在深度的精神语言。阿兰·巴丢认为"诗的行动不可能是普遍的,它也无法成为公众的欢宴""诗歌是叠合在其自身内部之上的一种纯粹。诗歌毫无焦虑等待着我们。它是一种闭合的显现。我们朴素的凝视展开它如同一把扇子"①。巴丢所论述的是典型的晦涩现代诗,这种"献给无限的少数人"的现代诗并不因其较少知音而缺乏意义,作为一种有意别于流俗的诗歌它注定要曲高和寡。三、现代诗有时也会以冒犯性的先锋面目参与到社会思想潮流中去。这种先锋面目有时是朦胧晦涩,有时也可能是日常的和解构的。在中国新诗史上,有几次时代机缘使诗歌深入参与到社会思想潮流中。首先是五四时代的白话诗运动对五四思想文化运动的推动,从而影响了中国的语言以至思想的现代转型;其次是1958年的新民歌运动,那种全民赛诗、一首诗改变一个人命运的时代极其特殊,其实是诗歌复制了时代性的狂热。在此诗歌固然深入参与了

---

① [法]阿兰·巴丢:《不可分辨的呢喃》,转引自朵渔《诗如何思——巴丢诗学札记》,《生活在细节中》,花城出版社2014年版。

社会潮流，但发挥的不是冒犯性的先锋文化立场，而是迎合性的媚俗文化立场，因此，新民歌运动会被纳入诗歌史论述，却无法被视为具有现代性的现代诗歌运动。20世纪70年代末的朦胧诗运动使中国现代诗再次以先锋面目介入中国思想文化潮流中。此时现代诗主要以朦胧、晦涩的语言面目发挥作用。某种意义上说，20世纪80年代的第三代诗歌运动或许是中国现代诗迄今为止最后一次深入参与了时代社会潮流和思想文化塑造的机会。第三代诗歌所贡献的日常主义、解构主义再次丰富了中国的语言和思维，使长期被革命语言所固化的汉语变得更具弹性和张力。90年代以降，社会的商业化和文学的边缘化使诗人们彻底丧失成为文化英雄的际遇。

如今新诗中依然充斥着大量缺乏现代性的作品。不理解现代诗之"现代质"者大有人在，诗之"现代"常常被转换为"分行""白话""现代汉语""口语"等非充分要素，而忽略了现代诗必须同时具备的"现代性"和"诗性"两大要素。因此，理解好语言形式的现代性、经验的现代性和审美的现代性三方面的内涵，充分释放对诗性可能性的追求和探索，我们才可能更靠近优秀以至卓越的现代诗。还要强调的是，由于社会和审美的现代转型，现代诗和古典诗有非常不同的功能，假如我们以对古典诗的要求来读现代诗，不但经常要失望，有时还会产生因为误解造成的愤怒。这终究是因为对审美现代转型的无知所导致，对现代诗的攻击和不屑对古典诗毫无益处，对读者和现代诗却是两败俱伤的事情。

现代诗的比喻

谈诗歌离不开语言，谈语言又离不开修辞，谈修辞则离不开比喻。不是所有诗人都使用比喻，于坚就提出"拒绝隐喻"，但是否善用比喻依然是鉴定一个诗人是否优秀的重要标志。妙喻在此物和彼物之间创造意外的关联，妙喻如一道闪电，照亮黑夜语言森林中的通幽曲径。要理解新诗比喻的谱系，推荐大家看一篇文章，王凌云的《比喻的进化：中国新诗的技艺线索》。这篇文章发表于《江汉学术》2014年第1期。

一 远取譬与新诗的意义转换

接下来给大家介绍一首刘半农的诗，叫作《灵魂》。这首诗一个很特别的地方在于它是以一种五言的形式出现。从外形上看甚至可以把它看作一种古律，然而它的内在，你读起来就完全不是那种律诗的感觉。为什么会产生这种感觉？我们来看看：

> 灵魂像飞鸟，世界像树枝；
> 魂在世界中，鸟啼枝上时。[①]

当你在读的时候，已经明显感觉到这不是我们所谓的"床前明月光，疑是地上霜。举头望明月，低头思故乡"这样一种五言诗的感觉。"灵魂像飞鸟，世界像树枝；魂在世界中，鸟啼枝上时。"它跟

[①] 刘半农：《灵魂》，姜涛主编《中国新诗总系（1917—1927）》，人民文学出版社2010年版，第24页。

我们所讲的"床前明月光"的区别在哪里？它的区别很可能在于它的结构、修辞。或者说由古典诗歌的结构所决定了它的修辞，跟新诗的结构所决定它的修辞是不一样的。你会发现古典诗歌最常用的一种结构，我们把它称为"起承转合"。它一定有一个起，一个承接，一个突转，最后合起来。为什么这首诗你读起来不是古诗的味？虽然它有一个古诗的形，但它不是用起承转合的方式来写的，他是用一种平行、对照的方式来写。这里边平行和对照在哪里？你会发现"灵魂像飞鸟，世界像树枝"这两个比喻在这里又构成对照或者说一个交叉。灵魂像飞鸟，世界像树枝。所以飞鸟是停歇在树枝上面的，灵魂停在世界里面；世界是灵魂可以寄生的树枝。接下来所有的句子都依赖于前边所提供的这两个比喻。这是一首以比喻为核心，以两个特殊的比喻联合起来的诗。我们发现它在比喻上并没有很特别，然而它却是一首非常具有新诗气质的五言诗。刘半农这个人很有意思，他是新文化运动的先驱者，是一个语言学家，同时也是一个诗人，他又尝试了很多方式，他既做了一种白话的自由诗，也尝试把歌谣融到新诗里面。而且你会发现他把新诗这种气质跟古体诗的形貌结合起来。

我们接下来讲的新诗，首先需要给大家讲一下概念，提出这个概念的是一个新诗诗人、新诗研究者，叫朱自清。大家更熟悉朱自清作为散文家。朱自清先生在他的文章《新诗的进步》中提出"远取譬"。在朱自清看来，新诗的比喻分为两种，一种叫远取譬，一种叫近取譬。近取譬往往取其形似，而远取譬往往取其神似。近取譬因为取其形似，而一旦被反复使用，就会产生审美疲劳或套版反应，渐渐失去它的魅力。第一个说姑娘美得像一朵花的比喻很精彩，然而不断地说，它就产生套版反应，就变成审美疲劳。所以远取譬就是通过一种内在的、隐秘的、幽微的相似连接起来。因为它的本体跟喻体的远，所以它比较难以失效。而朱自清认为这种远取譬变得越来越多，在他看来是新诗进步的表现。我们再看远取譬，就会发现如果要远取譬，就要建立诸如小/大、虚/实等转换。

1. "远取譬"与比喻的小/大转换

　　如残叶溅
　　血在我们

脚上，

　生命便是
　　死神唇边
　　的笑。
　　　——李金发《有感》①

　　也是 20 年代非常著名的诗人，广东梅县诗人。他留学过法国，20 年代很著名的诗《有感》："如残叶溅血在你的脚下，生命就是死神唇边的笑。"当你读懂这两首诗时，你会发现很有意思。因为前边的第一句既不是本体也不是喻体，它起到为下面渲染氛围的作用，"如残阳溅血在你的脚下"是一种什么氛围呢？凄清的、残酷的氛围。为什么说"生命就是死神唇边的笑"？"生命"跟"死神唇边的笑"的关系何在？一个人唇边那一抹笑是可以想象得到的，虽然没见过死神，但是死神唇边的笑可以大概想象。笑的特征很小，生命的特征很大，生命是虚的，不是实在的，我们可以说生命很长也很大。诗人在这里说生命就是死神唇边的笑，显然这是一种虚无的生命观。苏轼曾说过："盖将自其变者而观之，则天地曾不能以一瞬。"如果我们通过历史的河流、变迁的角度来看，其实天地更不用说生命仅仅是沧海一粟。所以从这句话你就可以理解"生命就是死神唇边的笑"的内涵，它是将生命这种比较空、大的概念转换为比较具体而小的概念。甚至是一抹笑，死神唇边的笑。这里边就有一个比喻，是小/大的转换，是一个远取譬。

　　那有着许多小石桥的江南
　　我哪天会经过，正如同
　　经过她寂静的耳畔
　　她的袖口藏着姣美的气候
　　　——张枣《深秋的故事》②

---

① 李金发：《有感》，姜涛主编《中国新诗总系（1917—1927）》，人民文学出版社 2010 年版，第 615 页。
② 张枣：《深秋的故事》，《张枣的诗》，人民文学出版社 2010 年版，第 62 页。下引此诗不再另注出处。

我们可以举另外一个例子，诗人张枣有一首诗叫《深秋的故事》。值得注意的是诗中的江南，中国人对江南非常有感情的，所以古诗有"江南好，风景旧曾谙""日出江花红似火，春来江水绿如蓝"这些名句。当代诗人中有很多也写到江南，比如郑愁予的"我打江南走过"，江南是沉淀着中国文人审美期待和精神情结的文化空间，它不仅仅是一个地理空间。我们会发现江南跟生命都是很大的概念，然而在这首诗中，张枣写道"经过她寂静的耳畔"，寂静的耳畔是一个非常具体而小的场景，张枣用"经过她的耳畔"跟经过江南对接起来，这是一个小大的转换。而紧接下来这一句"她的袖口藏着姣美的气候"同样呈现了一种小大转换，气候居然是可以被藏在袖口里，这里的气候已被意象化。

> 整个玻璃工厂是一只巨大的眼珠
> 劳动是其中最黑的部分
> ——欧阳江河《玻璃工厂》①

再看当代著名诗人欧阳江河的《玻璃工厂》："整个玻璃工厂是一只巨大的眼珠／劳动是其中最黑的部分。"这首诗很有意思的地方在于，玻璃工厂是不规则的，也是很大的，这里诗人把它比喻为巨大的眼珠，也就是将它缩小，将它变成一只眼珠，而劳动是其中最黑的部分，劳动本来是不可见的，不是可感的形象的概念，而在这里将它化为最黑的部分是很有趣的。一种小大比喻，实跟虚的转换。

2. "远取譬"与比喻的虚/实转换

> 白天和黑夜
>
> 像一白一黑
> 两只寂静的猫

---

① 欧阳江河：《玻璃工厂》，王光明主编《中国新诗总系（1979—1989）》，人民文学出版社2010年版，第330页。

> 睡在你肩头
> ——海子《梭罗这人有脑子》①

讲到比喻这种虚实的转换，我们可以看其他的例子。比如说海子的《梭罗这人有脑子》："白天和黑夜/像一白一黑/两只寂静的猫/睡在你肩头。"我们每个人都感受过白天跟黑夜，然而我们对白天、黑夜再有感受，它都是没有形象的。而诗人在这里把它化为一白一黑的两只猫，而且是两只寂静的猫，睡在你肩头的猫，它们是同时存在的。所以这里就将白天跟黑夜两个虚的概念化为两个实的概念。

> 亚洲铜，亚洲铜
> 看见了吗？那两只白鸽子，它是屈原遗落在沙滩上的白鞋子
> 让我们——我们和河流一起，穿上它吧
> ——海子《亚洲铜》②

我们再举海子另外一首著名的诗歌，这里写道："亚洲铜亚洲铜/看见了吗？那两只白鸽子它是屈原遗落在沙滩上的两只白鞋子/让我们——我们和河流一起穿上它吧"这个诗行非常特别，首先在于"亚洲铜"这个概念是诗人创造的一个概念，它有一种骨感的形象，诗人赋予亚洲以铜的形象。铜的质感、颜色跟土地是互通的，所以这里其实是在写土地。他说"两只白鸽子"是"两只白鞋子"，这些显然是比喻，把鸽子比喻成鞋子，虽然仅仅把鸽子比喻成鞋子，这里边虽然有由动到静的转换，但事实上也没多大的特别。更特别的地方在于他赋予白鞋子特定的来历，它是屈原遗落在沙滩上的两只白鞋子。所以它的虚跟实的转换就在于他将眼前可见的白鸽子跟一个广阔的历史时空诗人屈原所代表的文化联系起来。所以这里边的白鸽子到白鞋子是由实到虚的转换。第三句"我们和

---

① 海子：《梭罗这人有脑子》（组诗），西川主编《海子诗全集》，作家出版社2009年版，第169页。
② 海子：《亚洲铜》，西川主编《海子诗全集》，作家出版社2009年版，第3页。

河流一起穿上它吧"我们跟河流并列着,我们原来是小的,现在成为一个跟河流一样的存在,作为天地一个大的组成部分,所以说这里有由实到虚的转换。

二 新诗比喻的几种类型

1. 同位喻和动作喻

> 你底年龄里的小小野兽,(森林里的小小野兽)
> 它和春草一样地呼吸,(贪婪地呼吸)
> 它带来你底颜色,芳香,丰满,
> 它要你疯狂在温暖的黑暗里。
> 我越过你大理石的理智殿堂,(大理石的华丽的殿堂)
> 而为它埋葬的生命珍惜;
> 你我底手底接触是一片草场,(接触是一片冰凉)
> 那里有它底固执,我底惊喜。
> ——穆旦《诗八章》[①](括号内容为引者所加)

我们来讲一下同样是20世纪40年代非常有名的诗人穆旦,他的《诗八章》:"你底年龄里的小小野兽/它和春草一样地呼吸/它带来你底颜色,芳香,丰满/它要你疯狂在温暖的黑暗里/我越过你大理石的理智殿堂/而为它埋葬的生命珍惜/你我底手底接触是一片草场/那里有它底固执,我底惊喜。"重点分析什么叫同位喻与动作喻。我们看第一行"你底年龄里的小小野兽",光从语感上我们就能够感受到"年龄里的小小野兽"是特别的,因为如果你把它转换一下,比如说改成"森林里的小小野兽",你会感到"森林里的小小野兽"是很普通的,而"年龄里的小小野兽"并不普通。他们之间内在的区别在于:虽然在句子中,"森林里"和"年龄里"都处在野兽前面。但是它们的区别就在于"森林里的小小野兽"不能

---

① 穆旦:《诗八章》,洪子诚等主编《百年新诗选》(上),生活·读书·新知三联书店2015年版,第222—223页。下引此诗不再另注出处。

构成比喻,而"年龄里的小小野兽"则可以构成比喻。你不能说"森林里的小小野兽"是"野兽般的森林";而"年龄里的小小野兽"却恰恰就包含有一个比喻,也就是说这如小小野兽般的年龄。所以它其实讲的是一个恋爱的年龄,内心充满着各种冲动,很容易冲动的年龄。在这里边"年龄里的小小野兽","年龄"跟"野兽"构成一个同位语的关系。你可以说野兽般的年龄,但不可以说野兽般的森林。即使你说野兽般的森林,也是你生造的,不是原来就有的。

我们接下来看第二行"它和春草一样地呼吸",同样我们也做一个转换,我们不说"春草一样地呼吸",说"贪婪地呼吸"。你会发现"贪婪地呼吸"这个说法很普通,"春草一样地呼吸"却不普通。同样是因为"春草一样地呼吸"可以构成比喻,"春草一样地呼吸"我们可以说"呼吸如春草",但是"贪婪地呼吸"不能说"呼吸如贪婪",这个说法在语法上是不通的。我们会问,为什么"春草一样地呼吸"要比"贪婪地呼吸"要好呢?"贪婪"在这里是一个副词,"贪婪"也可以是一个形容词,为什么说"春草"这样一个名词在诗歌中表达出来的效果比副词、形容词、动词要好?那是因为副词、动词往往会把内在的状态讲出来,它是更直白的。而"春草一样地呼吸"没有直接说,它诉诸为一种可见的物像或情状。所以说"春草一样地呼吸",这里边你可以想象春草的情状,它没有直接告诉你这种情状是怎样的。但是它给了更广阔的想象空间,这种写法我们可以说是动作喻,也就是说它给一个动作以比喻,"春草一样地呼吸"你可以把它转换为"呼吸如春草"。同样的我们看到第五行"我越过你大理石的理智的殿堂"会发现"大理石的殿堂"是可以理解的,但为何这里面要把"理智"比做"殿堂"的状态。你如果把它替换为"大理石的华丽的殿堂"这个句子就黯然失色。因为它给了理智这样不可感的概念以形象可感的直观,这里说的是"理智如大理石的殿堂"。这首诗其实在讲恋爱的整个过程,而刚好在这节中它讲的是两个人刚开始要进入恋爱的忐忑以及防御、突破。所以说"我越过你大理石的理智殿堂","理智"给了形象可感的外观。这一节诗的倒数第二行"你我底手底接触是一片草场","接触是一片草场"你可以做一个转换,它同样是动作喻,把一个动作进行比喻,接触像草场一样,但是相比

"接触是一片冰凉",这个说法要更好,或者说"接触是一片柔软要更好","你我的手的接触是一片草场"是非常直观、形象可感的。

2. 密度型比喻与通感型比喻

> 我打江南走过
> 那等在季节里的容颜如莲花的开落
> ——郑愁予《错误》①

接下来我们可以来看看比喻另外的两种类型:密度型比喻和通感型比喻,这个密度型比喻可以看我前面引过的一句诗,郑愁予所写的《错误》第一节:"我打江南走过/那等在季节里的容颜如莲花的开落"。为何说它是密度喻?密度喻的意思是它在比喻中不断地在叠加信息,第二行诗的核心在"容颜如莲花",你会发现"容颜如莲花"是一个太普通的、套版化、已经让人产生审美疲劳的表达了。所以诗人对它进行改装,首先它对本体"容颜"进行加装,加了前面的定语"那等在季节里的容颜",也就是说这个"容颜"不是普通的容颜,它是"等在季节里的",因为一个"等"字,所以就赋予了容颜以时间性,因为你在等,你就有了时间感;你在时间中,这个容颜就有一个渐老的过程。所以它赋予"容颜",加装时间性的定语,加装等待的情状,就显得不一样了。但是如果仅是说"等在季节里的容颜如莲花",那也没意思,所以它对后面的喻体做了一个加装:"莲花"是一个静态的意象,诗人把一个静态的形象动态化。不是"容颜如莲花",而是"容颜如莲花的开落"。它比拟的不是花,而是花的某种状态。经过加装之后,这十五个字的一行诗就至少包含了三层意思:第一层意思是"容颜如莲花",我们可以看出这个人长得很美;第二是这个很美的人她过得并不好,她在等一个人,她在等那季节里的人。我们大概就产生一种怜惜的、惋惜的情感;第三层意思是她在等,既然她在等,后面又讲

---

① 郑愁予:《错误》,洪子诚等主编《百年新诗选》(上),生活·读书·新知三联书店 2015 年版,第 383 页。

到莲花的开落，所以这里"莲花"的"开"以及"莲花"的"落"，就对应容颜的两种状态。等着等着，莲花开了，对应的是她的一种期待、欢喜；而等着等着，莲花谢了，对应的是她等归人不来的那种惆怅、失落。所以说这首诗是密度喻，在这十五个字的一行诗中，可以分析出三层的意思，你可以发现像剥洋葱一样一层一层地把它剥开，像剥莲花一样一层一层地剥开。我们发现密度型比喻是一种有效的比喻的方式，但并非所有的诗人都会采用这种方式。诗歌的比喻也有其他的道路，比如说通感型的比喻。

> 香港的月光比猫轻
> 比蛇冷
> 比隔壁自来水管的漏滴
> 还要虚无
> ——洛夫《香港的月光》①

我们来看一首诗，是台湾诗人洛夫所写的《香港的月光》："香港的月光比猫轻／比蛇冷／比隔壁自来水管的漏滴／还要虚无"。你会发现他虽然没有直接说香港的月光如猫轻、如蛇冷，它没有直接的喻词，但它依然是比喻。隐含在比较中的比喻。我们进一步追问的是这个"轻""冷"为何能把月光和猫、蛇联系起来？他们之间显然没有一种直接的、形象上的联系，这种联系其实是一种感觉，如果你观察过猫的跳动，你就会发现猫跳到地上是没有声音的。所以他说月光比猫轻，这时就赋予了月光像猫般的动作性，轻盈的轻。"月光比蛇冷"蛇的冷指的一定不是寒冷的冷，而是阴冷的冷，是当你看到蛇，倒吸一口冷气的冷。为何说"月光比隔壁自来水管的漏滴还要虚无"，"月光"和"隔壁自来水管的漏滴"联结在失眠的关系中。如果你有一个晚上完全睡不着，听几个小时隔壁的自来水管的漏滴时，意味着面对的不只是自来水管，而是自来水管的漏滴所放大的一个人独对黑夜的虚无、孤独感。这里的"月光"跟"猫"跟"蛇"的联系不

---

① 洛夫：《香港的月光》，任洪渊编选《洛夫诗选》，中国友谊出版社1993年版，第242页。

是外在的形貌，而是内在的感觉，这种写法我们称它为一种通感型的比喻。通感型的比喻大概需要非常有才情的诗人才能够运用自如，我觉得中国的诗人比喻用得我最喜欢的，一个是台湾的洛夫，另一个是我们后面要讲的多多。

3. 离合喻和集群喻

> 雨中的男人，有一圈细密的茸毛，
> 他们行走时像褐色的树，那么稀疏。
> 整条街道像粗大的萨克斯管伸过。
>
> 有一道光线沿着起伏的屋顶铺展，
> 雨丝落向孩子和狗。
> 树叶和墙壁的灯无声地点燃。
>
> 我走进平原和小镇，
> 沿着楼梯，走上房屋，窗口放着一篮栗子。
> 我走到人的唇与萨克斯相触的门。
> ——朱朱《小镇的萨克斯》[①]

我们还可以给大家看看另一种比喻的类型。当代诗人朱朱的这首诗《小镇的萨克斯》的比喻很特别，特别在离合喻。离合也就是说这个比喻不是在一块，而是分散在诗中的不同段落。常见的比喻即使不是在同个句子出现，至少在相邻的句子实现。但是我们在这首诗中发现不是这样的，在第一节最后一句有一个比喻，这个比喻是"整条街道像粗大的萨克斯伸过"，它已经构成一个完整的比喻，"街道""萨克斯"，构成我们前面所说的小/大转换，将大的街道化为小的萨克斯。然而如果仅有这个比喻可能是不值得我们分析的，它还隐含着另外一个比喻，这个比喻隐藏着另外一个部分，放在这首诗第三节最后一行"我走到人的唇与萨克斯相触的门"，也

[①] 朱朱：《小镇的萨克斯》，蔡天新主编《现代汉诗100首》，生活·读书·新知三联书店2007年版，第302页。

就是说你只有回到第一节诗的最后一行那个比喻里,你才能理解第三节最后一行。为何说"我走到人的唇与萨克斯相触的门",我们大概可以理解萨克斯是前面所讲的整条街。这里讲的表层的意思是说我走到了这条街道,但是它深层的意思的说唇与萨克斯相触时发出乐音,它是一种悠扬声音的震动。它的意思是:当我走到街口时,我的内心就像嘴唇吹奏萨克斯时那样,发出一阵颤动的声音。我们会发现它是把这个比喻拆分开来,把它放在不同地方,这种比喻的方式非常有意思。

> 诗歌课堂:它象一瓶产于灵薄狱的碳酸饮料,
> 高压密封着求知的欲望、小资产阶级的甜蜜和忧伤,
> 而臧棣的声音里有一把精于分析的开瓶器,
> 不甘寂寞的灵魂小泡沫在等待写作过程的开启。
> ——胡续冬《在臧棣的课上》①

最后给大家介绍一种新诗的比喻的方式,我自己把它称作集群喻。我们通过北大诗人胡续冬的《在臧棣的课上》来分析。臧棣跟胡续冬都是当代著名诗人,我们在这里看到的是这首诗的一节,他这样形容臧棣的诗歌课堂:"它象一瓶产于灵薄狱的碳酸饮料,高压密封着求知的欲/小资产阶级的甜蜜和忧伤,而臧棣的声音里有一把精于分析的开瓶器,不甘寂寞的灵魂小泡沫在等待写作过程的开启。"我们会发现这首诗有趣的地方在于诗歌课堂所设置的比喻,都是相关联的。它的第一个喻体——碳酸饮料,接下来"高压密封""甜蜜和忧伤""开瓶器""小泡沫"所有这些词语都是跟碳酸饮料相关。这种比喻的难度系数无疑大大提高了。所有的句子、喻体都是围绕一个词语的范围,我们把它称之为集群喻。这是不难理解的,真正写起来并不是那么容易。

三 多多诗歌的比喻技艺

我们接下来介绍一位比喻技艺高超的诗人——多多。

---

① 胡续冬:《在臧棣的课上》,《诗林》1999 年第 1 期。

多多（1951— ），本名粟世征，出生于北京。在白洋淀插队时开始写诗，回京后曾在《中国农民报》任职，后移居荷兰莱顿，入荷兰籍，2004年受聘海南大学文学院。出版有诗集《行札：诗38首》《阿姆斯特丹的河流》《多多诗选》及小说、散文集多种。曾获首届安高诗歌奖、第三届华语文学传媒大奖年度诗人奖、2010年纽斯塔特国际文学奖等重要文学奖项。多多独特的诗歌想象力和艺术个性对后朦胧诗一代诗人产生巨大的影响。今天我们要看的这两首诗充分展现了多多独特的艺术个性，我们来欣赏第一首诗《春之舞》。

雪锹铲平了冬天的额头
树木
我听到你嘹亮的声音

我听到滴水声，一阵化雪的激动：
太阳的光芒像出炉的钢水倒进田野
它的光线从巨鸟展开双翼的方向投来

巨蟒，在卵石堆上摔打肉体
窗框，像酗酒大兵的嗓子在燃烧
我听到大海在铁皮屋顶上的喧嚣

啊，寂静
我在忘记你雪白的屋顶
从一阵散雪的风中，我曾得到过一阵疼痛

当田野强烈地肯定着爱情
我推拒春天的喊声
淹没在果子滚下坡的巨流中

我怕我的心啊
我在喊：我怕我的心啊

会由于快乐，而变得无用！①

这首诗写于 1985 年，有些诗歌写作的时间背景是重要的，假如他面对的是时代社会的话，其写作背景一定是非常非常重要的；假如他面对自然和永恒的命题，他写作的背景或许就不那么重要。这首诗大概属于后者，它书写的是春天带给诗人的心灵风暴和汹涌想象。它最大的价值在于展示了优秀诗人如何赋予一种情绪以具体、动感的文学符号。很多人不明白这个道理，以为诗歌就是"我手写我心"，写诗没有心固然不行，但不懂得如何将心文学化、符号化、想象化同样不行。多多的启发性就在这里。他的很多诗歌依靠的不是思想性、社会性、时代性的内涵，而是他旺盛丰沛的语言感觉，一种仅属于诗歌自身的能力。我们称之为诗歌本体的能力。

一、内在情感如何投射到物。我们先来看这首诗的第一节："雪锹铲平了冬天的额头，树木/我听到你嘹亮的声音。"当我们对第一节进行还原时就会发现，它写的是冬天过后铲除积雪的情境，这是无甚特别的劳动情境，当多多将它提炼为诗歌符号时，我们在第一句中遇到了一个特别的比喻——"冬天的额头"，它的本体并未出现，但前面雪锹一词已经明确告诉我们本体是雪。这个比喻非常有意思，它通过肉身化的喻体，赋予了冬天一种特别的具体性。这一节第二、三句从写实进入想象——"树木/我听到你嘹亮的声音"，第一行是抒情主体"我"在看，第二、三行变成"我"在听，听到的居然是树木嘹亮的声音。你会觉得不可思议，但是如果你在北方居住过，春天到来之际，你的身体也像土地一样似乎在一片死寂中复苏过来，僵了一个冬天的手脚重新感到热血的流淌，那时你大概能体会到一种想奔跑、想呼喊，想和每个人拥抱的愿望。所以这时，如果有人告诉你，树木正在引吭高歌，你大概是不会感到奇怪的。于是我们发现，这里的艺术思维是把人内心炽热的情感投射到物上面。这就是一种想象。

二、艺术调度与野兽般的冲击力。接下来我们看下一节，我们发现诗人的想象依然还未停止，他还要继续将这种春之歌、春之舞的激动化为诗歌情境。这便是下面的二、三节。第二节继续从第一

---

① 多多：《春之舞》，《多多诗选》，花城出版社 2005 年版，第 109—110 页。

节开始的"听"——我听到滴水声，一阵化雪的激动。为什么要强调滴水声呢？因为在冻僵的世界中是没有"水声"的，水都成了冰，成了雪，成了块状条状棉絮状，只有温度能使水获得声音。所以，你该理解"滴水声"作为冬天终结者的意味，以及它所带来的"激动"。第一节将这种激动投射到树上成了树木嘹亮的歌声；第二节要赋予这种激动以色彩、热度、动作和情境性，它要写出这种激动内在的力量感和滚烫感。"太阳的光芒像出炉的钢水倒进田野"，钢水相比于滴水，温度不同，携带的情感能量也不同；动作不同，"滴"是恬静的、悄悄的、有一搭没一搭的，而这里的动作是"倒"，是狂野的、暴烈的。这些区别写的是激动的强化和提升。有趣的是，诗人并非一味进行温度、数量、强度的叠加。第三行中，这种激动化为一个综合的情境——它的光线从巨鸟展开双翼的方向投来。巨鸟展翅，这是一个充满强烈昂扬情绪暗示的场景，重要的是诗人赋予了这个情境以"光"。只有巨鸟展翅或只有光都是有缺陷的，因为过分的光量只能造成摄影上的曝光。没有巨鸟展开双翼，这个只有光的画面一定令人不忍直视；而如果没有光，我们也无从感受到巨鸟展开双翼那种光辉性。所以说多多的诗中有一种汹涌澎湃的力量感，但他却绝非不懂艺术节制和调度之人。事实上，他正是通过恰当的艺术调度将力量感最大化，形成一种野兽般的冲击力。

进入第三节，你发现，诗人仍没有写完他内心那种激动，他要继续内在情绪的场景化。"巨蟒，在卵石堆上摔打肉体/窗框，像酗酒大兵的嗓子在燃烧/我听到大海在铁皮屋顶上的喧嚣"，你会发现第一行是用眼睛来看的，巨蟒，在卵石堆上摔打身体，这是一种眼睛可以看到的撞击和力量感。而窗框，像酗酒大兵的嗓子在燃烧，这显然是一种内在的感受，我们每个人大致都有相似的体会。比如说你不太会喝酒，然后你猛然喝下一口高度的白酒，你会感到一股灼烧感从你的喉头一直来到肠胃。这是一种内在的燃烧感。第一到第二行，有从外观到内感的转换；到第三行，则又转换为听的角度——"我听到大海在铁皮屋顶上的喧嚣"。如果下雨的时候，你刚好在铁皮屋里，会发现声音被放大了很多倍；而现在，诗人将一整个大海的水安放在铁皮屋上，那究竟是一种怎样的声响呀！三行诗，三个情境，冲击力、燃烧性和可怖的声浪内在的强度却是一致的。这种内在的强度其实是诗人想象力的强度。

三、以静写动。你在读前边几节的时候，会发现多多的写作是一个做加法的过程，他不断叠加一种内在的激动。然而你读到第四节时，就会发现变化。他说："啊，寂静/我在忘记你雪白的屋顶/从一阵散雪的风中，我曾得到过一阵疼痛"。如果说前面三节一直写的是"动"的话，第四节却转入了"静"。与其说他写的是寂静，不如说他在忘记寂静。所以他其实是用一种安静的风格来写"寂静"。他说："从一阵散雪的风中，我曾得到过一阵疼痛"这里就进入了一种自我经验的书写。诗人没有直接写出来，但是我们大概可以想象可能在这一行诗当中包含着诗人一种现实情感的疼痛。这份情感的发生时间可能在冬天，它暗示诗人面对春天的到来反应如此强烈的主观原因。诗人为何赋予寂静以雪白的屋顶，很可能在他心里，寂静跟冬天是同构的，跟他的疼痛也是同构的。我们很多人有这样一种体会，比如说当你在春天的时候经历过一件快乐的事情，以后当你想起那些事情，仿佛春天的气息也随着回忆涌了出来。所以我们的记忆事实上是跟很多季节或现实性的细节联系在一起。我们这里面大胆假设，或许是多多在冬天中经历他情感的疼痛。所以他对春天到来的时候才会有一种强烈的欢喜。但是请注意这一节是用寂静的风格来写寂静。

第五节再次回到诗歌的躁动逻辑中来，"当田野强烈地肯定着爱情/我推拒春天的喊声/淹没在栗子滚下坡的巨流中。"春天的喊声是震天的，"我"虽然在推拒着春天，可是终于被淹没在栗子滚下坡的巨流中。所以诗人的推拒反而凸显了春之巨流的力量，春天有一种不可抵抗的裹挟性，把诗人裹进这种巨流当中。

在这么多铺垫之后，诗人终于进入了抒情："我怕我的心啊/，会由于快乐，而变得无用！"这首诗的底牌是"快乐"，是春天的冲击力。"无用"说的是心在春之洪流中完全失去了抵抗力。所以读这首诗我们需要把握两点，第一点是诗人非常汹涌澎湃的语言想象力，然而我们又不能不看到诗人非常精确的语言造型能力，我们要感受到这里诗人在语言想象力跟语言造型能力间的平衡。同时我们也不能不感受到诗人在语言的冲击力跟艺术调度之间的协调。所以说《春之舞》是一种充满力之美的诗歌。我们很多人都能够感受过春天到来时候的那种欢欣鼓舞，然而却只有多多能够以他非常充沛的语言想象力、语言能量把这种内在感受写出来,把它符号化、想象化,或者说把它诗歌化。

又如下面这首《阿姆斯特丹的河流》。

> 十一月入夜的城市
> 惟有阿姆斯特丹的河流
>
> 突然
>
> 我家树上的橘子
> 在秋风中晃动
>
> 我关上窗户,也没有用
> 河流倒流,也没有用
> 那镶满珍珠的太阳,升起来了
>
> 也没有用
> 鸽群像铁屑散落
> 没有男孩子的街道突然显得空阔
>
> 秋雨过后
> 那爬满蜗牛的屋顶
> ——我的祖国
>
> 从阿姆斯特丹的河上,缓缓驶过……①

《阿姆斯特丹的河流》写于 1989 年。这一年多多移居荷兰,并在该国旅居了 15 年之久。这首诗可以说是一首乡愁诗,一提起乡愁诗,大家很可能就会想起余光中那首《乡愁》。如果对比阅读,可能会相映成趣。需要特别指出的是,此诗虽以异国河流为诗题,写的却是客居异国时突然被强烈得无以复加的思乡情绪所捕获的精

---

① 多多:《阿姆斯特丹的河流》,《多多诗选》,花城出版社 2005 年版,第 158 页。

神煎熬。从这个意义上说，这是一首乡愁诗，但理解此诗，还要注意诗人将乡愁隐于纸背，埋藏于各种看似无关的想象场景中的曲折写法。

首节二句交代了诗人所处的地理空间——异国城市阿姆斯特丹；时间——十一月入夜。深处异国深秋，特别是夜幕降临之际，地理空间强烈地暗示着某种心理空间——落寞的孤独感。注意"唯有"一词，它意味着在诗人眼前展开的异国风光已经让诗人产生某种匮乏感。

第二节最为特别，仅有"突然"一词。诗人通过急促、突兀的语感和转折的语义提醒读者注意其内在的心绪在那一刻产生了重大变化。一种几乎是带着压迫性的情感将他裹挟，虽然读者至此尚无法明了这种情感的真实内容，但"突然"的单独成节无疑唤起了读者对后面内容的强烈期待。

接下来几节诗人并未直接对其内在情感进行抒发，而是将其提炼为诸多兼有现实性和想象性的场景。第三节"我家树上的橘子／在秋风中晃动"，这个看似写实的场景其实带有很强的想象性：在异乡写"我家"颇耐人寻味，既已入夜，又如何能看到橘子在秋风中晃动呢？所以，这个场景其实是诗人对故国家中秋景的追忆。至此，在异国念故园的主题便已初露端倪。此处场景的动态性其实暗示着诗人思乡病的剧烈发作。我们知道诗人往往是比较感性的，经常会被一种突如其来的感觉所击倒。所以这里边我们说"我家树上的橘子／在秋风中晃动"，它所暗示的是诗人内在的情绪在强烈地发作。

第四节、第五节是第三节的延续，它们通过"也没有用"这个表达关联起来。正是因为思乡愁绪的泛滥成灾，逼得诗人只能对其进行"抵抗"，可是这种抵抗也没有用，所以这个也没有用的说法，我们可以跟《春之舞》当中的"我怕我的心由于快乐而无用"联系起来。这里的无用是在暗示一种抵抗，因为抵抗而不奏效，可结果却是节节败退：当思念成灾奔涌而来，不要说关上窗户，就算河流倒流也无法有丝毫停歇。

必须注意，第四节"那镶满珍珠的太阳，升起来了"是一个上扬性场景，而第五节"鸽群像铁屑散落"却是一个下坠性场景，它意味着诗人在思乡愁绪来袭之际自我调节的某种心理起伏。太阳般向上的心理暗示并未奏效，内心终于不可避免地走向彻底的低落："没有男孩子的街道突然显得空阔"。记忆里的街道，诗人孩提时候与玩伴的嬉戏身影和笑声充斥着，如今却空空荡荡；或者眼前街道的空阔，让诗人引发了联想。紧接下来诗歌来到第六节，第六节非常值得我们注意，既因为在这首诗当中他终于显露了主题，更因为他的写法非常别致："秋雨过后／那爬满蜗牛的屋顶——我的祖国"。破折号后面的这个祖国，注意这个词出现在这里边，然后联系到诗人所处的阿姆斯特丹这个空间，它是个异国，显然我们可以大致理解乡愁诗的主题。

值得注意的是，在第六节内部，"我的祖国"是本体，喻体是"秋雨过后／那爬满蜗牛的屋顶"，这里是一种倒置的关系，喻体在前而本体在后，起到一种横空出世的效果。一开始读者以为"秋雨过后，爬满蜗牛的屋顶"是一种写实的场景描绘，可是破折号引出的本体，却使这种描述由实转虚，它迫使我们思考，这个场景跟"我的祖国"之间的联系何在？他们的联系何在呢？必须从"蜗牛"这一形象入手，蜗牛最核心的特点在于：它是将壳，或者也可以引申为家的东西随时背在后背上的动物。换言之，它是居无定所，无以为家的动物。因此，当"我的祖国"跟"爬满蜗牛的屋顶"联系在一起时，它说的是当我思乡时，便想起一群无以为家的人。这种荒凉感有别于一般的乡愁诗。一般的乡愁诗说的是，我思乡，但我不能回去；而这里还说了第二层，即使我回去了，面对的同样是"爬满蜗牛的屋顶"，所谓"日暮乡关何处是"。

两首诗让我们看到诗人多多的诗性想象力，也看到他高超的语言能力。比如"雪锹铲平了冬天的额头"，"寂静／我在忘记你雪白的屋顶"就是非常独特的比喻。"秋雨过后／那爬满蜗牛的屋顶——我的祖国"这个比喻的特殊性，它将本体和喻体倒置的效果，都呈现非常高超的语言能力，都是非常别致的比喻。多多的诗歌比喻在中国新诗技艺史上具有特殊的地位。

结语：感受性与诗歌的社会功能

回头看多多诗歌比喻的特点，会发现他激活了汉语比喻的具体性和野兽性。比喻总是寻求将此物与彼物进行联结。多多的特点在于,他善于将一种内在的体验具体化,比如将"春天来临之际的强烈感受"具体化。很多诗人同样乐于为一种内在体验寻找一个意象,但是外在意象跟内在体验之间缺乏一种明晰可辨、丝丝入扣的联系。反观多多这首诗,"太阳的光芒像出炉的钢水倒进田野",这个情景跟心境联系于相近的"热血沸腾"。多多在处理这种比喻的内外关系时从来都不曾忽略了形象的连贯性。尤其值得一提的是,现代汉诗比喻几乎没有人具有多多这样的视觉冲击力,我们把这称为野兽性。"巨蟒,在卵石堆上摔打肉体/窗框,像酗酒大兵的嗓子在燃烧/我听到大海在铁皮屋顶上的喧嚣",这种层层加码的原力之美,昭示的是诗人内在的情感能量。

  同学可能会问,多多的诗歌没有写具体的社会时代生活,不是重大题材,没有现实关怀,这不就是玩弄辞藻吗?我们如何看待这种将内在感受性进行诗化表达的能力?也许可以借助 T. S. 艾略特的观点,艾略特在《诗歌的社会功能》中说"诗人作为诗人对本民族只负有间接义务;而对语言则负有直接义务,首先是维护、其次是扩展和改进。在表现别人的感受的同时,他也改变了这种感受,因为他使得人们对它的意识程度提高了;诗人使得人们更加清楚地知觉到他们已经感受到的东西。""我所说的诗的最广义的社会功能就是:诗确实能影响整个民族的语言和感受性。"我们常常会碰到这样的一种观点:现代诗歌是无聊的,是一群诗人的一种无聊的自说自话、自我抚摸的行为。而艾略特显然不是这样认为,他认为诗歌的社会功能就在于它可以影响整个民族的语言和感受性。我们怎么来理解这句话?其实,当我们定义人类的能力时,我们不是常常通过某个具体的人来讲,而是通过一个人类的最高能力代表来定义人类的极限。比如说我们以前常常是用刘翔来定义中国人的速度,用某个跳高运动员来定义人类的高度。事实上我们恰恰可以通过诗人来定义人类的感受性的宽广度的。如果没有诗人以他非常敏感的心灵来感受世界的话,很可能我们很多人对这个世界的感受将变得无比的粗糙。比如说我们通过"人面不知何处去,桃花依旧笑春风"这个句子来感受"物是人非"。如果没有诗人将这种体验写出来的话,难以想象在时常表达中普通人能够有这样的提炼。我们是通过"劝君更尽一杯酒,西出阳关无故人"的表达送别时的复杂情感,我们也是通过"庄生晓梦迷蝴蝶"来体验"梦也非也"的感受。正如艾略特所讲的诗人确实并不是自言自语，诗人是在带领整个民族进行一种语言和感受性的拓展。如果从这个角度来看，你会觉得多多那种没有涉及重大的社会生活、重大的题材，看上去没有现实关怀的诗歌，其实是更加意义深远的。

现代诗歌的视角

人们通常以为只有电影和小说才有视角问题，事实上视角也是诗歌表达的重要元素。视角最紧要处，便是谁在看，怎样看？对于电影和小说来说，视角比较容易被辨认和定义。小说叙事学对视角的经典定义是叙事人与故事之间所构成的关系。因此便区分了全知视角和限知视角，所谓全知视角是指叙事人无所不知、无所不晓，这是传统叙事文学通用的视角模型，又称上帝视角；限知视角是指叙事人所知等于或少于小说中的某个人物，限制视角大大提高了叙事的难度，它是现代主义作品中开始得到探索的视角模型。显然，视角和叙事有着密切的联系，诗歌叙事的密度和必要性跟小说、电影不可同日而语，那么为什么说诗歌中同样有视角问题？我们又该如何界定诗歌中的视角问题。也许可以这样说，视角是小说电影的普遍性问题，却是诗歌的特殊问题。只要是一部小说，就必然可以去分析其视角；但只有具备视角意识的诗，其视角问题才值得分析。这意味着，视角作为重要的艺术元素是诗的重要武器，但却不是必然手段。简单下个定义，诗的视角是指写作者通过有意识地缩小诗歌的观看角度，从而形成的一种观照世界、打开世界的特殊方式。

在我看来，诗歌中有一种非常重要的视角没有被充分认识到，这就是物视角。所谓物视角，不是指诗歌中的景物描写，也不是自古典诗以来已经成为重要类型的托物言志咏物诗。不管状物还是咏物，背后在观看和思虑的依然是人。物视角最重要的特征就是用物观看和感受，至少是人融于物。物视角为什么重要？因为人类通常都被笼罩于人视角的认识论牢笼中，以至于忽略或删减了世界的丰富性而不自知。人类在认识世界、征服世界的过程中建立了一套把握世界的知识体系，虽然原始社会、封建社会和资本主义社会的人类看待世界各有差异，但相当一致的是，人总是作为人，也只作为人去观看、体验、感受和表达。因此，某种意义上，我们描述的宇宙未必是宇宙本身，而只是人认识到的宇宙。物视角在哲学上就是提供了一套人类本位的认识论之外的物认识论。辛波斯卡《用一粒沙观看》显然就是对人类中心主义认识论的某种嘲讽，并昭示一种诗歌物视角的可能性。

"我们叫它一粒沙。/但它不叫自己粒或沙。/它没有名字也过得很好，/不管是笼统、特别、短暂、永久、不确切/或恰当的名字。"什么意思？当我们说"一粒沙"的时候，我们以为是在客观无比地描述某个事实，辛波斯卡说不！不管是"一"，还是"粒"还是"沙"都是人类知识系统中的尺度或概念，对于沙来说，它未必就是沙。所以诗人说"它掉落在窗沿这一事实/只是我们的经验，而非它的。/这跟它掉落在任何事物上没有分别，/它并不知道已经完成掉落/或仍在掉落。"由沙而推及湖，所谓美妙的湖景不过是人类的认知，"湖景本身不观看自己/它存在于这个世界，没有颜色和形状，/没有声音，没有气味，没有痛苦"；我们平常说"湖底"，以为是一个客观存在，可是这也是人的视角，对于湖这个物来说，"湖底无底地存在着/湖岸无岸地存在着。/湖水不感到自己是湿是干。/波浪也不感到自己是单数还是众数"。这首诗最有意思之处在于以一种戏谑的精神嘲弄了人类中心主义的认识论，并提示着在人视角之外无限丰盈的存在可能。显然，你会说，假如没有数（一二三四等等），没有量（粒、块、颗、本等等），没有状物概念（沙湖岸山等），人类如何建立起对世界的认识呢？辛波斯卡这个"杠精"难道要把作为人类文明的认识论一笔勾销么？当然不是。以人为本位的认识论自有其价值，借助这套认识论，建立的是一种常识的世界；辛波斯卡要提示的不过是，在一个稳固的常识世界之外，另有不一样的世界可能性，关键在于看，在于如何看，在于用人的视角还是用物的视角，又是用什么物的视角。假如诗人有能力逸出常识的世界，他就将建立一个不同于常识的诗意世界。

王国维《人间词话》有一段非常著名的话：

有有我之境，有无我之境。"泪眼问花花不语，乱红飞过秋千去。""可堪孤馆闭春寒，杜鹃声里斜阳暮。"有我之境也。"采菊东篱下，悠然见南山。""寒波澹澹起，白鸟悠悠下。"无我之境也。有我之境，以我观物，故物我皆著我之色彩。无我之境，以物观物，故不知何者为我，何者为物。古人为词，写有我之境者为多，然未始不能写无我之境，此在豪杰之士能自树立耳。

这里区分了有我之境和无我之境，以为区别在于"以我观物"或"以物观物"。可是，这种区分其实是模棱的。你说"泪眼问花"后面有一个人，可是"采菊东篱下"背后又何尝没有人呢？区别只是这个人的情感色彩究竟是浓还是淡。即使是"寒波澹澹起，白鸟悠悠下。"这背后难道没有隐藏着一双人的眼睛么？从认识论角度，王国维所举的例子，全部是人视角的写作。中国古典诗能真正超越于人视角而用物视角的实在少之又少。杜工部极擅写景，更工于境中融情。"两个黄鹂鸣翠柳，一行白鹭上青天。""侵陵雪色还萱草，漏泄春光有柳条。""桃花细逐杨花落，黄鸟时兼白鸟飞。""无边落木萧萧下，不尽长江滚滚来。"这样的句子很客观了吧，可是物在里面当然千姿百态、极尽其妙，但是它们却不是体验和观看主体，它们始终是被观看的对象，因此你很容易就从种种蛛丝马迹辨认到那个观看者的心情，翠柳鹂鸣，白鹭青天，色彩和声音足以指证了观看者的雀跃欢欣；而落木之萧萧，长江之滚滚，套用辛波斯卡的话来说，落木对自己来说并不萧萧，长江对自己来说也不滚滚，所谓萧萧与滚滚，还不是凝结着人类情感的听和看么？这还是感情克制的，至于"国破山河在，城春草木深。""好雨知时节，当春乃发生。""自来自去梁上燕，相亲相近水中鸥。""随风潜入夜，润物细无声。""露从今夜白，月是故乡明。"你真以为不过是写境吗？所谓国，所谓山河，所谓好雨，所谓自来自去，所谓相亲相近，所谓润物，所谓夜晚，所谓故乡，哪一个不是人类的概念呢？绝不是非议杜工部，他写得妙绝！只不过不是物视角而已。即或是韦应物那首《滁州西涧》：

独怜幽草涧边生，上有黄鹂深树鸣。
春潮带雨晚来急，野渡无人舟自横。

这里纯是无人的物境,"野渡无人舟自横"更是某种隐逸野趣的自在之境,可是,"独怜"与"无人"说明,这终究是人所想象的物境,它终究是人视角之下的物境。就像姜夔写"二十四桥明月夜,波心荡,冷月无声,念桥边红药,年年知为谁生","为谁生"是典型的人类情感。古典诗人看取物象,基本思维就是在物中投寄心志或情感,这便形成了"托物言志"和"体物缘情"的二种思维,此间之物,都是人的志或情的道具,或提线木偶。即或是婉转多情、多才多梦的李商隐也莫能例外。你看"天意怜幽草,人间重晚晴。"(《晚晴》)"水仙欲上鲤鱼去,一夜芙蓉红泪多。"(《板桥晓别》)"芭蕉不展丁香结,同向春风各自愁。"(《代赠二首》其一)"花须柳眼各无赖,紫蝶黄蜂俱有情。"(《二月二日》)"沧海月明珠有泪,蓝田日暖玉生烟。"(《锦瑟》)"春蚕到死丝方尽,蜡炬成灰泪始干。"(《无题》)"莺啼如有泪,为湿最高花。"(《天涯》)绮丽多姿的想象背后,哪个物象后面不睁着一双哀婉的人类之眼呢?

古典诗稍微有点物视角意思的只是寥寥,比如王国维"朱颜辞镜花辞树"(《蝶恋花·阅尽天涯离别苦》),为什么说这里的物不是提线木偶,而获得体验能力成为一种视角呢?你看朱颜、花都成为"辞"的主体,你会说,这不就是拟人吗?把物当成人来写。朱颜辞镜,繁花离树,这里体现的依然还是一种人类的容颜老去的感慨。这当然不错,所以说它也只是稍微具备了某种物视角的意思,这里有物即是人,人即是物,物我交融之境。这个句子很容易让人想起李太白的"云想衣裳花想容",朱颜能辞而云花能想,这都是因为在这两位诗人那里,物是真正有情感的。其他诗人未必以为物有情感,物不过反照了人的情感;可是在太白这个满脑子醉态思维的诗人这里,物真的是有情感,能体验的。他说"东风随春归,发我枝上花。""寒雪梅中尽,春风柳上归。""雁引愁心去,山衔好月来。"这里的风花雪月都有着某种主体性,不完全是诗人主体情感的投射,这是李白跟其他古典诗人不太一样之处。

相比之下,物视角在现代汉诗中得到了某种探索和拓展。且看下面两个句子:

朱颜辞镜花辞树(王国维《蝶恋花·阅尽天涯离别苦》)

一面镜子永远等候她/让她坐到镜中常坐的地方（张枣《镜中》）

在王国维那里静态的镜在张枣这里获得了主体性和情感能量，因为它会等待。这有点意思，这个意思在于在一首以人视角为主的诗歌中突然切换了一种物的观看角度，它的作用基本应该视为修辞意义上的。我们再看看马骅的《乡村教师》：

上个月那块鱼鳞云从雪山的背面
回来了，带来桃花需要的粉红，青稞需要的绿，
却没带来我需要的爱情，只有吵闹的学生跟着。
12张黑红的脸，熟悉得就像今后的日子：
有点鲜艳，有点脏。①

这就更接近于物视角了。第二行的"回来了"主体是什么呢？是"上个月的那块鱼鳞云"，不但回来，还能"带来"。想一想徐志摩那首著名的别云之诗，他不带走一片云彩，可是他跟云彩的交情实在不深，在他那里，云就是云，人就是人。在马骅这里却不然，这朵云完全就是一个老朋友，它有形状（鱼鳞云），有时间（上个月），有地点（雪山背面）。这朵鱼鳞云还不完全是一个情感和观看主体，可是它被当作一个主体那样对待。

接下来可以来谈谈唐不遇的《泉》和游子衿的《林中洼地》这两首比较典型的物视角诗了，这两首诗在写作过程中，并没有采用直接抒情的方式，而是通过某物的视角来观照，取得了非常好的效果。

泉
唐不遇

一口泉感到孤独
因为它不知道

---

① 马骅：《乡村教师》，蔡天新主编《现代汉诗100首》，生活·读书·新知三联书店2007年版，第323页。

它和遥远的大海的联系。
一个疲累的旅人在水面
看见自己的脸,
然后亲吻自己。

一只蜻蜓来到这里产卵
不久和无名野花一起死去。
在寂寞的水草中
一枚鸟蛋轻轻破裂,
白色寂静裹着黄色鸟鸣
一齐涌出。

我的工作是漂洗落叶
直到它们彻底干净,
我的报酬是倒映的白云——
天空那衰老的墓穴,和我一样
无法闭上泪水盈眶的眼睛
停止观看消逝的东西。
2007.4[①]

  这首诗第一节写的是个体和共同体的关系,泉作为个体无法想象到跟大海的联系而孤独,很多个体无法找到自身跟更大传统之间的关联而孤独。可是某种意义上人的本相就是孤独,能够找到真正知音的人究竟有多少呢?后面那个对着水面亲吻自己的旅人令人想起古希腊神话中的纳西索斯,一个超级自恋的美少年,他不能照镜子,不能看见自己,否则就会疯狂爱上自己。有一次他在湖边无意中看见了自己的影子,遂疯狂地亲吻水面中的自己,以致溺水而死。所以这一节写的大概是那些孤独的找不到同行者的人。
  第二节转换了一个场景,一个命运的场景,这里写的是生死:产卵的蜻蜓和无名野花一起死去,生命有时就是这样脆弱,每一天

[①] 唐不遇:《泉》,张德明等主编《2012中国年度好诗300首》,长江文艺出版社2013年版,第222页。后引此诗不再另注。

都有无数脆弱的生命在逝去；可是下面写的却是生，一枚鸟蛋的破裂，"白色寂静裹着黄色鸟鸣"，这一句真妙啊，白蛋壳破裂出来黄色的小鸟，拼贴于寂静和鸟鸣之中，在上面生命的短暂中再附以生命的诞生。生生不息！

最后一节从泉的主观视角出发，巧妙地并置了两只观看命运的眼睛。泉由于有镜面效果，所以被赋予了观看的能力，映在泉中的不管是落叶还是白云，都是消逝的事物；而观看命运的另一只眼睛则来自天空："天空那衰老的墓穴，和我一样/无法闭上泪水盈眶的眼睛/停止观看消逝的东西"。生命永恒地在流逝，唯有泉和天空这样的观看者永恒。这是诗人要说的，可是我现在相信，生命中有更多的永恒，在勇敢爱者的心中。

并不是所有的物都具有成为视角的可能。由于泉和林中洼地都具有某种镜面效果，可以观照倒映万物，所以才具有"眼睛"的效用，而且两首诗所选取的材料物象都是围绕泉和林中洼地而设置，这种上下文的有机性使诗歌没有胡乱堆叠的撕裂感。很多人对现代诗歌的跳跃性的错误理解便是胡乱的撕裂，这必须引以为戒。要注意的是，物视角包含了"物主体叙事"和"物客体叙事"两种叙述方式，前者进入物的内心来写，容易写出内在的经验。又如唐不遇的诗"鸟辨认着墓碑上的字迹"（《辨认》），如果是转换为白描式的物客体叙事"鸟在墓碑上跳跃"之类就差之千里。请注意并非所有情况下都只能采用物主体叙事的语言，然而物客体叙事却必须有更多修饰，譬如《泉》中的句子：

> 一枚鸟蛋轻轻破裂
> 白色寂静裹着黄色鸟鸣
> 一齐涌了出来

这里写鸟蛋破裂，但由于将蛋白蛋黄拼贴了寂静和鸟鸣，诗意便涌现出来，又如张枣的那句诗：

> 谈心的橘子荡漾着言说的芬芳[①]（《跟茨维塔耶娃的

[①] 张枣：《张枣的诗》，人民文学出版社 2010 年版，第 228 页。

对话》）

　　这里同样没有进入橘子的内在经验，而是一种外在描述，然而橘子的芬芳和交谈及言说拼贴到了一起，反而写出了一个孤独者面对橘子的体验。这是特别妙的诗行。再看游子衿的《林中洼地》：

林中洼地
游子衿

午夜，一只老虎来喝水。小心翼翼
探头伸向水，伸出粗糙的舌头……它消失了
走得并不匆忙，脚步很软
第二天早晨，第一缕阳光
来喝水。鸟们也来了，白色的影子，黑色的影子
落在水里。然后是风
穿行在林间的风，来来回回
突然有一天，一队溃败的逃兵
涌进了这片树林。他们惊惶而沮丧
满脸血污，谁都不说话
他们也没有停留，骑着幸存的战马
啪嗒啪嗒地踩在水上
瞬间就消失了踪影。多少年过去了
追兵始终没有出现……是谁，指挥了那场战役
新的一天已经开始
叶子渴了会来喝水，离开高高的树枝
一切，都已经非常遥远
　　2005.8.6①

　　此诗借用了林中积水洼地所形成的镜面效应，推出了一个洼地视角，非常精彩地把人作为有死者的局限性和洼地的超然物外表达出来：洼地见证了来喝水的老虎，见证过老虎带刺的舌头，也看到过清晨第一缕来喝水的阳光。它看见过一群满脸血污的逃兵，对于

---

① 游子衿：《林中洼地》，《时光书简》，珠海出版社2010年版，第10页。

逃兵而言，他们不知道后面的追兵何时杀来，他们深陷于命运的棋盘或迷宫中，而林中洼地却代表了那双站在迷宫之外的超然的眼睛，这双眼睛代表着时间，代表着命运。在这里，人的有限和某种更高的无限相衔接，使诗中呈现了某种触摸神秘的博大。这是洼地视角的好处，传统诗歌中并非没有这样一双俯视苍生的眼睛，通常这双眼睛由月亮来扮演，所谓"秦时明月汉时关"，月亮代表着某种有死者所不能企及的永恒，可是月亮在现代诗歌中由于过分普遍而成了一个需要特别谨慎使用的陷阱。游子衿巧妙地改造了洼地，使之具有月亮这样代表永恒时间的功能。无论如何，这首诗中，视角的使用是特别重要的因素。同样以某种具有镜面效果的物体为主体而让我特别感动的还有香港诗人梁秉钧（也斯）的《池》：

> 一千年那么老
> 镜容池
> 把所有的山
> 纳入怀里
>
> 对所有嶙峋地
> 蹲伏在林后
> 苔地上的
> 巨石
> 答予温和的回声
>
> 对所有晃动
> 在岸边
> 摇着摇着头
> 那么多的否定的
> 所有的鹅
> 肯定地微笑
>
> 对所有暧昧的
> 浅绿
> 棕黄

层层
　　　如烟的朦胧
　　　坦露清澈的面容

　　　对池边
　　　呆坐
　　　走过
　　　不知为什么笑
　　　或是不知为什么忧伤的人
　　　慰以不息的水流
　　　　　　1978 年①

　　一千年那么老，起句就把永恒的时间维度纳进来了，镜容池把所有的山纳入怀中。倒映是人的观察，"纳"则使池成了温暖的主体。这是一首特别治愈的诗，诗人几乎退场，而假山、苔地、巨石、流水、游鹅、波光则都活了过来，获得了一个丰富物世界的相互应答。当然，这首诗里还是有人的，只是这些人不知道为什么笑，或是不知为什么忧伤，这才是物视角，物哪里知道你们人类的事情？它能做什么呢？不过是慰以不息的水流。这道水不是"自是人生长恨水长东"，而是"逝者如斯夫不舍昼夜"，它携带着时间无限的绵延在一直奔跑，渺小的人遇到了川流不息的无限的时间，也许会说，而我的心事，不过是世世代代都在上演的心事呀！水才照见一切！

　　说完物视角，我要说诗歌视角其实不仅是个观看角度的问题，还是个切入角度问题。"视角"其实是诗歌呈现时观照角度的有意识窄化，但准确的视角限制反而大大提升了表达的效果。16世纪法国诗人龙沙的《致埃莱娜的十四行诗》选择了一个老年贵妇人的视角，便表达出了某种徐缓的生命晚景才有的感慨："当你十分衰老时，傍晚烛光下／独坐炉边，手里纺着纺线／赞赏地吟着我的诗，你自言自语／龙沙爱慕我，当我正美貌华年……"这个视角后来被

---

① 梁秉钧：《池》，蔡天新主编《现代汉诗100首》，生活·读书·新知三联书店2007年版，第111—112页。

叶芝直接继承，写出了《当你老了》："当你老了，头白了，睡思昏沉/炉火旁打盹，请取下这部诗歌/慢慢读，回想你过去眼神的柔和/回想它们昔日的浓重阴影。"你会说，龙沙真自恋呀！他想象一个女人暮年依然对于他的爱不能忘怀，通过这种想象确认自身，女人的爱就是他的湖面，倒映他的水仙花情结。相比之下，叶芝的爱不是自恋性而是奉献型的，可是他依然必须借助一个虚拟的晚年视角。时年29岁的叶芝向毛特·岗示爱，怎样才能让自己的爱带上永恒的维度呢？当然是插上时间的翅膀直接老去，再在晚年的情境下告白。可以说，虚拟的晚年视角是这两首诗成功的共同保证。

另有一些角度独特的作品，比如阮雪芳的《一枚醒着的钉子》，显然是借助了某种类似于《江雪》那样的宇宙视角；宋晓贤把对一生的理解严格限制在"排队"视角，这种诗歌的限制性视角在当代诗中越来越多；博尔赫斯的诗则有意以一种朴拙无智的体验性视角去激活个体面对星空的感觉和经验。彼得·汉德克的诗《颠倒的世界》写物对人的反向控制，一种特殊的反向视角使此诗在精神上逼近了卡夫卡。这些都在提醒我们写诗时，一个独特的切入角度是多么重要，甚至很多时候，一首诗的成功就是由一个有效的切入角度提供的。

现代诗的想象力

——以海子《九月》为中心

本文想探讨现代诗歌的想象力问题。我说一个很切身的经验，读大一的时候，有同学对海子的《亚洲铜》推崇备至，那时海子的名气已经很大了，我不能确定那个同学是否真的读懂了海子，但是我那时对海子诗歌总体上是很隔膜的。那时我喜欢的是"姐姐，今夜我不思考人类，我只想你"以及"面朝大海，春暖花开"这种比较抒情而通俗的句子。因为我并不能把握那种独特的诗歌想象力。所谓诗歌想象力，指的是诗人动用了区别于日常的、当下的认知方式而进行的叙述表意方式。我们的日常思维，非常严重地依赖于一种主客两分的认知模式。在这种模式中，人是认识世界的主体，而万物则是被人认识、描述、支配的对象。当我们指着一个杯子说，"看，杯子，可以盛水的工具"时，从日常的意义上说是正确的，从诗歌的意义上说是乏力的。因为它所打开的那个世界完全平行于日常认知。但是，诗歌的想象力会动用置换思维、童话思维、神话思维、物视角思维等等认知和体验方式，它将打开更丰盈的世界。在这个意义上说，写诗不仅是在描述一个现实世界，而是在想象一个无限的世界。诗歌，检验着写作者的想象力边界。所以很多人在写诗时会发现想象力之墙的存在。下面我们介绍几种诗歌想象力的展开方式。

一　诗歌想象力作为一种思维

我们来看看海子诗中特殊的想象力——历时性思维和文化史思维。《九月》开篇这二句"目击众神死亡的草原上野花一片""明月如镜高悬草原映照千年岁月"① 非常值得深入讨论。如果局限于现实性思维的话,我们能看到的是"草原上野花一片"和"明月如镜映照草原",但海子突破了这种现实性的想象力框架,从句中我们可以看到他动用了历时性思维。所谓历时性思维指他将此在的瞬间置于绵延的时间流中考察,所以,他看到的不仅是眼前的草原,而是穿行于时间中的草原。因为置于时间之中,他看到的便不仅有野花一片的生机,也有死亡的枯寂。海子的《亚洲铜》中有这样的句子:"亚洲铜,亚洲铜/看到了吗?那两只白鸽子,它是屈原遗落在沙滩上的白鞋子/让我们,我们和河流一起穿上它吧"②,这里的比喻非常独特,但我们不能仅从修辞的角度理解它,修辞的背后其实是想象。这里其实依然是一种历史,特别是文化史的思维参与了对眼前事物的描述。我们看到的鸽子,但诗人却把白鸽子置换于屈原所存在的历史文化古迹中,它是屈原所遗落的白鞋子,这个比喻显然是一个置放于文化史脉络下的比喻,有一种历史性的想象参与其中。我们说"目击众神死亡的草原上野花一片"便动用了历时性思维和文化史思维,它摆脱了眼中的一景一物,跟"上帝死了"的现代文化预言产生了互文关联,从而打开了一个巨大的诗意时空,一种强烈的生命悲剧感和文化悲剧感内蕴其中。在《祖国(或以梦为马)》中写道:"此火为大 祖国的语言和乱石投筑的梁山城寨/以梦为上的敦煌——那七月也会寒冷的骨骼/如雪白的柴和坚硬的条条白雪 横放在众神之山",③ 这里的梁山城寨、敦煌、众神之山都是有鲜明文化内涵的符号,海子用自己独特的历史想象力把这些文化符号统一于自己的诗歌语境中,这是非常值得注意的。也就是诗歌的想象怎样摆脱眼前的一景一物,置放于历史文化脉络中。

海子诗歌也经常动用童话思维,比如在《天鹅》中,"夜里,我听见远处天鹅飞越桥梁的声音/我身体里的河水/呼应着她

---

① 海子:《九月》,西川主编《海子诗全集》,作家出版社2009年版,第205页。下引此诗不再另注。
② 海子:《亚洲铜》,西川主编《海子诗全集》,作家出版社2009年版,第3页。
③ 海子:《祖国(或以梦为马)》,西川主编《海子诗全集》,作家出版社2009年版,第434页。

们"①。这里的"天鹅"是抒情主体"我"的外化,或者说分身意象。通过一种童话化的想象中介,超越那种单薄的直接抒情。同样,顾城的诗也会采用童话思维,比如他在《我是一个任性的孩子》中写道:"我想在大地上画满窗子,/让所有习惯黑暗的眼睛都习惯光明。"② 在《丧歌》中又写道:"敲着小锣迎接坟墓/吹着口笛迎接坟墓/坟墓来了/坟墓的小队伍/戴花的/一小队坟墓"③ 这里都是典型的童话思维,这首诗中用坟墓迎接坟墓,诗的主体是坟墓,显然动用了童话思维,这种思维中的主体置换,让我们觉得非常有意味。

现代诗歌还经常通过观物立场的切换来获得一种独特的想象力。在《面朝大海,春暖花开》中这一句"那幸福的闪电告诉我的,/我将告诉每一个人",④ 它有趣的地方就在于将观物视角悄然切换为物——闪电。这种观物立场的切换,在不少现代诗中有体现,比如张枣那首著名的《镜中》就有"一面镜子永远等候她/让她坐到镜中常坐的地方"⑤,这里观物的主体同样切换为"镜子",起到独特的效果。马骅有一首《乡村教师》,开头一句"上个月的那朵鱼鳞云从雪山的背面/回来了,带来了桃花需要的粉红,青稞需要的绿/却没有带来我需要的爱情"⑥ 它讲的是上个月的那朵鱼鳞云,它的观物是从鱼鳞云出发的,而且他加入"上个月""那朵",在我们看来可能是没有差别的,但是在诗人眼中,它是具体的、唯一的。因此,你会发现诗人的对于那种景物有着无限情思,这些都是切换观物立场来获得的。当代诗人唐不遇有一首诗叫《泉》,他写道:"一口泉感到孤独/因为它不知道/它和遥远的大海

---

① 海子:《天鹅》,西川主编《海子诗全集》,作家出版社 2009 年版,第 176 页。
② 顾城:《我是一个任性的孩子》,《顾城的诗顾城的画》,江苏文艺出版社 2013 年版,第 48 页。
③ 顾城:《丧歌》,蔡天新主编《现代汉诗 100 首》,生活·读书·新知三联书店 2007 年版,第 147 页。
④ 海子:《面朝大海,春暖花开》,西川主编《海子诗全集》,作家出版社 2009 年版,第 504 页。
⑤ 张枣:《镜中》,洪子诚等主编《百年新诗选》(下),生活·读书·新知三联书店 2015 年版,第 342 页。
⑥ 马骅:《乡村教师》,蔡天新主编《现代汉诗 100 首》,生活·读书·新知三联书店 2007 年版,第 323 页。

的联系。"在这首诗中,我们发现他的观物角度是泉,泉感到孤独。他下边说:"一个疲累的旅人在水面/看见自己的脸/然后亲吻自己。"形成某种对照性的关系。切换观物的角度是很有意思的现代诗歌的技巧。这种以物观物的视角,还有另外一首我一直很喜欢的诗,他是当代诗人游子衿所写的《林中洼地》:"午夜,一只老虎来喝水。小心翼翼/探头伸向水,伸出粗糙的舌头……它消失了/走得并不匆忙,脚步很软/第二天早晨,第一缕阳光/来喝水。鸟儿们也来了,白色的影子,黑色的影子/落在水里。然后是风/穿行在林间的风来来回回/突然有一天,一队溃败的逃兵/涌进了这片树林。他们惊慌而沮丧/满脸血污,谁都不说话/他们也没有停留,骑着幸存的战马/啪嗒啪嗒地踩在水上/瞬间就消失了踪影。多少年过去了/追兵始终没有出现……是谁,指挥了那场战役/新的一天已经开始/叶子渴了会来喝水,离开高高的树枝/一切,都已经非常遥远。"这首诗很有意思,它整个角度不是人,而是林中洼地,这是诗题所提示的。树林当中一片洼地,可能它会积水形成一个镜面。在诗人看来,这个镜面是可以看到的,所以他说:"一只老虎来喝水,第一缕阳光来喝水,鸟儿们也来了。"这些描述显然是从林中洼地主体视角出发。这个视角很有意思,它下边还谈到骑着战马的士兵,满脸血污,然后他们逃走了,多少年过去,追兵也没有出现。我觉得这里边最有意思的地方在于林中洼地呈现一个跟我们普通人相近的有限性视角。我们每个人看到的东西都是有限的,而在林中洼地的有限视角当中,它既包含命运的跌宕,比如说逃兵、追兵就代表了一种奔波或劫难的状态;它也包含着命运的不解之谜。这里切换了林中洼地的视角,他看到一些人没有看到的东西。因为只有林中洼地才能看到逃兵、才能知道追兵有没有追上来。而同时并没有许诺给林中洼地一个无限的上帝一般的视角,它依然是一个有限的视角。所以你会发现物的视角依然是人的视角。所以这就使得这首诗观物的立场带来很特别的诗歌的内涵。

二 《九月》的时—空—人想象框架

海子的诗歌有时会被质疑为青春期写作,指其过于空疏泛滥的情感抒发。这种指责并不能成立,海子诗歌的魅力不仅在于抒情,更在于一种奇特的、破壁而过、穿越时空的想象力。我们知道，诗歌必须有能力写出此在和此情此景，但诗歌如果局限于眼前而不能有所超越和打开，思域就相当逼仄。《九月》这首诗就典型地呈现了诗人在"时—空—人"的框架中展开想象的过程。

1. 诗歌与时空

理解《九月》可以借助两个关键词，第一个词叫时空，第二个词叫死亡。有两首唐诗可以跟这首诗比较阅读。第一首是大家非常熟悉的柳宗元的《江雪》："千山鸟飞绝，万径人踪灭。孤舟蓑笠翁，独钓寒江雪。"这里的千山、万径，指的是空间。这首诗的空间就通过千山、万径、孤舟、江雪这种由大到小的排列而变得无限绵延。所以这首诗有一个内在结构是"空间中的人"它写的是千山—万径—孤舟—江雪环境中那个独钓的人。它是空间中的人。我们刚才说还有另外一首可以对照的诗，它是陈子昂的《登幽州台歌》，大家也耳熟能详："前不见古人，后不见来者。念天地之悠悠，独怆然而涕下。"我们会发现，这里诗中的前后指的是时间，天地指的是空间。在前后和天地的时空中那个独怆然而涕下的个体是一个与天地万物相往来的主体，所以这首诗的内在结构是时空中的人，它比《江雪》多了一个时间维度。回头如果我们来看海子的这首《九月》就会发现，它的内在结构同样是"时空中的人"。

2.《九月》的时—空—人结构

空间在《九月》中体现为草原、远方的风。一望无际的草原是一种静态的辽远，远方的风作为一种流动的存在物是一种比草原更辽远的事物。所以，这里突出的是空间的广阔绵延；时间在这首诗中体现为"明月如镜高悬草原映照千年岁月"。中国古诗最常用来表征时间的两个意象，一个是月亮，一个是流水。所谓"秦时明月汉时关"，所谓"子在川上曰：'逝者如斯夫'"，显然是用月亮、流水来表征时间。所以这里表征时间的方式显然是从"秦时明月汉时关"中得来的。时间流逝，唯有日月山川永恒，明月表征的同样是一种时间的绵延。不难发现，时空在这首诗中被拉得特别广阔，或者说诗人有意识地把一个抒情的主体置放于一个被拉得特别广阔的时空里，这种广阔映照了其中行走者的渺小、易逝和孤独。这便是"我的琴声呜咽 泪水全无／只身打马过草原"。

有意思的是，诗歌想象力的展开并不是为了炫耀想象力，而是为了打开更广阔的思域，从而抵达新的思境。就《九月》而言，时—空—人框架事实上跟其存在主义的哲学底色有莫大关系。

3. 存在主义

《九月》有着跟《登幽州台歌》《江雪》相近的抒情结构，但我们并不能说《九月》是这两首唐诗的现代版。这首诗涉及一个上述唐诗所没有的主题，那便是"死亡"。死亡在海子诗歌中几乎构成了一种诗学，死亡是一个重要的存在主义议题。有人认为海子这首诗有着浓烈的存在主义色彩，是有道理的。

你可能会问，存在主义是什么？存在主义是19世纪末以至20世纪最重要的一种人本主义哲学思潮，我们不能在这里充分讨论它，但可以介绍它的一些基本特征和观点。存在主义对世界、生命和存在抱着一种悲剧性的认知，非理性、荒诞、虚无、孤独是存在主义对生命存在的一种基本判断。叔本华说"人生就像钟摆一样在空虚和痛苦之间来回摆动"，我们举个例子来讲，比如说一个人，当你的人生处于一种空虚的状态，这可能是一种没有目标的状态，在这种空虚的状态中居留过久，你也会觉得没有意思，所以你就会有目标，就会想要去追求实现你的理想，而在实现理想的过程中，你就会日渐感到一种痛苦。举个例子来讲，比如说我们经历的高考，大家在高考之前有很长时间的准备，感觉到考试的压力、煎熬，这是一种痛苦，而一旦考试目标实现了之后，你就会感到很长时间没有目标的空虚。所以我们才说存在主义是一种悲剧性体验的生命哲学。尼采说"上帝死了"，上帝之死宣告了不再有一个高高在上的神许诺给人的生存以统一的、绝对的意义和价值。这里说的都是生之虚无。存在主义的先驱者克尔凯郭尔认为：人只有在孤独中才能真正地体认到存在的真谛。尼采也认为：真正卓绝的个人，必定是孤独者。孤独既是存在主义所认识到的生命实质，同时也是反抗这种荒诞存在的重要精神价值。存在主义在对生命的悲剧性认识中缔造一种纯属于个体的精神价值。概而言之，它认识孤独，但又在孤独中对抗孤独；它认识绝望，又在绝望中反抗绝望。著名学者汪晖的博士学位论文研究鲁迅，就叫作《反抗绝望》。所以如果我们要特别简单地理解存在主义的话：它的第一个层面是认识虚无，这是存在论意义上的；第二个层面是对抗虚无，这是价值论意义上的。我们特别简单地来描述存在主义的一个侧面的话，可以说它在认识论上认识了虚无，同时在价值论上反抗虚无。这是许许多多存在主义者共有的特征。

4.《九月》的存在主义主题

回到《九月》，这首诗第一句的重心不在后半句"草原上野花一片"，而在前半句"目击众神死亡的草原"。开头这半句真的是横空出世，它一开始就昭示了诗歌不是在写实而是在想象的维度展开。草原如明月，具有某种永恒性，所以草原是有能力去目击他者的死亡的。可是，草原目击的不是"众生的死亡"，而是"众神的死亡"。从"众生"到"众神"，区别只有一个字，但是它的内容迥然有别，好多人去到草原，会被草原美景所击中，你会发现他都是对眼前事物的惊叹，这就使诗歌超越了此在的瞬间——野花盛开，满眼绿茵，无边无际。大部分人面对草原的景色会发出各种各样的惊叹，这些惊叹再精彩终究在思维上没有超越此在——眼前的、现实的东西。海子显然超越了，他由"野花一片"，郁郁葱葱的生命景象推向其反面——死亡，枯萎的、死寂的景象。可是，如果仅止于此也不过是万物之凋敝、众生之伤逝。在海子的视域中，草原目击的是"众神之死"，这便使这首诗一开始就有着浓厚的文化悲剧感。这里的"众神之死"跟上面讲到的尼采所讲的"上帝之死"可能有内在的关联。

"死亡"主题在第二节中体现为"远方只有在死亡中凝聚野花一片"，这里更清晰地提示了野花之生机和死亡是无比紧密地缠绕在一起的。因此，如果回头再说这首诗的精神结构，便不仅是"时空中的人"了，而是"时空的无限中，死亡的阴影下孤独的人"。这是海子存在主义生命观的一个体现。

我们前面已经讲到存在主义的一个侧面是认识虚无，另外一个侧面是对抗虚无。存在主义并不仅仅告诉你生命是悲剧性的，还提示着存在者如何在悲剧性的生命中存在。因此，那个"时空和死亡中的人"并不是一个抽象的被死亡压垮的人，而是一个有血肉、有生命感觉的存在者——"我的琴声呜咽 泪水全无／只身打马过草原",这里真是有声有色,呜咽的琴声是这个个体灵魂的内在音色,泪水全无揭示了他的表情,并非麻木,也不是天真的乐观。他是一个孤独的存在者,在渺远的天地和必然的死亡构成的坐标中孤独来回。这个"我"的形象,令人想起鲁迅《野草》中的"过客"。鲁迅的那个生命"过客",并不知道前面是什么,却依然要走下去。这显然是我们生命过程的高度象征化,同样海子在这首诗中写的也是一个草原上的生命过客,对生命而言,每个个体都不可避免地要走向悲剧。所以生命有一种悲剧感,但是他依然要"只身打马过草原",在草原中走下去,过草原。这首诗将人置放于特别广阔、辽远的时空,从而感受到一个人的渺小和孤独。但是另一方面他又呈现出一个人在悲剧的存在中走下去的轨迹。

三 比较文学视野下的《九月》

1.《九月》与《严重的时刻》

不妨再延伸一下,将《九月》跟里尔克的《严重的时刻》比较。此刻有谁正在世上某处哭,/无缘无故在世上哭,/在哭我。//此刻有谁夜间在某处笑,/无缘无故在夜间笑,/在笑我。//此刻有谁在世上某处走,/无缘无故在世上走,/走向我。//此刻有谁在世上某处死,/无缘无故在世上死,/望着我。(陈敬容译)[①] 这首诗将生命化约为"哭、笑、走、死"四个节点,其实就是出生、成长、漫游和死亡。这种概括是本质性的,也是悲剧性的。它不断提示存在的非理性和荒诞感,这就是"无缘无故",此刻有谁在世上某处生,在世上某处死,"无缘无故"讲的是一种荒诞性、非理性,类似于海德格尔所说的生命的"被抛"状态。海德格尔认为人生下来就是被抛弃到这个世间来的,因为当你出生在这世间时,没有人先跟你商量,没有人告诉你说我要把你生下来,也没有人告诉你说要把你生在这个时代,我要把你生在这个国家,我要把你生成这种性别,我要把你生在这个地区,我要把你生在富贵或贫穷之家,我

[①] [德] 赖内马·利亚·里尔克:《严重的时刻》,臧棣主编《里尔克诗选》,中国文学出版社 1996 年版,第 10 页。

要把你生成美丽或丑陋的状态，我要把你生成聪明或愚蠢的状态，没有人跟你商量。所以这是一种生命的被抛状态，所谓的"无缘无故"。它又不断强调这种荒诞生存对于每个个体的普遍性。所谓的"某处"，因为不确指而具有普遍性，因为"在哭我""望着我"而跟每个个体发生着内在的关联。在每一处，诗人都会提示着说，你别以为荒诞，你别以为悲剧是别人的，它与由我代表的每一个个体都有内在关联。你会发现，《严重的时刻》和《九月》一样写的都是悲剧性世界中的个体存在。两首诗的诗歌风格非常不一样，但主题有类似之处。

相比之下，里尔克的另一首名作《秋日》跟《九月》就更接近了。《秋日》中，诗人向神祷告："主呵，是时候了。夏天盛极一时。/把你的阴影置于日晷上，/让风吹过牧场。//让枝头最后的果实饱满；/再给两天南方的好天气，/催它们成熟，把/最后的甘甜压进浓酒。//谁此时没有房子，就不必建造，/谁此时孤独，就永远孤独，/就醒来，读书，写长长的信，/在林荫路上不停地，/徘徊，落叶纷飞。"（北岛译）① 这是一首非常著名的诗歌，它的传播可以说是世界性的，在国内有各种各样的译本，很多著名的诗人、翻译家都要拿这首诗来练手。这首诗也有很多的阐释，很多批评家觉得它必须要面对或要越过这首诗的小高峰。这首诗最大的特点就在于在神义论的背景中融入了存在论。它并未像尼采那样宣告上帝死了，你从诗中四季运行、季候转化、万物生长的背后读出了神的力量，所以他才会说："把你的阴影置于日晷上，/让风吹过牧场。//让枝头最后的果实饱满；/再给两天南方的好天气，/催它们成熟，把/最后的甘甜压进浓酒。"在他看来，这些背后显然有个主，有个神。它并不以为神的存在可以为人的存在许诺必然的意义。在传统神学中，神的存在就可以保证人的存在意义，人或信徒所要做的，只是信本身，老老实实地天天信服，相信并服从上帝，所以你的意义在神的存在中得到许诺、保障。但是里尔克不是这样看的。所以这首诗第二节所讲的"谁此时没有房子，就不必建造，/谁此时孤独，就永远孤独"。你会觉得这是很不现实的，谁此

---

① ［德］赖内马·利亚·里尔克：《秋日》，北岛《时间的玫瑰》，江苏文艺出版社2009年版，第69—70页。

时没有房子，按照现实，谁就得赶紧买房子，谁此时孤独就得赶紧摆脱孤独。但是在里尔克看来，这些都是没有用的，因为生命就其本然的状态而言，它就是孤独的，这种孤独并不是因为有神的存在就可以得到。所以这首诗是融入存在论的，这是这首诗特别的地方。你会在这首诗中感到一种跟《九月》相同的孤独。这份孤独正是海子《九月》中"只身打马过草原"。这份孤独不是某个人的孤独，而是生命的孤独。但是，海子既然已经认为"众神死亡"，大概有点尼采"上帝死了"的味道，他的个体孤独中显然有着更深的身份危机和文化悲剧感。

2. 谣曲风格

不难发现，里尔克、鲁迅、海子的诗歌都是存在主义思想很浓厚的作品，都有着对存在悲剧性的揭示。相比之下，海子的诗歌具有最强的诗歌质感，这种质感体现为场景——"草原上野花一片"；体现为声音——"我的琴声呜咽"；更体现为全诗那种复沓式的谣曲风格。

海子是新诗取法歌谣的有力践行者，这首诗的谣曲风格体现在某种形式的反复上。这首诗前后两节有反复之处，但又悄然变化。两节都是五行，"我的琴声呜咽 泪水全无"一共出现三次，这是典型的谣曲风格。但它又不是那种内涵简单、一味重复的歌谣。第一节强调的是空间维度中的人，第二节强调的是时间维度中的人。这种差异使诗歌具有多层次的审美性，既可以诉诸耳朵，也应该诉诸眼睛，诉诸大脑。海子将谣曲融入新诗的经验是值得好好总结的。谣谚是一种民间的诗歌形式，比较简单易懂、朗朗上口，所以它又流经在人们口中的类诗歌的作品。因为它简单易懂，所以他没有办法表达更深刻的内容，所以谣曲进入到21世纪之后，它跟新诗就产生一些冲突，比如说新诗要表达一些更内在，更丰富、更复杂。更有味的现代性的体验，如果用简单的重复的谱曲的结构，它就会有困难，两者很难融合到一起，所以它需要改变，你怎样把谣曲的风格、特征、审美融入新诗中，一些诗人做了探索，昌耀、海子等当代诗人。这种经验并非没有意义，它是值得我们认真去总结的。

3. "马头"还是"木头"?

还有一点需要稍加说明。此诗第一节"一个叫马头,一个叫马尾"一句在周云蓬的歌中唱为"一个叫木头,一个叫马尾",据多个海子诗歌选本,包括西川编的《海子诗全集》都是"一个叫马头,一个叫马尾",我们以这些书面版本为准。那么,这个句子又是什么意思呢?这个众说纷纭,有一种看上去不错的解释是:这里说的是上面弹奏出"我的琴声呜咽"的马头琴,因为马头和马尾恰恰是制作马头琴的二种材料。关于马头琴有一个哀伤的传说:相传有一位牧人怀念死去的小马,取其腿骨为柱,头骨为筒,尾毛为弓弦,制成二弦琴,并按小马的模样雕刻了一个马头装在琴柄的顶部,因以得名。如果我们再以这个传说引申其中的微言大义的话,也许可以说,马头琴的传说包含着某个"死亡与永生"的存在主义主题。它通过被制作成马头琴的方式得到永生,所以我们说死亡跟永生是存在主义的主题。因此,弹琴本身也是这样一种对抗存在荒凉的行为。这才有所谓"我把远方的远还给草原"。刚好史铁生有一篇小说叫《命若琴弦》,谈的也是一个对抗生命绝望的存在主义主题。这个故事我简略地说下,它讲两个盲人,一个老盲人,一个小盲人,老盲人的师父当年跟他说,你如果能拉断一千根琴弦,那么你就能取出琴槽中的那条偏方,取药,那药吃下去回让他重获光明,所以老盲人在故事开始时,已非常接近那一千根琴弦,他非常激动,期待重获光明,故事的最后,他拉断琴弦,取出那张藏在琴槽中的偏方,去到药店,人家告诉他说那只是一张白纸,老盲人才突然意识到可能当年他师父告诉他说要拉断一千根琴弦的时候,其实是给他一种希望。他的师父或许以为他这辈子没办法拉断一千根琴弦,所以会终生带着希望,带着光芒的期待在拉琴,这是反抗绝望的手段。他对这个小盲人说他记错了,原来他的师父不是跟他讲拉断一千根琴弦,而是要拉断一千两百根琴弦,他在心里边想这个小盲人可能永远都没有办法拉断一千两百根琴弦,他就可以永远带着希望在拉琴。从这个意义上,我们就可以说胡琴、马头琴确实是最有存在主义意味的文学意象了。当然,这仅仅是一种假说,或许可以有其他解释。

结　语

　　总之，理解新诗，有很多维度，但是我们今天要讲的是想象力，想象力就是：可以从不同角度来打开世界可以从切换观物立场、童话思维、神话思维、置换思维、历史性思维、文化思维等。这些角度被打开的时候，诗歌也就被打开。我不止一次听到很多人表达对新诗为何读不懂的困惑，我认为一个读诗的人想要跨进新诗这间房里面去，只要跨进这个门槛，首先就要有理解诗歌的想象力。理解诗歌可以从声音、结构、修辞、主题内涵等方面入手，但想象力一定是其中必不可少的一个角度。某种意义上说，正是因为新诗提供了独特的想象力，才打开了仅属于自己的世界；换言之，只有理解了新诗独特的思维方式，才能理解新诗的本质。

80 年代以来现代汉诗意象思维的几个侧面

意象是中国传统诗学的核心概念,同样是现代汉诗重要的修辞和思维方式。20世纪80年代以来的现代汉诗在意象的使用上遭遇现代性自我创新的挑战,但也在这个过程中实现了自我更新。

现代汉诗也长期被称为新诗,新诗在不断求变求新的过程产生了跟传统诗歌截然不同的标准,如臧棣所说:"在古典时代,衡量一个诗人的成就,主要看一个诗人对神话象征和公共象征的领悟的程度。而在现代诗的写作史中,这种衡量尺度发生了很大的变化,如叶芝感到的,现代诗人必须在其诗歌写作中去创建自己的个人象征。"[1]

现代性面向未来开放的时间观决定了它不断创制可能性的审美取向,所以,传统的意象在现代汉诗这里便产生了难题。所谓意象,是指经过诗人思想、情感和想象再处理过的名词性语言符号,是诗人心智情思和符号水乳交融的结果。意象往往是意寄于象,象蕴藉意。意象既是以少达多,又是寓抽象于形象,寓情感于画面的表达,是汉语形象性诗学的重要手段。与古典诗歌相对有限的语言体制相得益彰,其审美特性被发挥到极致。也可以说,意象是古典诗歌所找到的沟通读者和作者审美体验的有效桥梁。但是,在现代性标准进入新诗后,意象的桥梁却并不稳固。现代性要求创新,诗人于是不能安居于前人的审美桥梁而无所作

---

[1] 李心释等:《关于当代诗歌语言问题的笔谈(一)》,《广西文学》2009年第1期。

为。面对意象，诗人们都有着强烈的"影响的焦虑"。如果说古代诗人可以坦然地在诗歌中通过月亮意象去触摸乡愁或闺怨的话，现代诗人面对月亮却不能不小心翼翼。前人的月亮书写越多，后人书写月亮的困难就越大。

在意象使用方面，当代诗人有着相当多的思考和尝试。既有像于坚那样断然主张放弃意象——从隐喻撤退的；也有像北岛那样长久坚持意象诗歌写作，在诗歌内部有机性创设中更新意象个人性的；也有像张曙光那样，在意象与情境的关系中，以情境磁化意象并更新意象内涵的。这些不同的处理方式，构成了80年代以来现代汉诗意象思维的几个侧面。

一 意象否认：于坚"拒绝隐喻"的悖论

80年代以来，诗歌开始朝向个人性方向发展（这种个人性当然也是必须在具体时空中被历史化的，并不是说80年代以来的文学个人化完全脱离话语宰制），个人化带来了文学上的语言焦虑，体现在诗歌上则是对于"圣词"的审视和反思。80年代的文化语境中，诗人们已经开始认识到世界与个人的关系，语言与世界的关系。所以，个人化世界的建构有赖于个性化语言的寻找。对于诗歌中"大词"或"圣词"的拒绝成了一种重要的思考途径——于坚的"拒绝隐喻"正体现了这方面的理论努力。

早在80年代，于坚就开始诗歌随笔《棕皮手记》的写作。《拒绝隐喻》最初成型于于坚对随笔《棕皮手记》（1990—1991年）的整理，收录于1993年谢冕、唐晓渡主编的《磁场与魔方：新潮诗论卷》等选本。此篇短论观点惊人，但作为随感显得结构松散、逻辑性薄弱，"隐喻"一词使用较混乱。"拒绝隐喻"之说引起诗歌界较多争议；两年过后，于坚对此短论进行了较大幅度的修改，成为《棕皮手记·拒绝隐喻——一种方法的诗歌》，改后内容更加充实，论述亦更为严密，对"拒绝隐喻"的使用更为谨慎。1995年9月，于坚应邀在荷兰莱顿大学亚洲国际中心"中国现当代诗歌国际研讨会"上发言，完整地阐述了他的"拒绝隐喻"诗观。此诗论更名为《从隐喻后退——一种作为方法的诗歌》，刊登于1997年第3期的《作家》。

文章虽不断修改，但主体观点未变。于坚提出，"文明以前世界的隐喻是一种元隐喻"①，这种隐喻是命名式的。它和后来那种"言此意彼"的本体和喻体无关。于坚所谓的"元隐喻"是一种世界原初语言命名世界的活动，在他看来，在一套符号体系表征了世界之后，人们便不再活在跟世界的直接对话中。于坚认为："命名者才是真正的诗人""诗人所谓的隐喻，是隐喻后。是正名的结果。"② 他认为前者是创造，后者不过是阐释。

于坚意识到，在一套既成的符号系统中，名和实的分离变得越来越严重，人们不再能够言说存在，而只是言说一套关于存在的符号：

  五千年前的秋天和当代的秋天相比，早已面目全非，但人们说到秋天，仍然是这两个音节。数千年的各时代诗歌关于秋天的隐喻积淀在这个词中，当人们说秋天，他意识到的不是自然，而是关于秋天的文化。③

在他看来，隐喻的建立，意味着一种表达的成规惯例宰制了人们的思维，并造成表达活力的衰退，其结果是在公共意象的使用过程中词与物渐渐脱节，经验被遮蔽了，诗也隐匿了。他还常常对隐喻思维进行政治判断：

  20世纪以前的中国诗歌的隐喻系统，是和专制主义的乡土中国经验吻合的。越是专制社会，其隐喻功能越发达，不可能想象在一个隐喻作为日常言语方式的社会里会出现像惠特曼那样的诗人。④

既然"隐喻"必须为写作专制负责，那么他惊世骇俗的"从隐喻撤退"或所谓"拒绝隐喻"的主张便显得自然而然了。

不难看出，于坚诗学方案背后的问题意识来自于一种审美

---

① 于坚：《从隐喻后退——一种作为方法的诗歌》，《作家》1997年第3期。
② 同上。
③ 同上。
④ 同上。

现代性的思路。现代性向未来投诚、向可能性敞开自身，那么重复便是最大的耻辱。这种现代性语境下写作的影响焦虑促使于坚做出反应，他为写作个人化提出的惊世骇俗的方案就是拒绝隐喻。

中国诗歌集中体现隐喻艺术的便是意象，他很具体分析了中国诗歌中从词到意象的技法：中国诗歌的发展，是一个伴随着词不断向意象转化的过程。无疑，意象比词更概括、集中、凝聚，也更富于表现力。中国诗歌的不断发展，使得意象这一个文件夹不断地充实扩大，其妙处在于以后要说一下文件名（意象）便可以了，这样不但使诗歌简约集中，而且带来了一种文学特有的陌生化效果。中国诗歌中大量的意象如香草、美人、春水等等，它们表现了特殊的内涵而被后人不断使用，而这种使用又使它们的内涵得以不断地扩展而有了大量的文化沉淀。譬如现在使用梅花这个词，它已往往不仅是"梅花"，而代表了"清幽、孤傲、高尚、纯洁"等精神性特征，梅花所隐喻的内容曾经给诗人以影响使他们写出了"疏影横斜水清浅，暗香浮动月黄昏""零落成泥碾作尘，只有香如故"而这样的句子一旦产生，它又充实了梅花意象的内涵。中国诗歌正是在"词→意象"这一条道路上不断前进。

所以，在于坚那里，隐喻之弊便是意象之弊。拒绝隐喻是对传统诗写方式的放弃，是写作上求新意识下的修辞弑父，它以拒绝的姿态吁请着诗写的更新。这种方案可能为于坚的写作带来新活力，但显然也带来了新的陷阱和悖论。

显然，于坚混淆了隐喻修辞和隐喻思维的区别。作为修辞的隐喻也许可能在某些文本中被拒绝，但作为思维的隐喻却难以被拒斥于诗歌门外。隐喻事实上是对语言表意功能的拓展，隐喻使意义从此物进入彼物，从具体世界进入抽象世界，隐喻是唤起事物隐秘联系的方式。所以，作为思维方式的隐喻无所不在且与诗歌不可分离。在于坚的大量作品中，看上去隐喻被拒绝了，事实上被拒绝的仅是隐喻的修辞，在思维的层面上，于坚的诗歌同样乞灵于隐喻。于坚非常著名的诗歌《对一只乌鸦的命名》，显然实践着于坚拒绝隐喻的主张，他为不祥的黑鸟提供了充满细节的新语境，试图颠覆以往隐喻中乌鸦的经典内涵。某种意义上说，于坚做到了，他解构了"乌鸦"，但解构的实现，其前提正是传统"乌鸦"隐喻的存在。所以,于坚的反隐喻写作常常内在地跟隐喻写作纠缠胶着。

这种完全解构式的反隐喻写作——恢复命名功能的写作,在于坚那里也是不能一以贯之的。随举一例,他在《0档案》"出生史"中有这么一句:

手术刀脱铬了医生48岁护士们全是处女①

这句看似纯属叙述的句子意义的产生,其实不能离开"手术刀""处女"这两个词的隐喻功能。很难说"护士们全是处女"是一种现实描述,"处女"表达的是对一个僵化而充满道德洁癖体制的反讽。所以,"处女"已经由一种现实状态而被引申为"处女情结"或"陈腐的道德趣味"了。这种隐喻思维,也是于坚诗歌所不能不借重的武器。

现代性的求新意识使于坚拒绝诗歌中的陈腔滥调,希望写作能够重新回到存在身边,这构成"拒绝隐喻"方案的问题意识和合法性基础。然而,在为诗歌的陈腔滥调归因时,于坚却找错了根源。他认为隐喻必须为诗歌的陈腔滥调负责,无异于把杀人的责任归结到刀上。吊诡的是,这种方案在理论上虽然谬误重重,但对于于坚本人写作自我更新却并非完全无效。

拒绝隐喻虽无充分的理论基础,足以成为普适性的写作原则,却不失为某个诗人个性化的写作选择。正因此,其悖论性必须被指出:我们既不能因为它理论上的迷误而否认它作为个人写作方案的可能;也不能因为它在某个诗人身上产生的效果而将其扩大为普遍标准。

于坚拒绝隐喻方案是80年代以来中国诗歌意象思维中"意象否认"的一种思路,通过对它的争议和讨论,人们更清晰辨别意象思维作为重要诗歌思维的作用。换言之,写作个人性的获得可以通过否定意象——拒绝隐喻的方式来获得,但在意象的内部更新中同样可能实现。

---

① 于坚:《0档案》,《作家》1994年第1期。

二 有机性与意象创新：北岛《关于传统》的探索

北岛是朦胧诗人代表，意象思维在朦胧诗诗学中占有重要位置。更重要的是，北岛的写作，从未放弃过意象思维。在第三代诗歌通过叙事性、口语性而引入大量绵密的日常经验诗，北岛依然不为所动。写作的自我更新是每个严肃诗人的诉求，北岛的方式是为多个意象创设一种有机性，从而使意象既能在上下文中被解读，又不丧失个人性。我们通过他的一首短诗《关于传统》来分析他的探索：

野山羊站立在悬崖上/拱桥自建成之日/就已经衰老/在箭猪般丛生的年代里/谁又能看清地平线/日日夜夜，风铃/如纹身的男人那样/阴沉，听不到祖先的语言/长夜默默地进入石头/搬动石头的愿望是/山，在历史课本中起伏①

诗歌对"传统"的解释正是通过"野山羊""拱桥""悬崖""箭猪""风铃""文身""石头"等意象自身的隐喻和彼此的串联、并联、对位关系建立起来的。

"野山羊"不是小绵羊，不是顺从驯服的，而是野性独行的。诗中它甚至走到了悬崖之上，如果将野山羊置换为现代艺术家的话，显然也无不可。在现代性独辟蹊径的压力下，艺术家们都走到了创新的悬崖之上，这时，他们必然要思考自身跟"传统"的关系。而"拱桥"，显然是出走多时的"野山羊"跟传统之间建立起来的沟通途径，似乎在诗人眼中，它"自建成之日/就已经衰老"。

箭猪般丛生的年代是什么年代呢？直观解释当然是厮杀的、撞击的，非诗情画意的年代，也许可以牵强附会为信仰坍塌、思维碎片化的后工业时代。那么，"箭猪"和"野山羊"又有何关系呢？同为野性之物，走到悬崖之上的"野山羊"是高处不胜寒的，这或许可以解释为孤独；"箭猪"却是热衷于在猪群中相互搏斗并厮杀

---

① 北岛：《关于传统》，《北岛诗歌集》，南海出版社 2003 年版，第 53 页。

逐利的。羊，特别是野山羊是清高的；猪，特别是箭猪却是现世的。前者是艺术家，后者是庸众。这里北岛的精英心态又清晰地流露出来。所以，在箭猪丛生的时代，站在悬崖上的野山羊是无法看到地平线——太阳升起的地方。

　　孤独的野山羊，自绝于喧嚣庸俗的时代，又无法通过衰老的拱桥去汇入传统，（这是北岛跟艾略特不同之处）此时，"风铃"出现了，"风铃"本是美妙的声音的声源，是风和铃默契的合奏和共鸣，传统之风吹进当代的心灵之铃，在北岛眼中不过是一种浪漫想象，因为这种风铃，如"文身"的男人那样阴沉，听不到祖先的语言。如果说"风铃"是动态的，在场的，诉诸耳朵和心灵，稍纵即逝的话；那么"文身"则是图腾化、抽象化，诉诸眼睛并且长久居留、难以抹去的。这大概是北岛对传统一种阴沉的看法：传统虽然被描述成"风铃"，事实上却不过是具有压迫性的"文身"罢了，是祖先强制性地在我们身体上留下的记号。后面三句带有反讽性，特别是"历史课本"的表达，历史不是历史本身，而是被叙述、被讲授的"课本"；"山"于是可理解为"历史课本"中确立下来的主流叙事。如果这样看的话，北岛的观点依然很"阴沉"，代表了一种对传统的悲观看法：因为山不是我们可以跟祖先共享的自然物，时间漫过的石头，最后都是被"历史课本"塑造的，这里那种历史的叙事化的立场很强，显然也不是朦胧诗时期北岛所会有的文化立场。

　　北岛非常喜欢瑞典诗人特朗斯特罗姆的诗，重要的原因是他在特朗斯特罗姆精湛的意象诗歌表达中获得启发和共鸣。北岛通过为诗歌中的多个意象创设有机性的实践，无疑更新了当代诗歌的意象思维。

三　情境之于意象：张曙光《1965年》的探索

　　如果说北岛的意象思维是通过诸多意象之间的对位、串联等关系来创设有机性的话，张曙光的诗歌则追求情境对意象的磁化作用，文本情境同样使他诗歌中的意象获得了个人性。

　　一般而言，张曙光并不被视为意象诗人，研究界多认为他"创作于80年代中期，却并未引起关注的《1965年》，是90年代诗歌中'叙事'的起端"。① 然而，这首叙事性很强的《1965年》同样隐含着一种创新的意象思维——通过情境为个人意象提供保证。以《1965》为例，这首诗中充满了意象，像"雪""茉莉花""红色的月亮""电影院""陡坡""冬眠"的"动物""高压汞灯""淡蓝色的花朵""冬季"。

从于坚拒绝隐喻的思维来看，像"雪"这样被用了千百遍的词，其实太像其所指本身了——北方大雪初挂枝头的美丽和过后摇落地上被踩得脏不可言、混杂黑色泥土和无数脚印的存在，这难道不正是诗歌中被用破了的陈词滥调的某种象征。对于任何现代诗人而言，面对"雪"或"月亮"这样的意象都是有压力，张曙光并不例外。诗人该如何挣脱呢？于坚的方式是，干脆拒绝隐喻，隐喻总是会涉及名词，它恰好是名词的一种意义衍生机制。写作不可能避开名词或意象，于坚所谓的拒绝隐喻，很多时候就表现为解构意象——对乌鸦的逆向命名，他对塑料袋子的书写中充满着对各种文化飞行意象的解构。但是，张曙光的方式不是拒绝隐喻，而是用叙事性的手段，巧妙地赋予意象以个人化的内涵。比如，在他的诗歌中，雪是死亡的隐喻或象征，但是他却绝对不会简单地说"雪是死亡"（或相类似的"雪有死亡的质地""雪散发着死亡的气息""雪闻着有死亡的香气"之类语言），因为当诗人用隐喻的语言装置来写作时，从本体到喻体的语言映射，其实正是诗人的思维向世界发起的正面强攻，它所能炸开的东西，很可能是有限的。

应该说，张曙光保留了隐喻的效果，但是他放弃了明喻（像……）暗喻（是……）等通过修辞装置来实现的隐喻，他用叙事的铺垫来执行隐喻的目标。正因为隐喻弥散在整个诗歌语境中，所以，本体和喻体的关系就不再是直接的、确凿的，它是模糊多义的、多点发散的，因而也是更加丰富，更有创新可能的；一旦读出来也更加发人深思。我们看《1965》年中的"雪"：

那一年冬天，刚刚下过第一场雪

---

① 张桃洲：《杂语共生和未竟的转型》，《中国新诗总系（1989—2000）》，人民文学出版社2009年版，第31页。

也是我记忆中的第一场雪[1]

看似平淡的叙述口吻中没有任何关于"雪"的意义建构，即使有也是隐藏的、不动声色的。（如果说隐喻修辞的"是""像"是一种由诗人出面进行的强力导读的话，这种不动声色的叙事铺垫则是创设一个博物馆中的现代艺术展：陈列的顺序和方式已经包含着策展人观看世界的方式，但却没有一个导游来推销一种强制性的视点。）"那一年冬天，刚刚下过第一场雪"，这是主体客观的叙述口吻，"第一场"带来了某种"原初性的""充满期待憧憬"的意味；其潜在效果则是，暗示了这场雪对主体记忆的重要性，许诺了主体对记忆的确切把握。它虽然没有说出记忆，但暗藏记忆。我们接下来就会发现，记忆正是此诗的重要主题，而诗人在最后一句又颠覆了这种通过语气暗示出来的"确切记忆"。

第二句，"也是我记忆中的第一场雪"，第一句是一种客观化语气，第二句则是主体"不确定"语气："记忆中的第一场雪"该如何理解呢？第一种解释是"在我的记忆中，这是那个冬天的第一场雪"。"我的记忆中"说明它很可能是不够确切的，只是"我"个人的某种印象乃至错觉，它是不确定的，跟第一句的那种"确定、客观"的语气是不同的。诗人悄悄地铺垫下诗歌最后的"自反性记忆"（这里的自反性不是哲学上的"自我反映"，而是自我反对，自我消解的意思）。第二种解释则是，这场雪既是现实的，也是隐喻的，它是我的记忆中第一场严寒。因此，"雪"就不仅仅是"雪"了，它悄无声息地朝着"死亡的气息"逼近。结合全诗，这种含义确实是存在的：

> 傍晚来得很早。在去电影院的路上/天已经完全黑了/我们绕过一个个雪堆，看着/行人朦胧的影子闪过——/黑暗使我们觉得好玩/那时还没有高压汞灯/装扮成淡蓝色的花朵，或是/一轮微红色的月亮/我们的肺里吸满茉莉花的香气/一种比茉莉花更为冷冽的香气/（没有人知道那是死亡的气息）[2]

---

[1] 张曙光：《1965 年》，《西部》2011 年第 3 期。
[2] 同上。

这一段写雪后的傍晚去电影院看电影，后面括号内的句子埋藏着诗歌意义的密码——死亡的气息。正是从这个"密码"出发，我们发现这首诗所有被叙事性之灯漫不经心探照过的名词，其实都充满了隐喻。

这时，我们发现，这是一个典型此时语气与童年视角交融的片段：几个小孩子，绕过一个个"雪堆"，严寒堆成了我们的玩具，"行人朦胧的影子闪过——黑暗使我们觉得好玩"，这句话显得特别意味深长。"我们"还没有足够的经历和智力来理解"雪"的严寒和"黑暗"的残忍，没有办法理解那些从雪堆中闪过的朦胧影子所可能有的创伤和心事。所以，我们觉得这一切"好玩"，这里有一个"类儿童视角"，因为它并不是真的要还原到儿童的那种角度去看世界，只是借用了当时儿童眼中的世界来跟现在进行对照。所谓"那时"，"没有人知道"便是此时的语气，此时的语气与童年的视角的交融，为"雪堆""高压汞灯""茉莉花的香气"提供了非常重要的解释途径。

此时的语气告诉我们，在那种快乐无邪的记忆中，有一种死亡的气息在弥漫，只是它尚不为当年的我们所觉察。因此，此时的语气为诗歌解释提供了最重要的光源，所有的词都打上了死亡的色彩：雪中凛冽的香气是死亡的气息，那么雪很可能便是一场致人死亡的严寒。

"那时还没有"说明"高压汞灯"并不是童年场景中的现实存在物，它的引入不是现实性的，而是象征性的。它的引入是由于被装扮成"蓝色花朵"和"红色月亮"的高压汞灯跟雪被黑暗装扮成童年美好玩具之间具有同构关系。

1965年，"我"只有10岁，在童年演习着"杀人的游戏"的欢天喜地中，还无法理解一场早已降临的雪的含义。（从历史和文化意义上说，1965年之后即将降临的还有更大的雪）联系具体的历史语境，张曙光在这里漫不经心的语调而又步步匠心的布置，有着充分的现实指向。

由此我们发现，张曙光在赋予"雪"个人内涵的过程中，他放弃了传统的隐喻修辞装置，而诉诸了更加复杂的叙事装置，这里包含了适时的铺垫与说明；主导性阐释语码的设置（"没有人知道那是死亡的气息"是这首诗意义的主光源）；"此时"语气与"童年视角"的交融和张力。在这多种复杂精微的叙事设置中,"雪"与"死亡气息"的关系,不是点对点的对应映射关系,而是必须在语境的有机性中去综合把握的一种气息。

这首诗还有其他很多值得分析的地方,但是此处,张曙光20世纪80年代努力,在90年代大放异彩,引领了90年代的叙事性潮流。他延续了隐喻,又更新了隐喻的语言机制,相比于坚拒绝隐喻的结构策略,他向叙事性掘进的思路对90年代以来的诗写有着更重要的启示。而且,我们可以从八九十年代另一位重要的诗人张枣的诗歌写作中看到相近的处理意象的经验。

结　语

意象既是中国古典诗学的核心范畴,也是现代汉诗重要的思维方式。80年代以来的现代汉诗实践中,意象思维得到了多方面的拓展:于坚的"拒绝隐喻"事实上以否认的方式反证了意象思维与诗歌的不可剥离性的;北岛则以有多个意象有机性实现意象个人性;而张曙光的叙事性诗歌中,隐含以情境更新意象个人性的思维。意象在诗歌中或疏或密,或隐或显,但意象思维却始终是中国汉语诗歌思维之一。现代汉诗追求个人性和诗写的更新,诗歌中的意象思维也因此将变得更丰富多彩。

80年代以来现代汉诗的三种空间符号表述：麦地、卧室和乡野

空间不仅仅是人生存其间的一种客观维度。在诗歌写作中，空间作为诗写的重要元素往往被转换为多种符号象征参与了诗歌意义的建构。同时，那些带有强烈空间意涵的诗歌符号，具有超越诗歌修辞学的意义——现代汉诗的空间诗学跟时代文化症候有着千丝万缕的关系。因而，空间诗学兼具了本体诗学和文化诗学的双重意义。它成为我们以诗歌观照时代，以时代重审诗歌的重要通道。本文选取"麦地""卧室""乡野"三种重要的空间符号（或者符号序列）来呈现20世纪80年代以来现代汉诗空间诗学跟文化症候之间的密切互动。以期对现代汉诗的空间诗学研究有进一步探索。

"麦地"与80年代"悲剧英雄"的身份想象

进入90年代以后，海子是迅速被经典化的诗人。然而，海子的诗歌却并非没有争议。于坚甚至认为海子是典型的青春期诗人，并称"老是谈论海子是这个国家审美上比较幼稚的一种表现。"① 如何面对关于海子的这种争议？如何解释海子所受的热捧和差评？海子的流行和被批判难道仅仅是一种逝者致幻效应产生的赋魅与祛魅？抑或这里面勾连着一种更加复杂的文化症候。在我看来，"麦地"作为海子诗歌流传最广的空间符号，事实上提供了我们回答问题的入口。

很多人已经习惯用"麦地诗人"来称呼海子，有评论者认为海子诗中的"麦子"，"成了虽然渺小，但却深深地依恋大地、顽强

---

① 何映宇：《诗人于坚保守还是理想主义?》，《新民周刊》2009年第20期。

地与命运抗争、苦苦执着于理想的追求者形象。"① 认为海子的"麦地"为诗歌提供了"苦难而美丽的生存背景","在海子笔下,麦地的内涵也是丰富的,一方面,呈现为静谧的风景,承载着劳作的美丽;另一方面,又是延展着荒凉的大地,布满了哀伤的村庄。"②

诚然,"麦地"是海子诗歌念兹在兹的意象。在《麦地与诗人》中他写道:"在青麦地上跑着/雪和太阳的光芒//诗人,你无力偿还/麦地和光芒的情义"③ 这意味着,麦地不仅仅是诗人偶然经过的自然场景,不仅仅是诗歌情境的装饰性元素,麦地是诗人理想人格的滋养地。或者说,"麦地"承载着海子关于诗人的身份想象——在凡俗眼光之外对于世界痛苦而执着的质问和承担。在此意义上,麦地成了"神秘的质问者"和"坚定的承担者"。这一切在以下诗句中表露无遗:

麦地/别人看见你/觉得你温暖,美丽/我则站在你痛苦质问的中心/被你灼伤/我站在太阳 痛苦的芒上//麦地/神秘的质问者啊//当我痛苦地站在你的面前/你不能说我一无所有/你不能说我两手空空//麦地啊,人类的痛苦/是他放射的诗歌和光芒!④

值得特别注意的是诗歌中"别人"和"我"这两个世界的分裂。"别人"眼中的"温暖和美丽"并不构成对"我"的价值干扰,"我"从这一切义无反顾地分裂出来,理解了"麦地"的精神内涵。麦地事实上是诗中"神秘的质问者"的精神兄弟,他们深味为别人所无法理解的神秘,义无反顾成为"坚定的承担者"。因此,虽然"我痛苦",但"你不能说我两手空空",痛苦的承担成了生命意义的最大承诺。当海子在诠释"麦地"时,他事实上诠释了他关于诗人身份的想象。

---

① 高波:《现代诗人和现代诗》,云南人民出版社 2005 年版,第 145 页。
② 同上书,第 146 页。
③ 海子:《麦地与诗人》,西川主编《海子诗全集》,作家出版社 2009 年版,第 412 页。
④ 同上书,第 413 页。

在《黎明》等诗歌中,"麦地"的空间符号被压缩而转换为"麦子",并置于"黎明"这样的时间符号中。然而,稍加注意便不难发现,"美丽负伤的麦子",依然被镶嵌于"荒凉大地承受着更加荒凉的天空"的痛苦承担的精神结构中,"麦子"符号创造的依然是孤绝负重的形而上精神主体。

"麦地"不但是 90 年代初大批青年诗人竞相效仿的符号,事实上也是 80 年代很多优秀诗人的共鸣箱。骆一禾在《大黄昏》中写道:"走了很久很久/平原比想象更遥远/河水沾湿了红马儿的嘴唇/青麦子地里/飘着露水/失传的歌子还没有唱起来。"西川的《云瀑》这样写道:"麦地尽头的云瀑,但丁的/云瀑。麦地尽头的/齐刷刷展开的苍灰的云瀑/挡住雷暴和惊恐。"

作为和海子一样享有盛名的北大诗人骆一禾和西川的诗歌中"麦地"的出现,并不能简单理解为友人间的修辞借鉴。事实上,影响的焦虑常常使很多诗人有意识地回避过于常用的意象。所以,如果仅从意象修辞的角度,并不能解释"麦地"对于海子及一大批诗人致命的诱惑。这就是说,我们不能仅从本体诗学的意象范畴来理解"麦地"及其传播。我们应该从文化诗学和文化症候角度来理解"麦地"作为诗学空间及其所携带的文化信息。

如上,我们已经指出:"麦地"最核心的要素乃是一种形而上的诗人身份想象。"麦地"所开启的这个形而上的、悲剧英雄式的身份想象视域,才是"麦地"跟海子诗歌的内在关联。在这个视域中,诗人是绝对高蹈的王,诗人承担世界的痛苦,但痛苦承担又转而承诺了诗人存在的绝对意义。镶嵌在这个想象结构中的精神与现实的内在紧张既构成了"麦地"想象的精神吸引力,也构成了"麦地"诗人在世俗生活中的水土不服。这事实上正是海子诗歌被热捧和被质疑的原因。

过了二十多年我们会发现,"麦地"诗人其实正是一种典型的 80 年代诗人的身份想象——虽然 80 年代并不仅有一种诗人身份想象,但是这种形而上的、弃绝日常而承担痛苦的身份想象却又深深地内在于 80 年代的文化氛围。现代诗人的身份想象,既有别于传统士大夫的"零余人"——"现代读者对现代汉诗所代表的新文学典范的陌生感。在消极意义上,诗人常自我认同为'零余人'",也有更具现代知识分子色彩的悲剧英雄——诗人则在"流放与超越"中建构起"作为悲剧英雄"①的新知识分子形象。这是诗人身份现代化过程中产生的转化,诗人身份变成一种更加独立、更具批判色彩和审美自律性的想象范畴。但是,现代诗人的身份想象跟时代之间依然有着密切的互动关系。八九十年代的时代转折便带来了诗人身份想象的鲜明转向。这种转向,周瓒描述为"从一体化的体制内的文化祭司,到70年代末至80年代末的与'体制'、'庞然大物'既反抗又共谋又共生的文化精英,到90年代以来身份难以指认的松散的一群人"。②

八九十年代的文化转折使得诗人不再可能继续扮演文化先知、悲剧英雄的角色。作为一种维持诗写的方案,80年代诗歌中已经有所呈现,但并未被时代充分选择的日常性、叙事性、语言技艺的技艺者身份在90年代被充分放大。这个转折过程,使得"麦地"所表征悲剧英雄的文化空间被迅速压缩。90年代初,并不乏一批维持着80年代文学想象的读者。对于他们而言,"麦地"的那种形而上性、悲剧英雄底色依然具有强大的精神感召力。而且,在一个迅速世俗化的时代,悲剧英雄式的诗人想象依然构成了一种重要的世俗批判维度。这是海子及其"麦地"在90年代依然盛行的原因。但由于"麦地"作为一种精神空间所释放的是一种跟90年代日常性、及物性格格不入的精神气息,它事实上是作为上一个时代的典型身份想象延续于下一个时代,这又造成了它在诗歌圈内部必然的争议。

"卧室":性别化和去性别化

"卧室"无疑是80年代以来现代汉诗中另一个具有症候意义的空间符号。换言之,"卧室"在新时期文学中的出场和隐没是全局性现象,而非孤立的诗歌现象。但作为一种"春江水暖鸭先知"的文体,"卧室"作为一个空间符号在诗歌中的出现要远早于小说。80年代伊蕾、唐亚平等诗人在诗歌中将"卧室"性别化,她们通

---

① 奚密:《现代汉诗——一九一七年以来的理论和实践》,上海三联书店2008年版,第31页。
② 洪子诚:《在北大课堂读诗》,长江文艺出版社2002年版,第424页。

过对"卧室"空间的书写，释放出浓厚的女性意识。直到90年代，人们才在林白小说的卧室空间书写中，读到女小说家通过卧室空间对女性身体主体性的重新思考。

在这方面，最为人津津乐道的莫过于伊蕾的《独身女人的卧室》。这首由十四首诗构成的组诗中，每一首的最后一句都是"你不来与我同居"。这里呈现的女性掌控自身情欲和身体的主动姿态，在彼时自是惊世骇俗而具有鲜明的先锋性质。然而，抛开道德化的鄙薄和标签化的赞美，我们会发现"卧室"在这里释放了一种中国文学前所未有的性别化空间。反过来说，伊蕾以及后来一批文学同道正是通过对"卧室"空间的选择和改装使其获得了对一种崭新性别意识的诗学承载力。在组诗之二《土耳其浴室》中，诗人写道：

>这小屋裸体的素描太多/一个男同胞偶然推门/高叫"土耳其浴室"/他不知道在夏天我紧锁房门/我是这浴室名副其实的顾客/顾影自怜——/四肢很长，身材窈窕/臀部紧凑，肩膀斜削/碗状的乳房轻轻颤动/每一块肌肉都充满激情/我是我自己的模特/我创造了艺术，艺术创造了我/床上堆满了画册/袜子和短裤在桌子上/玻璃瓶里迎春花枯萎了/地上乱开着暗淡的金黄/软垫和靠背四面都是/每个角落都可以安然入睡/你不来与我同居。①

"一间自己的房间"从来就是女性主义者的象征性口号。在伊蕾这里，这间房间却又不是"书房"之类精神性的空间；也不是"客厅"之类更具社会性的空间。伊蕾把文学镜头对女性自己房间的观照直接推进到"卧室"———一个更具鲜明私密意味的空间。然而，这里的"卧室"却并非传统文学中的"闺房"和"床帏"。"闺房"的闲情小感、离愁别绪依然不脱传统男权文化的话语空间，而"床帏"的文学书写则更是典型地打上了男性欲望化观看的性别立场。因此，伊蕾的"卧室"虽然和"闺房""床帏"指向相同物理功能空间，虽然同样指向身体书写，却包含着重新定义这个被传统性别习见所垄断空间的意味，这就是我所谓的卧室空间的性别化

---

① 伊蕾等：《独身女人的卧室》，时代文艺出版社1996年版，第562页。

的意义。在这个卧室空间中,女性凝视自己的身体,并进而认定自身的主体性和欲望的自主性。虽然末句"你不来与我同居",可是次句却是"每个角落都可以安然入睡"。因此末句呈现的便不是一种花痴式情欲迷狂的吁请,反而是一个精神自主、情欲自觉但却主宰自身欲望的女性形象。

在卧室这个空间符号中投射性别想象在八九十年代成为一种日渐共享的思路。唐亚平在同样写于80年代的《黑色睡裙》中写道:

> 我在深不可测的瓶子里灌满洗脚水/下雨的夜晚最有意味/约一个男人来吹牛/他到来之前我什么也没想/我放下紫色的窗帘开一盏发红的壁灯/黑睡裙在屋里荡了一圈/门已被敲响三次/他进门时带着一把黑伞/撑在屋子中间的地板上/我们开始喝浓茶/高贵的阿谀自来水一样哗哗流淌/甜蜜的谎言星星一样动人/我渐渐地随意地靠着沙发/以学者般的冷漠讲述老处女的故事/在我们之间上帝开始潜逃/捂着耳朵掉了一只拖鞋/在夜晚吹牛有种浑然的效果/在讲故事的时候/夜色越浓越好/雨越下越大越好①

这里,紫色窗帘、发红的壁灯、黑色睡裙和夜半来访的男人使得独居女人的家弥散着浓厚的"卧室"氛围,可视为泛"卧室"空间符号。有意味的是,这里并未通过女性对身体的自我凝视来创造主体性。在这个两性的交往空间中,女人虽然身着黑色睡裙——充满着性诱惑的文化符号——但女人却依然牢牢掌控着自身欲望的节奏。她不是男性的欲望投射,所有的暧昧氛围不是为了铺垫"女人作为男人猎物"这一古老性别表达式。这首诗事实上建构了一个深度的女性内心世界:既有欲望的骚动,又牢牢掌控着自身的节奏;在自己的房间中约会,在暧昧的氛围中守持着"浓茶"的清醒。最终,女人没有成为男人欲望的猎物,也没有成为自己欲望的囚徒,消受的是"夜色越浓越好/雨越下越大越好"这份骚动与守持之间的自主性。诗人为这份自主性创设的诗歌符号是"一个深不可测的瓶子",却被用来"灌满洗脚水"。诗人要说的是否是:女

---

① 唐亚平:《黑色睡裙》,《月亮的表情》,沈阳出版社1992年版,第51页。

人的内心不能交出这个深度的瓶子。

透过"卧室"空间进行性别化想象的诗写方案显然跟西方女性主义思潮有着密切的关系。众所周知，西方女性主义理论经历过几个不同的阶段，早期的女性主义理论主要侧重于争取女性的社会和政治层面上的权利。而随着西苏、克里斯蒂瓦、伊利格瑞等法国女性主义理论家的崛起，女性主义的关注点从性别平等、性别平权而进入对女性特质及欲望自主性的强调。西苏认为，处于父权制文化压制之下的妇女没有自己的语言，只有自己的身体可以凭借，所以她提出了"躯体写作"的口号，主张"让身体被听见"。①

显然，诗学空间符号的选取严格地受制于其背后的社会文化想象。同样强调女性自己的房间，对于伍尔芙而言，这间房间并不承载着女性的身体自觉。因此，它更像是一间"书房"。而正是因为有着法国女性主义者"躯体写作"这层文化立场，女性个人空间会在诗歌中被性别化而成为"卧室"。

必须说，80年代以来的女性写作一直就是多维发展的，"躯体写作"推动下的"卧室"空间想象只是其中之一。同样在女性意识推动下，在翟永明那里更多地催生出一种"黑夜"的时间意象想象。在唐亚平那里主要催生出一种"黑色"的色彩想象（唐亚平《黑色沙漠》系列）。同样是在女性主义背景下产生的诗歌，同样诉诸诗写过程中的空间想象，陆忆敏的《风雨欲来》选择的空间就不是"卧室"，而是"院子"："你已在转椅上坐了很久/窗帘蒙尘/阳光已经离开屋子//穿过门厅回廊/我在你对面提裙/坐下/轻声告诉你/猫去了后院。"②

这首充满留白的诗歌中女性居留的空间就不是性别化的"卧室"，这并非偶然。事实上即使是《美国妇女杂志》这样带有鲜明女性宣言色彩的诗歌，陆忆敏援引空间来进行性别表达时选择的依然是"刺绣场景"等带有典型性和隐喻性的符号。这意味着，同为女性写作，不同的写作观念和立场将推动着不同的空间想象。就此而言，"卧室"在诗歌中的浮现，不是偶然和装饰性的，而是带有

---

① ［法］海伦娜·西苏：《美杜莎的笑声》，张京媛编《当代女性主义文学批评》，北京大学出版社1992年版，第194—195页。
② 陆忆敏：《风雨欲来》，胡亮编《出梅入夏：陆忆敏诗集1981—2010》，北岳文艺出版社2015年版，第33页。

症候意味的文化表征。而"卧室"在诗歌中的浮沉，又勾出了另一番复杂的性别文化境况。

90年代中末期，在图书市场和商业文化的双重推动下，为女性寻求摆脱父权文化宰制的新语言的躯体写作渐渐被空洞化，"躯体"之名的写作在推出多位"宝贝"作家之后渐渐成为受制于欲望化阅读的消费写作。进入新世纪，在日益严峻的阶层分化和现实焦虑的背景下，在"底层写作"的新浪潮中，"躯体写作"终于耗尽了合法性并迅速污名化。以至于诗歌中"卧室"符号空间的严肃性不再被认真对待，并常被作为女性可有可无的"狭隘自我经验"的呓语式表达。如今，很多批评家对女诗人的谆谆教诲是：不要执着于成为"女性"诗人，成为"诗人"就可以了。这番看来客观诚恳的劝导，再次模糊了"女性写作"挑战父权制、再造自身语言的问题意识和严肃态度，把"女性的"自主性问题指认为可有可无的轻浮撒娇。

"乡野"空间的勃兴：作为一种现代性焦虑的表达

"乡野"的勃兴在新世纪诗歌中同样带有症候意味。这里的"乡野"不仅是对具体乡村空间物理现实性的书写，更是对乡村空间进入符号世界过程中的价值表述。"乡野"于是摆脱了"乡村"的物理空间确定性，而成为与都市批判、精神返乡等一系列命题息息相关的文化空间符号。

在改革开放超过二十年之后的新世纪，中国社会改革进入更深广领域，城镇化规模持续扩大的现实背景下，文学中"乡野"空间的浮现和扩大，构成了一个不容回避的文化现象。新世纪以"乡野"为表现对象的作品可谓层出不穷。小说方面，贾平凹的《高老庄》《秦腔》、阎连科的《丁庄梦》、毕飞宇的《地球上的王家庄》《平原》；散文方面，刘亮程的《一个人的村庄》、韩少功的《山南水北》、熊培云的《一个村庄里的中国》、梁鸿的《中国的梁庄》及《出梁庄记》；诗歌方面，许敏的《纸上的村庄》、徐俊国的《鹅塘村纪事》、谭克修的《回乡纪事》、雷平阳的"土城乡"诗歌以及关于云南山川及乡村的大量诗歌。80年代文学中的市民空间、90年代的城市空间的勃兴，都是应时之物。何以进入新世纪，"乡野"却突然风头盖过"都市",一跃而成为文化焦点?

显然,"乡野"空间的释放正是一种现代性焦虑的曲折表达。就那些关涉"乡野"的诗歌而言,无不透露出一种为乡村复魅的努力和返乡的艰难形成的纠结。在《纸上的村庄》这组获得"九月诗歌奖"的诗歌中,许敏要为村庄复魅,他的诗笔触及村庄一切与人类古老情感相关的风物。他写村庄的麦垛、稻田和雪,他写泥土的心跳和蚂蚁的呼吸,写桂花、槐花和油菜花,写麻雀、燕子和一只掠过水面的鸟……他写"和爷爷一样活得有耐心"的枣树,他"用体内珍藏的这滴墨水/书写对故乡连绵不绝的爱"。在《大雪覆盖的草垛》中,"大雪来得疯疯癫癫","祖母开门 与大雪撞个满怀",祖母给牛栏抱草,大雪覆盖的草垛,在祖母的照料下安安静静,"像只安详的绵羊"。你会发现,他的心中,村庄仍是一片万物有灵之地。这样的诗行,在《晾衣绳上的露水》《一匹马拉动的秋天》《槐花在夜色里闪着微光》等诗歌中表现得特别突出。

但这只是许敏诗歌的一面,他的笔下,并不都是这样美好。在"雪被弄脏"的浮世上,他并非盲目地在为村庄复魅,他还真切感受着浮世的艰难。许敏的村庄诗歌,在更深的层面上触及了返乡和信仰的艰难,在无地徘徊中的摸索前行——正是我们的精神境况。比如《献诗》:

> 风一次次地把目光,刮到树上,碰出声响
> 村庄,鸟巢一样。树顶的星群,像一个内心
> 紧抱信仰的人开始平静下来。那些白日里
> 穿越林梢的麻雀,斑鸠、灰喜鹊、白头翁
> 它们都到哪里去歇息,它们把夜晚交给了萤火虫
> 一粒,两粒,三粒……有着这么美而易亲近的距离
> 仿佛漂亮的卵石露出水面,所有的灯火都黯淡下去
> 而我是村庄唯一的孩子,杉树一样举着自己
> 手握青草,持续地高烧,把夜晚看成是一垛堆高的白雪①

---

① 许敏:《献诗》,梁小斌《许敏,手握青草在宣告的诗人》,《诗歌月刊》2008年第8期。

这首诗呈现了许敏村庄诗学的信仰维度,树顶的星群,如我们内心的风暴,我们都被卷入其中,如何去紧抱信仰并获得平静,这是我们的当代任务。我们能做什么呢?或许正是"手握青草,持续地高烧,把夜晚看成是一垛堆高的白雪"。

对于诗人们而言,乡村并非纯然未受现代工业文明污染的美好;乡村寄托着他们爱与哀愁的精神认同,但同时,他们也力图敞开乡村生活中的禁忌、死亡、伦理的破碎和精神返乡的困难,譬如徐俊国的《春节》最后一节:

>   一场大雪好像就在天上等着
>   当我爬上山顶　它迫不及待地盖下来
>   从山顶往下看
>   我的小村子立即变成一堆马的白骨
>   散乱地摆在大地之上①

此诗选择"春节"为题,这是一个在传统乡村最热闹、代表着团圆和喜庆的时间符号,但这首诗却弥漫着一种深沉的悲哀。这里渲染的不是还乡载欣载奔的归属感,反而是一种无所不在的疏离感。返乡的人只能独自"去蛤蟆岭捡松果",这里透露的是身体还乡、精神无法还乡的浓重寂寞感(这重寂寞,跟鲁迅的《故乡》何其相似乃尔)。还乡没有融入一种归来的热闹之中,却因寂寞而获得了一个对故乡超然的凝视角度。大雪在天上等着,等"我"站到山顶上,再瞬间把我的小村子完全覆盖,于是,小村变白骨,此诗毋宁说是一出家园变形记。

村庄,作为乡土最重要的居住单位,对于它的反复摹写,事实上关联着当代人的精神难题。伴随着现代化和都市化的过程,乡土常常成为文学现代性反观的对象,正如陈晓明所说,乡土"也是现代性的一个有机组成部分,只有在现代性的思潮中,人们才会把乡土强调到重要的地步,才会试图关怀乡土的价值,并且以乡土来与城市或现代对抗"。② 换言之,"乡土"总是作为"城市""现代

---

① 徐俊国:《春节》,《燕子歇脚的地方》,漓江出版社2012年版,第39页。
② 陈晓明:《中国当代文学主潮》,北京大学出版社2009年版,第556页。

性"的对立面或替换性价值出现的。村庄写作的勃兴,某种意义上正是现代性危机的精神症候。当人们越是深切感受到城市的危机时,乡土或村庄越是作为一种替代性价值被使用。然而,当人们回首村庄,却发现已经处于一种倒挂秩序时,乡关何是的追问便成了一种时代的声音了。

结　语

本文通过对"麦地""卧室"和"乡野"三个诗歌空间符号的考察,试图对空间诗学研究进行探讨。显然,诗歌中的"空间"不仅仅是物理性的人事发生场景,也不仅是偶然的诗歌装饰性需要。诗歌中的"空间"想象,也不仅仅是一种本体诗学意义上的修辞选择,它深刻地受制于诗人的文化立场和哲学观念,并呈现为一种文化诗学。诗歌中的"空间"符号,因此便成为我们透视诗人心灵场景和时代文化景观的重要通道。

第三代诗歌精神的历史性终结

对于大部分从 20 世纪 80 年代中期开始阅读诗歌的人而言，第三代诗歌曾经是一份丰厚的馈赠。第三代诗歌的狂欢实验有效地修复了曾被败坏了的审美视力和阅读胃口，它为很多当代诗人完成了语言和精神启蒙。90 年代的校园诗人，谈论"第三代"至少代表了相应诗歌品味和眼界。第三代诗歌发生于"重写文学史"兴起的 80 年代中期，烽火四起时代的诗歌诸侯，又都是有强烈文学史意识的旗号派，写作上虽然个性迥异，但出场时则都拿出啸聚过岗的架势，以一个比一个响亮的口号标新立异。主客观结果，"第三代诗歌"迅速积累了丰厚的文化资本，并成为相对稳定的文学史概念，成了叙述 80 年代诗歌绕不过的叙述模型。当年的第三代代表诗人也从新锐、先锋成了今天的名家、前辈。

今天为何还谈第三代诗歌，它不是已经终结于 80 年代末吗？作为诗歌运动的第三代诚然在 90 年代来临之际戛然而止。但第三代诗歌精神却在社会转折中有所转型，并山高水长地延续于 90 年代以至新世纪的写作中。因此，第三代对于我们并不仅仅是一个纯粹历史话题，而是一份仍在很多场合被自明地使用的遗产——即使历史情境、已经发生了巨大的变化。自觉的当代诗写作者已经在写作中完成了对第三代的反思和超越，但不乏第三代诗歌的徒子徒孙们，固守着一种因为体制化而显得理直气壮，内在却相当乏力的写作立场沾沾自喜。因此，审视第三代诗歌精神的历史性终结，思考如何在当代立场上反思和消化"第三代诗歌"遗产就成为一个值得探讨的话题。

第三代诗歌来自于第三代诗人的提法，据说 1982 年 10 月由四川的万夏、胡冬、廖希等人提出。一次在重庆有三十多个诗人参加的聚会上，他们用第三代诗人来自我命名，以区别于郭小川、贺敬之代表的第一代和北岛等"今天派"代表的第二代。第三代的指称对象事实上存在着差异："一种意见是，它专指始于80年代前期由韩东、于坚等倡导，由'他们'、'非非主义'、'莽汉主义'等社团继续展开的诗歌；主张诗与'日常生活'建立有'实效'性质的连接，与'浪漫主义'模式保持警觉的距离，在诗歌风貌上呈现'反崇高'、'反意象'和口语化的倾向。其他的理解，则倾向于将'第三代诗'看做'朦胧诗'之后青年先锋诗写作的整体，即泛指'朦胧'诗之后的青年实验性诗潮。"①

我认同后一种界定，如果抛开对第三代过于琐碎的派别划分的话，我们也许可以发现它事实上共享着至少四种诗歌精神，或者说写作伦理。我们会发现这些诗歌精神、写作伦理在第三代作为运动终结之后的延续，我们也将看到它们在当下语境中渐渐失效的困境。

必须指出，这里的终结指的是它作为诗歌启示者——先锋角色的终结。作为一种个人选择或局部选择，这些资源依然还会发挥作用，事实上不乏有人依然把这些诗歌精神作为写作最重要的资源。正是因为今天仍有不少人把它们作为重大的、启发式资源，它们还在某些角落被当成先锋的面具，这构成我们今天煞有介事地谈论第三代诗歌精神终结的前提。

口语解构诗歌精神的终结

洪子诚说，如果把第三代看成是后朦胧诗的青年先锋诗歌写作整体，则"'反崇高'、'口语化'等特征并非'第三代诗'的全部"，这反过来说明，反崇高、口语化被很多人视为第三代诗歌精神最重要特征。

反崇高的价值立场，口语化的语言实践，日常化的题材趋向是这种以日常伦理颠覆革命伦理的解构性精神的重要特点。这一派日后被强调得最多，既因为他们旗帜鲜明、团队作战，具有标签效

---

① 洪子诚：《第三代诗新编·序》，洪子诚、程光炜主编《第三代诗新编》，长江文艺出版社2006年版。

果、轰动效应，也因为他们的这种以日常解构宏大的话语立场在90年代的新背景下获得了现实更充分的支撑。

第三代这一脉以"他们""莽汉""非非"等为代表，包括废话诗人杨黎在内。他们以解构的姿态面对过往宏大的叙事，把柔软绵密的语言品质和日常生活带进诗歌。这种语言策略不但出现于80年代的韩东、于坚，更在90年代被伊沙、沈浩波等人所充分发挥，在具体的诗歌实践中主要呈现为反讽和口语的双向尝试。反讽和解构带来洞开生活的快感，也使诗歌的精神格局变得促狭。所以，日后不少诗人探索口语诗性，但并不一定呈现为反讽实践，比如于坚和韩东，它提示着反讽式写作的内在限度。但口语反讽在90年代、新世纪也不乏后继者，通过网络而广为人知的赵丽华"梨花体"、乌青"废话诗"都是这一脉在新世纪的延续。

我们反对大众阅读对口语诗歌的诋毁，却不能不指出：时至今日，口语反讽已经成了一种乏力的手段，既不能维持一种批判性的写作，与当代现实短兵相接；又不能培育强大的精神根系，为恶质丛生的时代寻找精神确认的资源。口语反讽于是成了一种聪明人的语言游戏，在一个虚假的敌人面前耍枪，以挠痒痒的方式成为一种安全的诗法，甚至成为媒体争相消费的对象（杨黎、伊沙、赵丽华、乌青莫不如此）。口语诗歌与消费社会的交恶和调情是互为表里的。

口语反讽的写作在新世纪早已丧失了作为诗歌先锋的角色，它只能作为有限的修辞资源出现于局部实践中。与其说口语诗歌是边缘的，不如说它才是诗歌领域内部一种庞大的体制。依然沾沾自喜地以为口语诗歌代表着前进方向的诗人，大抵是疏于思考、善于表演的结果。

口语诗歌在诗学上还呈现出"反意象"的倾向，其中探索最深，影响最广应该属于坚的"拒绝隐喻"。在于坚那里，隐喻之弊便是意象之弊。拒绝隐喻是对传统诗写方式的放弃，是写作上求新意识下的修辞弑父，它以拒绝的姿态吁请着诗写的更新。这种方案可能为于坚的写作带来新活力，但显然也带来了新的陷阱和悖论。

于坚混淆了隐喻修辞和隐喻思维的区别。作为修辞的隐喻也许可能在具体文本中被拒绝，隐喻事实上是对语言表意功能的拓展，隐喻使意义从此物进入彼物，从具体世界进入抽象世界，隐喻是唤起事物隐秘联系的方式。所以，作为思维方式的隐喻是不可能在文学中被驱逐的。在于坚的大量作品中，看上去隐喻被拒绝了，事实上被拒绝的仅是隐喻的修辞，在思维的层面上，于坚的诗歌同样乞灵于隐喻。

现代性的求新意识使于坚拒绝诗歌中的陈腔滥调，这是"拒绝隐喻"方案的问题意识和合法性基础。然而，在为诗歌的陈腔滥调归因时，于坚却找错了根源。他认为隐喻必须为诗歌的陈腔滥调负责，无异于把杀人的责任归结到刀上。吊诡的是，这种方案在理论上虽然谬误重重，但对于于坚本人写作自我更新却并非完全无效。

拒绝隐喻虽无充分的理论基础，不足以成为普适性的写作原则，却不失为某个诗人个性化的写作选择。正因此，其悖论性必须被指出：我们既不能因为它理论上的迷误而否认它作为个人写作方案的可能；也不能因为它在某个诗人身上产生的效果而将其扩大为普遍标准。

即使是于坚这样具备很强诗学思辨能力的诗人，在为其口语诗歌实践提供诗学可行性时，同样充满悖论。反意象已经被历史性终结了，口语诗歌写作不但不是先锋，在今日的写作语境中甚至不再扮演启发者。

身体写作伦理的终结

第三代诗歌中的性别书写由于敞开了前所未有的女性经验，从而跟第三代的"反"姿态产生共振。翟永明、陆忆敏、伊蕾这些诗人显然也是性格各异的，翟永明以匪夷所思的黑夜意象和语言逻辑敞开了女性深渊般的内部体验；陆忆敏的想象同样灵动奇巧，但她的性别批判主要建立在对霸权文化体制的反思上；伊蕾的写作则呈现了一种跟伊利格瑞、西苏女性理论同源的女性主宰自身欲望的身体伦理。90年代以降，翟永明的影响不减，但是其黑夜诗风几无继者，就连她本人也迅速转向。反而是陆忆敏的性别文化反思、伊蕾的肉身伦理被尹丽川所继承。但不同在于，尹丽川诗歌对身体的强调，有某种去性别化的倾向。她显然不像前辈那样从女性欲望的角度来表达对身体伦理的信赖，她和她的伙伴们混合了口语反讽和身体写作伦理，为90年代以至新世纪初诗坛奉献了一场"下半身写作"诗歌运动。

无论从哪个角度看，下半身写作除了口号原创之外，在写作理念上并无新鲜之处。它是诗坛内部代际博弈的结果，在口号上却悄悄地挪用了第三代就已高扬的欲望的旗帜。它企图以上一代的叛逆姿态把上一代送入历史，在写作中也不乏有趣的文本。然而，诗歌中的身体解放是否能拴住价值坍塌中的生命迷舟，这个问题是真诚的写作者必然面对的，曾为下半身写作干将的朵渔后来有了这样的省思：

> 我的"下半身"大概持续到 2003 年，这期间的一场病对我既是启示也是劝阻，警示我身体的乌托邦更甚于语言的乌托邦，对"身体性"的偏执强调对自我既是一种打开也是一种封闭。①

曾经的下半身诗人们，写作上纷纷转向，这意味着诗歌中的身体乌托邦已经被诗人发现，打开身体并不是诗歌面对这个时代、印证自身尊严的充分方式。身体话语和身体修辞依然在在出现于不同的文本中，但第三代飘扬下来的身体旗帜已然丧失了作为诗歌启示者的合法性。至少就当代诗而言，身体的打开并不必然匹配这个时代的复杂性。

圣诗写作伦理的终结

第三代诗歌中有一类后来被简化筛选并进入大众诗歌阅读视野的写作，那就是海子、骆一禾和昌耀的诗歌。最近人们越来越倾向于把海子和骆一禾称为一种圣诗写作，这是不无道理的。海子的写作终结于 1989 年，却在 90 年代完成经典化。有人把海子的写作称为前现代的乡村写作，或者是沉溺于自我幻想的青春期写作，这种评价并不公允。海子、骆一禾、昌耀这类诗人拥有一种有别于第三代反崇高派的诗歌朝圣冲动。他们有着关于诗人身份的独特想象：

---

① 朵渔：《追蝴蝶·后记》，《追蝴蝶——朵渔诗选》，诗歌与人杂志社 2009 年特刊。

精神生活在诗人生命中居于绝对的、不可替代地位；诗歌在精神生活中居于绝对的、不可替代地位；因此，诗歌是诗人生命的全部，而诗人则是精神王国中的王、先知、圣人、苦难承担者和精神殉道者。这种身份想象和价值立场，有强烈"形而上"的崇高意味，跟口语反讽、日常生活的反崇高立场如此不同，却同时居留于80年代的文化空间。

圣诗诗人有别于90年代以后越来越多的"嬉皮诗人"，诗歌仅是他们生活的一部分，甚至是无足轻重的一部分。嘻哈、无所谓、轻、对承担的嘲笑是下一个时代的文化特征，但这种嘲笑承担的文化内部的价值匮乏又催生一种精神消费的渴求。所以，海子——特别是他的《面朝大海，春暖花开》被选择作为一种诗歌消费的对象。海子作为诗人的写作终结于80年代，海子的圣诗写作姿态同样被终结于80年代，但海子的诗歌名声却在90年代真正确立起来。

坚持着和海子相近写作姿态的骆一禾同样很快离世；比他们更年长的昌耀在90年代延续着一种几乎缺氧的形而上抒情诗，成了90年代另一个被经典化，同时被市场消费的诗歌奇迹。

如上所言，海子和骆一禾对大诗、史诗、圣诗的追求跟他们的诗人身份想象相关，这种想象又有赖于时代提供的身份认同资源。在一个认同稳定的时代，文化场域内不断为诗人生产着种种身份认同的养料，确定的身份想象促使诗人将某种审美意义感投射于某种确定的风格中。但是，在转折的时代，时代的身份认同资源发生巨大变化，时代（主要是文化领域）在认同资源上对诗人"断供"，而诗人的身份认同已经具有了稳定性和惯性。所以，就必然产生转折时代诗歌的撕裂感。

当海子沿用旧的身份想象方式和诗写方式，不能不深深感受到跟时代的对峙和分裂，为了弥合这种分裂，他选择魂归天国。其他诗人必须选择和新时代形成新身份契约，设置新的诗写方案（西川、欧阳江河无一不是，这不是妥协，而是协调），但周转不灵者往往以更激烈的书写延续着对既有诗歌方案和身份想象的维护，其结果，他们在诗歌中创造了一个幻想空间，而他们在现实中更进一步感到痛苦和撕裂。

在一个去崇高化的时代来临之际，圣诗写作迅速地贬值和消失，但它毫无疑义是第三代诗歌的家族成员。它已经历史性地终结，不可以恢复成为当代诗的姿态，但将它当作浅薄的青春写作面相显然也是祛圣时代的曲解。

圣诗写作伦理跟90年代的政治和市场环境有最大的抵牾，所以它在1989年就面临文化压力和转型。以后的诗人，将不再能够分享圣诗写作的姿态，它往往面对两种消解：其一是来自口语派的讥讽，此时他们被视为无病呻吟的青春写作，如于坚对海子的评价；其二是来自大众读者和一般爱好者的模仿。模仿完成了海子诗歌的文化资本增值，却将其沉重的诗歌精神转化为安全的、可复制的意象菜单，坐实了口语派讥讽的内容。

圣诗写作伦理所缔结的诗人与世界的关系过于虚幻脆弱，但它所提出的人与精神、人与梦想的形而上关系却依然是一份今天的诗歌之胃需要重新消化的铁钉。

纯诗写作伦理的终结

纯诗是一个由瓦莱里提出的概念，在20世纪的中国新诗发展中，不断被重提，但意义并不完全相同。纯诗之"纯"，有的是针对大众化诗歌的功能趋向，强调诗歌应有自身的文体和审美特质，此时纯诗之纯，并不排斥诗歌在捍卫审美自律性之外的现实见证，比如40年代的所谓纯诗倡导者，如朱光潜、梁宗岱，提倡诗自身的同时，并不强调诗只能是诗自身。另一种纯诗之纯，则专营诗歌的语言，并拒绝语言之外的任何质素，一种绝对的"诗到语言为止"的纯诗姿态。

第三代诗歌，在反崇高的解构式写作之后，"与此并存的还有别一倾向的展开，即继续着'现代主义'的艺术态度，将超越的浪漫精神和诗艺的'古典主义'结合，在展开的现实背景上，执着于人的精神的提升"。① 这是第三代诗歌中现在被称为"新古典主义"一脉的探求，它以西川、张枣、柏桦、陈东东为代表。这里的"新古典主义"不但指某些诗人写作风格上的古典气息、江南逸乐氛

---

① 洪子诚：《第三代诗新编·序》，洪子诚、程光炜主编《第三代诗新编》，长江文艺出版社2006年版。

围,更指他们对诗艺操持的那种谨严、重视形式秩序的立场。所以,他们主要不是新"古典",而是新"古典主义"(对在规矩中求方圆的笃信)。

纯诗立场在80年代第三代诗歌运动中体现为"新古典主义",这种立场在八九十年代的社会文化转折中经过一番调整和转型,成为90年代影响深远的"语言的快乐"——臧棣所提出的关于90年代诗歌的两个主题之一,另一个是"历史的个人化"。

八九十年代之交,中国文化人的身份认同成了巨大的问题,在强烈转折的社会背景下,旧的认同方式——一种介入的,启蒙的精英想象不可能再继续,知识分子新认同的寻找成了90年代最重要的精神主题。文学场域中,身体写作、市民写作、大历史写作竞相出场。对于诗歌而言,无论是身体、日常还是历史寻根,在80年代都已经有所实践,90年代的这些命题都将继续,并催生出一种纯诗认同。纯诗认同把写作认同为技艺——一种语言内部风景的发现。它既有效拒绝合唱和鄙俗化,同时也在对语言的更新中重构了自我跟诗歌、诗歌跟社会的关系,通过把诗歌的领域紧紧地限定在语言内部,诗人重新获得了前进的方向和动力。技艺诗歌观既是80年代纯文学思潮的某种延续,又是"诗到语言为止"的更彻底推进。通过对诗歌语言装置的更新,诗人逃避了成为各种宏大叙事俘虏的命运。同时也以一种专业身份守护一个鄙俗化时代诗歌的尊严。在90年代的背景下,再怎么高地评价这类纯诗诗学都并不为过。

然而,纯诗不但在90年代特殊的背景中成为一部分诗人维持写作的认同资源,在新世纪更是通过知识生产、学院诗歌教育成为一种典型的学院习气。姜涛如此分析道:

> 依据我的胡乱发明和引申,该习性可以做如下的概括:依靠一种貌似激进、实则安全的立场写作,把一些特定的主张、观念本质化,并视之为无须反思的正确知识。在这种"正确"的诗歌知识的荫庇下,无论埋头写作,还是撒娇卖乖,大家其实都在格套里、围栏里,只是浑然不觉,视此为天然罢了。①

---

① 姜涛:《当代诗歌情景中的学院习气》,《江汉大学学报》2010年第6期。

学院习气与所谓的现代诗学互为表里，姜涛将现代诗学日渐自明的诗歌想象称为"现代诗教"并作了如是概括：

> 在与社会、历史的对抗性关系中，发展出一整套有关诗歌的完整认识：在诗人形象上，诗人被看作是未被承认的立法者，在世俗生活中应享有治外法权；在功能上，诗歌效忠的不是公共秩序，而是想象力的逻辑，诗人的责任不在于提供清晰的理性认知，而是要不断开掘、抑或发明个体的情感、经验；在语言与现实的关系上，诗人更多信任语言的本体地位，相信现实之所以出现于诗行，不过是语言分泌出的风景；在诗歌传播与阅读上，诗人与少数的读者应维护一种艰深的共谋，诸如"献给无限的少数人"一类说法，由此显得如此动人。①

纯诗显然是现代诗教的重要成果，纯诗致力于处理语言的内部关系和诗人以语言为中介的智性想象力，并有将其设置为诗歌唯一目标的冲动。

我并不认为纯诗写作在今天已经失去了意义，然而一种极端的纯诗立场在今天不但失去了先锋性，甚至是一种故步自封的新体制化想象。八九十年代的纯诗探索，通过对花岗岩般革命语言的打破，获得了在社会场域中的先行者位置，在所指宰制能指的环境下，纯诗写作的能指狂欢以审美自律性和审美颠覆性捍卫了文艺场域内的民主生态，它实际上是为诗歌可能性争取空间。如今某些诗人的纯诗立场——比如臧棣，却存在着将诗歌的语言工作扩大为诗歌全部工作的意图，它显然是以扩张的姿态压缩诗歌的空间，这显然已经成为一种需要反思的"知识"了。

值得区别的是，八九十年代的纯诗立场宣告"诗歌首先必须是诗歌"，而当下的纯诗写作立场却变成了"诗歌只能是诗歌"。前者强调诗的审美自律性和文体形式规律的探求，并不拒绝诗歌在此之外走得更远；而后者却希望把诗牢牢圈死在语言想象力设定的新牢笼中。

纯诗往往强调诗本体，但诗本体并非诗的全部。诗歌的语调、

---

① 姜涛：《当代诗歌情景中的学院习气》，《江汉大学学报》2010年第6期。

结构、修辞、建行建节都不是锁定的,它是一组相对稳定的范畴,向历史和经验敞开,并在想象力的参与下捕捉某个相遇的形式。纯诗在向历史经验、当代经验开放方面呈现保守立场,虽然它们并不完全宣称拒绝开放。

必须说,任何时候,有能力更新语言的诗歌都是令人敬佩的;同样,任何时候,理解语言的奥秘,尊重诗歌文体的工作方式都是成为诗人的前提。然而,把诗歌的工作范围紧紧限制在语言的半径中,显然丧失了对诗歌"可怕的责任"的意识。这个时候,波兰诗人切斯瓦夫·米沃什是值得倾听的,针对所谓的现代主义纯诗观,他在诺顿文学讲座第二讲《诗人与人类大家庭》中援引另一个诗人——他的堂兄奥斯卡·米沃什的话:

> (纯诗)这种小小的孤独练习,在一千个诗人中的九百九十九个诗人身上带来的结果,不超过某些纯粹的词语发现,这些发现不外乎由词语意料不到的联系构成,并没有表达任何内在的、精神的或灵性的活动。
>
> 过去的诗歌是不"纯"的。就是说,他们没有给诗歌指定一片狭隘的领土,没有把宗教、哲学、科学和政治留给被假设不能分享精英入会仪式的普通人。
>
> 诗歌始终紧跟着人民那伟大灵魂的种种神秘运动,充分意识到自己那可怕的责任。①

强调诗的见证的迫切性,在当下常常被纯诗诗人曲解为道德绑架。必须指出,强调诗"始终紧跟着人民那伟大灵魂的种种神秘运动,充分意识到自己那可怕的责任",并非去恢复左翼书写中的人民性伦理和题材决定论。在强调见证的迫切性的同时,米沃什同样强调诗歌语言愉悦的迫切性。诗歌必须先成为诗歌,但诗歌不能把精神领域局限于语言的内部,它的触须必须以诗的方式伸向更远。这甚至不是为了拯救、为了帮助,不是为了"大众化",而是为了诗自身获得语言之外更充分的承载力和可能性。

---

① [波兰]切斯瓦夫·米沃什:《诗的见证》,黄灿然译,广西师范大学出版社2011年版,第32—38页。

第三代诗歌写作伦理中反而是一个被忽略者——张曙光的朝向历史展开的叙事性诗歌依然具有启示。张曙光的诗歌追求口语化叙述效果，执着于个人对历史追问，同时追求个人气质在诗歌语境中微妙呈现。早在1984年他就写出了在90年代大放异彩的《1965年》。无论从任何角度看，张曙光的写作都迥异于朦胧诗写作，而应归属于后朦胧诗、后新诗潮或所谓第三代诗歌。只是因为张曙光的诗虽然口语，却并不以激烈的方式反崇高，更不符合第三代以团体出场的集团战策略。张曙光于是被从实质上的80年代诗歌归入了气质上的90年代诗歌。作为第三代被遗忘的张曙光通过口语叙事性的实践契合了90年代对复杂性和日常性的重新想象，因而被重新经典化。张曙光高超的口语诗艺，并不如流俗口语诗人，在诗歌中炫耀一种可复制的反崇高姿态。他对历史的怅然回溯中有对历史荒谬性的清晰批判。这使他的口语在今日一味反崇高的写作不失庄重，使他的诗歌在趋向日常的同时不失去重量。第三代的遗产中今日尚有启示者，反而是当年被第三代遗忘的一员，它反证了第三代诗歌精神的历史性终结。

越来越多的当代诗人意识到80年代第三代诗歌确立的写作伦理不能作为一种当下的支配性资源来使用。这意味着它已经历史性地终结，将它引入当代诗是有条件的。这也意味着当代诗歌写作的"当代"必须被重新发现和创造。有洞见的诗人们从前辈或者过去的自我的阴影中转身，去寻找匹配与这个时代复杂性的诗歌形式。这些人包括西川、欧阳江河、陈先发、朵渔、雷平阳、梦亦非、黄金明等等，甚至连北岛新写的《歧路行》后面部分也开始充满相对于意象主义的北岛的"变数"。他们的写作充满"问题"——既是向当代提问的问题，也是新形式可能存在的问题。但是，他们警惕各种已经自明并体制化的写作伦理的"无害性"，为个人化写作发明一种配得起这个时代的全部黑暗，既见证又愉悦的诗歌形式，这也许正是"当代"诗歌"当代"的难度所在。

谁将确定历史橱窗的陈列法

——关于70后和"70后"诗歌

70后和"70后"

70后并不是"70后",前者是千差万别的一群人,有着地域、年龄、性别、经历、气质、知识结构的种种差异,联结他们的是出生的"代"——十年。而"70后"却是关于一代人的一个"袋",这个袋子宽大无边,装不下世界和人类,但却企图装下当代中国人一个厚度不小的截面。所以,"70后"与70后,是所谓描述与被描述的关系,是风景照与风景区的关系,是名与实的关系。这两者之间,隐藏的是如何在"真实界"中打捞"真实"的努力,是"想象界"如何进入"象征界"的过程,是遮蔽和反遮蔽的对抗,是一代人登上历史舞台的骚动,是一代人和另外几代人的较量,是一群生机勃勃,野心也勃勃,年到而立,有所作为,未被看见的人出场前的鸣锣开道。

"70后"这个命名,在2000年以后开始出现并不是没有道理的。在此之前,70后作为一个代群还集体处于青春前期,他们的才华和荷尔蒙分泌一样旺盛,但是在时间的战场上他们还是一群不起眼的小兵。而进入新世纪以后,70后的年长者,他们的带头大哥们,很多人已经写得不少,关于诗歌场域中的代际战斗故事——十几年前的第三代诗歌运动和刚过去的下半身浪潮(他们的同代人沈浩波等就接着"下半身"冲锋了一把)——给了他们很多关于场域博弈的教育。这个时候,他们扯上一面旗帜,在历史的舞台上强行出场,实在正当其时。至于"70后"的旗帜终于不但在民间飘扬,而且部分地插上了诗歌史的战略高地,那是因为,挥舞着

"70后"的70后们,怎么看都已经成了这个世界的生力军。

不均质的时间

  我们之前总相信一个简单的比喻:时间是一条永不枯竭的河,不舍昼夜地从我们身边流去。那时,我们都简单地以为这条河是等宽的,时间导演是平等的,它会给所有涉河而过的人们公平地分配出场时间。可是,后来人们明白了,即使时间是河,它也是一条不等宽、非均质的河。时间看似是均质匀速的流,同时穿过不同的空间和人们,并创造种种不同的集体记忆和叙事。然而,这些记忆和叙事却并不等值,凝结于一定时间中的记忆的价值,通常是由与它血肉相关的人们所处的社会位置来确定的。德波认为"景观不是形象的集中,而是以形象为中介的人与人之间的社会关系"。① 同理,时间及其凝结的记忆的价值也并非时间本身决定的,它是人们以记忆为中介的一种社会关系博弈的映射。

  70后们早就明白,他们不能等待时间来宣布上场的机会。那些与他们的时间同在的记忆,必须主动出击,去证明自身的价值,证明自己配得上时间分配的符号和叙述。有趣的是,这种遮蔽焦虑症并非70后所独有,它其实是整个文学场域的某种"艺术规律",这一点布尔迪厄用理论阐释了,现实例子落满整条20世纪大街,街头有梁实秋、闻一多对胡适"作诗如作文"的"反动";街尾嘛,有第三代诗歌运动的烽火连天,也有"民间""知识分子"的刀光剑影。问题在于,有遮蔽焦虑的人们,在各种概念的旗帜下长袖善舞、招兵买马、连横合纵,既到处创造宣言,又努力买断广告时间。然而,在文学领域,明确地以"代"的旗帜来运筹帷幄的却实在是头一遭。让我感兴趣的是,"代"的意识在什么样的情况下会变成一种"自明"的概念呢?为何恰在此时,"代"成了等待出场的年轻人顺手掏出的武器。

  在循环的均质时间中,"代"是最无聊的。在祖祖辈辈安土重迁,下一辈复制上一辈,今天复制昨天,明天再继续复制今天的乡土世界,"代"是均质的,因而也是无限贬值的,直至人们根本就

---

 ① 朱立元主编:《艺术美学辞典》,上海辞书出版社2012年版,第463页。

忘记了时间的存在。那个时候，时间既是循环的，也是冷冻的。既然未来的时间必然要再次穿过以往时间中的风景，那么，还有什么比"新"更不值钱，还有什么比古训更值得顶礼膜拜的呢？

然而，在"现代"把圆形的古代时间整合成一条一往无前的直线之后，进化论的视界中，"今天"毫无疑问优越于"昨天"，而"明天"同样不容置疑地优越于"今天"。所以，当70后对着在他们前面飨宴的老家伙们喊出"70后"的时候，他们的底气既来自于一代人集体过景阳冈的归属感，也来自于直线时间观的许诺：世界终究是我们的！时间终究是一切的仲裁者，它将在适当的时候，面无表情地宣布某些人出局，某些人上场。只是现在70后们，替时间执行了它"早该宣布"的指令。只是，"70后"驾到，诗歌场又添新军，"70后"的灯盏照亮一片风景的同时，也创造了——

同盟军和零余人

同盟，是本部之外的同情者；零余，则是无法被整除的实存，是考验着公式命名而又不能不置之不理的麻烦。

假如"70后"之旗要继续飘扬的话，人多力量大的冷兵器战争原则是不行的，因为文学从来就是孤独的事业；直线时间观中的"世界是你们的，也是我们的，但终究是你们的"也是不行的，因为在主宰者说话时，话筒还是在他们手中，历史由他们规划，叙事符号由他们分配。直线时间观已经日渐成为一个人尽皆知的笑话，一个未被揭破的骗局。那么，必须给"70后"以不止于"代"的规定性。或者说，必须在时间的70后之外，再去寻找一个本质上的70后。

必须告诉人们：他们生于同一个十年，仅是表象，更本质的是，时间让他们分享了相近的经历、相近的难题，而最终是让他们分享了相近的资源、相近的风格，还有相近的诗学！联结他们的不仅仅是时间上的"代"，更是精神上的烙印，诗学上的共同体。

多么有趣的神话，又一个"想象的共同体"！问题是，为共同体创造本质固然艰难，当这个本质创造出来之后，"70后"就产生了一批杂质，有趣的非典型变体；一批零余人，有趣的同盟军。

对于19世纪的70后而言，章太炎和鲁迅是两个可能会让他们无可奈何的零余人。他们无法在"70后"的公式中被整除：前者生于1869年，后者生于1881年，一个戏未开始就提前出生，一个戏刚结束才慢悠悠走到。在"代"的公式中，他们都只能被目为局外人（有趣者，19世纪的文化战场上似乎没有"代"这一面旗帜）。诚然，"代"是确凿存在的，可是，没有谁蠢到去证明，时间在每一个十年的结合处就发生轰然的断裂，以至于人们以不同的十年为界，有着不同的属性。没有人会说，出生于1980年的郑小琼与出生于1970年的柳冬妩的不同是因为他们分别是"80后"和"70后"。

所以，"70后"的代叙述必然要催生出生于80后的"精神70后"，和生于"70后"的"精神80后"。当人们强行去为一个十年提供典型属性的时候，他们指认的典型很可能在另一种标准中就是彻底的"零余"。诚然，朵渔、沈浩波、吕约、梦亦非、黄礼孩、尹丽川、胡续冬、唐朝晖、刘春、赵卡⋯⋯他/她们都是名副其实的70后，然而，在70后之前的雷平阳呢？陈先发呢？东荡子呢？世宾呢？安琪呢？在70后之后的郑小琼呢？阿斐呢？⋯⋯

"70后"的旗帜诚然完成了反抗遮蔽、突围出场的功能，然而，作为一个以代叙述的概念，它如何面对代内部的无限差异？它如何面对代叙事所创造的同盟军和零余人？我对生于70后的很多诗人充满敬意，因而更觉得，"70后"作为一个概念在日益被接受之后，对自身的悖论和困难应有更清晰的认知。

谁将确定历史橱窗的陈列法？

历史的橱窗有着自己的分类标准，但又尽量掩盖这种标准。历史的橱窗中某件古董之所以熠熠生辉，往往是某种被制度化的趣味和意识形态的射灯照射的效果。历史的橱窗将无数条可能的歧路修饰成绝对唯一的选择，将his-story陈列成everyone's story。

事实上，时间一变，历史橱窗的陈列秩序不断发生巨大变化。一批陈列品从中心位置移至边缘，一批配备讲解员的古董甚至纷纷下架，不再被安排展出。

古代的人们太不聪明，他们将历史橱窗的展出秩序认同为历史真实本身，古时的史官于是愿意为了一种叙述而殉身不顾；而现在的人们又太聪明，他们早看穿了历史真实和历史橱窗陈列秩序的区别，假如历史橱窗的陈列不如心意，便自己去创造一套新陈列。但他们既看穿历史，又迷恋历史。他们有勇气和能力，在自己的时代，让自己强行进入历史。既然历史橱窗尚没有为自己留出位置，那么便自设展厅，自立展柜，以琳琅满目的好货去逼迫人们的目光。

从这个角度看，我觉得"70后"强行进入历史，乃是诗歌场域代际博弈之必然，这或者是70后有志于写作者反抗遮蔽的方式，然而，这也只是第一步。在更远的将来，当历史橱窗的陈列秩序不是由70后，也不是由他们的后几十年代人，而是后几百年代人来决定的时候，对于某个十年时间的过度强调即使不是可笑的，也一定是缺乏吸引力的。正如我们今天看19世纪俄国作家，除非玩笑，我们绝不会说托尔斯泰和陀思妥耶夫斯基是19世纪的"20后"。他们对我们的意义，来自于他们在文学与人类心灵关系的持久追问和回答，来自于他们对小说形式建设的独特探索。

就我所认识的刚好出生于70后的诗人中，不乏在诗歌艺术和精神品格上堪为表率者。他们当然也愿意从诗歌跟时代的关系去思考，也愿意用自己的笔去为离乱之世写心。然而，他们心中的时代恐怕不是以十年为界的时代，而是向更为宽广的过去与未来延伸。所以，正如T. S. 艾略特强调必须把个人置于某种艺术传统之中一样，朵渔在面对他的时代时，显然也整合了五四一代知识分子、俄国白银一代知识分子的精神资源。写作无疑是时代的，但也必须是超越时代的。文学是孕育于某个时代，但又必然带着最特别的个人气质，这些都是代与个体的张力。

"70后"规划中的诗人，他们都处于一种"代群命名"和"个人探索"之间的张力之中。少有人会宣称自己不属于他出生的年代，然而如果他不特异于他的时代，他又有什么意义呢？没有一个写作者不受着自己时代或深或浅的影响，但是如果他的写作不向本时代以外寻找资源的话，他如何能成为自己时代的代表呢？那些"70后"的代表诗人，在我看来，其真正的魅力，却是来自于那些最个人化，最超越"70后"的东西。比如黄礼孩，他的诗歌的动人之处，恰恰不在于那种强行介入历史的强人姿态，而是一种面对细小事物的谦卑及内心的安宁，毋宁说是他内在的基督教信仰对他诗学的哺育。比如胡续冬，这个诗人浑身上下都洋溢着制造欢乐的才华，但他始终显得更像是"70后"浪潮之外的独行侠，也甚少让人看出他对抗"一本正经"的文学资源跟"70后"的必然关系。甚至是梦亦非，这个自称大量关注70后，评论70后的"70后"代表诗人，他也不会否认"70后"跟他们前辈的关系："70后更像是他们前辈的压缩版和升级版"。那个一出场就被称为70后酷姐姐的尹丽川，那个为下半身摇旗呐喊的沈浩波，他们当然从70年代开始成长，他们的求学、就业也打着同代人的印记。但是，他们也是各不相同的，他们的成就也是因为他们的各不相同，因为他们对差异的追求。

70后的诗人，似乎总洋溢着一种热烈的气质，一种为精神事业献身的精神。比如黄礼孩对诗歌事业的投入，还有梦亦非，还有刘春，还有朵渔，他们总是表现出一种信仰者的气场。然而，难道80年代第三代诗歌运动中的诗人们缺少这样的气质吗？难道今天的70后就都是这样的吗？

我以为"70后"作为一个为同代人出场打掩护的概念建构在完成了它对"同质性"的建构之后，应该进一步去挖掘"异质性"，因为正是异质性——个人声音的辨析度——才是他们与未来读者相遇的条件。说到底，历史橱窗的陈列法永远在变，今天由同代人确定的陈列法不可能享有永久的合法性。历史是势利的，也是建构的，但在更漫长的时间中，历史橱窗的陈列法很可能只跟某种精神性的痛苦及求索相关，跟艺术形式上的创造力相关。

为梦想招魂：谈"完整性写作"

2003年，诗人世宾、东荡子和黄礼孩共同提出了"完整性写作"纲领，并由世宾完成了诗歌论著《梦想及其通知的世界》。"完整性写作"理论提出以来，获得了国内很多诗人的呼应，也为不少评论家所关注。围绕着"完整性写作"纲领，集结着一群有相近创作旨向，有较强创作实力的诗人。他们连同他们所实践的诗歌理念，确实成了近十年来广东诗歌浓墨重彩的一笔。我关注的问题是，"完整性写作"是在什么样的话语背景下提出来的，完整性写作是对何种诗歌和时代问题的回应，它所出示的诗歌方案在这个时代众多的写作方案中又有何独特的地方？更进一步说，作为当代由诗人提出的众多写作方案之一，"完整性写作"能否持久地在诗歌写作中发挥其有效性，我们该如何去面对它浓厚的乌托邦色彩以及实际写作技巧层面上的阙如。

一 工业时代、破碎的生活和批判的美学

东荡子曾经说过，当世宾说出"完整性"这个词的时候，他马上觉得，这就是他一直在寻找的那个可以概括他的体验和认知的词。事实上，完整性的寻找，或许伴随着工业化时代相始终。最著名的，无疑是马克思所说的人的全面发展。应该说，世宾他们在完整性中所描绘的工业化破碎的场景，是呼应着一直延续的科技现代性批判的命题：

世界的完整版图展现在世人眼前，大量的处女地和新大陆等着人们去开垦，去征服，地球上已无一处安宁的地方。它强

烈地象征着自然中可能存在的庇护之地已被彻底敞露。对于自然来说，诗意是隐匿于秘密之处。当高速的机车、轮船和探微入幽的显微镜主宰了世界，秘密之处便不再存在了。①

世宾同时审视着工业现代性制度下审美原则的转换，那些在古典主义时代自然而然的审美原则或者说古典主义的审美取景框在面对工业时代时突然变得测焦不准、画面模糊：

> 我们的祖先曾在山水自然中发现诗意，车尔尼雪夫斯基及其革命者曾在"生活"中挖掘诗意，挖掘美。但至今日，"生活"一词已被物质和功利彻底占据了，人们为了自身的利益划分了集团、民族、国家，以意识形态作为借口，向不合作的一方诉诸武力或明争暗斗。平民阶层因为得到了物质实惠，已不问世道的是非黑白。②

这里，既是对工业时代诗意荒芜的质问，也是对特殊的中国式生存的质问。世宾曾一再强调：工业化时代诗意的产生方式跟古典时代已经发生了重大的变化，那些存在于山野之间、俯拾皆是的自然花草山水之美在充满再造之物的世界中已经隐匿，或者说它们的身上只剩下些诗意的外壳，对它们的抒写不可避免地回避了正在呼啸而过的时代，成了对当下的新遮蔽。所以，世宾一再提倡一种批判的诗学，在"批判为诗意打开一个缺口"中，他说：

> 至此，我们终于明白了诗人与他置身其中的世俗世界的关系。世俗世界就像一个堆放着各种杂物和原材料的仓库，诗人必须在这里借用工具和各种材料，然后通过他梦想的心灵去重组和建设，把这些物质材料转变成"自己的生活经验"，那如何转变呢？我认为第一个手段就是批判。因为我们的现实生活被再造物质和功利欲望所占领了，分裂和异化作为本质存在于生活之中。我把它定义为黑暗，包括个人心理内部的异化、怯

---

① 世宾：《梦想及其通知的世界》，中国戏剧出版社 2009 年版，第 51 页。
② 同上书，第 53 页。

懦、痛苦、绝望，以及外部世界强加给个体的战争、疾病、灾难。是这一切构成了人的生存世界的背景。叙事艺术的伟大功能就在于对这种状况的揭示，而抒情艺术的伟大功能在于对这种状况的征服，但它不是像医生或政治家一样要去除人体或社会的疾病，而是在于指出精神世界有着战胜的可能，以及对着可能世界的展示。诗人们清楚这种黑暗是人生这枚硬币的另一面，它不可能像癌症或贫困可以去除掉的，它只是在召唤着诗人去超越和承担。①

此处，我们仿佛看到"完整性"诗学和法兰克福学派阿多诺文化理论的迎面相遇：面对着工业化时代的文化事实，阿多诺提倡艺术的批判和拯救功能。他认为，现代艺术的本质是否定性，其主要功能是社会批判。他指出，艺术通过追求尚未存在的东西而与既存社会分离、决裂，换言之，"艺术通过其单纯的此在批判了社会"（阿多诺《美学理论》），这里的存在指的就是资本主义的现代工业文明、异化现实和野蛮制度。同时，在阿多诺看来，艺术的批判是为了拯救，现代工业社会是一个压抑人，造成人性分裂、异化的社会，"人只是非人化和幻想性意识形态"（阿多诺《最低限度的道德》）。面对这样一个走向野蛮和虚无的社会，人们需要一种精神性的补偿来消除绝望，拯救心灵。艺术能把人们在现实中所丧失的希望，所异化了的人性，重新展现在人们面前，在此意义上，"艺术就是对被挤掉的幸福的展示"，这样，艺术就"补偿性地拯救了人曾真正地、并与具体存在不可分地感受过的东西，拯救了被理智逐出具体存在的东西"（阿多诺《提示语：批判模式之二》）。

法兰克福学派充满现代主义、英雄主义气息的现代性反思诗学被援引到"完整性写作"之中，并且嫁接出一个令人向往的精神果实—梦想。但是梦想放在后现代取消一切本质的视野中，也并非自明之物，在德里达看来，西方的形而上学就是通过各种各样的逻各斯来建构其深度模式的。就此而言，柏拉图的"理式"是一个待解构的逻各斯，马克思的"历史理性"是一个待解构的逻各斯，萨特

---

① 世宾：《梦想及其通知的世界》，中国戏剧出版社 2009 年版，第 37 页。

的自由是待解构的逻各斯,王阳明的"良知"也是待解构的逻各斯,因此,世宾所谓的"梦想"也难免被后现代取消一切价值判断的眼光目为又一个逻各斯,一个先验的、自我建构的存在。如果说所有的价值立场和判断都难逃先验论(难道上帝不就是一个最大的先验神话吗?)的命运,那么我们会发现,"完整性"这种现代性的诗学理论,在这个时代却陷入了一种腹背受敌的状态。但是,我们却依然不能否认价值的力量?或许梦想该如何去建构依然是问题?但是这是每一个个体的问题。所以,"完整性写作"并没有办法给诗歌或者生命一条终南捷径,它给的只是沿着破碎生存逆向而回的方向。

二 分化、审美现代性和诗歌焦虑症

如果说在没有进入到发达资本主义时代之前,现代诗人还可以借着精英艺术和大众艺术的划分而确认自己的诗艺经营的合法性的话,那么进入到所谓的消费主义的后现代之后,精英和大众的划分便不再毫无疑义,诗人也不断遭遇各种读不懂的质疑眼神。那些诗歌的门外汉常常不无讥讽地说:什么是现代诗呢,是不是那些叫人读不懂的就叫现代诗呀?同时,也不乏一些文学界人士,甚至诗歌评论家,对于今日诗歌难以读懂的"积弊"发出友好的劝告或者是严厉的抨击。他们希望现代诗歌写作者放弃对繁复技巧的沉溺,重新回到清新可人的语言和现实中来。殊不知,这实在是太冤枉现代诗人了。

格林伯格在《现代主义绘画》中说,现代主义艺术都面临着这样的命运,每门艺术都不得不通过自己特有的东西来确定非他莫属的效果。显然,这样做就缩小了该艺术的涵盖范围,但它也更安全地占据了这一领域。

现代性其实正是一个不断分化的过程,艺术的功能不断地细化,在这种审美现代性的驱动下,古典诗歌身上所承担的那种赠别、酬唱、求仕等现实性功能被分离出去,甚至于一般性的抒怀功能也大部分地让现代流行歌曲给取代了。在这种功能分化之后,诗歌如果不是在特别的时间中被征用(譬如政治对诗歌的征用,灾难对诗歌的征用)的话,它的基本功能就是对语言技艺的探索、对特殊经验范畴的拓展以及对诗歌特有想象方式的寻找。

由于审美现代性的发展，诗歌等现代艺术越来越成为一种需要专业技巧才能够进入的领域。正如耿占春所说，在现代式生存中，报纸化的透明阅读的环境下，诗歌这种类经书文体的身份就显得极为可疑了。诗人何为？诗歌何往？这是纠缠着现代诗歌的幽灵。如果将现代诗歌放置于20世纪90年代以来的中国语境中，诗人们又面临着种种特殊的苦难了。"完整性写作"无疑真是针对这些问题的思考和回答。

"完整性写作"的倡导者和实践者大部分是70后诗人，他们观念和艺术成长成熟于90年代末和新世纪的第一个十年。90年代以来的诗歌转型在他们身上起着潜移默化的影响。

关于90年代以来诗人的身份变化和危机，周瓒描述为"从一体化的体制内的文化祭司，到70年代末至80年代末的与'体制'、'庞然大物'既反抗又共谋又共生的文化精英，到90年代以来身份难以指认的松散的一群人"①，这首先指的是职业身份的变化"这期间，诗人的身份、职业、经济来源等也发生了微妙变化。在90年代，那种当代意义上的'专职诗人'已很少，他们或者是'自由撰稿人'（由于靠诗歌以维持生计的可能性不大，他们往往主要从事其他文类写作），或者同时从事商业经营，而更多的是大学教员、报刊编辑、记者、公司机关文职雇员。他们与国家、'体制'的关系也呈现复杂状况。"②

90年代以来，对诗歌写作的不满几乎成为评论界的共识："90年代的诗歌既不能满足大众的文化消费，也难以符合对抗'现实'的批判性功能的预期。一些在80年代积极支持朦胧诗和'新生代'诗歌探索的批评家，对诗歌的现状和前景也十分忧虑。这种情形，导致新一轮的新诗'信用危机'的出现，新诗的价值、'合法性'的问题被再次提出。"③

我在《迷舟摆渡》中写道："表面上这是诗歌合法性的问题，是诗歌创作被质疑，其背后，却是诗人诗歌写作认同的问题。是经

---

① 洪子诚：《在北大课堂读诗》，长江文艺出版社2002年版，第424页。
② 洪子诚、刘登翰：《中国当代新诗史》（修订版），北京大学出版社2005年版，第243页。
③ 同上。

历八九十年代之交精神剧变，走进新时代镜城所交织出破碎身份加在诗人身上的晕眩感。所以，寻找诗歌'写作认同'会成为当代对诗歌有抱负的人所必须解决的问题。"

三　完整性：为梦想招魂

可以说，90年代以来的诗歌写作，是一种走出政治神话、走出诗人神话，摆脱焦虑、寻找认同的写作。在此过程中，似乎出现了几种非常不同的探索路径。

如果说有一个共同的轨迹的话，那就是走向语言。80年代以后，没有一个先锋诗人会宣称内容先于语言。90年代以后，很多诗人的写作已经转向了纯能指的试验。诗歌的语言试验带来了一种先锋的效果，同时也为诗人找到一个可以自我沉迷的开阔空间。90年代以来中国先锋诗歌确实开始变得繁复、精致，有着曲折幽深的艺术和语言本体论确立之后呈现的新世界。很多诗人的写作危机正是在语言探索领域的高歌猛进中克服的。这无疑也是90年代诗歌以写作技艺化重建写作认同的重要成果，譬如臧棣、周瓒等人的诗歌。

也有诗人在语言实践的同时，提出了更加个人化的实践方案，这里想讨论一下于坚的"拒绝隐喻"。由于痛感中国语言中过分成熟的隐喻积淀，现成的修辞业已使词与物严重分裂，诗歌抒情无法到达事物的现场，于坚用自己汹涌而庞杂的诗论以及持久又略微自相矛盾的诗歌实践来提倡一种回到事物现场、重新命名事物的"拒绝隐喻"写作。

"拒绝隐喻"是将词语革命与伦理革命结合起来的诗学实践，理论惊世骇俗，也产生了像《0档案》这样的神奇的文本。"拒绝隐喻"同时又是诗人朝向诗歌焦虑发出自己声音的一种方式，这一次，于坚找到一把解构之刀，为自己清理出一条充满个性的诗歌之路，但是，解构毕竟附着于被解构对象之上。于坚的尴尬或许在于，哪些他认为回到事物现场的写作，因为是对事物的重新命名，所以，远比以隐喻的方式靠近事物的写作更加让一般读者感到陌生。"拒绝隐喻"成了一种只有于坚一人能够实践的策略，既成就了于坚的独特性，也宣告了作为诗学道路对其他诗人意义阙如。很容易可以发现,走向技艺的诗人们紧紧抱住语言,而"拒绝隐喻"的于坚则以袪魅的思路完成语言和生命伦理的双重更新。于坚驱逐语言中所附着的任何灵晕,诗人曾有的语言巫师属性被置换为一个彻底的及物的市民角色。

相比之下,我们却看到完整性写作的倡导者,沿用了一种完全相反的思路,那就是招魂。耿占春先生在《失去象征的世界》中以鲍德里亚的《象征交换与死亡》为理论支撑,把持续袪魅的现代社会命名为"失去象征的世界"。所谓象征,并不是指作为修辞技巧甚至于文学流派的象征,而是传统社会所存在的大量的生活和民俗仪式。这些仪式构成了生活中的灵晕,正是透过这些仪式,传统社会生存的人们得以交出死亡的恐惧,以仪式担保了他们生活的意义。这些仪式的核心就是各种各样的神,他们的生命于是在神的庇护和抚摸下获得意义的满足感。但是,启蒙理性启动以来,现代性法则开启了对种种"象征仪式"的驱逐,于坚的驱逐隐喻正是此种现代性的思路。然而,在神迹渐远的生存中,完整性写作却以招魂的策略,期望为破碎的生存重新建立意义,他们希望借助的是梦想和诗歌。

但是,在弑神已经成为现代性基本事实的情况下,现代生命的魂不再可能是古典意义上的上帝,而且招魂也不再是一个一劳永逸的事情。毋宁说,神是一个需要持续自我建构和自我约束的虚无,与其把完整性对梦想的呼唤,对神性的向往,对生命完整境界的描述视之为一种确定的实存,不如把它视为对我们虚空生命的一种警示:写诗不过就是一种自我拯救,写诗必须是一种自我拯救。所以,写诗必须深切地去洞悉生命的危机,写诗也必须去思索渺小的躯体如何爬出无处不在的伦理泥坑或沼泽。我不想说,世宾他们的思路是唯一有效的,但是在 90 年代诗歌身份危机的解决方案中,"完整性"确实是最让人温暖的并感到人的尊严的。

四 作为生命诗学的完整性

置身于各种流派宣言四起新世纪诗坛,"完整性写作"也不可避免地以流派的面目出现争取发声。但是,在我看来,"完整性写作"有其流派的一面,譬如说写作宣言,同人团队,诗歌活动等等。但是，就其诗学内核而言，他们最有价值的部分，并不是作为某个流派的指针，而是作为一种生命诗学对当代文化生命的诊断和提醒。当代诗坛，流派很多时候只不过是啸聚群居制造的眼球效应，真正写作实践和流派宣言能够严格相符的几乎没有。所以，很多诗人，他们既可以被归类于甲流派，也可以很方便地归类于乙流派。就此而言，追问完整性写作的旗下聚集了多少写作干将，他们又在何种程度上实践了"完整性诗学"我认为是没有意义的。有意义的是，"完整性写作"警示诗人应用诗歌去目击生命的沦陷并反抗这种沦陷，这种警示是针对所有人的，所以，所有人都有可能成为"完整性写作"的诗人。所有人都可以在具体的写作技巧上保留自我的探索而在生命立场上去拥抱完整性。

　　因此，我们又必须说，"完整性写作"不是一种技巧诗学，而是一种生命诗学。这是一个不解决具体写作技巧问题的诗学，如意象派、象征主义；也没有聚焦于某个确定的题材领域，如下半身写作。与其说它是一部写作纲领，不如说它是诗人对当代心灵命运的认知和觉悟。所以，完整性很难作为一个流派，一个写作群体被清晰地界定。它只能借助于人为界定，惯性认同使写作实践与诗歌方案获得同一性。举例来说，黄礼孩也是完整性写作的提出者，他当然就成了完整性写作的代表性诗人，他的诗歌实践大体上可以完整性去概括，但他的诗歌实践也可以从其他路径去概括，这就意味着，完整性是一个关乎生命态度和写作立场的方案，但更进一步的审美趣味和写作风格问题，却不是完整性所能够解决的。但我认为这并无损于这个诗歌方案的精神价值，正是因为它是在生命态度和写作立场的宏观层面而非审美趣味和写作风格的具体层面对当代诗歌建设提出构想，它反而更有可能持久地发挥作用。但同时，也有必要提醒那些将完整性写作理论视为诗歌写作 ABC 的阅读者，此种误解必须抛开，即使你怀抱梦想去拥抱完整性的心灵生活，即使你用批判性的眼光去审视工业时代的再造世界，诗也并不必然产生，完整性生命立场之后，诗歌的符号化和个人审美劳动的差异，依然存在着。

开放观照"当代"的诗学视域

——谈《江汉学术》对诗歌"当代性"的建构

从学报编辑的角度看，学报并非一个被动接受高质量来稿的学术平台，有创造力的学报往往以鲜明的问题意识介入对学术前沿的探索。这往往便通过专栏和专题的形式来呈现，如何保证专题的学术前瞻性则往往通过专家主持人来实现。然而"专栏·专题·专家"的"三专"策略并非独门暗器，毋宁说是公开的秘密。关键在于，一般学报仅仅偶一为之使用"三专"策略，《江汉学术》"现当代诗学研究"却以一以贯之的立场将"三专"路线推进到底。专栏以近十一年的努力，推出专题六十多个，刊发了二百多篇优秀的现当代诗学研究论文，不但获得了"教育部名栏"称号，更获得来自专业研究领域的普遍赞誉，成为诸多学者学术研究"非常离不开的参考的视野"（臧棣语）；"它持续推出的专题，成系列又葆有开放性，有力地推动了人们对一些关键性诗学命题的关注和思考"（赖彧煌语）。①

"现当代诗学专栏"的专题视野非常广阔，涵盖了：比较诗学与台港海外诗研究、外国诗歌前言及其研究新路径、现当代诗人诗作的创造性阐释、当代诗歌批评的问题意识和有效性、当代诗歌现象的命名及探究、新诗技艺与新诗诗学的本体建设、现当代诗歌批评与诗学研究的文体衍进等。我们既可以以之为窗口看到中国现当代诗学的风云变幻和内部风景，又可以观察此专栏所倡导的诗学立场如何融入当代诗歌场域，有效地发出自己的声音。本文将以2012年以来该专栏刊发的聚焦当代的文章为对象，探讨其建构的"当

---

① 赖彧煌等：《首届"教育部名栏·现当代诗学研究奖"颁奖仪式录音实录》，《江汉学术》2013年第1期。

代"诗学视域,从而透析一种严谨、独立的当代诗学趣味、立场与编辑策略之间的互动关系。

匡正失衡的"当代"

当代文学之"当代",无疑依然是一个歧义纷生的概念。文学史一般以 1949 年作为现代/当代的界限。这种以政治标识作为文学尺度的划分方式在 20 世纪 80 年代就开始被"20 世纪中国文学""新文学整体观"等概念所反思。洪子诚先生在《"当代文学"的概念》一文中对"当代文学"的概念建构进行了历史化的考察。"当代文学"的产生最初来自于"从意识形态和政治观念上来估断文学作品的等级"①的冲动,它也确乎缔造了一个确立了绝对支配地位的"'左翼文学'的'工农兵文学'形态",②因而成为很多人不得不借用的概念。然而,在 20 世纪 80 年代"当代文学"的革命传统受到了冲击,"当代文学"越来越指向了"现代主义文学""先锋文学"等面向。在这两种不同的"当代"中,其实存在着一种相近的"当代"观念装置——即将"当代"作为一种"更高级"的等级程序来使用。1949 年,新政权通过"当代"的更高级程序建构了"工农兵文学"高于此前一切文学形态的文学史位置;而进入新时期,"当代"的使用则为"现代主义""后现代主义""先锋文学"建构了超越"革命"的合法性。在当下诗歌领域,"当代诗"代表了诗人们创制更有效回应时代和诗歌本体双重迫切性的写作焦虑。胡续冬认为"我们整个诗歌'行当'在经历了 1978 年之后自我活力的重新找寻,到 20 世纪八九十年代之后,这个'行当'就找回了一套'行规'——无论是相互对立的话语形式,还是占有统治性的话语方式,已经逐渐地形成了这样一种'行规'。但是这'行规'有时候过于强调汉语诗歌在 1978 年之后从其内部生出的中国式的现代诗歌的表达规律,这不免扼杀了新的思考诗歌与当下关系的可能性。"在这种问题意识推动下,当代诗就意味着"注重对

---

① 洪子诚:《"当代文学"的概念》,《当代文学的概念》,北京大学出版社 2010 年版,第 63 页。
② 同上书,第 68 页。

当代话题的有效回应；另外就是对诗歌写作本体论的探究"。①

"当代"作为一个分裂的概念，容留了各种文学话语力量的相互博弈。然而，作为文学研究的生产平台——学报的"当代观"必须是开放性和超越性的结合：一方面必须尽量容纳对"当代"内部不同的阶段、传统、倾向、流派、思潮的探讨，另一方面又必须以更前瞻的问题意识反思当代内部日渐固化的话语方式。显然，《江汉学术》正是以这样的学术姿态建构一个观照"当代"诗歌的有效位置。不难发现，在《江汉学术》的文章体系中，"当代"是偏向20世纪80年代以后的现代主义诗歌传统的，这意味着所谓的"十七年诗歌"所代表的"当代"其实是较少登场的。这种"失衡"与其说呈现了编辑和主持人的"偏好"，不如说呈现了"当代"诗歌研究失衡的现状。新世纪以来，对当代文学前三十年进行重新的历史化和学术化成为一个新热点，其中既有以文学社会学方法重新激活十七年文学与社会历史微妙关联的研究，也有以新左思维试图重新赋予革命合法性的研究。相比之下，当代诗歌研究特别是批评界对前三十年显示了某种"厌倦"和"傲慢"。事实上，洪子诚先生的《中国当代新诗史》对1949—1966年中国诗歌的存在状态、社会语境、文学制度有着深入的洞悉和阐发；王光明先生《现代汉诗的百年演变》在涉及此阶段诗歌时也有精彩的发挥。可是，整体上，当代诗歌研究与批评显然将更多精力、兴趣投放于朦胧诗、第三代诗、90年代的口语诗与叙事性、新世纪底层诗歌等层出不穷的诗歌现象中。这既源于20世纪80年代重新得以确立的现代汉诗本体立场对政治化诗歌的不满，也暴露了当代诗歌批评以至研究的某种乏力和尴尬：一般研究者自然不愿重复庸俗社会学的方式为政治诗歌赋值，但也找不到更新、更有效的研究方法重新激活这个沉沉睡去的诗歌阶段。在此背景下，颜炼军的《"远方"的祖国景观——论当代汉语诗歌中的少数民族文化元素》在《江汉学术》的当代诗歌视域中便显得特别有趣。作者以崭新视角探讨了十七年文学中少数民族景观的建构及其政治文化功能。它既拓宽了对

---

① 张桃洲、孙文波等：《当代诗的概念：范围、内涵与阐释》，张桃洲、孙晓娅主编《内外之间：新诗研究的问题与方法》，社会科学文献出版社2012年版，第123—136页。

十七年诗歌的研究思路,也丰富了人们对现代汉语诗歌与少数民族文化资源关系的认识。作者认为"1949年之后,不少重要汉语诗人,都曾不同程度地借助少数民族文化以及地方文化元素来写作:一方面,文化和地域的差异性隐喻,给汉语诗歌带来了新的美学活力;另一方面,这些诗歌也满足了表达各种属于祖国的'异域'和'远方'的需要"。① 这篇文章刷新了以往对十七年边地诗歌的研究视域,在汉族与少数民族、古典中国与新中国、诗歌与政治的多重缠绕中梳理了"远方""异域情调"和"爱情恋歌"的诗学和政治学:"似乎只有将其背景设在边疆或少数民族地区,这样的故事和场景才具有'真实'和'浪漫'的双重性质——正如在对革命史的重构中,敌与我、压迫阶级与被压迫阶级、英雄与落后分子等脸谱化的二元对立,才能衬托革命的正确性一样。在新生的'祖国'里,得有生动的情节来使宣扬社会主义新生活抽象的口号形象化、诗意化,少数民族地区的浪漫爱情故事显然可以胜任。""被政治化了的民间语体翻译出来的'多元'作品,很大程度上成了政治抒情诗或新生国家形象的另一种隐喻,有效地生产出一套关于祖国'远方'的诗歌常识。"②

颜炼军的文章令人想起王光明教授的《重新开始的尴尬——以卞之琳〈天安门四重奏〉为例》③和张桃洲教授的《"新民歌运动"的现代来源——一个关乎新诗命运的症结性难题》④,两文都有效激活了对一个过分政治化的研究对象的探讨可能。正如王光明先生所说:"客观地看,《天安门四重奏》的确不是一首好诗",问题在于此诗引申出的聚焦于"读不懂"上的话语博弈:"中国当代文学史,甚至整个的中国新文学史,该如何正视这样的'不懂',

---

① 颜炼军:《"远方"的祖国景观——论当代汉语诗歌中的少数民族文化元素》,《江汉学术》2012年第5期。
② 同上。
③ 王光明:《重新开始的尴尬——以卞之琳〈天安门四重奏〉为例》,《诗歌批评与细读学术研讨会论文集》,2012年,第135—136页。
④ 张桃洲:《"新民歌运动"的现代来源——一个关乎新诗命运的症结性难题》,《现代汉语的诗性空间——新诗话语研究》,北京大学出版社2005年版,第59—68页。

区分和辨析这样的'不懂'?"① 这显然是当代文学史依然没有解决好的问题。20世纪80年代以来的诗歌如果说留下什么遗产的话，那无疑是关于现代汉诗的本体论自觉。然而，因此得以确立的"现代诗学"和"现代诗教"也并非完全不值得反思，在对当代诗歌情境中"学院化"习性的反省中，姜涛指出"要在意识层面脱掉诗人紧巴巴的行业制服，从那些'正确'的诗歌知识、规则、谱系中解放出来，看一看自己的写作到底面对什么，需要触及什么，在环境的迫切、历史的纵深，以及腾挪变动的视野中，而不是凝定的行规中，思考写作的位置。"② 这意味着，无论是写作还是研究，没有什么无须反思的对象。同样，在看似繁荣热闹的当代研究中，建构一个多元丰富的"当代视域"，显然是《江汉学术》的内在追求。

关联"当代"的多个诗歌侧面

透过《江汉学术》所建构的诗学视域，不难辨认出当代诗歌场域的诸多关节性问题。这些问题包括：现代汉诗的声音、诗歌经典化、主体变迁、技艺更新、代际更迭、写作倾向的遮蔽与博弈、经典诗人个案等。这些问题都是当代诗歌的真问题，围绕它们，诗歌的内与外、现象与个案、本土与异域、倾向与流变等不同向度都得到探究和讨论。

新诗声音的探讨早在新诗草创阶段就已经开始，闻一多、卞之琳、何其芳、林庚、王力等人都曾贡献创见。当代诗人同样不乏对诗歌声音的敏感者，诗人西渡既创制了悠远绵长的诗韵，同时也是新诗声音研究的戮力而为者。张桃洲新著《声音的意味：20世纪新诗格律探索》③ 便是这方面的力作。应该说，新诗的声音研究是一个群贤毕至、硕果累累的领域。但是，李大珊和翟月琴在这方面的研究可谓别出心裁。在以往关于新诗格律的探讨中，研究者最孜

---

① 王光明：《重新开始的尴尬——以卞之琳〈天安门四重奏〉为例》，《诗歌批评与细读学术研讨会论文集》，2012年，第135—136页。
② 姜涛：《当代诗歌情境中的"学院化"习性》，《江汉大学学报》（人文科学版）2010年第6期。
③ 张桃洲：《声音的意味：20世纪新诗格律探索》，人民文学出版社2012年版。

孜以求地是为新诗的声音确定一个可资分析、借鉴并反复使用的模型，他们探究的其实是新诗声音的外在律动或节奏。值得注意的是，这些研究虽不无启发但事实上在自由体占主体的新诗中从未获得真正应用。有趣的是，李大珊《两种时间观念交织下的对望——探析陆忆敏诗歌中的语调特征》探究的则是诗人的时间观念、哲思趋向所形成的内在律动对诗歌语调的影响。换言之，作者探寻的是诗人灵魂的内在律动及节奏。作者探究陆忆敏诗歌"与众不同的声音"，那种"具有轻柔缓慢的质地，带给读者丝绢般柔软的触觉"的诗之源泉时指出，"由于诗人在诗作中采用了不断变换的历史观将同一空间内的混杂事物重新进行秩序确认，才让诗歌的语言质地和语调特征呈现出异质性"，"其丝滑质地来自于主体时间观的变幻"。这里对诗人哲学观影响其诗歌语调的辨析不无启发："如果诗人站在自己开辟出来的园地内为主体进行高声呼喊的话，语调不会是丝滑轻缓的，这种语调形成的潜台词来自于共生心理。"① 翟月琴对陈东东诗歌音乐性的探讨同样并未诉诸某种带有范式性的概念尺度，而是以"禅意的轮回""意象的上升"等带着鲜明陈东东印记的诗歌特征进入对其写作中声音变迁的细读。譬如作者敏感地指出陈东东诗歌在进入新世纪以来，"复沓回环的痕迹逐渐消失，所遵循的是更自然的生理与情绪上之共鸣。"② 作者无意通过陈东东建构一个普适性的新诗声音研究范式，却对研究对象有着探微发幽的体贴。

"第三代诗歌"是早已进入文学史叙事的诗歌概念，然而任何叙述的背后都存在着种种权力博弈。罗执廷的文章《选本运作与"第三代诗"的文学史建构》从"选本"的角度探讨第三代的自我建构及其经典化的关系。虽然某些地方的论述有语焉不详之嫌，比如在指出"由于这些选本及其代表的诗学倾向的影响甚至左右，后来的许多诗评文章和诗歌史叙述〔如洪子诚《中国当代新诗史

---

① 李大珊：《两种时间观念交织下的对望——探析陆忆敏诗歌中的语调特征》，《江汉学术》2013年第1期
② 翟月琴：《轮回与上升：陈东东诗歌的声音抒情传统》，《江汉大学学报》（人文科学版）2012年第3期。

(修订版)》]形成一种相当普遍的突出与拔高'第三代诗'的倾向"。① 在做出这番强判断时,文中并未有相应的佐证。然而,作者对第三代诗歌选本的列举之详以及文章的问题意识依然深具意义。特别是"与第三代诗同时的其他诗歌群体则大有被遮蔽之嫌"②的判断显然是真知灼见。有趣的是,研究者赵飞近年便一直致力于梳理与第三代诗歌同时期的另一种诗歌倾向——新古典主义。她的文章《论张枣"言志合一"的诗歌写作向度》便是对此一倾向的突出代表者张枣诗作的精彩细读。在她看来,张枣诗中"'言'作为名词的语言之意,与'志'为并列而非动宾关系,倘若包含动词意味也强调写作过程,如此,问题便呈现为'言'与'志'在诗歌中的践行关系,即'言志'工夫的合一:'言'与'志'互文共生,恰如风生水起,它关注诗的过程而超越最终表达,因为表达的目的将在表达的工夫中水到渠成。"③ 与第三代普遍的"反崇高""口语化"倾向不同,新古典主义倾向的张枣在"言志合一"中迎面相逢的是语言本体论。诗人西渡近年努力研究的也是两个在"第三代诗歌"叙事中难以归位的杰出诗人——骆一禾、海子。他将二位经常被作同质化处理的北大诗人进行比较研究,既深入地论述了骆一禾独特的诗学价值,同时也为海子研究别开生面。其研究既有紧扣命门关节的线索提炼,更有耐心、精湛、抽丝剥茧的细读功夫,以一个诗人批评家的内在经验令人信服地指出两位杰出诗人截然不同的思想倾向:"骆一禾的新生主题与海子的原始主义信仰的对立,骆一禾对于生命的信仰与海子的思维情结对立,骆一禾对不止拥有一个灵魂的信念与海子孤独主题的乖忤,骆一禾的光明颂与海子夜颂的大异其趣。"④ 骆一禾"从爱人的身上看见世界,或者说,他在爱人的身上爱着整个世界",而海子的爱则"和

---

① 罗执廷:《选本运作与"第三代诗"的文学史建构》,《江汉大学学报》(人文科学版)2012年第1期。
② 同上。
③ 赵飞:《论张枣"言志合一"的诗歌写作向度》,《江汉大学学报》(人文科学版)2011年第6期。
④ 西渡:《灵魂的构造——骆一禾、海子诗歌时间主题与死亡主题比较研究》,《江汉学术》2013年第5期。

忧郁、病,甚至是和死亡联系在一起"。① 以上研究的意义在于超越了日渐定型化的诗歌叙事,既辨析了20世纪80年代强势诗歌倾向的内在建构,又显影了暂处弱势或模糊不清的诗歌倾向的精神面目。

  写作主体和语言本体同样是当代诗歌的重要话题。在时代话语气候和诗歌内在生态的转换中,诗人们既无法从上代诗人中继承一成不变的主体姿态,更无法在既往的语言装置中获得有效的表达。如此,主体的蜕变和技艺的更新便构成了当代诗歌内在的衍变。梁小静的《诗人的"主观个体"与萧开愚的"综合意识"》指出"萧开愚以'限度意识'、'中年写作'等诗学命题,纠正和丰富了支配着'朦胧诗'写作范式的'文化英雄主体'、'对抗式主体',突出了写作主体中的'成年形象',也促使诗歌中的视角和语气做出了相应的调整"。② 这里借萧开愚探讨80年代的诗歌主体如何在90年代以后完成自我调适的话题。欧阳江河说"1989年并非从头开始,但似乎比从头开始还要困难。一个主要的结果是,在我们已经写出和正在写的东西之间产生了一种深刻的中断"。"那种主要源于乌托邦式的家园、源于土地亲缘关系的收获仪式、具有典型的前工业时代人文特征、主要从原始天赋和怀乡病冲动中汲取主题的乡村知识分子写作,此后将难以为继。"③ 这种中断和失效,其内在其实正是主体策略的失效。与"主体"的更新相映成趣的是"本体"的更新,人们通常能够感受到不同时代语言的差异,但如何将这种差异理论化则是一个巨大的挑战。王凌云的《比喻的进化:中国新诗的技艺线索》挑战了诗歌语言进化史的课题。描述整个的诗歌技艺显然并不现实,以"比喻"作为切口可收四两拨千斤之效。只是,"进化"用之于诗歌语言,不免令人狐疑,生物学的解释之于诗歌审美是否有效?比喻的内部是否有"进化"的等级性?这篇文章以精湛的内行工夫打消了"质疑",使"比喻的进化"成为一

---

① 西渡:《心灵的纹理——骆一禾、海子诗歌情爱主题和孤独主题比较研究》,《江汉学术》2014年第4期。
② 梁小静:《诗人的"主观个体"与萧开愚的"综合意识"》,《江汉学术》2014年第1期。
③ 欧阳江河:《站在虚构这边》,生活·读书·新知三联书店2001年版,第49—50页。

个可以在比喻的意义上被接受的描述。这篇文章事实上贯穿了现代汉诗的整个过程，因此便自然有对当代比喻的精彩点击。它回避了那种抽象出一个网罗一切的解释模式的共时性结构主义思维，而是通过卓越的辨析力遴选出多多、海子、欧阳江河、臧棣、哑石、蒋浩、王敖等诗人语言历程中的高光时刻来编织这条"进化"链。作者也警惕着"进化论"的后来优胜性，所以"多多诗歌中的比喻是有'魅力'的，而臧棣或欧阳江河诗中的比喻是有'效果'的。魅力神秘莫测，对具有它的诗作的每次阅读都会让人着迷；而效果则主要发生在初次阅读中，其后的每次阅读都会造成减损"。① 这样的论述确是行家的独具只眼。

长诗写作时近年诗坛的热点，《江汉学术》也以专题的方式回应并反思这股热潮。"内在于诗歌的民主、正义与同情，与知识分子追求的民主、正义与同情，有着本质的区别。后者，只应是前者的一部分。"在颜炼军看来，即使是西川、欧阳江河、柏桦、萧开愚等成熟诗人的长诗中，"后者常常因为比重过大，而成为诗意展开的一个重要干扰，导致了诗歌描写的对象不能锻炼为诗歌本身。"② 李海英也直言当代长诗的问题："首先是语言的美感变得极为艰难，其次是言说的诗意极为扭结，再次是经验的内化非常生硬，同时也没有接受到'负审美'或'恶之力'应该带来的震惊。"③ 观点可以争鸣，但基于专业分析的诤言却值得称道。

开放"当代"批评的活力

文学研究领域存在着一种不成文的等级规则，即文学理论高于文学史，文学史中古代高于现当代，而现代又高于当代，当代文学史研究又高于文学批评。这种成规对于追求"学术化"的学报来说尤其普遍。当代文学批评被普遍认为却缺乏学术性的工

---

① 王凌云：《比喻的进化：中国新诗的技艺线索》，《江汉学术》2014 年第 1 期。
② 颜炼军：《"大国写作"或向往大是大非——以四个文本为例谈当代汉语长诗的写作困境》，《江汉学术》2015 年第 2 期。
③ 李海英：《白昼燃明灯，大河尽枯流——论当下作为"症候"的知名诗人长诗写作》，《江汉学术》2015 年第 2 期。

作。因此，当代作家的个人论，若非研究对象已经被经典化或写作者具有巨大的行业权威，通常是不能在学报发表的。在此背景下，却可以发现《江汉学术》通过超越学报体开放当代诗歌批评活力的持久努力。有一定研究经验者都知道，学报体不仅表现在烦琐的格式规范上，更体现为选题、篇幅、结构、行文风格的行业成规。它貌似生产着某种知识规范，其实却扼杀了无数光彩照人的个性可能性。这种个性恰恰是文学批评，特别是诗歌批评的宝贵资源。

  《江汉学术》的当代诗歌研究包含了大量当代重要诗人的个案研究。其批评的开放性当然并非表现在对诗人分量不再设限，而是将外在的经典化分量转化为诗学创造分量。因此，虽然被聚焦的当代诗人既有像北岛、顾城、江河、多多、郑愁予、海子、骆一禾、西川等被充分经典化的诗人，又有萧开愚、陆忆敏、陈东东、西渡、朱朱等在行业内广受认可、实力突出的诗人，也有沈杰、水丢丢、梅花落、罗羽等看似并不具备全国名气的优秀诗人。《江汉学术》诗歌批评的开放性还体现在对篇幅和文体风格的不设限上。西渡坦言"我的有些文章确是在被其他刊物退稿之后转投学报，而在学报刊出后产生了反响的"。[①] 其被退稿的原因很可能正源于篇幅，他的海子、骆一禾比较论系列文章动辄二三万字，确实很难被一般学报接受。

  更重要的是，《江汉学术》兼容不同的批评范式和思想资源，支持多元化、个人化甚至异质化的批评风格的存在。因此从中既能窥见当代诗坛的内在暗涌潮汐，更能看见诗歌批评家们在批评路径上的独特探索，在"批评何为"上的百花齐放、争奇斗妍。这里我们既看到历史透视批评、随笔批评、命名阐释批评、比较式批评、文本细读批评，也看到了比较文学、历史学、心理学、语言学、社会学、民族学等多学科理论资源的介入。柯夏智对西川的研究显然便是置于比较文学和世界文学是视野中考察，指出西川的写作"创建一个可以容纳地方小叙事（如未曾僵化成保守的'中国性'的中国文化传统）的双重必要性。经由'国际风格'建筑的现代主

[①] 赖彧煌等：《首届"教育部名栏·现当代诗学研究奖"颁奖仪式录音实录》，《江汉学术》2013年第1期。

义走向在局部逻辑和普遍逻辑中从语言学和文化的角度审视现代主义，西川的创作既呼唤对既有文学史的再定义，又呼唤世界文学出现新景象"。① 张伟栋的《当代诗中的"历史对位法"问题——以萧开愚、欧阳江河和张枣的诗歌为例》便是历史学理论资源的移用，他以萧开愚、欧阳江河、张枣为例指出当代诗中三种历史观："分别是'历史救世'、'历史终结'以及'历史神学'的观念。"② 岛由子的《论顾城的"自我"及其诗歌的语言》认为"对内心世界的探求使顾城对理性的自我和认识到的日常语言产生怀疑"，"但突破了界限的非理性不断侵袭他的理性世界"，"为了克服这种恐惧感，他要恢复原先跟大自然自由交欢的诗歌创作状态和心境"。③ 正是精神分析理论使作者完成了对诗人"自我"精神结构及语言关系的深入辨析。

陈大为的《江河"现代神话史诗"的英雄转化与叙事思维》便是精彩的历史透视批评的典型。他以江河为个案，在中外史诗理论和实践的历史透视中定位江河现代神话史诗的探索性和先锋性。重要的不仅仅在于对江河史诗实践的重评丰富了人们对当代新诗史地形图的认识，更在于作者纵深的诗学视野重构当代新诗文化坐标的努力。他破解了进化叙事下朦胧诗/第三代诗，史诗/抒情诗，文化诗/口语诗的多重对立，在更深广的视域中重识了从朦胧诗到第三代诗歌的代际转化：（江河现代神话史诗）"对第三代诗人的逆崇高、反英雄、平民化、史化的先锋文学风针，有很大的示范作用。它绝对是当代中国先锋诗歌的大先锋。"④ 陈培浩的论文《命运"故事"里的"江南共和国"——论朱朱的近期诗歌》主要以文本细读的方式处理朱朱的诗集《故事》，但作者指出朱朱语言还乡的写作观时说"朱朱不但共享着20世纪80年代的文化创伤，事

---

① ［美］柯夏智：《注释出历史的缺失——"国际风格"、现代主义与西川诗歌里的世界文学》，江承志译，《江汉学术》2014年第5期。
② 张伟栋：《当代诗中的"历史对位法"问题——以萧开愚、欧阳江河和张枣的诗歌为例》，《江汉学术》2015年第1期。
③ ［日］岛由子：《论顾城的"自我"及其诗歌的语言》，《江汉学术》2014年第2期。
④ 陈大为：《江河"现代神话史诗"的英雄转化与叙事思维》，《江汉学术》2014年第2期。

实上也共享着20世纪90年代以来此种文化创伤的疗治方案"①，这里显然也使用着历史透视的方法。

《江汉学术》的诗歌批评家，常常能辨析繁复的当代现象并为之命名。李海英便提炼并命名了罗羽写作中的"植物诗学"："'植物'既是诗歌内部必不可少的组成元素与诗人情感的图腾，也是一种对自我、对社会、对人类的表征与人类生存处境的转喻，同时他诗中的'植物'还是一种地方志的命写，是使写作更加有效的特殊的感受方式与感受力的显现。"②而海外学者米家路提出"水缘诗学"的概念以回应"1980年代的十年间，中国大陆的文学、艺术、电影、政治书写经历了一场河流话语的大爆发"和"后毛泽东时代民族理想主义冲动的社会—文化想象"③就更是历史透视能力和诗学命名能力的结合。

《江汉学术》的诗歌批评者中，张光昕无疑是才华横溢、风格独特的一位。他的批评将一系列后结构主义哲学、语言学资源跟随笔化、修辞化的批评风格熔于一炉。他的几乎每篇文章都铸造着对于诗歌的解释模式，都烙上了牢不可破的个人风格印记。他通过"肖像""游移""风湿病"三个自造的关键词观照西渡诗歌，诸如"阴郁、多愁的南方经验传染给西渡一种诗歌风湿病"④这种带着强烈修辞性、不确定性的描述在其他学报的规范视域中很难被接受。张光昕的批评写作不乏争议，他显然将批评也作为另一种创作来对待。所以，贴着文本阐释已经无法令他满足。他既阐释了作品，也创造了自身的论述模型和写作风格。虽然这便存在着写作主体压倒研究对象的危险。因此我们更不能不佩服《江汉学术》在倡导批评个性方面的勇敢和胸襟。

---

① 陈培浩：《命运"故事"里的"江南共和国"——论朱朱的近期诗歌》，《江汉学术》2015年第1期。
② 李海英：《论罗羽诗歌的"植物诗学"》，《江汉大学学报》（人文科学版）2012年第3期。
③ ［美］米家路：《河流抒情，史诗焦虑与1980年代水缘诗学》，赵凡译，《江汉学术》2014年第5期。
④ 张光昕：《肖像·游移·风湿病——西渡诗歌论》，《江汉大学学报》（人文科学版）2012年第3期。

结　语

　　《江汉学术》"现当代诗学研究"专栏以"专栏·专题·专家"的三专策略深入介入了对当代诗歌的学术诊断和主动建构中。我们既看到它对"当代"诗歌研究的失衡状态的勉力匡正，从其视域中窥见当代诗歌内部如"主体变迁""技艺更新""声音研究""倾向与经典"等诸多重要侧面，又能看到其对"学报体"的超越以扶持个性化诗歌批评的卓识和努力。《江汉学术》的贡献是双重的：一方面是对现代诗学研究的学术推进；另一方面则是对学报学术姿态和编辑策略的启示。专业和专注成就影响力，其双重的贡献都值得充分重视。

第二辑　诗与人

民间性与人民性的辩证

——读杨克诗歌，兼谈一种介入式现代主义

2016年8月25日，在"南方文学周·杨克诗歌研讨会"上张清华教授提出一个很有启发性的观点，由于杨克直接参与了最近30年中国诗歌的精神、思想、文化方面的运动，是一位极具实力和代表性的诗人，"我们来回顾他的诗歌写作，我个人觉得应该在一个更长的历史向度上、时间跨度上，在更大的格局上来看待他的写作。不只是把他当作一个个体，因为重要的诗人从来都不只是一个个体，他一定是和整个时代的写作格局、写作流脉以及写作动向发生关系"。显然，我们既可以把杨克作为一个自足的诗歌主体进行分析，其文本性、思想性和开创性都有挖掘的空间；也可以将他的写作置于更深广的历史谱系，发现其意义和独特性。某种意义上，优秀的诗人都可以作为自足主体进行微观分析；但只有涉足并参与了写作历史建构的诗人才值得作为现象分析。杨克的写作跟第三代诗歌运动以来的诗歌转型有着密切关联，他既是20世纪80年代第三代诗人的代表，又在90年代诗歌裂变中代表了一种重要的路向，这是他在文学史视野中值得重视之处。

杨克作品经常被置于以下两种话语维度进行论述：日常性话语和人民性话语。稍微留意一下就不难发现这两种话语之间所具有的张力，人们不免惊讶于杨克诗歌在这方面的弹性和整合力：如果囿于民间/官方这样的二元划分，日常性话语被归于民间，而人民性话语在进入80年代以后则常常被归入意识形态化的官方话语。80年代第三代诗歌的发轫既是对朦胧诗的反动，更是对主流革命写作一系列集体化、刻板化的宏大抒情方式的解构。那么，杨克的写作如何在反讽、解构的日常性写作中引入建构性的人民性话语？或者

反过来说，杨克如何在日趋僵化的人民性话语中引入日常性、民间性的活性因子，恰恰构成了杨克诗歌的独特性。进一步，我们还会在杨克诗歌路径选择中发现一种向经验敞开的立场，这种立场使他很容易超越了柏拉图主义者的"理式"重负，从而为90年代南方涌动的都市性、人民性、民间性经验腾出足够的空间。因此，借助杨克的诗歌道路，理解中国当代诗歌路径歧异及其各自价值，显然具有相当理论意义。

一　日常性话语：从《尚义街六号》到《天河城广场》

将杨克很多诗歌归入日常性话语不无道理，却有待拓展。因为，在于坚的《尚义街六号》的日常性和杨克《天河城广场》的日常性之间其实存在着巨大的差异和变迁。大概只有将《天河城广场》置于它所编织起来的互文网络中才能窥见其对日常性话语的延伸和拓展。于坚的《尚义街六号》已经被作为一个经典的标本，用以分析当代诗歌在1985年前后发生的日常性转型。无疑，"喊一声胯下就钻出戴眼镜的脑袋／隔壁的大厕所／天天清早排着长队"，"他在翻一本黄书／后来他恋爱了／常常双双来临／在这里吵架，在这里调情"①，这种日常生活场景在此之前是被排斥在诗歌书写之外的。日后，《尚义街六号》和韩东的《有关大雁塔》那种日常本位上的诗歌话语便不断以变体的方式出现，比如李亚伟的《中文系》、伊沙的《风光无限》等。

杨克的《天河城广场》《小蛮腰》《在商品中漫步》《杨克的当下状态》《广州》等作品也常常被归入第三代诗歌以来的日常性话语中。不过这种日常性跟20世纪80年代于坚的《尚义街六号》并不一致。呈现在诗歌空间上则是作为市民性话语的街道和民宅与作为都市性话语的商业广场之间的差异。20世纪80年代，于坚们的诗歌以市民日常生活消解着过度政治化的虚假生活。而写于1998年的《天河城广场》则敏感把握住"广场"一词的内涵变迁，既

---

① 于坚：《尚义街六号》，诗刊社编《青春诗会三十年诗选》，作家出版社2014年版，第67—68页。

切入了当代的历史转折,又提供了面对都市的独特立场。显然,杨克诗歌的日常性包含了更鲜明的都市性以及面对都市的生活哲学。即使放在现代汉诗谱系中看,他面对都市的态度也是独特而耐人寻味的。

戴锦华在她广为流传的著作《隐形书写:90年代中国文化研究》一书中曾对"广场"一词在中国的语义变迁予以揭示。"作为中国知识分子记忆清单的必然组成部分,'广场'不仅指涉着一个现代空间,而且联系着'现代'与'革命'的记忆"①,可是90年代以后"广场"则已经被商业化和普泛化。不但"天河城广场",全国有无数形形色色的作为都市商业空间的"广场"。"广场"的语义变迁由此勾连着80/90年代中国深刻的历史转折。这个历史洞察同样被吸收于杨克的日常性书写中:

> 在我的记忆里,"广场"
> 从来是政治集会的地方
> 露天的开阔地,万众狂欢
> 臃肿的集体,满眼标语和旗帜,口号着火
> 上演喜剧或悲剧,有时变成闹剧
> 夹在其中的一个人,是盲目的
> 就像一片叶子,在大风里
> 跟着整座森林喧哗,激动乃至颤抖
>
> 而溽热多雨的广州,经济植被疯长
> 这个曾经貌似庄严的词
> 所命名的只不过是一间挺大的商厦
> ——《天河城广场》②

诗歌那种日常的说话语调自然区别于高亢抒情的政治咏叹调,这种慵懒平和嘲讽的语调来自第三代诗歌,可是此诗显然包含了更

---

① 戴锦华:《隐形书写:90年代中国文化研究》,江苏人民出版社1999年版,第260页。
② 杨克:《天河城广场》,《杨克的诗》,人民文学出版社2015年版,第42—43页。

深的历史考察和崭新的都市立场。诗人对于"哪怕挑选一枚发夹,也注意细节""赶来参加时装演示的少女/衣着露脐/两条健美的长腿,更像鹭鸟/三三两两到这里散步/不知谁家的丈夫不小心撞上了玻璃"这样带着具体性的商业日常场景投寄着轻喜剧式肯定。如果再看一下欧阳江河的《傍晚穿过广场》会有更有趣的发现:"有的人用一小时穿过广场/有的人用一生——/早晨是孩子,傍晚已是垂暮之人/我不知道还要在夕光中走出多远/才能停住脚步?"① 显然,欧阳江河书写的是缅怀广场、重回广场,所谓要用一生穿过广场其实是一种对80年代精神话语难以割舍的诗性表达。对于任何经历八九十年代转折的中国文化人而言,如何面对被强行中止的精神话语和历史向度,如何在突然开启的新生活维度中重建自身的认知和认同都是一个不容回避的难题。欧阳江河日后写出的《1989年后国内诗歌写作:本土气质、中年特征与知识分子身份》显然是对这一转折做出的回应。可是,时间来到1998年,空间切换到中国南方的广州,杨克显然已经从一个广场走进了另一个广场:政治广场和商业广场各自代表着一个时代在他的诗中穿过,如今他那么平和地站在商业时代所衍生的日常话语中,只偶尔从一件立领外套和围巾上回眸了"今天的广场/与过去和遥远北方的惟一联系"。

人们常以为日常性写作是反历史的,可《天河城广场》显然包含着历史考察;人们以为日常性写作是反讽解构的,可是《天河城广场》及杨克的一系列都市写作却包含着内在的肯定。值得追问的是:一个诗人如何面对"都市"这种正在涌现的崭新生活?什么样的"都会性"之于诗歌是有效的?不同时代的都会在科技含量和具体景观上差别巨大,但是都会对人的精神冲击及进而产生的都会书写却不曾中断。在中国,20世纪30年代和20世纪90年代构成了两次较大的都会文学高潮。"30年代的现代诗中出现了大量的都市场景和意象,如街道、华灯、摩天大楼、咖啡馆、舞女和爵士乐,虽然也还有20年代初郭沫若式的对工业文明的激情拥抱,如徐迟笔下的《二十岁人》(诗集),穿着雪白的衬衫,挟着网球拍子,边抽着烟边哼着英文歌曲,年轻而有快乐,偶尔抬起头来望望高楼

---

① 欧阳江河:《傍晚穿过广场》,《谁去谁留》,湖南文艺出版社1997年版,第172页。

上的大钟,会有'都市之满月'的奇妙想象","但像徐迟这样单向认同的诗并不太多,更多的还是那种生活在城市心却在别处的疏离心态。戴望舒'走出'他笼罩着不无古典气息的'雨巷'之后,仍然是怀旧的,追忆的,表现着对于'如此青的天'的怀乡式的追寻。不过,从《我的记忆》笼罩在烟气中杂乱置放的笔、粉盒、酒瓶,人们会更明显看到一个患着城市病的知识分子的幽闭与感伤。"① 现代中国作家面对都市及其带来的现代性提供了两种基本的态度:其一是基于浪漫化进化论话语对科技以及现代都会电光声色的惊叹和崇拜;其二则是基于传统乡土或批判现代性立场对都会"恶魔"症候的批判。中国大陆在 20 世纪 40 年代以后,左翼文学开始占据强势地位并在 1949 年以后成为主导性文学类型。这种强调"面向工农兵"的写作虽然随着城市建设的开始而对城市生活有所触及,但依然是"无产阶级文学"想象所规范和定义的"城市"。此时的文学空间不管是农村或城市,都没有释放出阶级规范以外的内涵。只有在 90 年代,当全新的社会生活和思想话语重新激活了"都会"这一领域时,都市书写再次浮出了历史地表。

杨克诗歌书写了都市的形形色色。《博客好友》"隐匿电脑屏幕的那边/如鱼的深潜""虚拟世界的遭遇,燃在水底的火焰"②,作为一个对最新技术充满兴趣的人,杨克敏锐把握了网络海洋之于现代人的意义;《在物质的洪水中努力接近诗歌》写"广告在街上漂/我们在广告上漂/女人是纯粹的肉体/弧状的曲线胸脯微妙的韵律/性感冷艳的嘴唇敞开巨大的黑洞/吸引我们进入商品/疯狂地崇拜商品占有商品/坍塌陷落于商品"。③ 这道都市商业景观的勾勒不仅是对商品拜物教的直击,也包含着后现代消费社会内在秘密的洞察。然而,杨克对都市的书写,更有赖于他将都市性跟城市文化、民众经验、历史经验错综起来的能力。《经过》一诗以广州公交车的视角,串起了诸多现代都市生活场景,其中既有扑面而来的都市生活气息:"偶尔,坐在旁边的/是穿时髦背心或牛仔裙的女孩/像

---

① 王光明:《现代汉诗的百年演变》,河北人民出版社 2003 年版,第 282—283 页。
② 杨克:《杨克的诗》,人民文学出版社 2013 年版,第 67 页。
③ 同上书,第 93 页。

浆果就要涨破的身体,令人呼吸艰难/柔润修长的手指,指甲上涂着蔻丹/无意识地在坤包上轻微弹动",“刚上车的服装小贩,满脸潮红/上足发条的闹钟在城里不停跑动";又有鲜明的广州地理文化特色:"从新港路走到文德路,从青年进入中年"(新港路的车马喧嚣和文德路的老广州生活区特色),"像中山大学与毗邻的康乐布料市场/其乐融融,从未构成过敌意"。更包含了对都市空间所承载之历史变迁的感慨:"后视镜里遍地摩托,从待业到下岗/从海珠桥到海印桥,从申报奥运到香港回归/骑楼一天天老去,玻璃幕墙节节上升","活着,我像颗保龄球来回滚动/走过的只是一小段落/却经历了两个时代和二重语境"。① 可见,杨克对都市的书写和体验是和都市表象、民众经验、区域文化和历史变迁复杂勾连在一起的。

回看杨克的都会写作,不仅因为他书写了都会,更因为他提供了一种别样的面对都会的态度:他既没有对都会作为现代化结晶发出简单礼赞,也没有沿袭某种批判性的审美现代性思路。他没有20世纪30年代徐迟面对都市电光声色时那种技术崇拜,却更不是戴望舒式面对都市而生的现代忧郁。他的都会书写包含着一种独特的生存哲学:即对实存性和当下性的热爱,诗歌对崭新经验的无限敞开。诗歌主体身处历史的动荡变迁之中,来到了这片崭新的城市风景面前,他不是简单为现代技术景观惊叹欢呼,也没有站在某种先验的立场批判都市的异化。所以,他既不是乌托邦的,也不是反乌托邦的。他站在此在,为当下的生命的日常、平和或雄浑、妖娆叫好。这种经验优先立场对杨克诗歌的影响,本文第三部分将继续分析。

二 "新人民性"的建构

长期以来,"人民性"是很多人评价杨克诗歌的另一维度。可是对于"人民性"的具体内涵及其历史变迁却常常习焉不察,以致不能真正看清杨克诗歌之于人民性话语之间的复杂关系。当然,也不乏简略但精准的评价。著名诗人杨炼如是评论杨克的诗:"《人

---

① 杨克:《杨克的诗》,人民文学出版社2015年版,第60页。

民》一诗,逆转了这个词被重复、被磨损,却'一再如此辗转 甚至无家可归'的厄运。"① "逆转"一词有力地表述了杨克与20世纪主流"人民性"话语之间的关系。

那些讨薪的民工。/那些从大平煤窑里伸出的/一百四十八双残损的手掌。/卖血染上艾滋的李爱叶。/黄土高坡放羊的光棍。/沾着口水数钱的长舌妇。/发廊妹,不合法的性工作者。/跟城管打游击战的小贩。/需要桑拿的/小老板。//那些骑自行车的上班族。/无所事事的溜达者。/那些酒吧里的浪荡子。边喝茶/边逗鸟的老翁。/让人一头雾水的学者。/那臭烘烘的酒鬼、赌徒、挑夫/推销员、庄稼汉、教师、士兵/公子哥儿、乞丐、医生、秘书(以及小蜜)/单位里头的丑角或/配角。//从长安街到广州大道/这个冬天我从未遇到过"人民"/只看见无数卑微地说话的身体/每天坐在公共汽车上/互相取暖。/就像肮脏的零钱/使用的人,皱着眉头,/把他们递给了,社会。②

这首写于2004年的诗歌是杨克诸多"人民"命名诗中最著名的一首[2006年6月17/18日,杨克写了《人民(之二)——伊拉克》《人民(之三)——卢旺达或苏丹》《人民(之四)——德国》]。它以飞机掠过高空的俯瞰视角,以克制的悲悯"扫描"出一幅当代社会众生图。尤其值得指出的是,他在政治的人民观之外提供了一种诗歌的人民观。众所周知,"人民"既是一个被频繁使用的日常词汇,但更是作为一个特殊的政治词汇被使用的。在当代政治中,人民内部矛盾/敌我矛盾的区分使得甄别敌人同时也是确认人民的严肃政治活动。此时,人民不是一个可以随便使用的词语,它是一种关乎政治前途乃至命运遭际的身份政治。以知识分子为例,在1949年之后的几十年间,长期不被纳入安全的人民范畴。可是,杨克的人民观显然不是政治的,而是文学的。政治的人民观考虑的是不同政治环境下的力量博弈;而文学的人民观考虑的则往

---

① 杨克:《杨克的诗》(扉页),人民文学出版社2015年版。
② 同上书,第102页。

往是被侮辱的被损害的芸芸众生的生存和尊严。所以，这首大部分时间在"罗列"的诗歌，其诗法的背后其实隐藏着某种秩序的打破：民工、矿工、艾滋病感染者、性工作者……这些职业上和道德上的边缘人和上班族、小老板、教师、医生等主流群体并置混搭在一起。这种并置和混搭内在的人民观其实是：没有任何卑微者应该因为卑微而被排斥于人民外部，甚至于，卑微者及其卑微正是人民内部最应该被正视的部分。

必须说，杨克诗歌的这种"人民性"跟20世纪左翼革命文学阵营中的"人民性"有着鲜明的差别。无论是从延安文艺讲话强调的工农兵文艺还是1949年以后文代会上的人民文艺，人民性都是左翼革命文学最重视的文学指标。然而，人民性在左翼视域中表征的首先是一种政治正确性，然后才是人民亲缘性。因为，人民依然是一个有待确认的范畴，因而人民性也是一种有待确认的滑动的能指。所以，某种意义上，左翼人民性改写了中国古典诗歌所固有的伟大人民性传统。在杜甫所代表的这一传统中，人民性指向的是一种伟大的悲悯，是对"路有冻死骨"油然而生的伟大同情和对"大庇天下寒士俱欢颜"的崇高抱负。在这种悲悯中，作者本人的政治身份并不需要深究；作者使用词语是否为群众喜闻乐见也不做要求；写作题材是否具有特定政治背景下的正确性更不会被追究。可是，这几项标准成了左翼文学通向人民性的重要前提。某种意义上，左翼人民性已经过滤了写作主体的个人性，而打上了政治性、集体性的深刻烙印。

值得一提的是，无论是朦胧诗还是第三代诗歌，事实上都基于对左翼革命诗歌的背叛。在反政治、反集体写作中，个人的生活及写作个性固然被某种程度赎回了，可是人民性也被阴差阳错地扫进了历史的垃圾堆。如此回头看杨克的《人民》，表面上它是一种跟民间性相冲突的主流文学价值；可是细察才发现，它事实上是基于民间性而对左翼人民性的过滤和重构，是对杜甫以来古典人民性诗歌传统的招魂和赓续。事实上，杨克的很多诗歌表达了对底层生存的关怀和悲悯，他在公车上外来务工者的对话中听到"拖泥带水的四川话，意味着命运/在粤语的门槛外徘徊"（《经过》）。他在火车站的混杂中看到普通人的尊严："火车站是大都市吐故纳新的胃/广场就是它巨大的溃疡/出口处如同下水道，鱼龙混杂向外排泄/而

那么多的好人，米粒一样朴实健康。"①（《火车站》）

人民性在杨克这里还表现为一种对祖国的礼赞。对祖国的礼赞曾经是1949年以后诗歌的最强音。不过，那种用集体语调发出的祖国颂歌，在20世纪80年代现代诗歌运动开启之后便显得格格不入。但是通过个人音色和体验表达国家情怀的现代诗歌并非没有，舒婷的《祖国啊，我亲爱的祖国》便是深入人心的一首。这种国家情怀的书写在第三代诗人中几乎绝迹，唯在杨克的诗歌中经常有突出表现。最出名的是那首《我在一颗石榴里看见了我的祖国》，跟那些以山河作为祖国表征的写法不同，这首诗将祖国山河之大凝结于石榴这一微缩意象之中。石榴被视为"硕大而饱满的天地之果"，掰开的石榴内部的晶莹和紧凑被提炼出"亿万儿女手牵着手"。所以，"祖国"在这首诗中的核心内涵还是落脚在"人民"，特别是无数籍籍无名的普通人："我还看见石榴的一道裂口/那些餐风露宿的兄弟/我至亲至爱的好兄弟啊/他们土黄色的坚硬背脊/忍受着龟裂土地的艰辛/每一根青筋都代表他们的苦/我发现他们的手掌非常耐看/我发现手掌的沟壑是无声的叫喊。"② 所以，杨克以个人意象创造为基础、以人民性为内核的祖国歌唱显然是有别于左翼革命阵营的那些以政治意识形态为先导的祖国歌唱③。在《高天厚土》中他写道："江山是皇家的/河山才是我的祖国。"江山和河山的微妙区分，其实是政治意识形态认同和以疆域为基础的现代民族国家认同的差异。显然，杨克认同的是人民性和现代民族国家。他的国家情怀书写依然是以民间化的人民性认同为基础的。

三　敞开经验和介入的现代主义

在第三代诗人中，杨克走了一条并不一样的路。他曾经表露了对语言本位现代主义的警惕，也坦陈对自己"是否走错路"曾有的担心。第三代诗人承80年代初诗歌现代主义风暴而来，语言自觉是时代性的诗歌觉悟。所以，没有任何诗人会否认语言对于诗歌的

---

① 杨克：《杨克的诗》，人民文学出版社2015年版，第65页。
② 同上书，第100页。
③ 同上书，第99页。

重要性。但是，将语言实验的重要性强调到何种程度，却不无分歧。与那种拒绝诗歌的任何外倾性，将诗歌工作领域严格限定在语言实验的诗人不同，杨克虽然同样强调诗语言的极端重要性，但却同时希望这种语言保持面对时代、现实经验的敏锐性和开放性。

　　写于1989年的《夏时制》是杨克的代表作，这首诗技巧纯熟、想象独特，具有形式和意识的双重现代感，非常容易在"现代诗"的认知装置中被辨认和肯定。不过，我更愿意强调这首诗在杨克写作历程中的分隔性意义。在我看来，从90年代的写作路径来看，杨克在继承了《夏时制》语言想象现代性的同时，放弃了某种曾有的玄思；而转向更具体、真切、当下的现实和时代经验的捕捞。事实上，经验对象的变化也规定了语言类型的改变，所以，90年代以后，杨克诗歌的语言现代性并没有以极致、锐利的实验形态出现。它独特却不玄奥，有所思却不以晦涩为代价。这种写作路径的选择带来了杨克诗歌鲜明的辨识度，事实上也关涉着90年代诗歌最重要的争论：民间/知识分子之争。

　　抛开这场论战曾有的意气、误解和阵营等因素的干扰，它的意义事实上在于将20世纪末中国诗歌路径选择冲突暴露出来，将诗歌面对迅速涌现的新生经验类型、消化80年代以来现代主义精神遗产、转化各种各样的外来诗歌资源的不同立场以强对冲形式提出来。老实说，所谓"民间派"中其实绝大部分都是"知识分子"，而所谓"知识分子派"几乎没有人会反对与体制权力相对的民间立场。但抛开命名的策略性和权宜性，彼时的中国诗歌在面对现实经验、历史遗产和外来资源方面确乎表现出了截然不同的两种选择：所谓"知识分子"派确实更强调语言装置的变革、对时代的精神性承担和对存在的冥思性拓展，因此也更强调对外国诗歌资源的深度接纳，并在语言精英主义立场捍卫80年代以来的现代诗歌。而民间派却表现了更鲜明的对当下的、市民的、个体性经验的亲近，口语与书面语的选择并非真/伪现代主义的分野，但确实呈现了两种不同的写作倾向。事实上，早在80年代第三代诗歌运动中，这种写作路径分野已经存在了：第三代诗歌中既存在着于坚、李亚伟等的市民性、莽汉性诗歌，也存在着以西川、陈东东、张枣等为代表的强调精神性和语言自足性的新古典主义诗歌。进入90年代以后，市场经济催生了都市经验的纵深，动摇了原有的文化秩序，以伊沙、沈浩波、朵渔、李红旗等为代表的70后诗人携带着全新的生活经验和表述方式要求出场。所以，民间/知识分子的争论既有代际之争，也有80年代诗歌路径差异在90年代末的摩擦。回看杨克，作为第三代诗人，《夏时制》其实是一首不无"知识分子"气质的作品，它对"自然时间"和"人造时间"之间的张力和裂缝及其产生的悖论不无洞察，《夏时制》发出"时间是公正的么"的追问充满冥思。如果就作品跟特定时代的关联，《夏时制》还可以有更加直接却又幽深的解释。不过作为一个始终热情洋溢面对崭新生活经验的诗人，《夏时制》那种冥思的姿态并没有将他锁定。他的诗歌立场是时代、现实、人本、及物和现代语言的混合，这里面会引申出历史的和哲学的思考，但生机勃勃的当下经验一直是他诗歌前进的助推器。此时杨克不仅是杨克，杨克代表着一种重要的诗歌选择。

如何理解这种诗歌选择的实质及其启示呢？民间/知识分子的争论中，其实并没有绝对的胜者。事实上，绝大部分诗人，本身都是知识分子。伊沙、沈浩波、尹丽川这些诗人，他们写的诗歌再向下，其背后都有思考、关怀和价值，这其实是相当知识分子的。更别说写出《夏时制》《人民》这样诗歌的杨克。另外，绝大部分受现代诗歌熏陶的诗人，不管他是何种派别，基本认同体制权力以外的民间立场。那么，既然明显概念有误差，民间/知识分子之争为何有意义。原因在于，借这一次论战，诗歌的方向问题得到碰撞。在我看来，21世纪以来，论争双方事实上都在某种程度上修正了彼此的立场，吸纳了对方的有益部分。这事实上便是论战的真正意义。

比较《天河城广场》《杨克的当下状态》《在东莞遇见一小块稻田》《经过》这些作品与《夏时制》的区别，你会发现杨克始终坚持着诗歌向经验的打开状态。他并不相信一个先验的灵魂，一种先验的审美，然后在对某种审美资源的信仰、亦步亦趋中纳入那个先验的传统。他代表着另一种立场，这种立场是将自己投身于正在发生和敞开的当下经验，看这种经验可以化合出什么样合体的形式。在我看来，90年代末的那场争论如果说有分野的话，其实是作为知识分子的诗人内部诗学趋向的分野：民间派坚持了经验的当下性和价值的同步性；而知识分子派是某种意义上柏拉图主义者，他们在对最高理式的模仿中，搁置了经验的优先性。

　　杨克事实上在坚持一种介入式的现代主义。80年代中国特殊的语境下产生一种最典型的不介入的现代主义，整个文学领域表现为"纯文学"话语，而诗歌领域则以"诗到语言为止"这一口号为代表。"诗到语言为止"，意味着诗在语言之外没有承担，诗的工作范围只在语言内部。这种明显偏颇的观点在80年代中国却是解放性、先锋性的。它以极端的方式将之前三十年一直被压抑的语言重要性释放出来。必须注意到，在1949年至1980年代中期，语言问题经常就是政治问题，所以，惊世骇俗地提出语言优先性甚至绝对性不仅是在讨论一个艺术问题，它是一个有政治风险的问题。因此，80年代中国纯文学观以不介入的现代主义呈现了鲜明的现实、艺术、政治态度：一种先锋的抵抗性、冒犯性立场。可是问题在于，当语言实验不再提供一种自明的抵抗立场时，中国诗歌该如何消化80年代这种不介入的现代主义呢？人们普遍觉得北岛早期诗歌技艺粗疏，但却充满今天依然无法忽略的力量；90年代以后北岛诗歌在技艺上变得更加精致绵密，却悖论性地丧失了力量。这不仅是北岛的问题，这是进入90年代以后一大批诗人面临的共同问题。秉持80年代不介入现代主义的文学遗产，他们坚守海德格尔"语言是存在的家园"，维特根斯坦"语言的边界就是世界的边界"的信条，在语言的迷宫中勤勉掘进、精雕细刻，可是他们可能忽略了当时代的文化迫切性改变之后，不介入的现代主义已经丧失了先锋性的文学位置。它不应该被取消，却也不应被绝对化。在我看来，90年代以后杨克的诗歌道路，代表了介入的现代主义这另一个路向。作为一个愿意将诗歌向新生经验敞开的诗人，杨克拒绝任何形式、精神上的先验设定，所以虽然从80年代走来，但不介入的现代主义并没有对他的写作形成束缚。因为偏于经验而非先验，杨克乐于接受各种诗歌新质。在人们热烈争论鲍勃·迪伦的歌词能否被视为诗歌时，他旗帜鲜明地站在开放性、涵纳性的一边。因为他的观念中，诗向经验开放，必然不断被经验打破和重构。及物、介入和承担的诗歌，也是现代诗歌非常重要的侧面，必须说，正是这种写作立场，成了90年代中国诗歌非常有活力的一侧。

　　对于现代文学而言，现代之为现代就在于，新生经验及其形式诉求与旧有经验及其形式诉求之间的对峙和博弈越来越频繁。不断涌现的新经验及其催生的新感性一次次要求在原来的文学框架中获得位置，如此频繁、剧烈的代际审美冲突在古典文学中是不可想象的。所以，"现代"先在包含着先验和经验的较量，正是这种较量一次次刷新人们对文学的理解并形成新的平衡。在这东西文学之车上，经验扮演了油门，而先验扮演了刹车。回头看杨克对民间和人民性两种话语的调和。人民性话语作为产生于20世纪20年代发生的左翼文学谱系中，它曾有的先锋性和抵抗性是不言而喻的。问题在于，"人民性"在左翼文学体制化获得压倒性霸权位置时被僵化了，成了某种"以人民的名义"却脱离"人民"感受的血肉性的宣传语。换言之，"人民性"从一种崭新的经验变成一种先验的要求，再进而变成一种被代言、被绑架的规训，任何话语离鲜活的经验越来越远，话语的虚伪性就越来越明显。所以，杨克在当代诗歌中创作的新人民性，其实是摒弃人民性的先验性质，恢复其曾有的与崭新经验的血肉关联。很多人觉得杨克坚持人民话语，又坚持民间话语，不无矛盾。却不知道，无论是坚持人民性话语，还是坚持民间立场，他坚持的都是一种向崭新经验敞开的诗歌立场。如此，我们才可以理解杨克在近三十年当代诗歌历程中的典型性。可以想象，未来诗歌场域那种经验和先验之争依然不会停息，"先验"天然地在文学场域中取得了惯性力量，而"经验"则需要持续抗争才得以纳入传统。我们对先验立场的守持怀有同情，或许更应该对经验立场的创制致以敬意。

非常爱，非常诗

——读朵渔《爱虚构》组诗

朵渔将 2006 年至 2008 年创作的部分诗作以"爱虚构"为题组合到一起，这组诗一共 25 首，既跟爱相关，又多以"虚构"名之，如《狮子座虚构》《平原虚构》《舞台虚构》《站台虚构》等。这些诗有的已经发表在公开刊物或民刊上，如《雨夹雪》发表于 2007 年第 3 期的《人民文学》，《平原虚构》《我可以》发表于 2007 年第 3 期的《十月》，《诗选刊》2007 年第 9 期转载。朵渔自己主编的民刊《诗歌现场》也发表了《途中》，这组诗还以《非常爱》为名部分发表于 2009 年第 4 期的《花城》，同时也以"雨夹雪"之名部分收入朵渔的诗集《追蝴蝶》。这组诗发表之后，引起了一些关注和讨论。人们多熟悉一个与时代紧张对峙的朵渔，那么朵渔的涉爱诗歌跟以往爱情题材诗歌有何不同，跟朵渔本人的其他诗歌又有何不同呢？

一　热烈情爱的犹疑和审视

爱在这组诗中绝不仅限于爱情，它是诗人找到的一把勺子，借以舀起情感生命中的爱意和孤独。诗中之爱以种种不同的形态呈现，甚至于某些诗中爱是以反面的形式——恨出现的（《秋天带来怀恨的人》）。

绝对意义上的情诗，或许只有《我可以》一首，但如果我们真以这样的判断来评价这组诗，又可见我们关于爱的观念有多么的狭隘。在这组诗中，朵渔不但在拓展着爱的题材范围，也在以"虚构"质疑着爱的种种既有"虚构"，并且始终把爱置于离乱人世中进行哲学追问，使得爱这个滑行的能指大大扩充了指涉能力，成了内心的表征和时代的镜像。

我们读多了席慕蓉的情诗，以为情诗只写浪漫爱；我们读龙沙的《致埃莱娜的十四行诗》或者叶芝的《当你老了》，以为情诗就是带着伤感对逝水之情的追忆。但朵渔写的不是这种狭义的"情诗"，他是在以诗歌的方式去思考什么是爱，以及跟各种爱相邻的命题，如恶时代爱如何可能，肉身之爱的限度等。

《湖山虚构》是对爱情神话质疑最少的一首：

> 一个小男孩
> 跪在新娘的背后
> 拖曳着长裙。那一刻
> 爱被短暂呈现
> 犹如我们
> 提着小巧的笼子
> 飞行三千里，重新找回的
> 童年。

婚礼仪式的幸福幻觉常常被延伸为婚姻爱情的全部，但朵渔觉得那一刻只是"爱被短暂呈现"，他回溯到"童年"中去寻找可以比拟现实爱的力量。但清醒的朵渔始终深刻地意识到：

> 影子重叠着影子
> 湖山虚构着来世

湖山温暖的一刻是虚构出来的幸福来世，所以：

> 转身，转身，爱留在
> 原地
> 迎面而笑，仿佛相知
> 也已多年

"转身，转身"也许是婚礼上新人的身姿，也间或指向生活之河上的浮沉辗转。迎面而笑，仿佛相知/也已多年，既有感动，有祝福，是一个深知情爱黑洞者对后继者温柔的注视。

《我可以》写的是一种不顾一切的情爱，诗人说：

> 我可以驱动四轮的风，吹散你
> 睫毛上的雨，如果你愿意
>
> 就让那雨直接洒下来，淋湿你
> 黑暗的心
>
> 如果你愿意，我可以摘下那
> 七岁的蜂巢，为你掏出生活的蜜

你睫毛上的雨，直接洒下来淋湿的是一颗"黑暗的心"，而我要"掏出生活的蜜"，摘下的是"七岁的蜂巢"，这是站在现在的爱情之岸向过去求救，或许可以这样说，即使是在唯一一首直接表达炙热情爱的诗中，诗人感到的依然是吞噬心灵的黑暗以及甜美情爱的无能。所以，诗人说出的才是"我可以"，而不是"我愿意"。即使是在最热烈的情爱表达中，朵渔依然是有保留的，这来自于一个清醒者的认识。所以，如果你需要"练习情欲"的话（"练习"使得情欲之上的爱情神话轰然裂开），我可以"将肉体的一半留下"，（仅是一半），我可以"将整个的心情寄去"，但剩下的是"空虚和抑郁在生活里互相抄袭"。

所以，与其说这首诗表达的是朵渔诗歌温软的情爱之维，不如说它表达了情爱的热烈和对这种热烈清醒的审视的复杂纠缠。这种复杂性在其他诗歌中就更加显而易见了。

二 情爱的复杂性和肉身之爱的限度

《梦境虚构》是典型的对情爱复杂性的书写，在一个梦境中去展开对征服、隐忍、肉欲等多重纠缠的想象：

> 今夜，那沉睡了一冬的
> 乌有皇帝

> 带着独裁者的仇恨
> 将她掀翻在地
> 弱小的阴茎，饰着浓密的铁器
> 像快意的钢刀在她腿间挥舞
>
> "说！朕的江山何人可及？"
>
> 今夜，我怀有三颗痛苦的心灵
> 河狸的爱，孔雀的碎舞
> 和蜥蜴的断尾
> 我们之间，互为因果
> 互为对错，互为爱恨情仇。

沉睡一冬的乌有皇帝或许是内心情爱征服欲的文学符号，因为"弱小的阴茎"而加深着"独裁者的仇恨"。但这仅仅是"我"心灵的一个侧面：今夜，"我"怀有三颗痛苦的心灵，河狸的爱或许代指一种自我包围，难以自拔的情感方式（河狸性善筑坝，善于在河流里围出池塘）；孔雀的碎舞或指五彩缤纷而浮夸矫饰的情欲悸动；蜥蜴的断尾则可指一种能够果断地与过去一刀两断的情感方式。这三种情感态度互相纠缠，自我包围的征服欲望、不断涌现的情感悸动以及不如归去的声音相互纠缠，而且，它们"互为因果/互为对错，互为爱恨情仇"。显然，朵渔的诗歌之镜，洞照的并非是爱情虚构的高潮，而是复杂的黑暗和虚无，这或许是更值得注意的。譬如《平原虚构》也以同样虚构情景的方式注入思悟，甚至就将孤独和黑暗视为美之源：

> 你全部的黑暗，全部的美
> 至今无人企及

《爱虚构》这组诗还特别涉及肉身之爱的限度这个问题，如《明月虚构》《细密虚构》《热情虚构》《性火车》《我们的爱，我们的病》等。

譬如在热情的性爱中，诗人看到的是：

深夜，皮肤与皮肤
摩擦感情的黑

太过分了太深入了太张扬了！
你一下咬住我的手臂

因为太过用力
你咬出了恨
　　——《热情虚构》

她狂吻着泪流满面
恳求他绝望的加速度
……
最后，但又不是再见
悲哀也在撞他的头。

外面，雨下得很大
细密的抽插如一块耻骨的贫困。
　　——《细密虚构》

性爱的皮肤摩擦，导致的是情感的黑，太用力咬出了恨，细密的抽插恰如耻骨的贫困。这些修辞性发现，都指向了肉身的限度。又如这首《明月虚构》：

把那月亮
关掉，让彼此看不见
窗外的道德。
开始时，你像个
小女生，颤抖着
写下：轻一点。
行至
月亮的背后
你突然变作

>一把刀子，说不出
>是喜悦，还是绝望。
>多么无辜啊，我倒在你的怀里
>像一只小兽，嗷嗷叫着
>寻找一滴泪
>像一个儿子，寻找
>回去的缝隙
>此时，我希望你是暴雨中
>重新升起的月亮
>而你却在呼唤
>一个父亲。

这首诗是对性的审视，其中展示了男女微妙的对峙和期待错位：激情交融的时刻，是把"月亮/关掉，让彼此看不见/窗外的道德"，可是，在性中相逢的两位的情感期待却没有顺着性的河流同舟共济，毋宁说他们只在性中交融，"行至/月亮的背后/你突然变作/一把刀子，说不出/是喜悦，还是绝望"。错位的悲剧发生于："我""寻找/回去的缝隙"时，"而你却在呼唤/一个父亲"。

如果说爱情是高悬于天上的那轮虚构的明月的话，朵渔的诗走到了月亮的背面，以"月亮虚构"解构了这轮被盲目景仰的月亮。他显然不是在虚构爱，而是在解构爱；他甚至不是在虚构曾经被推崇，现在依然有一定吸引力的身体价值，他的虚构触及的是身体的界限，是性爱对于心灵的无能。而这或许正是曾为下半身诗人的朵渔的深刻之处。

最典型地呈现性爱的局限甚至绝望的是《性火车》：

>当我挺身向前，带着积极的
>毁灭的决心，每一次抽插
>都带动欲望的轮子
>呼啸向前，在接近冰点
>和岩心的一刹那，高潮解开
>火车的裙子，一克重的精液

像无穷的煤，你死我活的
加速度，叫醒衰弱的司机
分开空气中的水和冰，以十种
姿势，上升、下降
这列湿淋淋的火车，仿佛早已
没有了灵魂，只剩下不断重启的
轮子，和夹在两腿之间的
爱，拐过情感的锐角
和世俗的斜坡，冲向下一个
小站。终点在哪里？天堂
还是地狱？
没有终点，没有目的地，也没有
乘客，一列孤独的火车
在黑暗中疾驰，载着
我和你。

  性爱这列在黑夜中疾驰的火车，被高潮的期待揭开裙子，一克重的精液成为它无穷的煤，产生你死我活的加速度，以十种姿势冲锋的湿淋淋的火车，已经没有了灵魂，也没有了方向，不知道终点在哪里。中国古代小说中就开始有大量的性描写，但古代诗歌中的性描写却是不可想象的。20世纪80年代以来的中国诗歌，发展出一个重要的肉身叙事，相比于传统小说中性描写的艳情窥私，现代诗歌中的肉身叙事被赋予了包括女性身体觉醒、世俗文化反抗等意味，这也成了诗歌中的肉身叙事确证自身合法性的文化依据。以至于到了20世纪90年代末，当肉身叙事的先锋性和反抗空间式微的时候，沈浩波、朵渔等人依然扯起了"下半身"的旗帜，再一次把诗歌推进的方向寄托于身体的价值之中。但是2003年，在一场大病之后，朵渔却开始清醒地意识到"身体对于诗歌，既是一种敞开，也是一种遮蔽"，身体狂欢本身无法成为一种天然价值，毋宁说，如果肉身叙事无法上升到伦理观照的层面，"一把好乳"或"再舒服一点"不可能持续地解构下去。之后朵渔的诗歌，依然有大量的身体修辞，只是此时的身体修辞常常指向对集体主义、国家主义的解构（如《大雾：致索尔仁尼琴》），或者指向对肉身限度的哲学之思。

此诗中,朵渔为性找到的喻体不是"云雨""并蒂莲"之类和谐古典的意象,而是"火车"——最工业化、机械化的器具。火车和性的相关性或许还在于,它也曾经在现代性的视野中被赋予了过高的期待,它褪去了前工业时代的浪漫想象,既生猛有力,又毫无灵性,没有灵魂。它甚至连动物都不是,而受制于司机的操控和机械的行进轨迹。现代孤独的人们,性火车或许是他们抓住的最后一根救命稻草。性或许是没有了信仰甚至信念的人们唯一可以重拾激情、并且屡试不爽的方式。问题在于,没有了灵魂,只有加速度抽插的性火车是孤独而不知所终的。他越挺身向前,就越不知所向,所以才有所谓的"带着积极的/毁灭的决心",性火车的姿势越多,加速度越大,就越衬出黑暗中疾驰的绝望。这种绝望,是整个肉身之限的寓意核心,所以这首诗,不禁让我想起渡边淳一的《失乐园》中同样疯狂而绝望的性爱。

三　离乱人世中爱的可能

《爱虚构》还把爱置于离乱人世来表现,使得爱成为一个时代的镜像。在这类诗歌中,爱已经不再局限于爱情、性爱,爱是一种生存态度,是更为广阔的人类立场,它是在离乱人世中充满困难、因而是更加值得去拥有的能力。因此,我们说朵渔通过虚构的镜像照见了时代的贫困,也照见了人心德性的艰难,他最终思考的是离乱人世中爱如何可能的问题。

譬如《狮子座虚构》,朵渔发现:

> 穿透生活的刀子来自鸽子悲哀的眼泪。
> 我为那看不到尽头的背景决定不再去活。
> (让他去死!让他去死!)
> 他既看到:
> 爱的世界里是一场露出白骨的深呼吸。
> 但又坚持:
> 清澈的眸子重新点燃起生活的死灰。
> (让她去活!让她去活!)

生与死的对峙是德性与堕落的对峙,是爱的立场与现实离乱的对峙,这一切或许就是命运的真相:在良善和真理成为奢侈品的时代,爱倍加艰难,又倍加需要付出努力去珍藏。

如《秋天带来怀恨的人……》:

> 自那漫漫长路,秋天带来
> 怀恨的人:十月被装在盒子里
> 我们在黑夜里摇骰子,让它活
> 不让它出声音,让它交尾
> 不让它怀孕
> 滴水从星期天的门缝里渗进来
> 像一只黑手,秋天
> 带来怀恨的人

"让它活/不让它出声音,让它交尾,不让它怀孕",这显然正是对"十月被装在盒子里/我们在黑夜里摇骰子"的生存的进一步细化,这是典型的有关时代隐喻的性叙事,它进一步指涉的是礼崩乐坏时代个人德性及爱如何可能的问题。所以,诗中,爱是以其反面——恨出现的,所以才有"秋天带来怀恨的人"这句话的不断回环咏叹。

> 在你的体内抒情,在你的
> 唇间饮酒,有限的幸福里挤满蚂蚁
> 虚构的高潮中
> 有全部的乱伦
> 哦,捆起我,绑着我
> 让我活,让我爱
> 撅起的嘴唇夹着一枚苦杏仁,秋天
> 带来怀恨的人

"有限的幸福里挤满蚂蚁/虚构的高潮中/有全部的乱伦",朵渔一贯的耻辱感透过这些并不隐晦的叙述得到修辞化的表达。于是,一个重要的紧张关系出现了,"捆起我,绑着我"的环境必然又一次指向"秋天带来怀恨的人"(《捆着我,绑着我》是西班牙导演阿莫多瓦的作品,一个被绑架的女演员最后却爱上了绑架者。这个浪漫爱情故事间或使我们想起中国民间故事:被追到悬崖边的梅花鹿化身美女,委身于猎人。在当代中国文化的语境下,它被朵渔转译出"全部的乱伦"意味,真是恰当不过)这首诗还涉及在恶的质素四处蔓延的时代如何坚守德性的问题,此时,朵渔出示的正是——爱:

  透过那死亡的玫瑰
  爱被幸存
  饮你的茶,但不饮你的恨
  交给你矛,但不给你盾
  我保存你的爱,像守护一袋
  发酵的黄金
  这灰色的狗年月,有我们难赎的罪
  是谁在敲门?是谁在敲门?
  放他进来!——秋天
  带来那怀恨的人……

  朵渔早已指出,诗人应当在恶的时代中承担虚无的价值,"诗歌不是让人学会仇恨,而是让人学会善良",只是朵渔化恨之爱不是盲目的顺从之爱,而是宗教式的承担所规定的原罪救赎冲动,所以他说"这灰色的狗年月,有我们难赎的罪"。这个时代以逐利的冲动开启了潘多拉盒子中的邪恶,又以唯物的观念放逐了对邪恶的规约。这间或成了当下从"信仰危机、信念危机到信任危机"(朱大可语)的重要精神动因,我们总是在朵渔的随笔和诗歌中看到他从自我开启的承担之路。"是谁在敲门?是谁在敲门?/放他进来!"注意,这急促的良心敲门声、命运敲门声在《老年虚构》中也响起过,在《狮子座虚构》中则以更强烈的"雷声"出现。"秋天带来怀恨的人"作为诗题,作为全诗三节的结尾,像一种清醒的审视,包裹着伦理陷落的现实,也包裹着怀着承担救赎之心倾听良知之声的诗人。也就是说,朵渔并不单纯地相信承担能够击退弥漫的恶,但是承担、救赎和倾听依然重要。怀恨之人所在的秋天,更需要爱，只是这种爱其实已经是一种人类爱，作为对被恶异化心灵的自我纠正而出现，朵渔用一种虚构的爱去击退另一种虚构的高潮，既有批判，也有担当，值得驻足凝思。

在我看来，包括《雨夹雪》《聚集》《沿途虚构》《舞台虚构》《站台虚构》《中途虚构》《拉拉：最终的虚构》都直接或间接地表现了离乱人世中爱如何可能的主题。其中，《拉拉：最终的虚构》值得我们加倍注意。

诗歌前面引用了《日瓦戈医生》中的一个对话，为我们提示了阅读诗歌的方向，也为诗歌引入了充满张力的互文。《日瓦戈医生》是苏联作家帕斯捷尔纳克的代表作，无论是帕斯捷尔纳克本人还是他笔下的日瓦戈，都作为一个人道主义者遭遇过革命时代的"劫持"，又以"写作"的方式表达着人道主义立场和革命道德之间的严峻对峙。而拉拉，这个俄罗斯大地女神的化身，她美丽、坚韧而多灾多难，她在命运的河流中辗转着寻求自己的意义之灯。无论是日瓦戈还是拉拉，都释放着个体同时代之间对峙的紧张感和身份焦虑，也正是这种离乱之世的爱，才使得朵渔深深共鸣和吟唱。诗歌前面部分所展示出来的抒情性在朵渔的诗歌中是罕见的：

> 天哪，这场爱是何等的
> 海阔天空，何等的
> 不同寻常。当我们带着完整
> 带着恐惧，回到这将息之地
> 雪花也为之飞旋！
> 多么神奇啊，我们的相遇
> 就像隐喻在风暴里
> 如今，躺在床上
> 看雪花旋转，简单而又
> 缠绵，仿佛从未有过的
> 安详。

老实说这样毫无保留的抒情咏叹调并非朵渔诗歌的常态，他甚至直接用"我们"这个第一人称来直接进入日瓦戈和拉拉的爱情感受之中。或许，朵渔对这场爱情的情感认同源自于他在日瓦戈、拉拉身上所发现的那种个体对峙时代的紧张感,这种紧张感赋予爱情以历史悲剧意味,以及它最终唤起的朵渔对自身生命的艰难感受,他迸发出:

> 让她去活吧
> 我们去死,这尘世欠我们太多。

这个第一人称"我们"中显然有着朵渔深深的主体感受,也正是由此处开始,诗歌书写主体开始从书写对象的"我们"中分裂出来,人称上开始转入了"拉拉""你"(日瓦戈)的客观陈述。朵渔在这段著名的爱情中发现的是:

> 我们爱着
> 恨着,尖叫着,为了
> 重生。那催债的人
> 正踏响积雪

"催债"一说,或许源自帕斯捷尔纳克的自述,他说:"当我写作《日瓦戈医生》时,我感觉对我的同代人欠有一笔巨债。写这部小说正是为了还债。这种负债的感觉在我缓慢写作过程中变得一发不可遏止。"[①] 因此,我们发现,"爱"已经不仅仅是日瓦戈和拉拉那场被浓厚的命运感照亮的爱情,而且还是写作者"还债"背后那种坚韧的人道之爱,人类之爱。

这首诗之所以让人印象深刻,一方面源于其书写对象本身所带有的深厚的历史感、命运感,个体和时代对峙的紧张感,另一方面也在于它凸显的书写者的焦虑:为时代还债之大情怀,离乱如雪飞纷的时代的身份焦虑,个人爱和德性的艰难,这些命题全都包裹在一起,借助着《日瓦戈医生》的互文而丝丝入扣地表现出来了。

---

① [美]卡莱尔:《鲍利斯·帕斯捷尔纳克访问记》,马高明译,《国际诗坛》1987年第1辑。

四 非常爱：愤怒后面的黑暗和虚无

朵渔诗歌最为人强调的是他与时代的那种强烈的紧张感，他的批判意识和对贫乏时代发出的愤怒之声。所以，比较被人所称道的是像《河流的终点》《今夜，写诗是轻浮的》《大雾：致索尔仁尼琴》和《高启武传》等更有命运感、历史感，更能见证时代并充满哲思和真知灼见的诗歌。但是，我们必须说，那是一个朵渔，还有另一个朵渔必须被看见。当然，我并不同意李犁先生所说，这另一个朵渔是温软和温暖的。在这组诗中，我们读到的朵渔调子显然是低下来的，但背后却是更多的虚无和黑暗，是多次的命运敲门声，是一次次在心灵里经历着生与死的抉择。所以，他说爱是"世界里一场露出白骨的深呼吸"（《狮子座虚构》）、"爱是一种绝望的艺术"（《再见·爱》）他在爱中感受到"三颗痛苦的心灵"（《梦境虚构》），他看到的是"死亡睁开微弱的眼睛"（《中途虚构》），祈求的只是"那么冰冷的人世，我们还活着，并且一起呼吸"。他不断地感到"离乱的人世已是可活可不活"，但是他毕竟又在坚持着爱的可能，他说过"整整一年，只写两首诗：愤怒和相思"，爱与愤怒不可分离，令人感佩的正是"一生的爱不够来分，上身饲狼/下身饲虎，独留一块青翠的心"，可是他自己又解构了这颗青翠的心的纯粹性，他说"你真绝，会演这样一场戏"（《舞台虚构》），他真是处在离乱人世的黑暗和虚无的吞噬、爱的向往以及清醒的审视的多重纠缠中，他诗歌的决绝和愤然后面，其实是这么复杂，复杂到有点自相矛盾——他在很多诗歌中表达肉身的限度，可是在《我们的爱，我们的病》的最后却居然说出这样的句子：

> 在一次次颠倒中，在泪水
> 和精液间，重新找回
> 蓬松的发辫和绒毛的时代
> 在这一团悲哀和乱麻里，在
> 夹杂着爱的三角形，和
> 生的十字架之间，我看到

> 最纯洁无间的肉体，生命之钟
> 曾激越地鸣响。

　　最后的句子，跟朵渔在整组诗中的表达，显得是那么格格不入，他甚至过分抒情得有点"伪朵渔"。但我不将它视为一次写作上的败笔，而是朵渔内心复杂对峙的流露。朵渔愤怒而清醒，他渴求一种有尊严的生活而跟失范的现实且行且远，但这种对峙必然也导致他内在的文化焦虑和身份危机，所以"爱"成为他建构自我价值的重要支撑。只是爱在清醒的朵渔那里，必然也遭遇来自各方面的消解力量。朵渔于是回溯到童年，快进到老年，那里却都有不能自已的生命缺憾。爱能否成为朵渔可以自我疗伤的精神认同，这是值得我们关注的，老实说，我们不能仅为愤怒的朵渔喝彩，而忘了他的心灵里还住着那只旷野中舐伤的狼。

　　张学昕说朵渔的诗歌没有打破自己的平衡，我认为无论是从题材还是技法上，这组诗都是有别于更广为人知的"愤然录"等诗歌的。这组诗表现出来的对某个题材的提升和拓展能力，也是其他诗歌所没有的。比如他对爱情以及与之相邻的诸多命题的思考，都达到了他人所未有的深广度。所以，无论是跟朵渔其他诗歌的纵比，还是跟同时代诗人的横比，朵渔这组诗都是独特的。不过老实说这组诗中也确实存在着某种"平衡"（不知是否是张学昕教授之所指），即二十五首诗中有不少诗歌用相近的技法表达了较为相近的命题，比如用较多的性叙事来表达对肉身之限的思考。假如我们用衡量《野草》那样的标准来看，《爱虚构》自然没有做到每篇面目各异，但相对于一个正在发展着的诗人而言，这难道不正是他某个阶段创作相近风格的真实流露吗？

　　《爱虚构》这组诗告诉我，愤怒而深刻的朵渔后面有一个深味黑暗和虚无的朵渔，前者在和时代的紧张对峙中出示了自己理想的文化身份——牛虻；而后者则为我们展示了这种文化身份确立过程的挣扎和复杂性。当代诗人因身份危机而放弃写作者大有人在，像朵渔这样在和时代死磕中完成知识分子批判性精神认同者，实在是极少极少。朵渔也因此在中国当代文化地图中刻下了自己的一个印记，问题在于，我们不能景仰或推崇一个印记，然后就要求这个诗人永远停留在我们想象的位置上，代替我们去愤怒，然后收获我们的欢呼。忽略任何诗歌中真实的愤怒背后复杂的黑暗和忧伤，都是一种残忍。走向愤怒之途的朵渔是真实的，而愤怒之后的那些虚无，同样是真实的，它们共同构成更完整的朵渔，它们值得同样用心的倾听。

生命囚徒的"江南共和国"

——读朱朱诗集《故事》

朱朱是20世纪90年代崭露头角的诗人，也是这个时代的重要诗人。朱朱还是优秀的艺术评论家，他对诗歌的理论思考不乏真知灼见，但是他却几乎没有加入当代诗坛各种似是而非的论争中。朱朱对诗歌有特别的珍重和敬意，诗歌是多种写作样式中最令他不敢造次的一种。90年代的朱朱没有借助"惊世骇俗"的诗人批评进行自我建构，也没有参与各种"热闹喧嚣"的"诗歌运动"，他贴近诗歌本体营构，凭着工笔细描的诗艺获得文本辨识度。2011年，他于42岁之年结集的《故事》[①]，其中又蕴含着诗人写作上怎样的变化和启示？

一 朱朱的《故事》和《故事》里的朱朱

《故事》之前，朱朱已经出版了《驶向另一颗星球》《枯草上的盐》《青烟》《皮箱》等诗集。这一次，朱朱以"故事"来命名诗集，对于诗集而言，这颇为特别，间或提示着朱朱诗歌写作从内容到技艺的转变。

《故事》至少包含三个层面的"故事"：其一是"童年故事"，在诗集后面的《七岁》（组诗）中，诗人特别创设了一个七岁的视角，回到七岁的自己，用七岁的高度和体验重温童年往事。把少年设置为诗学视角，这个层面的故事丰盈的童年细节又是童年视觉和成年眼光的融合：朱朱无疑返回了七岁孩童的世界，但成年诗人的

---

① 朱朱：《故事》，上海出版社2011年版。本文所引诗歌没有特殊注释皆来自此书，文中不再一一注明出处。

"视界"又时时浸染其中。因此,这层童年故事就不仅止于童真童趣,它因为充满细节而真切,因为携带着情感而感人,因为呈现了复杂性而引人深思,毋宁称之为关于童年的"诗性记忆"。

《故事》的另一层面是"中年故事"。这部诗集弥漫着一股鲜明的中年回望气息,即使是"童年往事",很多时候也是统摄于一种成年眼光之下的。显然,以"故事"来命名诗集,朱朱有更多非抒情的经验要处理,当他回望人生的过往时,常常发出一种中年人才有的感慨。

在童年往事和中年姿态之外,《故事》的第三层其实试图讲述一个关于"落差"的命运故事,落差是命运故事的谜底,他称为"真正的故事":

> 你向我们展示每个人活在命运要给他的故事
> 和他想要给自己的故事之间的落差,
> 这落差才是真正的故事,此外都是俗套……
> ——《拉萨路》

《故事》关乎童年和家园,关乎亲情、童年的父母之爱,关乎一个小镇三十年前的日常,关乎少年成长的美好和疼痛,关乎青涩美好的爱恋。但《故事》也关乎命运的秘密,那些在生命的斜坡中一路滑行至今的人们,那些想向"严冬墙沿带着全部崽子呼救的猫"伸以援手却"无法克服与生俱来对毛茸茸动物的恐惧"的人们,始终活在各种宰制中。各式"练习曲"和"蝴蝶泉"故事的核心是生命的规训和格式化,这在朱朱诗中被隐喻为童年村头的"高音喇叭":

> 我并不知道从那时候开始,自己的脚步
> 已经悄悄迈向了成年之后的自我放逐,
> 迈向那注定要一生持续的流亡——为了
> 避免像人质,像幽灵,被重新召唤回喇叭下。
> ——《喇叭》

命运故事的层面同时也关涉着朱朱《故事》中的囚徒体验,这三个层面，我们下面会专门分析。值得一提的是，《故事》里的朱朱，较之以往呈现了对诗艺的不同理解：《故事》里的朱朱，纯熟、疏朗的诗艺代替青春朱朱那种无所不在的工笔细描。朱朱并不着力于发明新奇繁复的语言装置，从表面上你甚至可以说，朱朱对语言修辞的使用，是常规化的。然而，朱朱的语言却透露出更朴素的质感，只有贮藏了丰富生命细节和强大的语言剪裁能力的诗人，才能以看似简单的方式带给诗歌特别的生命质感。在《故事——献给我的祖父》中，诗人基本上只使用比喻，那些比喻简单明了，并没有复杂的修辞机制，然而都准确而迅速地勾勒出书写对象的精神质感：

> 老了，老如一条反扣在岸上的船，
> 船舱中蓄满风浪的回声；
> 老如这条街上最老的房屋，
> 窗户里一片无人能窥透的黑暗。
>
> 大部分时光他沉睡在破藤椅上，
> 鼾声就像厨房里拉个不停的风箱，
> 偶尔你看见他困难地抬起手臂，
> 试图驱赶一只粘在鼻尖的苍蝇。
> 但是当夜晚来临，煤油灯
> 被捻亮在灰黑的玻璃罩深处，
> 他那份苍老就变成了从磨刀石上
> 冲走的、带铁锈味的污水——

这首诗共四节，每节基本分为三小节（除第三节为二小节外），每一小节都为四行。有趣的是，每一小节中诗人都安排下一个比喻，比喻是这首诗最核心的推动机制，这种最普通的修辞在此诗中大放异彩，原因在于朱朱对比喻有极其准确的把握，如何来写祖父的垂垂老矣，诗人用了三个特别精彩的比喻。

老如一条反扣在岸边的船。离水之船，被反扣在岸边，状态（反扣）和方位（岸边）都显示着被离弃的生活。这已是不错的比喻，但诗人加上了一句"船舱中蓄满风浪的回声"，让这个比喻更为增色。如果说反扣岸边是船的外在状态的话,蓄满风浪回声则是它的内在状态,内外的张力才是船,也是老如船的祖父的"故事"之所在。

这个比喻,有赖于朱朱对岸边反扣之船的发现和对船的语言符号的进一步强化。写诗者,有人擅长发现新的修辞手段,创造新奇的表达效果;有人擅长把体验准确地移置于并不新奇的修辞装置中,同样创造出新奇的表达效果。前者靠的是语言创造力,后者靠的是生命体验和语言准确性的平衡能力。

二 童年往事的"诗性记忆"

每个人都有自己的童年,但每个人的童年经验不同,每个人对童年的诗性记忆能力也不同。记忆在普通人那里日渐黯淡、松弛乃至逃遁,经过诗歌提炼的记忆却在艺术的定型剂中获得造型、色彩和温度。所以,诗人对于记忆的造型能力,便是所谓的"诗性记忆"。朱朱是那种既有较特别体验,又有极强诗性记忆能力的诗人。他的"童年往事"中充满各式各样的人、事、物:母亲、祖父、祖母、邻居女孩、理发店师傅、一头待宰的牛、沉默的井台、前年的日历、绣着过时图案的缝纫机、滴答滴答画着自己的圆的墙头钟,还有那条坑坑洼洼、由无数次跌倒组成的去见父亲的漫漫长路。

《故事》的童年记忆主要呈现于《七岁》组诗中:《早晨》和《数学课》专门写母亲。儿女对母亲的爱和感激,是一个因为永恒而困难的写作主题,朱朱却有自己精彩的表达:

> 母亲知道第一束阳光的金色丝线,
> 怎样在天空的蓝缎子上滚边。
> 每个早晨她的眼睛总是最先睁开,
> 枕边一小块湿痕,来自伤心的梦。
>
> 她的目光像风筝升过了晾衣绳,
> 跃向了山墙之上的天空,
> 在风中打几个寒噤般的趔趄,

然后不断地高飞，盘旋在云彩。
——《早晨》

母亲之爱，实写常流于平淡，虚构又有欠真实。从童年的眼光看，往往真切有余而体贴不足，仅从成年视角出发，又难免过滤了温润的细节。朱朱既用修辞也用想象，既从童年，也从成年的眼光去描述母亲，这就是所谓"诗性记忆"的高妙和哀而不伤。这两节诗都安排了精彩的比喻，特别是第二个"目光如风筝"，后面三个句子都在延伸铺排这个比喻，风筝"在风中打几个寒噤般的趔趄，/然后不断地高飞，盘旋在云彩"跟第一节母亲"每个早晨她的眼睛总是最先睁开，/枕边一小块湿痕，来自伤心的梦"有内在的呼应。母亲的泪痕和伤心的梦或者是成年的朱朱更能体贴到的情感伤疤，每个母亲大概都是带着伤疤，在生命寒风中打着趔趄然后高飞的吧。朱朱的诗，既有童年的恋母情结，又有成人后对母亲的体贴和理解，更有诗人特有的修辞想象的才华，所以《早晨》里的母亲便显得特别动人。

朱朱写的祖父，同样动人、形象：

大部分时光他沉睡在破藤椅上，
鼾声就像厨房里拉个不停的风箱，
偶尔你看见他困难地抬起手臂，
试图驱赶一只粘在鼻尖上的苍蝇。
——《故事——献给我的祖父》

这段描写形象而准确。卡尔维诺在《未来千年文学备忘录》中提出的五个文学价值，其中一个就是"准确"。"准确"是写作对象的精神气质跟写作细节之间的匹配关系。朱朱的四句诗，紧紧抓住了孩童眼中祖父形象的灵魂。

朱朱用一种复杂的眼光来写亲人，他忠于自己的情感体验。他写祖母的《另一个家》，就努力写出那种复杂性，他写祖母对自己粗糙而细心的爱：

黄昏时老风箱的哮喘开始复发，

烟雾层层扩散，吞没篱笆上的天空。
然后她吹散小勺子边的热气，
将烂如反刍过的山芋填进我的嘴巴。

入夜后灯芯被捻亮，她检查
我的袖口有无裂缝，以及纽扣
又掉落了几颗。针线无声地缝合，
而我交缠起双手在墙上做一只大雁。

他也写童年自我对祖母的陌生感：

她因为长久地和牲畜相处
习惯于沉默，只发出令它们
进退的象声词，这样我不仅
学不到新词语还会丢失已学的。

他甚至产生了一种"人质"的体验（"人质"体验显然是成年视角对童年经验的加工和提炼）：

从小我就被教导说：
你有两个家。一处是母亲的村庄，
我出生的地方；另一处是这里，
我来充当一个不定期的人质，

一件信物，以证实这里
有一种尚未彻底破产的尊严；
我来，是为了来降低
这里所有年轮的平均数。

在两个家之间来回的少年，有一种撕裂的体验，觉得自己更像是：

大人们用来拔河的一根粗麻绳

> 绷紧在两地之间，而我
> 就是那个系在中间的绳结，
> 在缓慢的挪动中，在撕裂的感受里。

朱朱童年记忆的丰富性，还表现于他对童年"类爱情体验"的书写，《排水》交错呈现的便是童年家庭战火下的无奈和童年的"类爱情体验"。有趣的是，诗人举重若轻，用"雨水"和"算术题"来串起这种体验：

> 大人们争吵时，我在窗边
> 做一道算术题。
>
> 我抬头望去：她也在窗边
> 做一道更复杂的算术题——
>
> 不止加减法；还有×，÷，
> 还有我记不住它古怪发音的"π"，
>
> 形状像屋檐下躲雨的两个孩子。
> 她比我大三四岁。

这首诗是典型的儿童视角，不露痕迹，有举重若轻的高妙。大人吵架，是孩子眼中可怕的灾难，于是他们佯装做题，以挣脱父母吵架制造的精神恐慌，对他们来说，这是一道更复杂的"算术题"。所以，"我抬头望去：她也在窗边/做一道更复杂的算术题"其实是一个有趣的隐喻。她也和"我"一样，在家庭争吵的阴雨中，做着一道关于"避雨"的算术题，而且，她的问题更复杂。在"算术题"的符号过渡下，π的出现自然而然，精彩的是，诗人觉得π"形状像屋檐下躲雨的两个孩子"，所以"π"也就成了两个处在家庭争吵暴雨下，跑到数学题屋檐下躲雨的孩子的心灵符号。

对于"我"而言，"她"因为跟我相似的遭遇而获得认同，"我"需要这样一个可以无言地共享"家庭恐慌"经验的朋友；而对于她而言，"我"比她小三四岁，她和我一样是"躲雨"的孩

子,什么样的体验使她和"我"缔结一份内心的秘约呢?诗歌留下一个引人遐思的空间,接下来又呈现了童年"类爱情体验"的进展:

> 我踮起脚尖
> 才和她的额头一般齐。
>
> 忽然她将我
> 搂在胸口,于是我数着她越来越快的
>
> 心跳,直到同样的频率
> 也来自我的脉搏。

共同躲过雨的伙伴,缔结了一份秘密的私人情感,他们类爱情的"情谊"成了彼此心灵的"绿荫":

> 树叶交接在一起(像 π 除不尽的
> 尾数),垂悬下同一块绿荫。
>
> 大人们交谈着,
> 好像什么也没有发生过。
>
> 而我们又可以手牵着手
> 走过卵石已显露的、浅亮的溪水。

这里诗人对 π 又有新的诗歌使用:同样是从 π 的形象出发,这里不再指向两个躲雨的孩子,而成了树叶垂下的绿荫。童年的视角和纯熟多姿的诗艺,使这首诗令人印象深刻。整个《七岁》组诗,让人难忘的还有一种气氛,朱朱诗歌中充满着一股浓郁、挥之不去的乡村气味。他当然是擅长修辞的,但他的修辞令人眼亮心动之处,不在于他锦心绣口捕获天马行空的想象之物,而在于他不着痕迹地激活那些轻易从我们的记忆中溜走的细节:

碎裂在河岸地的空旷里。
我能够听见什么？
一头被宰杀的牛发出最后的哀鸣；
路上自行车的链条响过铃铛声。
　　——《井台》

那转椅铺着黑色人造革的垫子，
周边已经破损，露出发霉的海绵。
一块脏油布开始将我裹紧，
即使我屏住了呼吸也能嗅到
他指甲盖里的焦油、他的鼻孔
和腋窝里喷出来的酒精味。
　　——《理发店的椅子》

这消息像泥瓦匠的刮刀
瞬间抹平了所有人脸上的表情
　　——《喇叭》

他那份苍老就变成了从磨刀石上
冲走的、带铁锈味的污水——
　　——《故事——献给我的祖父》

这些句子中，细节包裹着修辞散发着强大的童年乡村气息扑面而来，激活了有着相近体验的读者记忆。当代诗歌中能如此好地把现实气息和精神勾勒结合起来的，显然并不多。

三　《故事》的中年回望

欧阳江河曾经在他引发巨大关注的文章《89后国内写作：本土气质、中年特征与知识分子身份》[①] 中使用了"中年特征"这个

[①] 欧阳江河：《89后国内写作：本土气质、中年特征与知识分子身份》，《站在虚构一边》，生活·读书·新知三联书店2001年版。

概念。在他的文章中，中年写作是作为一种值得追求的诗歌价值而存在的。也就是说，在彼时的欧阳江河看来，诗歌必须写出"中年姿态"才更值得追求。然而，当我说朱朱《故事》中存在着中年回望的姿态时，跟欧阳江河的上述概念基本无涉。朱朱的中年姿态是个体的，是诗人本人在而立与不惑之间对生命和诗歌的重新认识。

中年的回望，在《故事》中无所不在地呈现："当/推土机铲平了记忆的地平线，当生活的/航线再也难以交叉，当我们的姑娘们/早已经成为母亲，当上海已经变成纽约/二十年间我越来越少地到来，每一次/都几乎认不出它。"（《旧上海——给S.T.》）

这里在在勾勒着一种回望的眼光。所谓中年回望，不仅指这部诗集充满着对青春记忆的凭吊。中年回望，更暗示着一种中年危机。危机的实质是旧视界和新世界的冲突：一直以青年的眼光在世界上行走，有一天，这道眼光撞上了年龄和世界合力堆砌的墙。这个时候，需要一种新的视野和立场来消化新世界，同样也需要一场回眸来重新解释往事，来重新梳理自我与记忆的关系。所以，我们看到诗人回到童年、回到初恋、回到故乡、也回到青春期，他回到故人（如张枣），回到与古人的对话（如苏轼、张岱、柳如是、鲁迅），他回到亲人（祖父、母亲），他甚至回到七岁时的理发椅，诗中的"我"与七岁等高，内里却响起了一把中年浓厚的声音。

《故事》中，朱朱通过更富叙事意味的语言回溯到童年并梳理着自我与世界、自我与命运、自我与故乡的多重关系。回溯与梳理，意味着重构过去，寻找心灵新的平衡点，这大概是所谓中年回望的特点。此处朱朱不仅仅是讲一个关于故乡、友人、童年和初恋的故事，这些故事又生发着诗人关于个人生命的悲剧与挣脱的思考，深深地打上了诗人在岁月捕手追捕下的精神烙印。

著名导演李安曾经说，当他拍摄《卧虎藏龙》时，他正处于中年危机之中，他需要这样一部戏来处理自己的危机。我们虽然无法确知李安中年危机的具体内涵，也不知道《卧虎藏龙》如何处理了他的危机。但这里暗示着艺术创作对艺术家的一种疗救的功能，我也如是看待《故事》跟朱朱之间的关系。写作与疗救的实质，是旧视界的退场和新视界的确立。我们可以通过朱朱早期的《一个中年诗人的画像》和《故事》中的《旧上海》来对照分析这种内心的

"新旧交替"。前者是二十五岁的朱朱对中年的想象;而后者,则是已到中年的朱朱对青春岁月的回眸。展望与回眸都是主体与年龄的错位,是行走在岁月跑道上的诗人与其实际体验之间的交叉跑动。毋宁说《一个中年诗人的画像》和《旧上海》是不同时期的朱朱对相近经验的不同处理。前者,悲剧艺术家的形象被凸显得相当醒目:

> 入夜的树影挽留着激情,
> 颤动的涟漪里映现天穹;
> 白昼里昏沉的脚步,恭谦的举止,
> 对一封信残忍的沉思,出于
> 逢迎的感叹,启蒙的热诚以及
> 对零星的美感的搜集,
> 在黑暗的统治中全成为老派的谎言,
> 甚或世界也是举灯的侍女,
> 听任他向废墟弥漫,掘开堤岸,
> 淹没这帝国的长夜。①

整首诗渲染的是一种无以复加的艺术悲剧感,然而,正是悲剧感本身挽留和确认了诗人的价值。他不是滑稽可笑的,因为他的悲剧、艺术的没落本身值得一首诗艰难的问候:

> 看,他不彻底,回来了,
> 将梦想带回尘土。
> 这是感性的另一座城市,
> 其实是相同的隐喻;
> 这是流亡,其实是追逐。
> 冷落地,怀疑伴随着生活,
> 他将诗艺雕琢了又雕琢,
> 但这手杖上的珍珠唯有光洁的表面,

---

① 朱朱:《一个中年诗人的画像》,张桃洲主编《中国新诗总系 1989—2000》,人民文学出版社 2009 年版,第 373 页。

内部缺损了又缺损。①

诗歌在内容上越是突出艺术的"光洁"与"缺损"的反差，就越深地显示了艺术应有的价值。朱朱越是"复杂地"地表达了艺术家命运的"破损"，诗歌本身的"高贵性"就越得到确认。所以，《一位中年诗人的画像》其实是属于青年朱朱的。那时，他用诗艺创造着非诗时代的悲怆感，并提供了对非诗时代之沦落的一种抵抗。

也许可以说年轻的朱朱借着这首诗在想象未来，那时，他是忧郁的，但又是澎湃的；他有叙事的雄心和机智，有诗写的精致和用心。而《旧上海》则显然是中年的，是朴素的，站在非诗年代"赶上青春末班车"的狂欢节，他不再采用"中年诗人"这样的形象作为中介，如果说前一首诗的写作本身就是一种对抗悲剧的方式的话；那么，后一首诗则是真正中年来临时无以掩饰的苦涩。所以，"你入炼狱，把我们全部禁锢在外边"才那么让人刻骨铭心。

显然，《一位中年诗人的画像》写的是中年，但其立场和书写视点却是青年的；而《旧上海》写的是青春岁月，却是典型的中年姿态的青春回首。某种意义上说，朱朱也是80年代末精神狂欢骤然消逝所造就的记忆亡灵，之后的1990年，只有21岁的他还没有真切地感受中年，他必须等到真正的中年来临时才再次重返记忆中体味历史的肃杀和记忆的严寒。也许写作《旧上海》，就是为一段随时都会发炎、一段在行进中遇难的记忆举行一场符号葬礼。否则，记忆的孤魂将夜夜压迫着诗人的梦境。

四 《故事》的"囚徒"体验

《故事》的中年姿态，既是诗人对自我与记忆的清理和重构，同时也透露着诗人对生命更深沉的认知，事实上指向了朱朱心中浓厚的生命囚徒体验。

不难发现，朱朱其实是一个早熟的诗人，这既指他的诗艺，也

---

① 朱朱：《一位中年诗人的画像》，谢冕主编《中国新诗总系 1989—2000》，人民文学出版社 2009 年版，第 374—375 页。

指他的思想。他很早就有一种秋的萧瑟感：对于他这个年龄的人来说，90年代或者是他们的黄金时代，在这里他们可以欢呼时间开始了。但朱朱在观念上却更多地缅怀着如黄金灿烂的80年代，以至于他在同代人中极为罕见地与上一代诗人共享着一份"亡灵"体验，他的《一位中年诗人的画像》就是用90年代的叙事性来处理80年代遗留的亡灵体验。朱朱的诗调子是低的，90年代的诗，他总是会去触及"黑暗"和"死寂"，但是并没有触及"囚狱"：

　　此刻楼梯上的男人数不胜数
　　上楼，黑暗中已有肖邦。
　　下楼，在人群中孤寂地死亡。
　　　　——《楼梯上》

　　鸟儿衔来"炉火"这个词寻觅着木板，
　　我凝视一扇空中跳动的窗；
　　写作，写作，
　　听漏向黑暗的沙……
　　　　——《下午不能被说出》

　　朱朱无疑不是词穷之人，但他在《故事》中却大量采用与监狱有关的意象和词语，他喜欢用"典狱长""监视"等词语。前者让人想到商禽的《长颈鹿》，这首诗中人是时间的囚徒，却眺望着岁月。仁慈的狱卒，不识岁月的容颜，于是夜夜前去为岁月把门，却被时间以另一种形式囚禁。商禽的这首诗跟卡夫卡的《法庭门外》有异曲同工之妙，朱朱的诗歌触及了相近主题，并把这种囚徒体验延伸到整个生命领域，他是如此喜欢使用"囚禁"的意象，《故事》事实上成了演绎生命囚徒体验的完整系列。

　　《故事》共收录了三十七首诗，令人惊讶的是，其中直接采用囚徒意象或描写囚徒经验的竟超过十首，这无疑是极有意味的。但显然不宜将《故事》中这些生命囚徒体验的表达同质化，它们在不同的诗歌主题、不同的词语链中出现，凸显着囚禁意义的层级差异。

　　朱朱诗歌的囚徒体验，首先关联着一种具体的历史情境、现实中的记忆禁忌。被垄断的记忆投射于朱朱的意识中，便成了一种记忆被囚禁的体验，他甚至会在书写极其美好的记忆时跳接到此种记忆的囚禁。譬如《两个记忆——致Y.J》，这首诗描述了青梅竹马的水晶之恋，缘起当然是一次多年之后的重逢：

> 两个记忆在今天相遇，
> 在桌子的空地上，一盏灯
> 洒落好像林中午后的阳光，
> 他和她，披着成年人的外套在这里坐着。
> ——《两个记忆——致 Y.J》

顺着相逢的契机，朱朱回到记忆中："记忆因叠加而透明，透明到/透明是两个赤露的孩子"，于是童年口袋里作为小礼物的那张邮票，以及"她分派他剥毛豆，自己蜷在藤椅上读小说"的细节都被挖掘出来。这样的透明记忆是很容易在个体生命博物馆中获得一个浪漫化展位的。可是，正是在如此美好的记忆最后，朱朱依然不可避免地带出他的"囚徒"体验：

> 那是无尽的喧哗中一个强烈的寂静，
> 一个每代人都拥有过的永恒片段，
> 一幅被行刑队带走的人最后会伸手扶正的镜框；
> 别的东西更像酷暑的连枷下纷扬的谷壳。
> ——《两个记忆——致 Y.J》

青梅竹马的秘密情感是一种一生中会不断被重新叙述的记忆，朱朱在面对这种透明记忆时突然跳接了"一代人"的记忆——"一个每代人都拥有过的永恒片段"。朱朱深信，这种永恒片段，必是"一幅被行刑队带走的人最后会伸手扶正的镜框"，一代人集体的、美好的"透明记忆"以及后来的灼痛，必然会被重新叙述，被扶正，而其他的一切，不过是"纷扬的谷壳"，将随风而散。

沿着现实中制造记忆禁忌的意识控制术，朱朱还悲哀地发现了现实的观念规训，这里无疑有着极其明显的福柯"规训"理论的影子。福柯以全景敞视的监狱模型揭示了现代意识形态规训的运作，无所不在的意识规训工具塑造着合目的性的主体。① 在此，不但记忆被改写，个体视野中的世界图景也将被改写。正是基于这样的认知，我们不时在朱朱的诗歌中发现俯瞰式监狱意象（标为斜体）：

> 总是说变就变。总是说这一页已经翻过了……而这里，未来总是被经过，被经过，变化并没有真正地到来……某扇窗突然发出刺目的反光，如同俯瞰*整个监狱*的瞄准镜：低下头去，干你的活！
> ——《记一个街区》

> 强光刺目，大喇叭高高地悬挂
> 就像电影里岗楼哨卫发亮的头盔
> 在俯瞰*整座监狱*，天空的湛蓝反衬着
> 一个停摆的刑期，男低音宣告领袖之死。
> ——《喇叭》

"喇叭"无疑正是中国式"监狱"的声音传播工具，"村头的喇叭"凝结着特定时代人们的集体记忆。这种记忆让朱朱心有余悸，令他更惊心的是某个意识形态的幽灵藏身于"风平浪静""勤奋练习"的生活实践之中。他在《练习曲》中书写了这方面的观察，这首叙事意味颇浓的诗歌写隔壁楼传来钢琴练习曲的声音：

> 那个瘦瘦的、扎着马尾辫的小姑娘，
> 每天都在窗边反复地弹奏，琴声
> 就像一盒坏损的旧磁带在录音机中。
> 我熟悉这尖厉的旋律，
> 以每只高悬在电线杆上的大喇叭，
> 它们曾经垄断童年的天空，
> 辐射无处不在，即使我捂上耳朵，
> 也能听见歌词像标语，像握紧的拳头，

---

① ［法］福柯：《规训与惩罚》第三章"全景敞视"，刘北成、杨远璎译，生活·读书·新知三联书店 2007 年版。

> 在墙壁上一遍遍地怒吼……

一个国家的记忆掩埋工程洗刷了藏身于歌曲中的旧色彩,但那陈旧意识形态的幽灵重现却深深勾起了诗人的记忆,并让他对意识形态的聒噪有着生理性的反胃。更令他担忧的是,一种以"练习"为面具的生活实践,同时也是某种潜移默化的文化实践:钢琴曲的练习,同时也是主体性的习得和塑造过程,它在复制和传播着某种思想的"病毒",并以这种方式让人们成为意识形态的囚徒:

> 然而,沿着这小姑娘的指尖
> 那些被埋葬的音符如同幽灵
> 纷纷地复活,如同电影里
> 一辆辆满载士兵的卡车,
> 或者,如同恐怖小说中的病毒,
> 通过声波将瘟疫重新扩散在全场。
>
> 哦,多么邪恶而聪明的设计,将
> 这样的曲子编进一本入门的琴谱里,
> 哦,无辜的小姑娘,沉浸在勤奋的练习中,
> 梦想能成为音乐家,有一天坐在舞台上,
> 从聚光灯的下方撑起黑色的琴盖,
> 却全然不知自己是打开了盒子的潘多拉。

如果说上述的囚徒书写有着历史和现实指涉的话,那么,朱朱又常常把"囚徒"的体验引向更抽象、宽泛的生命领域。在他眼中,人类本质上正是生命的囚徒。所以,他会在很多没有明确所指的诗歌中引入"囚徒"的意象:

> 风筝绕缠在老树的卷轴上,
> 生活,还是那张旧底片……
> 我们从衣橱里翻寻出冬装,
> 如同*假释的犯人重新领回囚服*
> ——《乍暖还寒》

> 我握住笔,像假释的提琴手
> 抚摸蒙尘的乐器,感觉自己的手
> 仍然戴着镣铐,脑中已不存一张乐谱,
> 眼前只有典狱长的指挥棒在晃动。
> ——《岁暮读诗》

"典狱长"典出商禽的《长颈鹿》,此处,朱朱的化用显然也是在"岁月囚徒""生命囚徒"的意义层面上展开。在波兰导演波兰斯基描写"二战"的电影《钢琴家》中,那个颠沛流离、受尽折磨的钢琴家一旦重新坐在钢琴前,修长的手指似乎完全没有受到记忆的干扰,迅速而敏捷地弹奏出水银泻地的曲子。然而,朱朱对此并不乐观,假释的提琴手,手上没有镣铐,但镣铐已在心中:典狱长已经成了他的乐队指挥。显然,"假释"是相对的,"囚禁"才是绝对的。虚构的提琴手,绝对的囚禁指向的便是生命层面的囚禁了。跟生命的囚禁相连的是对生命荒谬的认识。生命的荒诞感、现代文明的异乡人以及永远不得其门而入的城堡外游荡者,是现代主义作品的重要主题,它们像激越的曲调,回响在朱朱的诗行中:

> 穿梭于道路与风尘,
> 两年过去了,今天,我
> 独坐在桌边,像一只委地的陀螺
> 带着被鞭打之后的晕眩。
> ——《岁暮读诗》

> 旅馆在山顶——
> 一条曾经萦回在白居易暮年的山道,
> 积满了无法再回到枝头的落叶;
> 在旅馆的登记簿上,
> 我们的一生被判决为异乡人。
> ——《石窟》

> 我们像棋盘上的卒子再无回返的机会——
> 却又在梦中端起微弱的烛台,走下石阶,

去瞻仰遥远的黄金时代。
——《石窟》

《故事》中有一类对话诗，诗人以不同形式跟古代、现代的文化人，或身边的文化友人对话，这些对话，都清晰地透露着诗人的生命悲剧意识。在《多伦路》中，他戳破由旗袍、默片和咖啡馆组成的通俗民国想象，进入对鲁迅生命、精神的蠡测之中，通过鲁迅这个"硬骨头"进一步想象生命的悲剧性：

> 他该庆幸自己没有活到
> 世纪的下半叶，等待他的
> "要么是闭嘴要么是坐牢"，不，
> 即使闭嘴也难逃铁窗的厄运，而且
> 是和他一个也不打算宽恕的那些人
> 一起，被批斗被侮辱……

《再寄湖心亭》则别出心裁地由湖心亭中那个与张岱共饮的匿名者来看张岱，从而想象文化人的精神悲剧：

> 我并不知道他是谁，但我猜
> 他是一个因纵欲被逐下西天的罗汉，
> 被罚到人间搜集和装订
> 雪片般到处撒落的一页页经书。

而在写给诗歌前辈、友人张枣的悼亡诗中，他进一步触及张枣去国、归国历程中文化身份建构的艰难，其间更是直接以卡夫卡笔下的K与张枣相类比：

> 琴弦得不到友谊的调校、家园的回声，
> 演奏，就是一个招魂的动作，
> 焦灼如走出冥府的俄耳甫斯，不能确证
> 在他背后真爱是否紧紧跟随？那里，
> 自由的救济金无法兑换每天的面包，

假释的大门外，兀立 K 和他的成排城堡。
　　哦，双重虚空的测绘员；往往
　　静雪覆夜，你和窗玻璃上的自己对饮，
　　求醉之躯像一架渐渐瘫软的天平，
　　倦于再称量每一个词语的轻重，
　　任凭了它们羽翎般飘零，隐没在
　　里希滕斯坦山打字机吐出的宽如地平线的白纸。
　　　　——《隐形人——悼张枣》

五　走向语言：生命囚徒的拯救之路

　　《故事》的第二首诗叫作《江南共和国——柳如是墓前》，这个诗题大有深意存焉。俞平伯曾经有过"诗歌共和国"的说法，朱朱则进一步发挥。"江南"在汉语中是一个文化地理的概念，在悠久的诗文传统中，"江南"沉淀的更多是一种美学风格。而"共和国"则是一个现代政治概念，乃是民主的、自治的政权组织。当朱朱把一个文化地理的概念和一个政治概念相连的时候，他其实在思考着生命囚徒如何通过文化书写而突围的问题。证之此诗的内容，我们会发现此言非虚。

　　生命的囚徒，是朱朱《故事》的重要主题。那么生命囚徒狱中何为呢？这是朱朱不容回避的问题，正如他通过书写来为被掩埋的记忆奠一曲葬歌一样，他同样透过语言和书写，作为历史人质的狱中人对"囚禁"状态的偷袭和反击。《江南共和国——柳如是墓前》是《故事》中虚构性最强的一首，同时也可以视为应对生命囚禁的写作策略的一个隐喻。

　　柳如是，初为婢，后为妾，继而为妓，而后又成为世人眼中有气节之妻，最终却受夫家亲属迫害而死。其身辗转于京城、外省、新旧两朝、汉满两族、婢妾与歌姬等多种身份之间。作为女性，她是各种历史力量所掠夺绑架的"人质"。但朱朱此诗，并不单纯感叹柳如是，而是在柳如是墓前（墓不正是"囚禁"的隐喻？）突生感兴，进入对某个身为民族人质、政治人质、历史人质的女性的故事书写中。诗歌上下文中，这个女性倒更像是王昭君式的和亲女性。诗歌从女性的角度,想象了作为历史人质的隐秘心理。朱朱之笔,不停留于对其被囚命运的感慨,而是借着"她"们,想象了历史人质的突围可能。诗中,一个在国家的政治交媾中成为人质的美丽女人出塞。有趣的是,诗歌以这个作为人质的女人的第一人称,想象了她的心理,她驯服中的反击:

> 哦,我是压抑的
> 如同在垂老的典狱长怀抱里
> 长久得不到满足的妻子,借故走进
> 监狱的围墙内,到犯人们贪婪的目光里攫获快感
> ——《江南共和国——柳如是墓前》

这是国家人质的王昭君们的悲剧和反击。显然,朱朱是把这种"人质"的命运扩展为普遍命运的。这里包含着每个个体,此诗的最后一节,是作为被囚者个体的应对:

> 薄暮我回家,在剔亮的灯芯下,
> 我以那些纤微巧妙的词语,
> 就像以建筑物的倒影在水上
> 重建一座文明的七宝楼台,
>
> 再一次,骄傲和宁静
> 荡漾在内心,我相信
> 有一种深邃无法被征服,它就像
> 一种阴道,反过来吞噬最为强悍的男人。
>
> 我相信每一次重创、每一次打击
> 都是过境的飓风,然后
> 还将是一枝桃花摇曳在晴朗的半空,
> 潭水倒映苍天,琵琶声传自深巷。
> ——《江南共和国——柳如是墓前》

在囚禁的状态中,再一次相信语言,是诗人面对囚禁最虚无而

又最有力的回答。正如朵渔写过的"柔软,未必不是对铁的回答"①;柔软的语言,始终是诗人自我拯救的方式。朱朱说"我以那些纤微巧妙的词语,/就像以建筑物的倒影在水上/重建一座文明的七宝楼台"。显然,"江南共和国"的宫殿楼台,正是诗人美学创造的语言结晶。

语言与世界的关系,已经被讨论了无数次。语言工具论者认为,世界先于人类,而人类先于语言。人类创造了语言,并利用语言工具相互沟通。语言本体论者认为,语言是存在的家园,世界在语言中敞开。因此,有什么样的语言,便有什么样的世界。他们相信,通过语言的构造,人们可以去挽留一个自己的世界。海德格尔、罗兰·巴特无疑都是这种语言观的拥护者。进入90年代,主张社会介入的萨特在中国影响力大降,而主张语言介入的罗兰·巴特影响力大增,究其原因,正是因为巴特的语言本体观提供了调度80年代文化亡灵的机制。我们发现,朱朱不但共享着80年代的文化创伤,事实上也共享着90年代以来此种文化创伤的治疗方案。他同样是在诗写中去寻找还乡的可能,果如其然,朱朱的诗歌,是被囚的诗,同时也是寻找故乡的诗。而故乡,不在具体的时空,而在寻找的途中瞬间敞开。因此,朱朱的诗,是寻乡之诗,也是有根之诗。

结　语

《故事》作为朱朱的最新诗集,融合重构了诗人的童年经验和中年回望,其诗歌"故事"的核心还指向了"生命落差"的命运谜底。朱朱以极强的"诗性记忆"能力使种种生命细节在诗艺定型剂中获得造型、色彩和温度。《故事》见证了朱朱从早期繁复的工笔细描到新近的质朴准确的技艺转变,同时也是已届不惑的朱朱重建自我跟世界、自我跟记忆关系的一次意味深长的尝试。《故事》的"故事"在小处关乎童年、亲情,又在大处勾连着作为伤痕和禁忌的历史记忆,并被提升为一种生命囚徒的思想体悟以及走向语言以自我拯救的诗写立场。

---

① 朵渔:《大雾:致索尔仁尼琴》,《追蝴蝶:朵渔诗选(1998—2008)》,《诗歌与人》2009年特刊。

一个灵魂安居者的精神路径

——黄礼孩诗歌的宗教情怀和精神价值

黄礼孩的诗歌和他的人一样：安静，在喧闹中缄默不语，但当你转身独处时，它又会轻轻开启你的心扉。黄礼孩这几年的名气越来越大了，更多的人知道他是《诗歌与人》的编者，是一个为诗歌投入了大量精力和财力的诗人。但了解黄礼孩诗歌的朋友却感叹说他的编辑身份掩盖了他的诗人身份。我认为这种身份的掩盖还有一个原因，即他的诗歌价值没有被充分地认知。他所创作的那种质地透明、轻盈纤巧的诗歌常常被各种技巧争奇斗艳、形式庞大奔涌的诗歌所掩盖；他诗歌中对人类精神最美好部分的坚韧守护也没有被充分地认知。

关于黄礼孩的诗歌，很多评论家已提出了不少精彩的见解。譬如陈晓明说"他的诗从不作抽象的表达，而是抒写平实真挚的个人情感，总是在那么诚恳的氛围中让你想起家乡、母亲、旅途、告别和友爱"，"黄礼孩以他的恳切，给予当代诗以最本真的活力。"①诗人蓝蓝认为黄礼孩的诗"莫不是在最细小处敞开了另一个世界的无限"，所谓"善良的上帝在细节中"。②赵金钟则认为："他生活在被商品包围的环境里，却始终保持着一颗充满'良知'、'正义'与'感恩'、'朝圣'情愫的'童心'"，他的诗"寄予着诗人对'灵魂'缺失时代的忧虑及'突破重围'、重塑精神的信念"。③

陈晓明用"给予当代诗最本真的活力"来概括黄礼孩的诗歌价值确实非常准确，但他认为黄礼孩的诗歌手段是"颇有古典情怀的

---

① 陈晓明：《出生地：回到诗性的家园》，《中西诗歌》2007年第1期。
② 蓝蓝：《善良的上帝在细节中》，黄礼孩《一个人的好天气》，花城出版社2008年版，第168页。
③ 赵金钟：《黄礼孩的诗歌写作》，《文艺争鸣》2008年第6期。

诗意"营造却值得继续探讨。在我看来，古典似乎并不能够充分概括黄礼孩诗歌所具有的特质，这种特质是作为中国文学传统的异质成分——宗教情怀。蓝蓝概括了黄礼孩诗歌的题材和审美特质——对细小之物的谦卑，但是黄礼孩诗歌的谦卑恐怕还不仅仅是由小见大的文学表现手法，更是一种在我们当代文化中相当稀缺的人生立场和价值观。赵金钟把黄礼孩的诗歌实践放在当代的文化环境中来凸显其价值，但似乎凸显的并不是黄礼孩所特有的价值，因为，在诗歌中"寄予着诗人对'灵魂'缺失时代的忧虑及'突破重围'、重塑精神的信念。"① 这样的判断虽然可以概括黄礼孩，但似乎也可以概括其他不少诗人。

综上，我认为黄礼孩作为一个当代非常特别的诗人，他的诗歌特质、经验和价值，似乎有必要给予重新阐述。黄礼孩诗歌中有很多动人的特质，包括：面对细小之物的谦卑姿态、对世界退守、感恩的生命态度、坚韧清晰的担当姿态和不竭的行动力等等。在我看来，这些特质统一于一个灵魂安居者的宗教情怀之中。黄礼孩在一首诗中说"我有着信徒的生活/我依然暧昧/爱上时代的困顿"（《困顿》），本文从宗教情怀的角度来阐发黄礼孩诗歌的精神特质，并试图在当代的文化脉络中来把握黄礼孩诗歌的价值。

一　黄礼孩诗歌中的宗教情怀意味

黄礼孩诗歌中大量涉及宗教言辞、宗教修辞、宗教体验乃至于宗教意识。在他的很多诗歌中，宗教的言辞比比皆是："我有着信徒的生活"（《困顿》）、"它来自天堂，我不能拥有"（《没有人能将一片叶子带走》）、"教堂的顶尖隐约传来音乐"（《教堂》）。除此之外，宗教的修辞也是俯拾皆是："他打开了自己的一扇窗户/穿过那道窄的门回来"（《方向》）此处是从基督教进天堂的"窄门"修辞化而来；还有如"众人散尽的清静/像唱诗班的余音"（《没有人能将一片叶子带走》）②，等等例子，不胜枚举。如果说

---

① 赵金钟：《黄礼孩的诗歌写作》，《文艺争鸣》2008年第6期。
② 黄礼孩：《一个人的好天气》，花城出版社2008年版。本文所引诗歌，都出自此书，下引不再一一注明。

宗教言辞、宗教修辞只是宗教情怀的浅层表现的话,那么宗教体验乃至于宗教意识这些深层的表现也在黄礼孩诗中不断得到呈现:

黄礼孩有一首诗专门写到他的读经体验:

热气灼人的下午
我在芒果街的一间小屋,阅读经文
等待不确定事物的到来

当芒果街的树影摇曳不定
外面扬起工地上的灰尘
还有汽车的噪音,振掉了几片芒果树叶
它们已成为礼物,盛在器具里
蓦然出现在我的桌前

我听到它们的交谈
甚至听到它们均匀的呼吸
器具里的小精灵都跑出来
我带着它们,离开芒果街
去一个远处安静的林子

野兽们已从林子里消失
惟有野鸟像风筝一样飞
不至于被人用石头打下来
它的影子很小,落在河水上
不久,又飞离了河面

如果你来到芒果街
此时我也把器具带回小屋
那些远古的小精灵,就会和你变着魔法
像是从我们的各种器官里跑出来
静谧着新的林子、河流和天空
　　——《芒果街的魔法》

诗歌第一段"我在芒果街的一间小屋,阅读经文/等待不确定事物的到来"已经开篇明义,而中间几段童话般的叙述正是诗人读经体验的文学表达。读经使得酷热夏天、滚滚灰尘和汽车的噪音中震落的树叶成了礼物,他们必是被主祝福,于是去了"一个远处安静的林子"。我们于是想起了黄礼孩的另几句诗:"那些陌生的落叶/因为春天,它又成为地上的礼物。"(《困顿》)落下的、丢失的,不是断裂和失去,在基督的世界里,一切蒙主祝福的事物,它们不管在枝头还是在地上,它们都是主的馈赠。在这样的宗教情怀中,人便获得了宁静。

而黄礼孩诗歌中的这首《羊皮书》,更是一个典型的宗教寓言:一个行走着追寻灵魂安居者的悲悯情怀和自我修炼之旅,在孤独的路上,他的负重和担当成就了内心的明亮和宁静。这里更明显地透露出诗人浓烈的宗教意识。这种宗教意识更提供了黄礼孩重要的写作特质的内在精神秘密,本文后面将予以阐释。

黄礼孩的宗教情怀来自从祖父开始的家庭宗教信仰,他的散文中记录了这种从童年就开始的美好的影响,在散文《祖母》中他写道,少年时每逢礼拜天,笃信基督教的奶奶常带着他到外乡的教堂做礼拜。于少年的他而言,礼拜不过是为了获得好吃的糖果,殊不知随奶奶唱赞美诗,做礼拜的过程中,他的心灵已不知不觉被奶奶的虔诚所塑造。有一天,在去做礼拜的路上"经过一片刚开出菠萝花的菠萝地时,一只鹧鸪突然从菠萝丛中跃出,它鸣叫的声音划过这个宁静的早晨的水面,我看见水纹的幻影。我跑过去一看,发现鸟巢上有三个蛋,正要去取,祖母阻止我,说你拿走了鹧鸪的蛋,它会伤心的,这是它的女儿。我回头望一眼祖母,只见她目光仁慈,充满怜悯。饱尝过人世辛酸的祖母,她善待着所有的生命"。[①] 黄礼孩在童年潜移默化的成长环境中,心灵中的灵命已经开始成长,事实上,他诗歌中表现出来的很多特质也跟宗教情怀关系密切。

二 黄礼孩诗歌的特质:谦卑、感恩和坚韧

如很多论者所言,黄礼孩的诗歌常表现出一种对细小之物的谦

---

① 黄礼孩:《祖母》,《一个人的好天气》,花城出版社2008年版,第11页。

卑情怀。最能引发他情感悸动的往往是小花小草、无人知晓的风以及更多落在低处的事物。而且，黄礼孩面对细小之物投射的不是俯怜之类居高临下的爱抚目光，他爱低处的事物，那个在当代的文化中被无限膨胀以至成为"万物的尺度"的自我，在他的诗中，却在细小事物面前低得不能再低。凝视细物在他却恍如是仰望星空，面对浩瀚的宇宙，可以照出自我的"小"来。他的诗歌也就在极度的内敛和自省中显出特殊的感染力来：

> 树穿过阳光
> 叶子沾满光辉
> 我静静地站在那里
> 闻着树的气息
> 树叶在飞扬
> 在散发着新的气息
> 我不能飞扬
> 我对命运所知甚少
> 常常忘掉一切
> ——《飞扬》

这首诗有典型的黄礼孩的特质：在别人为诗歌作加法的时候，黄礼孩往往是在作减法。在"飞扬"的阳光和树叶中，他的情绪和前面铺垫的事物之间形成了反向对照，他没有随着也飞扬起来，相反，他永远是低下去看生命的，他说出的是"我对命运所知甚少/常常忘掉一切"。这就是黄礼孩诗歌面对事物的一种基本态度：谦卑。谦卑带来了自省，当他在凝望那些低处的事物走神时，他的诗歌其实是进入了一个自我反思的精神空间：

> 晨风吹着芦花上的蛛丝
> 蛛丝上的光多么细腻
> 一棵树的枯萎
> 像星星的遗骸
>
> 那山上的花朵

> 以枯萎的沉默爱着大地
> 那山上的果实
> 得到爱的允诺
> 在风中疏落
>
> 低处的小昆虫
> 在细叶间做梦
> 嘘，不要让它们醒来
> 我们不比它们更懂得去生活
> ——《我们不比它们更懂得去生活》

  在我看来，黄礼孩这首诗最动人的地方不在于他对细微事物诗意的发现，而在于他面对它们时那种退让的、自省的态度。它在我们今日这个以强力、侵略性为尊的世界秩序里显出更加贴近柔软人心的意味。

  在黄礼孩那里，谦卑不仅意味着退让、自省，还意味着感恩，所以他的诗歌世界里有一种丰盈的爱。他深深地爱着，我们在他凝望细微之物的诗句中可以读到他对世界、万物性灵的挚爱。可是，一个诗人抒写自己对世界的爱并非超拔，太多诗人书写自己对世界的爱，可是这种爱的背后却让人读到孤单。譬如海子说"姐姐，今夜我不思考人类，只想你"，我们读到的分明不是爱本身，而是孤独。今天，我们早就能够理解一个文学家孤独的爱和爱中的孤独，但是，我觉得黄礼孩写的是爱本身，所以他不但去爱，他也能强烈地感受到自己被爱着，我想只有能感觉到被爱的人，才能真正地去爱吧，所以黄礼孩的被爱体验也意味深长：

> 这里刚下过一场雪
> 仿佛人间的爱都落到低处
>
> 你坐在窗下
> 窗子被阳光突然撞响
> 多么干脆的阳光呀
> 仿佛你一生不可多得的喜悦

> 光线在你思想中
> 越来越稀薄　越来越
> 安静　你像一个孩子
> 一无所知地被人深深爱着
> 　　　——《窗下》

"你像一个孩子/一无所知地被人深深爱着",这样的诗句无疑是当代汉诗中最有神性体验的表达。这里书写的不是一种具体的男欢女爱,而是一个神的孩子内心被神光所照亮的丰盈和幸福。敬神事主之人,必被神深深爱着,也只有神的爱,才可以使当事人一无所知,而又强烈地感受到。这里,黄礼孩跟那些在精神苦旅中备尝孤独的人不同,走在同样艰辛的路上,他从不作孤独之悲声,他不以在孤独中仍坚定地爱着的姿态来标榜自己。相反,返视内心,他感到被深深地爱着,因此更有力量去爱细如沙屑的事物,而且视之为心灵最本真的表达。显然,孤独者之爱必须被肯定,但心灵被神光照亮者丰盈的爱,却带给我们更多的启示。诗人辛倩儿说"我们经常把混乱当成了最极致的美,把没有出路当成了最深刻的出路,把破碎和疼痛当成最好的自我表达"。心灵的疼痛无疑是现代诗歌的重要经验之一,但疼痛并非是诗歌乃至文学的终极目标。文学要使被遮蔽的疼痛发声,但更要使疼痛者在还乡的路上找到神之爱而安居。黄礼孩的诗歌甚少疼痛,这非是他目光无视现实,而是他的诗性思考被神光所照耀,所以自然流露的,不是疼痛和怨恨,而是爱和被爱的感恩。

> 教堂的顶尖隐约传来音乐
> 灰白的光线顺从了风
> 赞美诗用方言唱出
> 洋溢着欢愉的秘密
>
> 电线上
> 鸟儿紧紧靠在一起
> 村庄的风存在到今天
> 像贫穷一样富有

> 石榴花在光中为健康的疾病沉默
> ——《教堂》

　　这样的诗歌里，充满着感恩的喜乐精神，赞美诗和方言的交融，意味着福音的种子与生长于方言之根中的人紧密相连，被神祝福的地方，"鸟儿紧紧靠在一起/村庄的风存在到今天/像贫穷一样富有//石榴花在光中为健康的疾病沉默"，在神的恩赐中，在黄礼孩的宗教情怀观照下，贫穷和富有，健康和疾病等世俗的划分范畴都被合而为一，取而代之的是洋溢全诗的"欢愉的秘密"。

　　在某些"思想深刻"者眼中，黄礼孩的诗歌似乎过分简单，缺乏深刻的意蕴。事实恰恰相反，黄礼孩诗歌虽然简约质朴，面目谦卑感恩，但却并不是一种浅薄的乐观主义，而有着一种对自然物理的敬顺和对理想的坚忍执着。

　　黄礼孩有几首诗歌是怀念逝去的母亲，包括《远行》《睡眠》和《没有人能将一片树叶带走》。这几首诗歌在现代诗歌母亲题材这个序列中也有其独特性。它不同于冰心《纸船》通过对母性神话的重塑成为激荡的"变革时代男性情感断裂的有效黏合剂和精神抚慰品，成为男性在现实争斗的疲劳之际对传统文化记忆的温情按摩器"。[①] 它也不同于尹丽川的《妈妈》，在对母亲的审视中完成一个当代女青年与传统女性观念的断裂。黄礼孩怀念母亲的诗歌既不是精神抚慰，也不是文化断裂，既不是强烈的丧亲之悲，也不仅是多年后淡淡的思念和感伤。隐含在诗歌脉络中的是对自然物理的敬顺，它不是庄子丧妻后鼓盆而歌的道家式洒脱，而是一个信徒对主安排的虔诚，是对母亲在另一个世界安居的深信。

> 众人散尽的清静
> 像唱诗班的余音
> 弥漫出叶子的浅绿味
>
> 人终是要散尽的

---

① 徐坤：《现代性与女性审美意识的流向》，陈晓明主编《现代性与中国当代文学转型》，云南人民出版社2005年版。

就像树落下叶子
可没有一个人
能将一片叶子带走

母亲很早就已经去了
我坐在众人散去的地方,听见风
送来那么熟悉的声音
它来自天堂,我不能拥有
——《没有人能将一片树叶带走》

  可以想象,在母亲离世的多年以后,在唱赞美诗的人群散去之后,诗人又想起她的母亲,他没有悲伤,他的敬顺把怀念转换为对自然物理的理解:"人终是要散尽的/就像树落下叶子",但是在自然的流逝中诗人看到天国,于是说"可没有一个人/能将一片叶子带走"。这既是情感记忆相对于肉身的永恒性的一种哲理表达,更是诗人宗教情怀的自然流露。所以,诗人最后才会说"母亲很早就已经去了/我坐在众人散去的地方,听见风/送来那么熟悉的声音/它来自天堂,我不能拥有"。黄礼孩诗歌神性思维的渗透,从表面看常常可以读解为一种诗歌的哲理意味,从深层看,则是一种信徒的敬顺,在主所安排的自然物理的轨迹中隐匿悲伤的人生态度。有些人以为黄礼孩的诗歌简单、缺乏冲突,没有精神冲击力,殊不知他和谐的诗歌有着另外层面的启示。一个信徒看似柔弱的敬顺背后,有另一种更有力量的坚韧品质。
  见过黄礼孩的人都感叹于他身上温厚和执着的结合,他的诗歌中同样有温厚、执着两种品性的交融。如果说谦卑、爱、感恩和敬顺表现的是他诗歌的温厚一面的话,那么他作为信徒的爱和感恩落在混乱的现实中,必然造就他内心形而上的焦灼和不安。很多人认为黄礼孩的诗歌温柔而和谐,其实他的诗歌中也有心灵的焦灼:

"时间来不及了
我不能再作比喻了"
想到圣经上的话
我来不及,去做一个伪善的比喻

与阳光一起闪耀的
　　不一定就是温暖的事物

　　苦楝花开在高处
　　开在你够不着的地方
　　它在空中奔涌，含着紫色的毒

　　时间呀
　　你再给一些日子
　　在苦楝花落下之前
　　我要赶着那些幼稚的小鹅
　　从苦楝树下走开
　　远离它奔涌的美丽
　　　　——《我不能再作比喻了》

"时间来不及了，我不能再作比喻了"，这既来自于《圣经》的神启，也是混乱现实在有担当意识的诗人心中投射而成的焦灼感。虽然诗人依然在做比喻，开在高处、含着紫色的毒的苦楝花，和在树下走过的幼稚的小鹅，都是对价值失范时代的象征性表述，而充满诗人心中的却是主寄望于信徒的传福音的责任感，是"时间来不及了""你再给一些日子"的焦虑感。所以，黄礼孩诗歌中就有了清晰的坚韧的品质。此种品质突出表现于那首收入某部《大学语文》教材的《谁跑得比闪电还快》：

　　河流像我的血液
　　她知道我的渴
　　在迁徙的路上
　　我要活出贫穷
　　时代的丛林就要绿了
　　是什么沾湿了我的衣襟

　　丛林在飞
　　我的心在疲倦中晃动

> 人生像一次闪电一样短
> 我还没有来得及悲伤
> 生活又催使我去奔跑

正是因为有《圣经》中"时间来不及了"的焦虑,才会有上面这首诗中"我还没有来得及悲伤/生活又催使我去奔跑"的坚韧行动力。很多人称黄礼孩为诗歌界的阿甘,联系黄礼孩这些年的诗歌行动,这个说法不无道理;但是如果我们从黄礼孩诗歌内在的精神脉络上看,这个说法有点"只知其一"。黄礼孩更是一个灵命深厚的信徒,在受难、跋涉的路上奔波,然而由于他的生命信仰如此坚定,所以内心也便有旁人难以理解的宁静和坚韧:

> 晚祷鸟飞在南方的薄荷里
> 浅浅的声音,如祈祷文一样明朗
> 主啊,你让溪边的小鹿
> 远离凶险,那个遇见
> 试探的人已经穿过峡谷
> 到香草山上去。
> 他的脚磨出了血,但比血
> 更热烈的是他的渴望
> 天亮起来,他坐在石头上写信
> 他写下了恐惧和孤独
> 现在,他的心多么安静
> 仿佛他就是落在羊皮纸上
> 明净而闪亮的言词
> ——《羊皮书》

这首诗是对诗人内心宗教情怀和精神历程的典型隐喻,诗中的"他",那个为溪边小鹿忧心如焚的信徒,正是诗人自己,他的脚磨出了血,但比血/更热烈的是他的渴望。我认为解读黄礼孩精神历程和诗歌品质,必不能绕过这首诗。它事实上提供了谦卑、感恩、爱、敬顺、温厚、坚韧等等与黄礼孩相关的诗歌与人诸种特质的内在秘密。

在我看来，一个灵魂安居者的精神路径——宗教情怀，是理解黄礼孩诗歌的重要钥匙，它可以使以往对黄礼孩的解读获得一个更全面的、更深入的整合。譬如他诗歌中对细微之物的审美观照所表现的谦卑态度，他诗歌非常集中的爱和被爱题材所表达的感恩情怀，他诗歌中表达出来的敬顺和坚韧的综合，作为一个诗人，他温和的脾气和对诗歌罕见的、无私的付出，都可以，也必须从他的宗教情怀中得到综合的解释。而在我看来，黄礼孩诗歌的精神价值，考虑到其重要启发和精神资源，实在有必要重新予以估量。

三　黄礼孩诗歌的精神价值

黄礼孩在近些年受到了越来越多的关注，但是人们似乎关注的是作为一个编辑、出版家的黄礼孩，人们关注他为《诗歌与人》长达十年持续的付出，关注《诗歌与人》表现出来的独特的编辑视角以及在当代中国诗歌民刊中的标杆式作用。人们当然也谈论黄礼孩的诗歌，人们分析他和谐、优美、沉静、谦卑的诗歌质素，这些当然都对，但是，我总觉得，黄礼孩诗歌中所携带的那颗不可复制的心灵，那颗在受难、苦修中寻找灵魂得救的心灵以及作为它的外露的诗歌文本，在当代诗坛的重要意义并没有得到应有的关注。

很多评论家已经指出，新时期文学，特别是当下，诗歌的成就是走在其他文体的前面的。诗歌领域的三十年，我们一直不乏创造者，我们曾经为北岛式的文化英雄欢呼，我们也为韩东们向琐屑现实回归的日常经验叫好，我们对翟永明描摹诗歌中的女性天空投以赞许的目光，我们甚至对杰出诗歌文本不多、概念多于实质的下半身诗歌拆除语言中的身体禁锢也不乏期待，但是，很多时候人们却忽略了黄礼孩，一个信徒的诗歌所包含的精神启示。

把黄礼孩的创作指认为信徒的诗歌，并不仅仅指他对诗歌超乎常人的热爱和付出（诗歌的信徒），也不仅仅指他作为一个有信仰的诗人的诗歌创作。它指的是黄礼孩的诗歌，其诗性有神性的照耀。他的诗中，恬静、和谐是心灵彼岸的美好回光，他书写了一个信徒虔诚的心灵之路。这里，是一些浸透着神启之光的诗歌文本；更深一层，则是一个有信仰者的心灵空间，而再进一层，它其实是当代诗人、知识分子在价值迷乱的现世中如何选择和坚守的一条精神路径。黄礼孩的诗歌文本和诗歌道路，与别人显得如此不同：他没有野心勃勃的诗歌面貌，他摈弃以大为美的坚硬诗学趣味，他在生存的细节中寻找神迹和神启。和谐、优美在他的作品中不是对现世的廉价赞美，而是他和谐心灵的自然映照；和谐也不是对生命苦痛缺乏认知的浅薄浪漫，而是因为信仰，因为得救而坚韧、负重的生命姿态中的温和从容。

我一直在想，是我对黄礼孩的诗歌过于偏爱还是这个时代对于黄礼孩诗歌的价值还缺乏充分的认知。① 如果是后者的话又是什么导致了他诗歌中在我看来最重要的宗教情怀没有被强调。回到20世纪的文学环境中，我们可能会有所发现。从19世纪末转入20世纪，中国最流行的话语是革命话语，"从清末到民国初年，我们发现政治的现实是没有一个值得维持的现状。所以保守主义很难说话""基本上中国近几百年来是以'变'：变革、变动、革命作为基本价值的"② 更兼国家领袖和精神导师合一的毛泽东的教导："革命不是请客吃饭，革命不是做文章不是绘画绣花……，革命暴动，是一个阶级打倒另一个阶级的暴烈的行动"③，革命话语塑造了人们的思维方式和审美方式，革命美学的幽灵在革命时代过去之后常常借体还魂，以大为美、以力为美、以变为美成为蓬勃的革命话语在文学场域留下的醒目印记。因此，我们似乎更加能够理解"为有牺牲多壮志，敢教日月换新天"的豪迈，并且在这样的话语中确认了人傲慢性的一面。相比之下，黄礼孩的诗歌却以一种极其谦卑的姿态，在一个普遍野心勃勃的时代用诗歌书写人关于虔诚、信仰和灵魂和谐的诗意想象，这种实践显得有点不合时宜却又如此重要。

革命话语之外，20世纪以来的不同年代，中国文学也或主动或被动地塑造起一系列的文学价值：启蒙、救亡、宣传、政治抗议、文化寻根、文本创造、市民庸常性、个人私语、身体解放、娱

---

① 黄礼孩2008年获得华语传媒文学大奖年度诗人提名，他其实是获得了相当的承认的。但是，我认为在已有的关于他评论中，他的价值没有被充分地注意到。
② 余英时：《中国近代思想上的激进和保守》，《知识分子立场：激进与保守之间的动荡》，时代文艺出版社2000年版，第9页。
③ 毛泽东：《湖南农民运动考察报告》，《毛泽东选集》第1卷，人民出版社1999年版，第17页。

乐消费等等。在我看来，这些文学价值都塑造了相应的写作者与文学的关系，但是写作者的精神安居却是一个一直被搁置的命题。无论是启蒙还是救亡，无论是强调写作者的主观战斗精神还是强调阶级性、党性而要求写作者去附和某种政治意图，无论写作者的个性是张是隐，20世纪已有的重要文学思潮在人的发现和隐匿的双线来回，在救亡、宣传、娱乐消费等话语中，人的隐匿不言而喻；而在启蒙、政治抗议、文化寻根、文本创造、身体解放等话语中，被彰显的也是文化的人、物质的人或者说人的文化部分，人的身体部分。当代的很多诗人，他们因为透过诗歌对一些生命命题进行深刻思考而被我们永远记住：北岛对人与政治关系的思考，张曙光对人与历史记忆的思考，翟永明对性别关系的思考，于坚对拒绝隐喻写作、当代写作如何"道成肉身"的思考，欧阳江河对知识分子写作的思考等。这些问题归根结底是人与语言的关系，人与存在的关系。即人，特别是作为诗人，如何生存，在他们生存的特别年代里。

并不是说这些不重要，但是人的灵魂属性，人的心灵安居却一直没有在重要的思潮中出场。正是因为灵魂安居的缺席，20世纪的知识分子在各种话语城头变幻大王旗之中渐渐迷失，在政治禁锢或消费浪潮的冲击下无法理直气壮地出示自己所塑造的精神价值。20世纪文学史上，曾有过一次著名的关于灵魂得救的寻求，那是张承志的《心灵史》。但是这种寻求因为张承志文字中夸张的表情在大汉族主义话语下难以被体认，由于无法被纳入主流思潮而成了20世纪文学精神叙事中孤独的一笔。

对文学的主流想象和塑造从来没有真正地解决文学与人精神安居的关系，而黄礼孩的诗歌，却不经意地出示了一个灵魂安居者的精神路径——宗教情怀。黄礼孩的诗歌当然仅仅是他自己的精神探索，并没有被广泛复制的可能和必要。他的诗歌文本，也远不是封闭和完美，就是他自己也常常苦恼于如何使诗歌得到不断的突破。但是，他诗歌所具有的启示价值却不容忽视。在我看来，黄礼孩的诗歌，提供了一种更加日常、更加温和的对心灵安居的实践。黄礼孩并非一个极端的宗教分子，宗教是他自然而然的灵魂信仰，他从不曾刻意地在诗歌中表现宗教教条。他的诗中没有受难、十字架，没有显露的宗教事件。他从不试图用诗歌去图解宗教，但是宗教关于爱、谦卑、坚韧等观念却在他的诗歌中无所不在地表现出来。正如他自己所说：

  小时，我并不懂基督教就是一种文明，我也不知道信仰是何物，但赞美诗的和美就像光芒一直照耀我，照亮我的童年。多年后当我写作，那些谦卑、怜悯、感恩和赞美的品质就来到文字当中。我没有刻意去写信仰，它只是作为人类追求的普世价值给我们更多的启示。我对美的感受力符合了万物之上有爱的精神。①

不少人都曾慨叹，身份危机是20世纪以来萦绕于写作者心头的幽灵，它常常使得写作者精神价值凋零以至于放弃写作。而黄礼孩却是一个很好地解决了身份危机的诗人，细读他的诗歌，你不能不承认，他所以在欲望膨胀的年代对美无怨无悔，乃是因为他的心灵已经被神之爱所充盈，所以，他懂得爱和去爱，也懂得谦卑而坚韧地活着。

结　语

黄礼孩是近十年来最活跃的当代诗人之一，他用诗歌告诉我们：人，谦卑地信仰，坚韧地负重，诚恳地热爱，不离弃庸常的光亮，不抽离生活的细节，不放弃家园的期盼。回忆，思考，把爱、离别、回忆和伤痛都作为对自然生命的敬顺而处之。黄礼孩的诗，是对诗歌、语言和生命的回归，也是对当代处于价值迷乱中的诗人的一个启示。他诚恳地面对自己的心灵和时代，他的诗歌和心灵探索都具有明显的启示意义。在大量诗人已经不再写作，面临"诗歌失语"状态的时候，黄礼孩不但用其诗歌行动，更用其诗歌文本证明了诗性心灵的在场。他在诗歌创作和诗歌活动中所表现出来的活力跟他的基督教信仰及其思想资源有重要的关联。黄礼孩的诗歌，正是基督教的思想资源与中国当代现实的结合。在价值失范和伦理危机日益严重的今天，在缺乏一种思想共名来统笼整个时代的今

---

① 来自黄礼孩与本文作者的邮件问答。

天，在"现代性"不断被反思的今天，在传统儒学被推崇也被讥笑，明显不可能重新支撑新的时代价值的今天，在各种各样的后现代理论层出不穷并不再被信任的今天，黄礼孩的诗歌缺乏其标签性、话题性以及张扬的个性而难以备受关注。但是我们不能忽略了其中所具有的精神启示，不能忽略他重要的诗歌经验：在精神信仰中寻找价值皈依并重新建构其诗歌认同。概而言之，在价值混乱的时代，在变革和宏大的话语主宰文学的审美解读的时代，黄礼孩的诗歌给了我们必要的警醒：谦卑、感恩和坚韧等属于宗教情怀的品质必须被认真看待；修复人和神的关系，从而拯救自己的心灵，修复个体信仰的行动必须被认真看待。正是在这个意义上，我们才可以说，黄礼孩的诗歌"给予当代诗最本真的活力"。

乡村书写和柔软诗学

——读徐俊国的诗

当一个诗人开始寻找自己独特的表达领域和表达方式，追求一种独特的精神和语言辨析度，创造一种别人所不具的诗歌音质时，他/她其实开始进入一种自觉写作的状态。在自觉写作之前，写诗可能仅由于情绪的发泄、对某种新语言风尚的好奇和模仿、内在诗歌天赋的自然流露等原因。一个长期写作并且有诗歌抱负的人，一旦形成自己稳定的语言观和生命伦理立场，便不再轻易去模仿他人，而寻思如何坚持、如何创新。在我看来，徐俊国的诗歌写作，正处于获得写作自觉性的阶段，也初步形成自己的诗歌美学追求。具体说，在一种可以称之为柔软的诗学追寻上，徐俊国显露了自己的执着和独特性。

"柔软"并不是一个清晰的诗学概念，但它却是徐俊国诗歌从内容到风格以至于诗歌伦理的突出特征。批判性和语言现代性是文学现代性的重要题旨，现代文学希望借助陌生化写作重新想象和反思世界，所以文学构成了一种对世界的批判性思考和哲学沉思。《荒原》式的诗歌，构成了文学跟世界之间一种坚硬的对峙关系，这种"坚硬"既是哲学的，也是审美的；既是存在层面与现实世界的对抗性关系，也是语言层面上的抗消费性。现代诗歌的坚硬面相也成为整个现代诗学的重要遗产，至今依然被很多当代诗人所继承。

徐俊国遵从自己的写作个性，希望从现代诗学坚硬的一面中出走，找到自己的柔软表达。他的柔软诗学在内容上，表现为对乡村主题的反复、立体的多层次咏叹。相比于坚硬生冷的城市文明，乡村依然是徐俊国的精神原乡。乡村作为他的写作对象、写作典型环境给了他诗歌乡村式的细节、场景、氛围和灵魂，同时也成为他的生命认同所在。所以,他对柔软的追求跟他对乡村的书写是同在的。

本文试图回答以下的问题:徐俊国的乡村书写具有何种复杂性?他的柔软书写如何区别于简单的赞歌而追求一种有难度、有价值的柔软诗学?他的写作,在追求一条适合个性的诗写之路上又存在着什么样待解的问题?

一　作为精神认同的乡村

某种意义上,可以把徐俊国称为中国当代的乡村诗人。不仅因为他有明确表达乡村的意识,第一个在诗歌中创造了乡村审美符号——鹅塘村,更因为,他的价值观、他的精神认同都是乡村式的。我们可以在他的诗歌中读到无所不在的乡村意象。乡村的细节、场景、精神、眷恋、恐惧大量进入了他的诗歌中,成为令人印象深刻的一点。他并不是简单地吟咏乡村风物,他通过很多独特的角度观照了乡村生活的精神和情感内核,譬如"禁忌":

> 在我们鹅塘村　茅草多　曲曲菜多
> 牛羊眼里的星星也多
> 传说很多　俗语很多　禁忌也很多
> 见到刺猬需噤声　它是圣虫
> 听到乌鸦叫需吐一口痰　以破凶兆
> 人的乳牙要扔到屋顶
> 牲畜的睾丸要挂进粮仓
> 婴儿的胎毛要制成毛笔
> 少女的第一次经血要埋在玉兰树下
> 五年的公鸡能成精　不能杀
> 十年的紫藤通人性　不能伐
>
> 在我们鹅塘村
> 万物有灵　石头有心
> 有些话不能说　有些事不能做
> 鹅塘村太小　所处的地理位置不好描述

> 皇帝　贵妃　将军　钦差大臣从没来过
> 他们不知道
> 这里的禁忌和皇宫里的财宝一样多
>
> 我离开鹅塘村许多年了
> 这些禁忌
> 有时候是蜂针扎在嘴上
> 有时候是灼热的狗皮膏药烙在心里
> ——《鹅塘村禁忌》[①]

　　禁忌是传统乡村生活的重要组成部分。从人类学的角度看禁忌，会发现禁忌是乡村精神生活的必要因素，禁忌设立的行为路障，既是传统生活方式中认识水平不高的反映，也常常关涉民间信仰生活。如果说现代社会是一个去象征化的世界的话，传统乡村社会的禁忌本身就是一系列的象征交换的仪式。

　　徐俊国从诗歌出发，挖掘的是禁忌这些凝结着愚昧和真诚的文化符号的人性因素，看重的是其敬畏感对现代生活方式的启示。所以，小乡村虽没有任何达官贵人来过，在诗人眼里"这里的禁忌和皇宫里的财宝一样多"。

　　这些禁忌虽然常常给人制造麻烦，如"蜂针扎在嘴上"，但也是"灼热的狗皮膏药烙在心里"。徐俊国从一个特别的角度去探询传统生活对现代人的启示。在对民间的反观和凝视中其实折射着对精神去象征化的现代生活的感叹。

　　他还通过"寻人"的场景对乡村生活方式下的亲情状态进行了扫描截图：

> 先是一位攥着鞋子的妇女，
> 踉踉跄跄经过我身旁，
> 一遍遍喊"柱子！柱子……"
> 紧接着跑过一个满脸黑泥的小孩，

[①] 徐俊国：《燕子歇脚的地方》，漓江出版社2012年版，第10—11页。本文所引徐诗都出自此书，下引不再一一注明。

>   边哭边喊"娘——娘——"
>   他们的声音一开始很大，
>   后来变哑，
>   一阵比一阵小，
>   一声比一声模糊，
>   像被什么吸了去。
>
>   两个人，
>   一个丢了儿子，一个没了娘，
>   谁也帮不上谁。
>   他们从相反的方向经过我身旁，
>   又向相反的方向走去。
>   相反的方向笼罩着相同的暮色：
>   厚重如棺盖。
>   ——《农村常有这样的暮色》

特殊视角下的乡村生活场景，找儿的娘和找娘的儿，这个平常无比的场景只有在对乡村的反观中才显出意义。正如网络时代"你妈喊你回家吃饭"这句前电信化时代的语言才如此击中人心。

在没有电话以前，寻人付出的时间成本和精神成本远高于电话和手机普及之后。每个母亲也许都在儿子的走失中进行过无数次绝望的想象。每个儿子在寻母的焦虑中也面对着天塌下来的恐慌。而最后，大部分母亲和儿女的焦虑都被证明仅仅是精神过敏。从现实看，这大概是一种情感的无谓浪费；但从诗歌人情角度看，它却凝结着一份电信化时代后所不可能复现的心灵景观。徐俊国这首诗纯用白描，但所有的情感和喟叹都隐含于叙事的剪裁中。

在《打水》中，以想象的场景触及乡村的贫穷和死亡场景；在《三种树》中，透过一个比喻和树特殊的视角，观看了乡村作为原乡的存在：

>   最难忘的是那些白杨
>   砍掉任何一根枝条　伤口都会结疤

> 那些大大小小的疤痕非常像人的眼睛
> 一年又一年　盯着灰白的土路起伏跌宕
> 踌躇满志的少年结伴离开
> 白发苍苍的老人　孤苦伶仃地归来
> 　　　　——《三种树》

乡村作为徐俊国的精神原乡和精神认同，投射了他对人性柔软的全部理解。我想通过《我喜欢坐在田埂上度过一个个秋天》再说一说徐俊国乡村式的精神认同：

> 我喜欢坐在田埂上度过一个个秋天
> 谷子和高粱被砍了头
> 优秀者被运往城市
> 劣等者被贮存在潮湿的粮囤
> 我喜欢望着空旷的庄稼地发呆
> 去年见过的蜻蜓不见了
> 田鼠饿着肚皮走了
> 鸟雀飞过我头顶的时候羽毛散尽
> 只剩下一副零乱的瘦骨架
>
> 大地上的小公民都去了该去的地方
> 只有我还活着
> 还坐在岁月的田埂上
> 继续见证那个看不清面容的人
> 用坏了九张犁耙
> 种完了五十六茬庄稼
> 再过几十年　我也将离开
> 这条田埂将空下来
> 远道而来的风将毫无阻隔地吹过来
> 好像这里从来没人坐过一样

田埂是乡村最基本的要素，"度过一个个秋天"通过对季节数量上的叠加，使得坐着田埂上摆脱了具体的时空限定，而成为某种在岁月中坚持的姿势,此诗坐着田埂上度过秋天的姿态毋宁说更是一种守望乡村的精神姿态。诗人由于情感投入而产生了对乡村事物的幻视能力,因此他能够明了蜻蜓是"去年见过的"、他知道田鼠"饿着肚皮"、他明明"望着空旷的庄稼地发呆",却清晰地感知到头顶鸟雀"只剩下一副凌乱的瘦骨架"。与其说他的写作"失真",不如说他在乡村自然天地中充分地投入自身,因此他是借助土地呼吸、借助田埂观看,他深深地体验着跟乡间万物同在同悲欢的情感。正是在这个意义上,我们才说乡村不仅仅是徐俊国的书写对象,也是他的精神栖息地,他的价值认同所在。

乡村成为他的精神认同之后,他便获得了一种细致想象乡村万物的能力。他的很多诗歌都表现了对乡村事物令人讶异的熟悉,一小块乡土在他笔下掰开揉碎,成了一系列生命旅程的集合:

> 你从来就没有想到
> 你抓起的土里有庄稼的骨灰　熄灭的马蹄铁
> 有沉潜的磷火　腐烂的旗杆和虫鸣
> 甚至有女婴被生母遗弃时生锈的哭声
> 春暖花开之前　破冰归来的人要当心
> 不要随便掘地　尤其是荒僻处
> 睡在土里的闪电很容易被惊醒
> 喑哑多年的事物一旦爆炸
> 谁也抵挡不住那股热浪
> 我们只顾流汗　把稻谷收进仓里
> 而我们从来就不知道
> 大地某处肯定有秘密的盖子
> 一匹雄马的头骨正好堵住了它的漏洞
> 如果你在田野上漫步　我不得不倾心相告
> 要像不懂事的孩子那样　把头尽量压低
> 对脚下的一切　比如一具甲虫的尸体
> 要备够足够的泪水　轻声咳嗽
> ——《倾心相告》

此诗于无人注视处想象了乡村万物的生命和灵魂,乡土于是从无温度的物被还原为有生命的灵性存在。想象乡土万物的能力还不能仅用审美想象力来解释，审美想象在此处其实是被情感投射和精神认同所激发的。当乡村成为精神认同之后，它就不再是可以解释的了：

> 说不明白为什么非要停下手中的笔
> 领着妻子和女儿们匆匆回故乡
> 说不明白为什么非要到我小时候去过的蛤蟆岭
> 指着一棵参天白杨告诉她们——
> 三十年前　它高不过我膝盖
> 二十年前　我砍断过它枝条
> 十年前　它的疤痕长成了一只巨大的独眼
> 今天　说不明白我为什么非要回来
> 接受一棵老树的怒视和质询
> ——《回故乡》

"说不明白"是诗人乡村精神认同的文学表达，而老树的"怒视和质询"暗示了诗人跟乡村风物之间复杂的关系。老树并不安抚"我"的焦虑，但"我"却必须回到它身旁。"老树之怒"暗示着当代乡村生活场景的破碎化和诗人精神还乡的艰难。这个层面的书写，构成了徐俊国诗歌更深沉的魅力。

二　乡村图景的破碎和精神还乡的艰难

对乡村的精神认同并没有使徐俊国简单地浪漫化乡村，坐在田埂上的诗人看到的最深刻的乡村事实是：乡村正在逝去！因此"坐在田埂上度过一个个秋天"的场景提供的不是陪你到地老天荒、和你一起慢慢变老的小资式廉价浪漫，而是对乡村生活样式不可阻止地逝去的感伤和喟叹。诗人一开始就用了不无惊心的词语"砍头"，不无压抑的词组"潮湿的粮囤"。庄稼喻指着当代人的命运，进城或留乡，逝去或留下，不过是换一种形式的消失。"大地上的小公民都去了该去的地方"，这该去的地方究竟何在？这不是诗人负责回答的。在大历史复杂的潮流中，在小生命复杂的曲线中，不管如何跌宕起伏，换一双田埂边的眼睛来看，他们不过是挣扎着"去了该去的地方"。诗人于是意识到了时间，时间会送走一切，当然包括田埂边的人，也包括这一方田埂的风景。所以，《我喜欢坐在田埂上度过一个个秋天》表现了一种特别动人的因素，那就是超然物外的感伤：

  再过几十年　我也将离开
  这条田埂将空下来
  远道而来的风将毫无阻隔地吹过来
  好像这里从来没人坐过一样

  诗人的幻视能力不仅想象了田埂边的万物的情感和情态，还进入了时间所主宰的生命轨道。貌似只有风依旧，只有风和水能对抗时间，远道而来的风，穿过空下去的田埂，就像这里从来没有人坐过一样。这份感伤不是轻浮的，由于有着深沉乡村情结打底，由于有对乡村逝去命运的体察，这份超然的观看，具有更多动人的沉甸。
  显然，徐俊国不是传统意义上的乡村诗人。作为有存在感的乡村诗人，他不可能在写作立场上趋同于陶渊明；同为现代文明的失望者，他对梭罗怀有敬意而绝不相同。他显然清晰意识到当代乡村场景中传统生活方式的破碎。所以，乡村在他诗歌中并非一份纯然未受现代工业文明污染的美好，幸亏他没有这么浪漫化；乡村是一种复杂而丰富的生活方式，乡村也是寄托着他爱与哀愁的精神认同。他反观乡村，对乡村生活的持久咏叹隐藏着对现代生活和人际关系的失望。但同时，他也敞开乡村生活中的禁忌、死亡、伦理的破碎和精神返乡的困难。他的诗歌中并不乏对当代乡村生活和精神图景破碎化的叙述，正是这种类型的诗歌使他的乡村诗歌立体化，使他对乡村的观察和表现更加丰富可信：

  我无数次离开　又无数次回来
  老家就是那么一个一百来户的小村庄
  南北街道一条　东西街道二条　胡同二十二条
  三棵榆钱树　八棵桑树　一棵宋代银杏

> 家禽无数　草垛无数
> 最多的是喜鹊
> 它们把窝建在高高的白杨上
> 有的豪华　二三层高
> 有的寒碜　仅能容下俯卧的身子
>
> 2006年春节我回老家
> 乡亲们都在家忙着煮猪头　摆供品
> 街上没有人
> 我在村子里转悠了几圈之后
> 猛然想去蛤蟆岭捡松果
>
> 一场大雪好像就在天上等着
> 当我爬上山顶　它迫不及待地盖下来
> 从山顶往下看
> 我的小村子立即变成一堆马的白骨
> 散乱地摆在大地之上
> ——《春节》

此诗选择"春节"为题，这是一个在传统乡村最热闹、代表着团圆和喜庆的符号，但这首诗却弥漫着一种深沉的悲哀。这里渲染的不是还乡载欣载奔的归属感，反而是一种无所不在的疏离感。第一节通过各种乡村物事的数量显示诗人对家乡的深切情思。从街道到胡同，都是跟房屋家居相连的空间；从草垛到大树，同样是跟家居（鸟禽之家）相连的空间。徐俊国漫不经心地提及喜鹊的家居，春节是一个跟归家相关的时间；而乡村又是一个无处不有家的空间。可是，"归家"真的那么容易么？

乡亲们忙于置办过节祭品，"归家"的人却不期然成了异乡人在街上独自逡巡转悠。所以"街上没有人"写的与其说是实景，不如说是心境。返乡的人只能独自"去蛤蟆岭捡松果"，这里透露的是身体还乡，精神无法还乡的浓重寂寞感（这重寂寞，跟鲁迅的《故乡》何其相似乃尔）。还乡没有融入一种归来的热闹之中，却因寂寞而获得了一个对故乡超然的凝视角度。大雪在天上等着，等

"我"站到山顶上,再瞬间把我的小村子完全覆盖,于是,他的眼睛中出现了一番家园变形记:

> 我的小村子立即变成一堆马的白骨
> 散乱地摆在大地之上

家乡居然是散乱地摆在大地上的一堆马的白骨,这不无悲凉的心境居然出现于返乡的"春节"。

显然,徐俊国在把乡村作为精神原乡的同时,并未把当代的乡村生活浪漫化。他的内心其实已经感受到当代乡村生活中传统伦理的破碎(贾平凹的《秦腔》就在平淡破碎的叙述中展示了当代乡村生活中伦理的沦陷,但徐俊国对世界"柔软"的感受方式,诗歌本身的特性,使他绕过了对破碎伦理的正面展示)。所以,他的诗歌其实还透着一种无处还乡的悲哀:

> 平时我会沿着大路或者麦埂慢慢溜达,
> 今天我生日,必须尽早回家。
> 回家的路总有一条是最近的,
> 但它陌生,荒僻,枯叶上吊着蛹的小尸体,
> 有时还会瞥见一只绿色的小兽,
> 在荒草中摩擦三角形的脸。
>
> 好饭就要凉了,小木床已铺好。
> 此刻,娘正盯着挂钟,
> 哆嗦着,把黄昏的地平线,往针孔里穿。
> 此刻,我正在经过一些低低的老坟,
> 那里白花盛开,潮湿的浓香直呛鼻孔。
> 娘,死亡就在身后,
> 我咚咚咚跑起来,
> 想甩掉许多灵魂的追赶。
> ——《回家的路》

此诗把"回家"设置于一个既写实又虚构的场景中,使其获得

象征性。所有，这不仅是一次因为急于回家而穿过坟堆造成的精神恐慌。

母亲的饭桌是故乡的隐喻，而那些"灵魂的追赶"似乎是我回乡途中的某种障碍和警示。这些鬼魂，是乡村生活的一部分，可是他们大概找不到自己的归宿，所以才纷纷潜在我的身后。从这个角度看，这首诗写的并不是归家的急切，而是无处安放的传统乡村精神（乡魂）；乡村精神魂飞魄散，我这个乡村精神的向往者当然就更无处还乡了。这里含蓄地表明当代生活中精神还乡的艰难。

因此，徐俊国的此类诗歌揭示着一个惊人的事实：传统乡村生活方式不但在城市中失踪了，在当代乡村生活中也处于持续破碎中。所以他的心灵深处其实是有着"终究无处还乡"的悲哀。这一点常常不为人所察觉，很多人以为徐俊国把当代乡村简单化、浪漫化了，可是与其说他书写的是当代乡村，不如说乡村已经成了他深刻的精神认同，他透过乡村书写着自己对美、善乃至于理想生活方式的追忆和喟叹。

三　在寒冷的时代守望一颗柔软的心

如果说徐俊国在写作题材上有着乡村表达的执着的话，那么他在写作趋向上则有意识地追求着一种柔软的诗学。柔软在他的诗歌中不仅表现为一种风格形态，还表现为观看世界和体验世界的方式。他并不愿意与世界保持一种剑拔弩张的对峙关系，那不是适合他的方式，他希望以另一种方式去见证世界的黑暗，并发展一种在黑暗中的生存的诗学伦理——那就是柔软的诗学存在。

徐俊国一直强调，他喜欢的诗歌跟他自己写作的诗歌有着巨大的差别。我们也会发现他的很多诗歌阅读资源并没有直接作用于他的写作。但他也毫不掩饰对法国诗人雅姆的热爱："很多诗人都不愿意承认他真正受过谁的影响，我却坦然。现在就可以摊牌"，他说"如果一个人的一生非要有所信仰，我信仰雅姆主义"。所谓雅姆主义，正是他柔软诗学的源头，他是这样理解雅姆的：

雅姆的内心柔软，温暖，善良，澄澈，谦卑，静穆，博大，对世间万物充满怜悯和疼惜。①

徐俊国自称非常喜欢那些坚硬的、锐利的、承担的、思想博大、技巧繁复的作品，他也曾经去做过那样的尝试。可是，结果并不令人满意，他觉得用那种方式去写作时，他必须"装"，也就是说，他的心灵已经戴上了面具。所以，他更愿意去写"软"的诗歌，当然不是软弱的软，而是雅姆式的柔软。在一个寒冷的时代，有人剖开黑暗，见证破碎；可是，他愿意寻找"柔软"，发现光亮。我认为，这种从自我心灵出发去寻找合身的写作方式的看法，隐藏着朴素而重要的智慧。柔软是一种生命智慧，是一种中国式哲学，同时也是一种不乏追随者的写作方式。20世纪文学史上，远有冰心对爱的哲学的实践；近有迟子建对哀而不伤的小说伦理的追求。

关于柔软的诗学，显然不乏误解。人们容易肯定坚硬对抗的悲剧性，因此对于柔软的价值却有所低估。由于柔软所固有的品性，它常常被等同于简单的颂歌。徐俊国的柔软诗学，构成了对什么是真正的柔软？如何创造一种有难度、有价值的柔软写作的追问。这种追问不但对其他人有益，对徐俊国本人更应该是一种长期的提醒。

首先，柔软不是赞美，而是发现。无价值的赞美是一支缺乏个人音色的咏叹调，有价值的柔软却是由于找到精神执着而产生的生命大肯定。徐俊国走向低处的事物，去发现被权力和文化抛掷于荒野的那个世界的自在与丰富。有着相似的视力的人走过同一片田野，看到的却可能千差万别。"看"本身就是一个重叠着政治、文化、心灵等多重结构的哲学问题，"看"见什么于是成为考验着诗人心灵和语言能量的重要指标。徐俊国《倾心相告》这样的诗歌，在乡土中进入万物的灵命，在荒野中看见生命丰富的脉动，在细物上发现尊严，在弱小平凡之物上见证当代心灵的板结化和对美好的尖锐呼唤。《春节》没有对破碎景观撕心裂肺的呼告，而是用平缓、冷静的调子来叙述荒芜的心境。在最热闹的节日中见证了"无以归家"悲凉。《鹅塘村禁忌》从一个特别的民俗角度揭示了乡村象征

---

① 徐俊国：《雅姆主义》，《诗探索·理论卷》第4辑，漓江出版社2010年版，第266页。

仪式的存在。我认为这些都是徐俊国柔软的发现，是他对诗歌独特的贡献。

徐俊国诗歌提示了，柔软质感的产生常常依赖于独特的角度，但角度的选择既关乎修辞的能力、观察的仔细，更关乎心灵的质地。很多东西，心未至则修辞不至，没有激情而硬作狂欢，不过是徒增生硬的姿势。所以，柔软的角度说到底还是柔软的情怀。硬的姿势可以表演，软的质地却过目可知，一颗浓妆艳抹的心灵如何去表演不加修饰的悲悯？雅姆有一首诗《为他人拥有幸福祈祷》：

> 把我没有过的幸福给大家，
> 愿恋人们轻声细语
> 在车子、牲畜和叫卖声中，
> 腰紧贴腰，互相亲吻。
> 愿农民的好狗狗，在小客栈角落，
> 找到好汤，能睡在阴凉处，
> 愿拖得长长的一列山羊
> 咬嚼通明卷须的酸葡萄。
> 上帝，要是你愿意，就忽略我吧……
> 但……谢谢……因为在善良天空下，我听到
> 鸟儿垂死于笼子里，
> 欢乐歌唱，上帝，如同一场暴风雨。①

常人很容易说出"上帝，要是你愿意，就忽略我吧"这样的话，也容易以对牲畜的想象来标榜自己的情怀。然而，却说不出"把我没有过的幸福给大家"这样的话，正是这句话呈现了诗人的心灵质地。硬作悲悯者可以说出"把我的幸福给大家"，却说不出"把我没有过的幸福给大家"。柔软关乎一颗心灵的质地，这种质地同时来自于诗人对"鸟儿垂死于笼子里，欢乐歌唱""如同一场暴风雨"的清晰把握。正是因为见证生命的"暴风雨"，这首祈祷诗献给诗歌的祝福才这样真切动人。

---

① ［法］雅姆：《雅姆抒情诗选》，莫渝译，河北教育出版社 2004 年版，第 127 页。

雅姆还有一首诗《为一个孩子不死祈祷》，祈祷无疑是人类柔软情感的一部分，这首诗就是在非常具体的存在语境中来表达祈祷的。抽象的祈祷，为生者死者祈祷便是祈求上帝赐福，这样的语境是缺乏具体存在感的，因为它是公共的，是可能来自不同的、一般化的心灵之中。但是雅姆是向上帝商量，他说"请您保护这个非常小的孩子，就像你保护风中的一株草"，"你就想想，上帝，当着死亡孩子之面，/您就永远活在圣母身边。"我不愿意从技巧或视角巧妙转化的角度分析雅姆这里的表达，修辞立其诚，修辞的转换的背后如果不是一颗真实的心灵，那么它的表达效果可能完全相反。请想想，对于一个习惯祈祷的信徒而言，跟上帝商量需要多大的勇气，可是在一个关系似乎并不密切的孩子面前，信徒产生了一种跟上帝商量的强烈愿望，并且还以耶稣与圣母的关系来吁请上帝对人间母子关系的体恤。我相信，雅姆是在自己的具体见闻和心灵体验中产生此诗的构想，也就是说，他的诗是在具体的存在感中提炼的，而不是抽象的爱和祈祷。所以，其生命质感让这份柔软更加感人至深。

徐俊国对柔软的营造，特别注意角度的选择。《打水》选择了井边打水的特殊场景，见证了乡村的贫困和死亡场景；《月光》选择最亮最美的中秋月色，来见证两个被疾病折磨而又相互搀扶老人的自焚事件：

> 我老家一对老夫妻，
> 一个八十七岁，瘫痪了十二年，
> 一个八十八岁，能拉会唱，肺癌晚期。
> 中秋之夜，两个老人互相
> 抱着，点燃了炕上的棉花被。
> 屋梁倒塌，瓦片碎落，
> 月光被烧得噼啪噼啪响。
> 大火中，越来越微弱的声音在唱：
> 月光晃晃，
> 大路宽啊——
> ——《月光》

执手偕老的亲情跟疾病吞噬的无情，美好的月光跟惨烈的自焚，相伴的执着和弃世的脆弱都在这个中秋月的特殊角度映照下，准确击中读者内心柔软的部分，顿生无限唏嘘。

　　但是，上面已经指出，柔软写作的特殊视域与其说是由于修辞角度，不如说是由于心灵的质地。很多时候，当徐俊国的独特视角来自于柔软的内心时，他的诗歌即使简朴也不乏动人。但有时，他也会疏离于内心，仅通过视角营造来追求柔软，这时候诗歌便显得略为矫情（当然，诗人的写作状态经常变化，不能要求每首作品都成功）。正是在这个意义上，我觉得坚持有难度的柔软写作对于徐俊国本人也是有提示意义的。

　　徐俊国的柔软书写还提示着，柔软不是抽象地书写永恒，还必须在存在的具体性中阐释其内涵。柔软的精神元素，显然存在于某些永恒不变的事物上，譬如爱、同情、扶持、眼泪等等。可是，爱和眼泪固然是永恒的柔软之物，但文学或诗歌中的爱和眼泪却不能抽象地写，否则，一落窠臼，便成煽情。真正动人的柔软都是在存在的具体性中显现的。既然存乎于存在，所以便有挣扎，便有进退，便有万千纠缠和进退不能，惟其如此，刀锋下的凛然方显气度，人性沙漠里的一滴水才阐释柔软的真正价值。这一点不独诗歌，其实是所有文学的共通之理。

　　这里其实涉及另一个问题，即柔软与黑暗。显然，柔软不是对黑暗的尖锐揭示，它们在表达趋向上并不一致；但真正的柔软却不是对黑暗的无知，不是对真实的回避，不是存在的漠视。在心灵的根部，柔软的生命感跟对黑暗的认知是紧密相连的。说到底，深味苍凉才可能触及真正的柔软，见证破碎才可能说出令人动容的笑容。真正的柔软诗歌乃是从黑暗和破碎的生命根部生长出来的语言之花，它是对世界认识论上的遵循和价值论上的善意肯定。只有见证存在，体味黑暗，才可能说出更有价值的柔软。

　　从上引的诗歌可以看出，乡村作为徐俊国柔软写作重要的题材来源，并没有被演绎成一种简单的、浪漫化的"桃花源"。徐俊国诗歌既书写乡村美好的人情，也触及乡村的贫困、破败、死亡乃至于现代性产生之后游子在家乡所感到的还乡的艰难。徐俊国诗歌有着对生命和死亡的诸多把握，只是被注目不多。然而在我看来，这是这些关注死亡和重大生命主题的诗歌，成为徐俊国诗歌柔软追求的存在底座，使其柔软区别于轻飘琐碎的情绪和廉价随声的赞美。

然而，我们也必须说，在有难度的柔软写作之路上，徐俊国既是有所意识的，又是常常犹疑的；既是有所表现的，又是存在巨大空间的。正是在这个意义上，徐俊国是一个非常有潜力的诗人（吴思敬语）。潜力总是在方向、动力和未尽的探索中表现出来的。所以，我对他的柔软写作依然充满期待！

四 写作自觉与熵增选择

徐俊国的柔软诗学在语言层面上，表现为对审美现代性所带来的陌生感、晦涩感的审慎态度。辛波斯卡曾写道：噢，言语，别怪我借用了沉重的字眼，/又劳心费神地使它们看似轻松。（《在一个小星星下》）某种意义上，徐俊国就是一个费心劳神地把沉重诗歌话题表达得清晰轻松的诗人，正是在这一点上显示了他写作的自觉性。

自20世纪80年代以来，现代诗学趣味渐渐成为主流，虽然新诗仍然常常被卷入懂与不懂的争论中，但在诗人内部，语言自律性已经成为一个基本前提。诗歌被视为语言可能性的充分实现，诗歌技艺被视为"主体和语言之间相互剧烈摩擦而后趋向和谐的一种针对存在的完整的观念及其表达"，它可被视为"语言约束个性、写作纯洁自身的一种权力机制"（臧棣语）。

现代诗学趣味借助着学院话语的不断建构，已经成为当代诗歌的主流想象。90年代诗人的文化英雄身份想象消失之后，一种重要的替代性身份想象即是语言的守护神。诗歌处理语言的复杂性和可能性，它带来了汉诗隐秘语言风景和崭新语言装置的发明，张枣和臧棣可称为这种诗歌路向的重要代表。但是，这类诗歌的悖论在于，他们在把触角伸向日常存在之时，也把存在语言化了。他们在大大拓展了现代汉语诗歌可能性的同时，也极大提高了汉语诗歌的阅读难度。诗成了蕴含在复杂性背后对语言的永恒沉思，这种方式在当下并未完全失效，依然被很多年轻一代诗人效仿着。

然而，徐俊国却有意识地寻找另一种更符合自己的诗歌方式。与其简单地把这归结为他语言能力的欠缺或是他对审美自律性的反思，不如说他企图找到一条适合自己的道路。在徐俊国看来，语言只是诗歌要处理的诸多命题之一,他甚至在某些时候有意识地降低语言难度,以使诗歌看起来更加连贯、清晰。可以说,他诗歌的内容和情感是柔软的;他诗歌的语言质地同样是柔软的,是容易被一般的阅读胃口所消化的。

这带来了徐俊国写作中的一个悖论:一方面他对追问语言本体的写作保持了警惕,使他在繁复技艺之外,找到一条符合自己个性的朴素真挚、以情动人的写作道路。他的清醒,使他避免了简单模仿,获得了写作个性。在我看来,诗歌是一种瞬间抵达的艺术,而情感蕴藉常常是沟通作者和读者,让诗思抵达的桥梁。从流传的角度看,那些最经典、最脍炙人口的诗歌,往往都是情感性、深刻性同在的朴素写作。繁复的表达是一种适合学院阐释的类型,却未必是一种最能直指人心的诗歌类型。徐俊国显然有着对诗歌情感性、直指人心力量的坚持;但是另一方面,技艺创新又确实是诗歌触角深入存在的重要途径。当代哲学已经揭示了,我们曾经以为客观的"世界"其实更应该表述为"视界",存在在语言中现身,我们日常以为正常的世界其实是由主流化的语言体系所承载的。诗人的天职在于发现,在于呈现一个被庸常性所遮蔽的角落。正如朱自清早就指出的那样,"新诗是寻找新语言,发现新世界",创新的语言表现就是诗人把我们送到这个角落的重要保障。因此,过分降低语言难度必然存在诗歌被旧语言和旧诗境所侵蚀的危险。如何处理诗歌的情感性、清晰性和语言难度的关系,无疑是徐俊国面临的一个问题。

徐俊国显然注意到这种问题,他正深刻地感到不变则停滞,变则可能失败的选择困境,而他很多时候似乎更倾向于采用一种熵增的选择。热力学有一个著名的熵增定律,即随着压力的消除,一个封闭系统的混乱度必然增加,秩序度必然减少,可用的能量越来越少,最终宇宙会进入一种"热寂"状态。这条定律可以用来解释自然界的很多现象,比如说"水往低处流"就是一个熵增过程,而用抽水系统将水抽到高层楼房,就是熵减——因为这个缘故,我们能用上自来水。社会生活中,为了降低一个行为的危险系数,人们往往倾向于采纳一个不冒险也缺乏创造性的"稳妥"方案。写作上的熵增选择很容易出现于那些已经取得一定成绩,获得一定认可,并内化了"成绩"和"认同"所设定的写作标准的作者身上。

和徐俊国的交往中，我能感到他内心的冲突：他希望突破，但又常常犹疑。有时候，他甚至是一个过分"谦逊"而"矛盾"的诗人：他对自己的诗歌"评价不高"，但是你又会发现他对写作有着非常持续的思考和固执的坚持。在写作上，他有时显得过分谨小慎微，犹豫不决；但是这或者又关系着他对写作的变与不变、硬与软、光亮或是黑暗等题材或是风格问题的选择思考。总体上，他依然力图进行稳健的选择。作为一个写作上的诤友，我不想再重复太多也许不乏意义的赞美，我想说，美学上的冒险或许必须有一套相匹配的价值观，所以不见得适合徐俊国；但是在明确了写作的主题和风格追求之后，思想和美学上的纵深爆破却也许是他以后大有可为的地方。

结　语

徐俊国对柔软诗学的追求使他没有走在语言可能性的拓展之路上，转而追求与读者的情感共鸣，追求对生命存在的复杂观照。徐俊国的柔软书写，于是表现为一种诗歌伦理观：即诗歌在处理与语言的关系之外，还有更多生命层面需要去面对；诗歌除了和世界缔结一种对抗性的发现之外，还可以缔结另一种融合式的发现。徐俊国柔软的写作，其实在生命态度上延续着一种追问：即在寒冷的时代，如何在对抗性的生存之外找到另一种既见证存在又召唤良善的存在方式。

在当下极其复杂的话语环境中，任何话语姿态都可能直接或间接地以对抗的方式被收编。柔软的表达同样具有被体制化的高度危险，所以，柔软如何不成为时代亮晶晶的油漆涂料，而成为对破碎生命深入的见证，成为于残缺命运中收藏良善的期望，就不能不成为一个难题了。柔软跟美好事物密不可分，然而，柔软并不是对美好的简单书写。对于美、爱和良善的简单咏叹产生的只是一种意义甚微的柔软质感。坚硬的批判来自于对世界的发现，柔软的守望也是。只有见证黑暗和破碎的柔软才能深植于人心。显然，徐俊国对于柔软的难度同样有体察和探索，这才真正构成了他柔软诗学的可读性。

虽然徐俊国依然需要用更多作品来为这条道路作证，但这无疑是一条富于价值、值得尝试的道路。

抒情如何现代

——游子衿《时间书简》的启示

游子衿也许是当下梅州本土诗坛最有代表性的诗人了,他的诗龄超过二十年,写作上早就获得广东乃至全国诗歌圈的认可。他长期办刊、举行诗歌讲习班,为梅州诗歌氛围的营造,梅州诗人的代际传承付出了很多心血。游子衿对写作尤为苛刻,虽已经可称技艺精湛,但直到2010年他才结集出版了自己的第一部诗集——《时光书简》。该书收录游子衿各时期作品101首,附录19首,比较全面地展现了游子衿的写作风貌。游子衿是一个具有深刻写作自觉的诗人,他的诗集为我们提供了一个机会去探寻他诗艺的内部秘密,去揭示游子衿写作对当代诗歌的启示。同时,本文也将探讨游子衿抒情诗观的相对封闭性。

化繁为简的诗歌技艺

如果说有一个标准是游子衿最为重视的话,那么应该是语言的现代性问题。活在当代并不是思想当代性的充分保证,事实上,到处都是活在当代的古代人。同样,用现代汉语写诗也不是语言现代性的充分保证,这一点游子衿是自觉强调的。他不止一次说,某人的诗歌只是古典意境的白话翻译,现代性不足。他既是自负的,也是自觉的,他的诗歌实践中非常在意的便是经营一种具有现代性的语言形式。

但他诗歌语言的现代性往往是不容易被人察觉的,他极少采用奇特的诗歌想象,也几乎没有炫目的修辞手段。但明眼人却能够轻易地在那些看似明白如话的语言中发现其内在的难度。一种包含难度,并恣意地显示难度的语言,是容易被识别的;而一种既包含难度，又隐藏难度于平实中的语言，可谓朴素写作。它包含的不单是诗歌技巧，还是诗人的写作态度和生命态度。

游子衿写于 2006 年的《玫瑰》，谈不上是他的代表作，却很能说明他写作的一种正常状态。他的博客上配上一张沾着雨珠的玫瑰照，带雨的玫瑰应该是此诗的灵感来源了。

> 她的睡眠招来了这场雨
> 突然的雨，陌生的雨
> 雨点拍打着她的脸庞①

照片和诗歌的对照正深刻地显示出诗歌语言在视觉性之外的想象魅力，内在婉转清丽得让人销魂。就想象而言，花中窥人，实在别无出奇。那些高超的修辞，一句也没有。但第一句"她的睡眠招来了这场雨"就令人驻足，令人心奇。往下看，你知道，她是花吧，而睡眠又是花的一种状态，而"招来"又让花与雨顿生各种缠绵，各种纠葛。这里，她与花，花与睡眠，花与雨之间的种种语言修辞关系全被拒绝进入语言的表述层，语言间的多种关系全在举重若轻的"招来"中暗涌。何谓现代性的语言，这就是；何谓现代性语言的朴素写作，这也就是了。所以，游子衿的诗歌常没有什么惊人的大题材，没有什么炫目灿烂的语言机巧，但总能让我第一行就惊讶，之后再步步领略其婉转丰富，其妙也无穷。

就此诗，其妙无穷处不仅在于诗人融高超于朴素的语言态度；更在于诗人把花设想成眼睛、嘴唇、前额时嵌入的想象场景，这些场景背后的生命质感。

> 第一瓣
> 是她的眼睛，看完一场戏
> 忍着泪水。第二瓣是嘴唇
> 微微张开，在说着话

---

① 游子衿：《玫瑰》，《时光书简》，珠海出版社 2010 年版，第 34 页。本文所引游子衿诗歌，全部出自此书，下面不再注明。

>   但被沉默取代。第三瓣是前额
>   掩映在刘海中，没有被吻过……
>   这是一朵没有在阳光中
>   绽放的玫瑰。她懂得拒绝
>   懂得忍受，懂得要这样
>   永远地睡着，不着急
>   也不犹豫。那些尚未展开的花瓣
>   蕴藏着惊人的秘密

如果说修辞是诗人的技艺的 X 光片的话，想象则提供了诗人的心灵扫描图。修辞入脑，而想象入心。美的事物串联起何种心灵事件足以透露一个诗人内心的生命质地，所以说那些场景想象透露的其实不仅是美的技巧、美的经验，而是诗人的审美境界和生命境界。他要的不是全情的绽放，他要的不是灿烂的皇冠金边上的高贵，他要的是那些日常化、片段化，那些幽微的、无用的、稍纵即逝的破碎之花。很多年之后，它们仍然被回忆，被重新书写，并久久怀想。所以，这不但是一首语言具有现代性的诗，也是一首朴素现代性的诗，更是一首中年之诗，必须有生命积淀才能共鸣的诗。它怀想的是一种懂得拒绝，懂得忍受，不着急，不犹豫，坚韧而日常地守护着生命惊人秘密的态度。

应该说，这是游子衿诗歌中很典型的一首，典型是因为它并不突出，诚然有比它更好的，也有不如它的。所以它最有代表性，它既不显眼，过分拔高；也不跌份，有损水平。我在它上面，读到的既有游子衿对语言现代性的自觉，有一种朴素写作观对语言现代性的融合，更有一个有历练、有智慧的诗人坚韧和日常的生命尊严感。这一切融于一身，即是一首简单的诗，也看得出二十年诗龄的年轮。

语言现代性也许是当代诗歌最重要的遗产，也是一个当代诗人必须具备的基本态度和修养。但如何表现这种现代性，却因才华、年龄和观念而有极大差异。已近中年的游子衿，追求着一种化繁为简、深沉低调的朴素方式。它朴素，但绝不单薄，他的诗歌常常在寻找一个超然的关注世界的视角，并因此拥有一种绝对超然的语调：

我的一生，只不过是死亡的
一个仪式。说来简单：孤独中
度过童年。青年时期在爱情的苦痛中挣扎
此后的光阴，一直都在为抹去内心的阴影
而忙碌。历尽人世间的风霜
偶尔开怀一笑，生命已经苍老
我怎么能说我是一棵树
蓊郁过，现在将要离开
我只能说仪式已经结束
只有两个事件被孤立、被遗忘
未参与其中：一、1969 年，我出生在一个
陌生的地点；二、1999 年，我踏入了一条
陌生的河流。它们将带我走向永生
——《永生之境》

游子衿从不屑于直接写出生命的感悟，他孜孜不倦地是探求生命中承上启下、从具体展望神秘、以有穷眷念无穷的细节。他有意识地用一种超然的视角，一个渡尽劫波者的眼光来看世界，所以才能给人生以举重若轻（"说来简单""青年时期""此后"等词对生命快速的描述）而又举轻若重（"苦痛中挣扎""为抹去内心的阴影而忙碌"）的概括。诗歌的超然视角既是技巧，也是智慧，它同时带来了诗歌独有的语调，平静从容，幽幽渺渺，拒绝排比的铿锵，也回避反讽的刻薄、日常的俏皮，他是一种生命沉思者的絮语语调。写作获得自己的语调，便获得了内在的辨识度。视角和语调，都是诗歌语言现代性的重要元素。

"抒情"与"现代"的比翼齐飞

中国传统有所谓"诗缘情"的思想，西方浪漫主义诗歌更强调主体情感在诗歌中的中心地位，中国传统诗论也有所谓言志抒情之说，甚至在当代，也不乏学者理直气壮地认为"诗歌的本质在于抒情"，在进入 20 世纪之后，抒情并未随着象征主义等现代流派的兴起而隐匿，恰恰相反，正如张松建所说："抒情主义其实是中国现

代诗学的基本构造，一个挥之不去的历史幽灵，大量的诗学争议都是在这个结构中出现和展开的，它不但塑造了新诗之成立的前提和预设，而且参与了现代中国的文化创新和政治变革。"①

在20世纪的现代诗学中，强调抒情，但不因袭浪漫主义的强力抒情，抒情也吁求着一种现代性的表达。在抒情现代性中，情感在诗歌中该居于何种位置呢？正如王光明指出："从本质上看，诗歌是情感的审美驾驭而不是情感的发射器。""从肌理上说，一、情感只是诗的动力背景或要素之一，不是惟一对象，片面强调感情，将排斥许多别类诗歌的居留，大大缩小诗的范围；二、即使将情感作为诗的直接对象，它也不过是诗的原料，要经过语言的精细提炼才会变成诗；取消了从情感到艺术品之间语言形式的艰苦转化工作，简单地把美感经验的传达看成是情感的交递，将导致诗歌自足性的虚缺。"②

从情到诗之间需要充分的符号转化过程，这是属于诗的语言部分，惜乎20世纪漫长的诗歌行程中，很多人有意无意地忽略诗歌的语言符号中介，即使是像郭沫若、艾青这样的大诗人，由于对诗歌语言符号的物质性没有充分的理论自觉，他们虽然曾写出过伟大的诗，但是也能够写出令人惨不忍睹的诗歌。然而，游子衿对于诗歌语言符号的物质性却有着充分的自觉性，这被他称为诗歌语言的现代性。在他的博客首页上，他记下这样的写作座右铭：

> 我想习艺生涯总会有终止的一天。有一天，我会停止写诗，放弃这磨炼了一生的技艺，让呈现之物自行离去，回到它们存在的真相之中，不为人知也更为美丽。它们也许会回来看望我吧，它们会在我这里互相认识，从此建立了紧密的联系。爱与尊严，时刻彼此提醒、彼此给予。它们会原谅我似是而非的介入，我得承认，我的手艺一直是粗糙的。③

游子衿把写诗当成是寻找技艺的漫漫旅途，这种追寻诗歌现代

---

① 张松建：《抒情主义与中国现代诗学·后记》，《抒情主义与中国现代诗学》，北京大学出版社2012年版，第355页。
② 王光明：《现代汉诗的百年演变》，河北人民出版社2003版，第136页。
③ 见游子衿博客"时光书简"简介，http://qqzj.blog.sohu.com/。

语言的自觉性，使他的诗歌在表情达意时总是那么老练、精准。写诗二十几年，他甚少写出有失水准的诗歌，因为写情是一回事，而如何将情诗化则是另一回事，是考验诗人专业素养的环节，这方面游子衿是自觉的。

他的《发生史》写一种深刻的记忆在此在生命上烙下的印记，这显然也是一种情感记忆：

> 一个人成为遗物，占据着一处地方
> 这个过程需要一个瞬间
> 也许肉体会站出来反驳：需要一段亲密的时光

如何去书写"亲密的时光"成为"遗物"之后终究意难平的内心纠葛，游子衿写道：

> 疯狂的草成为沉睡的大地的一部分，需要午夜的
> 两个小时。期间经历了分针对秒针
> 周而复始的追逐。呼吸艰难地从窗口飘出

草和大地周而复始的纠缠，分针对秒针周而复始的追逐，也许正是记忆前来寻找诗人，使他"呼吸艰难地从窗口飘出"的谜底。他既强调诗歌绝对不能离开情感，甚至有"诗到抒情为止"的说法；但又强调艺术构思的过程，强调语言现代性对抒情的提炼。所以，读他的诗，虽然不必句句言情，但绝对句句含情。或许在他那里，没有包含着情感波澜的句子是不值得写下来的。同样，情感波澜没有经过语言的精心凝聚也是不值得写下了的。《时光书简》中诸如"深大的大理石依然留存我的体温。/黑暗的小巷，/像一根忧伤的火柴"（《深大记忆》）这样美好，又饱含情感记忆的句子比比皆是。

如上所述，抒情主义甚至是现代诗学的一个中国话语结构，但是在抒情如何现代的问题上，在中国新诗的发展历程中却有过迷思。现代诗歌甚至有放逐抒情的倾向，这种倾向为40年代的穆旦、袁可嘉等人所反思，但在进入90年代之后，又有重新抬头的倾向。

现代诗歌放逐抒情，似乎是与强调抒情同在的内在倾向，庞德

这样的现代诗人正是在被浪漫主义的滥情折磨得奄奄一息之际提出他们的意象诗歌主张的。然而，诗歌不直接抒情并不意味着诗歌可以没有感情，诗歌中的感情更多时候是写作的动力，是表达的对象，而不仅仅是写作的手段（抒情）。某些现代诗人走向其反面，诗歌充满智力玄思，技巧经营，但缺少最朴素的情感，因此也缺少直指人心的力量。

游子衿的同乡中有两位著名的诗人，一个是20年代象征主义诗人李金发，一个是30年代提倡大众诗歌的中国诗歌会代表任钧，前者是典型的现代派，其象征的表达在为汉语引来异域之风的同时，却失之生涩，缺乏情感的调剂；后者是典型的革命诗歌倡导者，其诗歌在强调某种政治正确的立场和大众情感之时，显然忽视了诗歌语言物质性的层面，流于口号而失却诗歌艺术方面的自觉。我相信游子衿的诗歌资源中并没有来自同乡诗人的直接营养或教训，但是作为后来者，他却显然规避了同乡前辈的两条歧路。

相比于浪漫主义滥情派，他的诗歌语言是现代的；相比于现代主义智力派，他的诗歌情感是动人的，他的诗既自然朴素，又千锤百炼。他的情深沉纯粹，明眼人却能辨识其中细致的语言肌理。他主情而不流于滥情，他重视语言现代性却又不走向生硬晦涩。我不反对智力玄思的诗歌，但是那也仅仅是诗歌的一种，和滥情诗歌一样，滥智诗歌也充满危险。滥情诗歌常常失之于语言现代性的匮乏，滥智诗歌又常常失之于情感空白症。游子衿的诗歌在语言现代性自觉的同时，寻求着诗歌最动人的情感内核，我认为这是他诗歌最有启示的地方。

游子衿诗观的盲点和好诗的多种可能

是否可以这样描述游子衿的诗观：诗必须是感性的、情感的、现代的。他不反对诗歌去靠近神秘，但是反对直接用诗歌去承载理念。即使为理念加一些语言修辞的装饰，在他看来都是无效的。他的观念中，诗歌必须有自我设限的意识：诗歌不可能处理全部的经验、采纳全部的文学技巧。由此，它自觉地维护着诗歌的诗性边界，明白诗的能与不能。正是基于此，他甚至认为长诗是不符合诗歌精神的。没有一种诗歌包纳世界的野心，游子衿的诗歌也显示出通透的语言质地。这种处于防御姿态的诗歌观当然显示出其利与弊。

就利而言，自我设限意识规避了种种实验文本越界的野心，守护着现代性语言的感性诗学领域。就其弊而言，它仿佛一个高度敏感的杀毒软件，对很多不能被识别的新成分一律格杀，未必是一种最佳的方案。

在我看来，现代诗歌的内涵远大有先锋诗歌，当然，也有人认为这是两个不同的概念。比如比格尔就认为现代艺术是追求自律性的，而先锋艺术是反自律性的。比格尔的说法很有启发性，但是置之于中国诗歌的现实中，追求语言自律性的现代诗歌在某个阶段也是曾是引领潮流的先锋。所以，我倾向于认为现代诗歌是一个完整的足球队：它的前锋就是先锋诗歌，它的中场是典范性的现代诗歌，它的后卫则是与传统艺术相邻的诗歌。这个比喻当然有不甚恰当的地方，特别是后一句，貌似我在贬低现代诗歌中吸纳古典传统的部分。可是事实上并非如此，球场上的情况永远是移步换景、随物赋形的，后卫有可能前场助攻，前锋也可能后撤回防。这就是说，诗的种种可能，是一个在共时空间形态中必然存在的现象。

诗有种种可能，既是共时的并存，同时也是一个历时的现象：诗随时代而被历史化，呈现其具体面貌。这里，我想用两个概念"文体流动"和"文学想象"来说明。

所谓文体流动，是指文体不可能是一种定型化的存在，必然在时空转化、话语气候变幻和个人探索努力中被投射进不同的内涵。文体原为后设的"架子"，却常常过分"自明"以至被设想为亘古不变的清规戒律，（所谓什么是诗，什么不是诗，这种文体"规律性"往往同时是一种时代建构）反而束缚了后来者的想象。

文体当然有其相对的审美边界，这个边界似乎必然存在，不然如何解释诗不同于散文的面貌，但这个边界又并非绝对，不然又如何解释无处不在、不可归类的跨文体写作。当我们在设想文体时，就遭遇了柏拉图的难题：是先有椅子，还是先有椅子的"理式"。文体是写作实践的"理式"，承认先有"理式"，就陷入了客观唯心主义，人们可以轻易设计出一只既有椅子功能，又不同于已有椅子的"椅子"。客观看，"理式"其实是实践的映射域，实践变化了，"理式"也就变化了。可是，这样的流动的、理想的"理式"，很可能只存在于未来，尚未被说出，在很长时间内，要被旧的椅子的"理式"所压抑。

这就是文体内部变动不居的流动面貌。这种文体流动的本质，马尔库塞曾经用理论的语言表述过：

> 艺术的内在逻辑的发展，导致另一种理性和另一种感性向已经为统治的社会惯例所合并的理性和感性挑战。这种理性和感性决定了艺术形式的不稳定性，诱发已经恒定的艺术形式和艺术种类裂变，超越出自己的社会界定（限制），冲破自己门类的疆界封锁，推翻经验的独特作用，闯入一个新的领域，创造出一个新的美学形式。①

文体流动性所带来的自然是新文体和文体新内涵的产生。问题是这两种文体新质素的发生并不可能被自然而然地接受。新的思维逻辑如何从边缘进入中心，如何从被压抑的状态而成为人们关于文学的主流想象，必然是在话语抗辩和争锋中完成。"文体流动"是一种实质过程，但"文体流动"的本质常常无法被看到，人们往往只认同了某个阶段的主流"文学想象"。

所谓"文学想象"，是文体流动和文体博弈在某个阶段的结果。它是作者和读者关于文学及其相关问题形成的理解契约。不同时空的读者对于何谓诗歌常常观点迥异，这是因为他们关于文学没有达成理解的契约。之所以谓之"文学想象"，既强调它是契约的结果，同时强调它的内部也存在着巨大的流动性、不平衡性和差异性。只是说，某个时空中，可以存在着一种或多种解释文学的模式，根据它们的影响力，可以称为文学的主流想象和文学的个人想象。在主流想象和个人想象之间，还存在着一种文学本体想象。如果说主流想象和个人想象都是由很多变量组合的文学解释模式的话，文学本体想象则是一种基于语言、文体和艺术规律的相对确定性形成的"恒量"。任何解释模式的最终形成，必然要在某种程度上考虑这个恒量的存在，现实主义和现代主义文学想象的区别，某种程度上在

---

① ［美］赫·马尔库塞：《现代美学析疑》，绿原译，文化艺术出版社1987年版，第67页。

于它们的解释模式为文学本体这个参数所提供的比重。

在话语气候转化的背景下，文体流动加速，文学想象也随之转化：以 20 世纪诗歌为例：二三十年代的新诗，呈现出人道主义白话诗（胡适、周作人、朱自清）、象征主义白话诗（李金发等）、新古典主义（闻一多等新月派）和语言现代主义（卞之琳等）的多元并存。三四十年代左翼革命诗歌的强劲崛起，我们不可能从诗艺方案的优越性来解释，只能从当年全球性的左翼思潮去解释。政治形势的急剧变化加速了左翼思潮在中国的传播，左翼话语又改变了人们对于诗歌功能的想象。所以，人们愿意为了现实而让渡诗歌的审美，并且认为这是唯一合乎道德的。于是，30 年代末，艾青、何其芳和卞之琳才会来到延安，并产生了诗风的转变。

我当然不是说，艾青、何其芳和卞之琳 40 年代在解放区创作的诗歌是今天意义的好诗。我想说的是，关于诗歌并没有一个固定化的标准：即使没有政治思潮的介入，在诗歌的自然发展中，好诗的标准也是不断变化的。

我真正想说的是：现代诗歌实践必然是一个多元的实践，不可能定于一尊。因此，我非常欣赏游子衿的诗歌，但也欣赏一些他不欣赏的诗歌。就诗人而言，他的写作必须区别于他人，所以他总在寻求一种最有效、也最特别的表达，因此形成自己的写作观。写作观并不就是写作规律本身，写作观是写作规律的具体化、个人化部分。我认为游子衿在写作上可以坚持自己的写作观，但在理解诗歌时不妨给不同类型的诗歌以更大的包容。当然，这并不意味着完全没有标准。

拥有自成体系的诗歌观是写作成熟的标志，但它也有可能使写作僵化和板结；拥有开放的诗学视野是诗歌吸纳外来营养的机制，但是也可能使写作混乱、至于模仿、缺乏自我创造性。所以，诗人如何在自我写作观的个性化和固化倾向之间找到平衡；如何在多维写作资源的开放性和混杂性中找到平衡，长期维持写作的个性和自我更新，是一个非常困难的问题。

在我看来，游子衿的写作有着自己鲜明的立场，而且他所持的立场在当下并未耗尽其诗学意义。但是我觉得，游子衿的写作立场并非永远有效，对于中国诗歌和对于他自身都是如此。写作到了在技艺上自我重复的时候，它就需要新的东西来冲击。从理想的状态而言，诗人喜欢的诗歌和自己写作的诗歌，差异性越大，写作就具有越大的潜力。因为喜欢的诗歌和自己诗歌的差异性部分，正是有可能在未来的某个时间成为诗学补给的部分。

结　语

　　游子衿的诗歌总是唤起读者生命中的感性和神秘时刻，诗语本身却亲切通透。现代诗歌内在的现代性和晦涩问题，被他轻轻地化解了。必须承认，有不少糟糕的现代诗以现代性作为技艺不精的盾牌，生产出大批让人消化不良的诗歌。也有一类现代诗是以白话翻译古典意境或乏味的家常，现代性淡薄，游子衿自觉地和这两种倾向区别开来。他的诗最大的贡献是把语言的现代性诉求和诗歌的情感诉求自然无间地结合起来。在很多人错误地把诗歌的口语风格当成诗性的不竭资源的一端，游子衿的诗歌彰显了口语与语言自律性的内在联结；在很多人过分地强调诗歌语言自律性追求，诗歌玄奥复杂，机智超越情感的一端，游子衿的诗歌重申了情感在文学特别是在诗歌中不可替代的作用。在我看来，游子衿的诗歌正是在对情感性、交流性和语言现代性的综合追求中彰显其意义的。

符号帝国的奇观文本及迷思
——读梦亦非长诗《儿女英雄传》

　　长期以来，梦亦非在我心中是一个值得信赖的诗人，显然，他是当代诗坛中既有文本创造力，又有思想活力和理论视野；既有大量诗歌文本，又有大量批评文章；既是诗人，又是诗歌活动家；既把诗歌当成一种写作历险，又把诗歌当成一种生活方式的异数。

　　不同于一般诗人，梦亦非有着广阔的理论视野和阅读准备，他甚至是很多成名诗人的阅读导师，为他们开列书目；不同于一般批评家，梦亦非又有着大量的诗歌成果，他孜孜不倦地创造自己的诗歌，也雄心勃勃地要创造自己的诗体。他在《空：时间和神》《素颜歌》中所表现出来的艺术素养，已经确立了他作为一个优秀诗人的地位；不同于一般诗人批评家，梦亦非还是一个艺术评论家、诗歌编辑和诗歌活动家，他对服饰艺术有深入研究，他主办的诗歌民刊《零点》虽然断断续续，但每有让人眼前一亮的动作。他个人出资并举办的"东山雅集"诗歌活动，也是当代诗歌传播中值得注意的新方式。

　　作为一个雄心勃勃、野心也勃勃的诗人，梦亦非对自己近两年来倾力创作并完成的长诗《儿女英雄传》充满着自信与期待。事实上，这首诗是梦亦非本人诗歌实验活力的重要体现，它是一首完全不同于以往诗歌的诗歌，不管我们是否喜欢此诗，都要承认它的惊骇效果。在我看来，在这首诗中，梦亦非不但要创造诗学，还要创造哲学；因此，他不但要创造独特的诗歌，还必须创造一种相匹配的诗歌阅读方式。梦亦非说这首诗在他朋友圈的阅读中，产生了前所未有的分歧和争论。不管它是成功或是失败，不管它被接受与否，这都是一次不甘平庸、充满实验精神的尝试。它所体现出来的创造性和矛盾性正是梦亦非理论素养、语言素养和诗歌实验野心构成的精神症候的重要表征。

阅读这首诗是一次奇特的体验：一方面，我被它吸引，被它的言说方式激发而衍生各种疑问；另一方面，我又不由自主地和它辩论，在每一个分歧处和它对峙。它不像以往那些优秀诗歌令我赞叹神往，但也不像以往那些平庸诗歌令人乏味迅速丢弃。从激起阅读兴奋的角度言，它不逊色于任何优秀的诗歌；从阅读的审美体验而言，它又迥然有别于以往的好诗体验。所以，我必须承认梦亦非创造了一首如此有别于以往现代汉诗的诗歌，在实验诗的视野中进一步辨析和判断这首诗的价值及其诗学症候，对我竟是一次疲乏而诱人的尝试。老实说，我不想掩饰对梦亦非创造力赤裸裸的惊叹和对他形式野心膨胀的赤裸裸批评。

越界旅行、实验情结下的奇观文本

《儿女英雄传》由引子和六章诗歌构成：引子为00回，接下来六章的标题分别是"创世纪"（01—10回）、"爱经"（11—20回）、"物性论"（21—30回）、"奥义书"（31—40回）、"亡灵书"（41—50）、"论语"（51—60回）。其中，10回、20回、30回、40回、50回是每一章的副歌，60回是全诗尾声。诗歌之外，梦亦非还附上自己的创作谈（梦亦非自己的创作谈无疑是关于《儿女英雄传》最为重要甚至不可或缺的解读文章）。对诗歌从标题到主题到形式到创作理念进行全面而又不乏文学色彩的夫子自道。

关于此诗的主题，梦亦非说：

> 《儿女英雄传》处理了六个主题：创世、爱、空间、时间、生死、关联。每一章一个主题。纵观诗歌史，每一部严肃的长诗无不处理生死时间空间这些命题，或者是全部，或者是部分，因为它们是思想都会碰上的终极问题，是每个人有意识或无意识地碰上的问题。换一种说法，几乎所有严肃的长诗都是同一个文本在不同时代的镜像，是同一个"理念"文本所改写出来的"分有"文字。所以《荒原》也是《浮士德》，《浮士德》也是《神曲》，《神曲》也是《尤利西斯》……而《尤利西斯》可能也就是《儿女英雄传》。无论形式如何改变，但在

主题的不变上我们可以辨认出长诗的乔装打扮或借尸还魂。①

显然，这是一个很可能把人吓死的宏大结构，其吓人之处，恰如某个足球教练要筹备一支由贝利、马拉多纳、贝肯鲍尔、巴斯滕、马尔蒂尼、齐达内、罗纳尔多、卡洛斯、贝克汉姆、梅西和舒梅切尔组成的足球队。考虑到足球与人类伟大精神读物远不能相提并论，我们会发现，梦亦非的设想比上面那支足球队设想要野心勃勃得多。但问题是一样的，"教练"梦亦非如何去指挥手下的这些脾气远大于名气的"大牌"。须知，被他招于长诗《儿女英雄传》麾下的可是不同民族、不同领域起源性的思想经典。作为一个谨小慎微的阅读界投资银行家，我无疑被梦亦非这份诗学风险投资计划的狂想曲性质吓坏了，既兴奋又担忧，我不知道梦亦非将如何使这个迷人的计划变得更有说服力。

梦亦非通过对主题的阐述，许诺了一个处理系列宏大精神命题的愿景。显然，无论是创世、爱、时间、空间还是生死，任何一项都是人类永恒的精神困惑和课题。梦亦非正是通过许诺宏大主题来跟《神曲》《浮士德》《尤利西斯》这些西方正典实现"无缝对接"，将《儿女英雄传》置放于伟大长诗的谱系中来进行叙述（但是如果我们认真阅读文本就会发现这些宏大主题不过是梦亦非"关联论"幌子下的被掏空和抹平差距）。

这首诗歌的"伟大愿景"还是通过一系列的越界来创设的，无所不在的越界赋予此诗强烈的独特性和辨析度，并进一步强化了我对此诗伟大创造的期待。

首先是小说与诗歌的越界。这是一首雄心勃勃的现代汉语长诗，但梦亦非却给了它一个极其小说化的名字。梦亦非说，原来苦思冥想的名字是"玻璃小迷宫"或"玻璃迷宫"，这个名字不乏人们熟知的隐喻和象征，符合典型的现代诗学命名趣味。但这显然不能符合梦亦非的实验情结，（他希望写一首完全没有隐喻的诗）他还在思考命名：

---

① 梦亦非：《〈儿女英雄传〉小词典》，《儿女英雄传》，黄礼孩主编《诗歌与人》，2013年。本文所引《儿女英雄传》作品片断及作者阐释，都出自此书，后文不再一一说明。

某一天福至心灵，突然想起烂俗的《儿女英雄传》这个名字，细一想，它对此诗内容极为妥帖，诗中有男有女，都是史诗、神话、电影、童话中的英雄，所以叫《儿女英雄传》再合适不过了。但诗中所写的却并非英雄，他们都是些平庸的、平面的日常小人物，并非真的英雄，所以称之为"英雄"，便带来淡淡的冷静的嘲讽之效果。但直到写这篇文章之时，并无任何人认为这名字不错，发表看法的人们都对之不以为然。我想因为人们都因为传统的侠义小说《儿女英雄传》与红色电视剧《儿女英雄传》大倒胃口之故。

越界跟实验情结当然是结伴而行的。梦亦非不惮于其他人的看法，即使"发表看法的人们都对之不以为然"，他都毫不犹豫并愈觉贴切无比，究其原因，正是越界命名对一般阅读经验的冒犯，符合了梦亦非诗歌的实验期待。为此，梦亦非干脆就把诗歌按照章回体小说的回目形式来安排，但事实上他又对传统章回小说的回目进行了改动，传统小说只有第一回、第二回，全是汉字。梦亦非却以汉字与阿拉伯数字杂糅之，以"00 回"这样的符号把越界实验进行到底。

小说与诗歌的越界之外，梦亦非同时也便创造了雅与俗的越界，革命美学与现代派美学的越界。这首长诗，梦亦非既把它置于《神曲》《浮士德》这样的谱系中，便有着雅的、现代派的期待，但它又刻意把它置于与通俗演义和红色电视剧相同的符号之下。这种对越界的尝试在在皆煞费苦心。

梦亦非还在实践着原创和引用的越界。《儿女英雄传》摘引了《奥德修纪》《爱丽丝漫游仙境》《阿斯特里昂的家》《荒原》等作品的句子。并且，很多地方梦亦非并不加以引号标记。对此，梦亦非也特别辩论道：

> 在我的观念中，诗歌也许可以是组合，用前人的句子来组合，在古代，集句诗算是创作，是有"版权"的，如果每一句引文我都应该标示出来，那么是不是每个词我都应该标志出自哪本经典哪一句？这样一来，每个文本后面都应该附上一本《辞源》？上帝的创造是无中生有，凡人的创造是重新组合。

这种解释如果当成一种公共原则的话很可能成为诗歌抄袭的重要借口，但如果作为一种个人性而又事先声明的诗学实验却颇有意味。特别是在此诗的上下文中，梦亦非显然又在故意地创设一种原创与引用之间的越界。正如前面所说，越界是实验的结果，实验天然地推动着诗歌打破各种既定的界限。罗兰·巴特也曾经说过，他梦想写出一部全部由引文构成的文章。"引用"不加标注在常识看来是一种赤裸裸的抄袭；在实验诗视野中，却存在着破解"引用""原创"之间分隔的可能。这也许是梦亦非真正的动力所在。

诗中还有着不同时代不同类型作品人物的越界。我不得不常常引用梦亦非本人的论述，在梦亦非这个典型的"关联"文本中，文本是一套编码程序，必须借助他提供的阅读器——他的自我解读，才能较为清晰地解码出诗人的心像：

在奥德修斯漂泊于海上十年间的叙述中，有时强行地窜入另一个形象，忒修斯有时取代他……在尼奥拯救锡安的过程中，有时画面被篡改，陪在他身边的不是崔妮蒂，而变成了阿里阿德涅……在忒修斯诛杀牛头怪的历险中，关键时刻杀掉牛头怪的却换成了尼奥……而坐在疯狂的茶点的餐桌边上的，本来是帽子匠、三月兔、睡鼠与爱丽丝，但却在一眨眼间变成了尼奥、忒修斯、奥德修斯……这也许是多个文本互相关联而带来的交叉而窜入，最后篡改的效果。

这里无论是"窜入"还是"篡改"，都是"越界"的不同说法，"窜入"更加强调了不同人物的命运间的隔代关联。这部作品中，奥德修斯、忒修斯等人物来自希腊时代不同类型作品；这些人物跟爱丽丝这类人物有着时代区隔，却又同属于文学作品人物。而崔妮蒂这类来自《黑客帝国》的影视类作品人物则与以上人物既有时代区隔，又有作品类型区隔。不同文本的人物被梦亦非"越界"地组织到一起，梦亦非为这种不符合逻辑，不符合常识的文本越界"关联"提供了近乎哲学的解释：

在一个关联的时代中，每个人的命运在某些节点被另外的人所冲撞而发生改变，而早就经典化的被设定的文本中，虽然人物的命运尚能保持某种形式上的完整，但在过程中，总是不断被别的文本的人物冷不防却又势所必然地窜入，从而篡改了某个时段任何的主角或配角。而被窜（篡）入者，也在别人的命运中充当窜（篡）入者。个体的完整性垮塌，个体的独立性消失，个体因而成为关联中的一个符号，符号是可以被替代的。

正如"一战"后西方世界开始体验到的荒诞经验提供了K永远找不到进入城堡之门的合理性、极权体制提供了《1984》中叙述老大哥世界荒诞行为的合理性一样，符号帝国的宰制也提供了人物命运被其他人物窜入、改写的合理性。显然，"越界"对于梦亦非的写作而言，绝不仅仅是形式创造的意义，他还试图赋予形式创造与存在发现的同构性意义。

另外，此诗的另一种越界——乱码与正文的越界，同样提供了一种对符号世界不乏恶搞精神的解释：《儿女英雄传》第60回，由各种乱码符号构成，只有最后一行"本诗所有乱码皆非乱码而是正文"的汉字。这个恶搞的文本实验成了某个符号帝国中的典型隐喻：在符号的世界上，乱码和正文的关系并不是绝对的，乱码只是尚未被解码的正文；而正文也极可能是被某个不良解码器过滤过的篡改版。意义是一个不断延异、不断阐释的过程，芒果可能是一个芒果也可能是毛时代领袖对青年的无限关怀，也可能是一个时代一种值得反思的狂热气氛，也可能只是一件跟个人记忆相关的水果。意义处在不断的建构和解构中，世界在乱码和正文中建构起来，其背后的编码和解码的符号宰制命运却是当代最大的存在。

《儿女英雄传》使我不由自主地想起于坚的《0档案》，同样是主观意向性非常突出的奇观型长诗，《0档案》主要是以"档案"来讲述集体时代精神规约下的中国特殊境遇；而《儿女英雄传》却是以"越界"的文本设置来讲述当代乃至未来符号帝国宰制下的人类共同命运。如果要从诗中找出一句概括此诗的精神密码，那么便是——"儿女英雄们，客死于符号帝国"。

梦亦非精心编排的意义越界链包括了文体越界、中外符号越界、雅俗越界、革命美学与现代派美学的趣味越界、原创与引用的界限越界、不同时代作品置于同一时空的常识越界以及乱码与正文的意义越界。越界设定，充分投射着梦亦非的创作活力和实验精神，同时也把《儿女英雄传》整合成一个彻底的奇观文本（但奇观文本如果要真的成为文本奇观，还有赖于更为细致严谨的艺术细节的支撑。某种意义上说，梦亦非的创造野心使他致力于"关联论"的理念建构而忽略了对艺术规律的尊重，从而也使奇观文本没有真正转化为文本奇观，下面将论及）。

现代汉诗的形式难题和梦亦非的形式野心

梦亦非无疑是个有着诗歌形式追求的诗人，他自称"固执地觉得一个诗人必须独创出几种诗体来"，而他自己就在《素颜歌》中独创出一种"十六行"体。显然，他对这种十六行体是颇为得意的：

> 《儿女英雄传》是一首叙事长诗，16行体于我在2001年发明，用于《空：时间与神》《素颜歌》，它的结构是34324，3行不稳定，4行稳定，3行再次不稳定，2行是过渡，最后的4行是稳定。唱起来像小夜曲：米发米来发。一个诗人总要发明一二种属于自己的诗体，我固执地认为。

形式创造也许必须置放于现代汉诗的形式难题背景下才能看得清楚。自从胡适开创的早期白话诗解除了格律诗的形式约束之后，新诗的形式实践就一直没有停止过。某种意义上说，格律的解除为现代经验进入诗歌打开了语言通道。但是，诗歌作为一种将语言的可能性最大化的艺术，它不能没有形式秩序的规约。新诗当然需要形式，这是从闻一多的新格律倡导时就意识到的问题。然而，新诗需要什么样的形式却是一个一直悬而未决的问题。就此，闻一多给出了自己的新格律方案，包括"三美"的美学要求，"音尺"的详细规定（一行之内两个两字尺和两个三字尺的相间）。显然，闻一多企图在一种相比古代格律诗宽松的设定中为新诗给出一个具体化的形式方案。然而，从具体的实践看，这种为新诗形式缔造艺术公约的努力却成了未竟之志。

一方面，新诗是需要形式秩序的，诗人也是需要形式自觉的；

另一方面，新诗的形式又是不可以被某个具体的方案完全落实的。任何具体的方案都可能和某种经验相映生辉，却在面对另一种经验时显得削足适履。所以，新诗形式秩序的难题正在于，它要求秩序，但这种秩序不是先定的，优秀新诗之难在于，它不但是需要在技艺和想象上有突破，还需要创造一种跟诗歌经验相匹配的形式。几乎每一种特殊的经验都在吁请着独有的形式；同时，形式本身也在和内容的匹配中获得意义。这当然是一个典范性的高标准，是那些真正的诗人为之奋斗并且偶尔实现的标准。普通诗人的形式要求，就是诗歌的行、节内部具有自身的完整性；等而下之者，则仅仅是完成了分行的最低要求。

　　现代汉诗写作中实现了形式秩序的自我建构者不多，《死水》是一首，那种刻板归整的形式秩序（所谓节的匀称，句的均齐）跟死水的内容刚好形成一种对应，这就是所谓的形式在跟内容的匹配中获得意义。就新诗形式而言，这首诗是成功的，但它也是不可借鉴，不可简单移用的。《0档案》是新诗中成功获得自身形式秩序的作品。于坚以档案的形式设置来表述被档案所禁锢的生存，诗歌形式也在与内容的对应中获得意义。

　　在这个背景下来看《儿女英雄传》，我们会发现它创造了一种姑且称为"关联论章回体十六行诗"。章回体和十六行是诗歌形式，"关联论"则是形式与内容之间的内在关联。梦亦非之所以对《儿女英雄传》这个在现代派视野中极其烂俗的名字心仪不已，正是因为在他的关联论视野中，极烂俗和极高雅都是符号编码的结果，事实上是可以替换的。但是，它们又构成了饱满的意义分裂和张力。此诗中，梦亦非醉心于对"英雄儿女客死符号帝国"的呈现，换言之，则是主体性在符号世界中的"去意义化"；然而，我们却发现梦亦非有意在创设一种"意义化"的形式，无论是章回体还是十六行，都是某种有悠久传统的艺术秩序的回声（虽然梦亦非自称"十六行"是他的独创，但无疑"十六行"的体式乃是来源于"十四行"，章回体是中国传统，十四行则是西方传统）。"去意义化"的经验与"意义化"的形式建构之间的张力便呼应着"客死"的主题。正是在这个意义上，我觉得梦亦非的这首长诗完成了跟内容本身相匹配的形式秩序建构。某种意义上说，《儿女英雄传》使用十六行比《素颜歌》使用十六行更具有形式秩序感。

事实上，梦亦非有着更大的形式野心，在他的设想中，此诗除了外在形式之外，还镶嵌着一个内在的结构：

  这首诗从结构开始，我设计了三个人物，他、她、它，他是一条圆弧向下的线弧，她是一条圆弧向上的弧线，他们在切点处相交，它是一条直线，在中间均分二人并穿过切分点，而三条线都有箭头朝向开放性的未来。我又用两条竖着的虚线等分了这三条线，最左边的区域是古典，中间的区域是现在，最右边的区域是未来，在中间的区域我标上"空无""物欲""极权"字样。这是最初想到的《儿女英雄传》的结构图。

我们会发现梦亦非简直有点卡尔维诺附体，或许他渴望像卡尔维诺赋予《看不见的城市》《宇宙奇趣》和《寒冬夜行人》以独特的形式一样，也赋予《儿女英雄传》以某种复杂而精致的形式结构，不同于卡尔维诺的是，梦亦非设想中的形式结构是一个显形和隐形结合的套层结构。在梦亦非的自述中，我们发现梦亦非在内层结构中同样投射着强烈的象征判断。只是这种判断稍微缺乏了坚实的文本支撑，以至于如果不是梦亦非自己站出来提示阅读的话，恐怕是极难被觉察的。这个内结构或许是梦亦非在文本中没有充分实现的形式野心。

自由的边界与文本有机性的缺失

梦亦非这首长诗在微观建构上有着典型的《黑客帝国》的科学虚构思维，现实世界与虚拟的符号世界随时串联。比如这样的句子：

  Poseidon 的公牛从程序中跃出
  他从草图上转过身来
  设计她的模样
  ……
  不思善，也不思恶
  她从草图中转过身来

> 暴雨将至，此时
> 舰队停歇于洋川之滨
> 　　——07回．再次

> 她从文件夹里探出头，寻找
> 他的ID，Ariadne寻找着Theseus
> 一个病毒在寻找黑客
> 　　——12回．彼此

　　无论是波塞冬还是他的公牛，都不过是某种"程序""草图"的符号编码，这显然是典型的从赛博空间来重审世界的思维，《黑客帝国》也许是这类思维的一个成功之作。科学想象与文本虚构的结合，提供了敞开世界的某种可能，但科学与虚构如何融合于文学之中，并获得自身的有机性，却也是此类作品必须解决的问题。卡尔维诺在《宇宙奇趣》中有过非常成功的实践，我在这里也"关联"一下。

　　卡尔维诺拥有丰富的自然科学知识，又是一个宇宙观察家，当他遥望天际的时候，他明了相当多的科学原理，但是作为一个富于想象力的文学家，他自然不甘心让宇宙天体以科学的面目进入他的作品，他必须对它们进行变形。但假如这种变形过于夸张而毫无科学根据的话，那么这样的想象无异于稚童遐想，无法显出一个具有科学修养的作家的水平。于是，卡尔维诺选择了戴着镣铐跳舞，他总是一方面严格地遵守着科学原理，可是另一方面又偷偷地进行虚构，当他把科学原理应用于他虚构的时空中时，就显露出科学的趣味性。

　　他的《月亮的距离》写远古的某个时代，月亮和地球曾经靠得很近的时候，QFWFQ一伙人常常划着船，通过梯子爬上月亮，在月亮上面挖月乳。由于离太阳的距离不同，运行轨道，倾斜角度都不同于今日，地球与月亮紧挨着，月亮和地球怎么也找不出不互为对方阴影的办法，结果随时都会发生日食。当爬在月亮上时，从地球上看，你的头朝下倒挂着，可你自己却是和平时一样正常站立着，而你从月亮上看地球，眼前是一汪海水波光闪闪，小船上的伙伴们都首足倒置，像是葡萄串倒挂着。

在这里，作者已经不再把月亮当成一个神话中仙女居住的地方了，作者把月亮当成了天体，这就显出了某种科学性来。其中，我们发现作者煞有介事地遵守着这样一些科学原理：

A：月亮绕着地球转

B：地球进入月球的阴影就发生日食

C：由于万有引力，人站在地球上时从来不会觉得自己手足倒置

……

在遵守这些科学原理的同时，作者又进行了更大的虚构：

A：在月亮和地球近在咫尺的时代，存在着人类（事实上不存在）

B：在上述时代，人类的生活习性、群居方式跟现代人基本相同

C：他们还拥有现代人的生产工具和情感方式

……

当卡尔维诺把这样的虚构融入了科学原理中的时候，一切显得那样的妙趣横生，或许除了他之外，不会有人设想过这样的世界景观，一般的科幻小说总是把离奇的情节设置在科学宇宙之中，但是它们的趣味性来自于虚构情节而非来自于虚构科学。卡尔维诺却不同，他并没有在科幻的背景中虚构大量曲折的线性情节，他的兴趣在于对在科学规定性下对世界景观可能性的幻想。

成功的科学虚构要求，作品可以摆脱某些现实的约束，在科学的"掩护"下进行虚构，但这种虚构并非完全没有限制，它必须成为一种创设完整的、可供理解的有机性。然而，梦亦非的《儿女英雄传》却是破碎的。

崔妮蒂随时和奥德修斯串到一起，这种"关联"的任意性是梦亦非对读者的恶作剧，也成了对自己的恶作剧。如果仅仅是为了说明"世界的命运都仅是关联"的话，那么何必写诗呢？梦亦非这首诗的理念性极度膨胀，以至于很多地方显得极为说教，而不像是平素深谙想象和语言的梦亦非所作。究其原因，大概在于梦亦非写作时的巨大理论野心先行。

梦亦非梦想写出一部比"后现代更进一步"的作品，只是这种更进一步究竟如何体现呢？梦亦非自己提供了解释的逻辑，他为过

往的社会与文学发展编织了一条看似严丝合缝的发展链：

> 农业社会　抒情文学
> 现代社会　哲学文学
> 后现代社会　消费文学

而他希望自己的《儿女英雄传》能比后现代更进一步，成为一种叫作"关联文学"的。然而，关联论和关联文学的推出，所依赖的农业社会、现代社会、后现代社会的概念演进其实是有很大的虚拟性，或者说是本质主义的。农业社会与现代社会，现代社会与后现代社会的切割点在哪里？举例说，何谓后现代社会？是否美国的文学就都是后现代社会，从何时开始；是否中国的文学已经是后现代文学？在郭敬明大行其道的时代，同时也存在着梦亦非。毋宁说，各种不同的文学形态和文学话语同时盘踞于同一片土地上。所以，任何进化式的概念链条都只是一种猜想，一种设计，同时也是一种必须警惕的本质思路。

梦亦非也许觉得在关联时代意义都是解释出来的，他也提供了看似严丝合缝的解释模式，但是里面的假设性和过滤演绎性是如此明显。所以，梦亦非既需要写诗，又需要提供对诗的解释。为了让诗歌成为一种并不存在的新类型——"关联"文本，梦亦非几乎整首诗都在为"关联论"的成立而疲于奔命、背书说教。

这是一个悖论：一般而言，理论视野和形式创造力是有助于诗歌写作的；但是如果为了创造而创造，并且从一种假定的理论出发去创造文本，即使文本可以被解释出意义，这个意义也是随时可能被推翻的。就如当年伟大领袖假设新政权建立之后，文学也会成为一种新的社会主义文学（对梦亦非则是新的关联文学），这种从理念出发而生产的文本，本质上不是实验艺术，而是理论的文本肿瘤。所以，我并不反对实验艺术，实验艺术甚至可以某种程度偏离艺术，但是不能背弃艺术。实验艺术如果不能从艺术的思维和规律出发去实验，很可能最终只是成了形式野心的廉价俘虏。

《儿女英雄传》那些不同时空的人物究竟以一种什么样的逻辑组织到一起，梦亦非"关联论"的解释力实在太弱了。"关联论"

给作者巨大的不受限制的自由，任何东西都可以以关联论的名义被组织到一起。写作的自我约束一旦解除，作品就不再是艰难的艺术劳动。梦亦非给自己太大的自由，以至于他那些宏大的形式野心缺乏更有机的细节支撑。写作永远是作者与读者之间的契约，实验写作并非是一种以牺牲读者自由为代价来成就作者自由的写作，它通过对难度的提高同时提高了对读者和作者双方的要求。不能说梦亦非写作此诗是没有难度的，但这种难度跟他梦想的作品的伟大性相比是不匹配的；跟此诗向读者要求的解读耐心相比也是不匹配的。所以，读者可以接受《黑客帝国》的科学虚构，也可以接受卡尔维诺的科学虚构，但梦亦非的虚构却在理念与细节之间失重，理念严重超载，而细节想象缺少。我想，如果他不那么执着于想象中的"比后现代主义更进一步"的关联论的话，如果此诗按照现有结构，人物不要那么漫无边际随时出没，而是更严格地以叙事诗的逻辑来自我设限（梦亦非这首诗虽有人物，但基本不能算是叙事诗。他以巨大的魄力全方位打破诗歌的各种规约，却也彻底地卸下了诗歌飞翔的翅膀），让人物以更清晰、更尊重读者的叙事逻辑去体验创世、爱情、死亡、时空等命题，这部长诗或许获得更强的有机性。

成功实验难道不就是叛变和遵循的结合？如果卡尔维诺的《宇宙奇趣》没有对某些科学定理的"遵循"，他虚构的"叛变"也就失去意义。套用一句名言"若批评不自由，则赞美无意义"，我们也可以说"若虚构无限制，则实验无意义"。

诗学迷思和价值迷思

现代性背景下，缔造诗歌写作的艺术公约不再成为可能。在现代性的线性时间观中，"新"成了"好"的标准。实验和先锋也就获得了天然的合法性，但是，实验诗歌显然也处于自身的纠缠之中，那就是实验和诗的矛盾。实验诗中，实验之旅永远有重新定义诗的冲动，赋予诗新的本质和外形；但是，实验的用力过猛，也不免让诗不知所措，甚至在实验与诗的甜蜜历险中最终让诗迷入歧途。

《儿女英雄传》是一部典型的理念先行的长诗，观念性、实验性非常强，以至于我们几乎不可能像阅读以往诗歌那样向它索求

"美"的体验，它毋宁说是智力和耐力的考验。某种意义上说，"诗"在这部野心勃勃的长诗中退场了，只留下一些奇异想象和灿烂语言的碎片。这是实验诗对读者提出的挑战，还是实验诗对艺术规律的背离？这大概是实验诗都会面临的质问，也是实验与诗纠葛中的诗之迷思。

在我看来，实验诗更多是满足诗人游戏冲动和过剩的艺术力比多的一种形式，它不是为了经典化，更多时候，它确实就是艺术大道之外的小道"窄门"。所以，对于《儿女英雄传》的诗的迷思我还抱有更大的理解。然而，对于它存在的价值迷思，我却不想掩饰我对他价值论上赤裸裸的批评。

我觉得梦亦非的创作如果不是一次故意的文本行为艺术的话，便是一次有着个人必然性的偶然价值偏离。作为一个后现代的现代主义者，我无论如何衷心惊叹于梦亦非的文本形式创造力，也无法充分认同诗人在诗歌中表现出来的价值冷淡态度。

作为后现代的现代主义者，一方面我相信在某些层面上我们的社会确实呈现出某种碎片化、非中心化、去深度的后现代特征，而且，人类被符号编码和支配的命运也已然出现并正在加剧。另一方面，我依然坚信，文学之为文学，在于对被宰制命运的解释和反抗。文学尽可以在符号嬉戏中获得自由，但符号嬉戏并不是对符号帝国宰制的去价值判断。即使人类的命运暗淡无光，艺术的尊严正是对人类困境的发现和承担。

这里有着认识论和价值论的分离：文学在认识论意义上发现符号帝国时代人类的命运，是一种创造；但文学又必须在价值论上显示自身的超越性立场。而正是在这个角度，我发现了梦亦非"关联论"底下的价值冷淡：人类对自由、正义等价值的追求被消解于语言符号的建构中，这种典型的后现代文艺症候同样投射于梦亦非的《儿女英雄传》的形式建构之中。

显然，"关联论"不但是梦亦非对符号帝国时代的认识论，而且也是他的价值论，因而，他发出了这样充满价值冷感的判断：

> 未来的世界更是一个人造物的世界，这个世界甚至可以只是人造物的理念与影像的世界，物本体的消失，物影像的横行，这就是关联世界的特征。

梦亦非这种"零度价值"叙述,更是在在体现于他的这首长诗中:

> 关联的世界中 TA 们都被卸载、删除
> 不在实有、虚无,而是在两者之间关系过程
> TA 们没有恐惧,也没有孤独
> 散入……0 与 1 幻化的晚霞与海浪
> ——58 回.没有

> 儿女英雄们,客死于符号帝国
> 或从逻辑的兔子洞被霞光惊醒
> 也有人不知所踪,成为续集的灵感

> 英雄们不是从迷宫中,辗转一生
> 而是在两者之间关系过程
> 这一切不是幻相,也并非虚妄
> 却从镜像间归于显示的空无
> ——59 回.却从

　　这样的世界在我是不寒而栗的,即使这是一种认识论上的真实,也应该是文学的敌人,文学应该在认识论上发现"关联世界",而在价值论上与之对峙。然而梦亦非在价值论上对"关联论"的认同,却使他倾向于以"关联论"抹平了杰作的差异,这种行为本身既是一种对存在的揭示,却又流露出一种零度立场的立场。梦亦非不但抹平杰作的差异,同时也抹平小说与诗歌的差异(典型的小说名《儿女英雄传》作为他最终选定的诗歌标题,用章回体概念来作为诗歌段落的基本单位,这个诗名的选取,也说明梦亦非有意抹平雅与俗的差异),抹平原创与引用的差异。

　　各种抹平如果是梦亦非对于这个扁平世界的"戏仿"的话,那么可谓是一种揭示,这个世界确乎日益成为一个被编码的扁平存在。但梦亦非的去价值判断立场显然创造了一种"悖论":一方面,关联论揭示着符号帝国时代的悲剧:立体的世界被压缩于屏幕之中,我们透过编码,在屏幕中想象世界的全部丰富性;或者说,我

们的全部丰富性，被编码呈现于平面的屏幕之上，这是一体两面。所以，《奥义书》《亡灵书》《创世纪》《物性论》《爱经》《论语》都不是其原来面貌出现于诗歌之中，它们被并置。恰如这些智慧的电子编码版本，静静躺在某个电脑的硬盘中。另一方面，梦亦非也以"关联"抹平了各种造物之间的差异。既然造物之间已经不能获得意义，意义只在于物与物之间的"关联"，那么，伟大就不再是某物本身了；因此，不断重新阐释和创造"关联"、创造意义便是这种关联逻辑下的必然之途。我认为《儿女英雄传》在认识论意义上洞悉了一种在中国诗歌中极少被书写的符号悲剧，具备成为伟大作品的可能性，但梦亦非纯游戏的价值立场却未必不值得反思。

结　语

一个有着强大创造力的诗人，却由于过于强大的野心，使奇观文本没有最终转换为文本奇观，这也许是《儿女英雄传》最大的悖论了。梦亦非巨大的阅读量和理论思考，既提升了他的视野，但也让此诗过于理念先行。他不但要创造诗歌，还要创造哲学，成了一个有形式癖、哲学癖的诗人。他典型地体现着后现代写作的某种悖论：以游戏消解权威的同时也消解了精神价值，他不再是一个人本主义者。后现代主义的语言游戏观本来是为了释放一种更彻底的自由，但却预留了一种从游戏到碎片的空间。梦亦非的这首诗，在形式创造上是卡尔维诺附体，但同时也是后现代内在悖论的典型症候。

我依然深信梦亦非的写作活力和理论视野，我惊叹于他在《儿女英雄传》中表现出来的宏大视野和形式创造力；我也认为，他的这部长诗从认识论的层面上深深地触及了"儿女英雄客死符号帝国"这个极为重要的当代命题。但是，在实验情结、哲学情结的推动下，梦亦非渴望创造一部比后现代更进一步的作品，却让他以"关联论"作为诗歌的价值坐标，陷入了某种诗写迷思和价值迷思。

回到古老父亲的怀抱

——读唐不遇的诗

某种意义上说，唐不遇并非一个寻知音不遇的诗人，他虽没有达到备受时代宠爱的程度（那其实是有害的），但在同时代诗人中，他显然较早脱颖。他先后获得第十九届柔刚诗歌奖、首届"诗建设"诗歌奖、首届广东省"桂城杯"诗歌奖、首届苏曼殊文学奖、第三届中国赤子诗人奖等奖项。这些奖项很多在专业诗歌圈中认同度极高，它们的获奖者来自各个年龄层。换言之，唐不遇并非作为一个80后诗人获奖，而是作为一个诗人获奖。如果检视唐不遇的写作以及他所处的写作语境，我们会发现，唐不遇的写作既证明了这些奖项的明见，又期待着更深入充分的意义阐释。

一

作为一个具有"新古典主义"倾向的诗人，唐不遇对语言时刻保持苛刻的审视。这里的"新古典主义"绝不是指在写作上复制古典的技巧、风格、意境，而是指一种以诗歌为志业，如贾岛般面对语言的苦吟精神。因此，唐不遇的作品并不多，写作十几年，他出版的诗集不过两部，而愿意保留下来的作品不过百首。然而这些经过不断淘洗的诗篇都保持在一个相当高的水平线上。在此意义上，我们会发现唐不遇已经成为一个自觉的诗人。很多诗人写作多年，既有优秀之作，但也不乏过于便宜的作品。无论是敝帚自珍的心态还是缺乏分辨优劣的能力，都使他们无法成为一个趣味和眼界都令人仰止的自觉诗人。唐不遇珍重的不是"自己的"诗，而仅仅是"诗"。他的身体中不但有一个捕捉转瞬即逝的诗歌想象的主体，还有另一个咀嚼、反刍、审视并重构原初想象的自觉主体。正是这个自觉的主体不允许他留下草率的诗篇，也不允许他在诗篇中留下草率的词句。因此，对于早年出版的诗集《魔鬼的美德》唐不遇有一种羞涩：他清楚自己正是从当年那种并不均衡的状态中出发，他并未"悔其少作"，但他的羞涩却特别清晰地表明他的苛刻，没有什么可以令他对诗歌降格以求，即使是面对自己过去的诗歌。

唐不遇自称"2005年诗风大变"，换一个更直接的说法是，2005年他的诗艺大增。在此之前他是一个虔诚并时而灵光四射的诗歌信徒，但是他的大部分作品还显得过于芜杂。他的诗歌中虽然不乏"十六年前的雨声/使这些瓷器暗潮依旧：/你站在讲台上/像一把冒气的茶壶"（《教授》）① 这样精彩的比喻，但总体上要么过于粗疏直接，要么便是太绕，没有瞬间洞开的敞亮。2005年，唐不遇瞬间推开了诗神的大门，或者说他突然触摸到诗神运思的窍门，那些独特想象纷纭而至来到他笔下，它们显然并非一蹴而就，而是艰难地挤过了诗人严于砍削的窄门，才获得几乎不可替换的自洽身段。在我看来，唐不遇诗艺成熟的一个标志是他开始对诗歌的观物视角进行繁复的尝试，并取得特别的诗学效果，视角也成为唐不遇极具标识性的诗艺之一。2005年，在《港口》一诗中，唐不遇写道："在这片灰蒙蒙的工业看来/夕阳像一块脱落的红砖。"② 在我看来，这个句子代表了唐不遇诗歌的一个重要时刻，此时的唐不遇超越了人的主体视角，他开始尝试从万事万物的角度来重新勘探世界。在此诗中，他借助的是"工业"。正如辛波斯卡在《在一颗小星星下》中让"偶然""必然""庞大的问题"等抽象对象获得主体性，并在《用一粒沙观看》中嘲弄了人类主体性对"沙"自足世界的肆意入侵一样，唐不遇开始意识到人的有限性。正是在诗歌叙事上对人膨胀主体性的限制，另一个丰盈的诗歌世界才被唤醒。在2006年的《三月》中："我再次以草地的角度/仰望天空。我无须枯萎/以从空中飘落"，此时诗人借助的是"草地"的物视角；而在2007年的《泉》中，视角转换如舞者轻盈的腰肢：第一节"一口泉感到孤独/因为它不知道/它和遥远的大海的联系"，这

---

① 唐不遇：《魔鬼的美德》，珠海出版社2005年版。
② 唐不遇：《世界的右边》，线装书局2014年版。本文引诗，如无特别说明，都是自此书。

里泉获得了感受主体性,但它是被另一个叙事人所描述,姑且称之为外聚焦物视角。接下来,诗人又让泉边的旅人、蜻蜓、鸟蛋、落叶等种种事物获得内在主体性,诗人并不将它们置于人主体的统摄和观照之下,泉的镜面效果仿佛生命的瞭望台,在这里出现的一切都携带着各自的过往和未来、欢欣和悲哀。最后一节:

> 我的工作是漂洗落叶
> 直到它们彻底干净,
> 我的报酬是倒映的白云——
> 天空那衰老的墓穴,和我一样
> 无法闭上泪水盈眶的眼睛
> 停止观看消逝的东西。

此时诗歌再次回到泉的视角,然而已经变成了内聚焦物视角。有趣的是,在泉视角中,又隐含着另一层"天空"的物视角。且不说此诗那种涵纳万物生死变迁的博大情怀,它在多重物视角间转换,在物视角的内外聚焦间转身的能力,使它获得诗歌技术上繁复和轻盈统一性。此时的唐不遇,便具有了不可替代的辨析度。我至今对唐不遇写给妻子索瓦的《月亮》念念不忘,古往今来的诗写已经使月亮成为难以推陈出新的超级窄门,而唐不遇依然凭着独特的视角——"月影"翩然而过:

> 一个影子等待月亮在天空中升起。
> 一根光秃秃的树枝伸进窗户,递给你
> 适合做梦的月光。

二

很多诗人,热衷于写宏大驳杂的时代,但却不能写日常的温暖和光亮;一旦回到生活,拾起的又是解构日常的那种痞子口吻。其真正原因在于,他们是用一种文化立场在写诗,而不是用真切丰富的感受来写诗。当感受上升为一种文化立场,这种感受可以处理时代、永恒等大命题；当感受面对的是日常生活，它同样可以映照出生活的温度、质感、纹理和微妙的涟漪。与很多沉溺于日常生活中伸张感觉的诗人相比，唐不遇的宏大视野和文化情怀确乎使其卓尔不群；但与那些以文化幻觉替代诗歌想象的诗人相比，唐不遇却又葆有在日常生活中提炼诗意的能力。且看他的《欢乐时光》："她最喜欢的运动是做爱和爬山。/无爱可做时，她一星期爬两次山，/有时采摘野果；无山可爬时，/她就做双份的爱。"这里对私人经验的靠近既不刻意掩藏，也无用力过猛的炫耀。诗歌的节奏就是生活的节奏，如此放松的诗句走近了一颗如此明净的心灵。他的《吮吸》写"妻子像昆虫一样趴在地上/给太阳花哺乳；/太阳温柔地抚摸她们，/就像真正的丈夫和父亲。//我在阳光中融化成她们的影子，/闻着她们的香味，/然后，沿着花枝往上爬，/像一朵雄性的玫瑰/悄悄地在她背后出生"。妻子孩子气的动作在诗人眼中与花和天地融为一体，我想这不仅是一首日常的诗歌，它更包含着一种将我们从虚无的深渊失速坠落的处境中拯救出来的诗性想象。在这样的时代，我们是否还能够葆有一份如此童真的爱，并如此童真地爱着世界？非如此我们便不能激活这样动人的诗性想象。唐不遇用许多诗歌呈现了他美妙的婚姻爱情生活，他的妻子索瓦是一个画家，也是他诗歌的第一个读者，他常会半夜里将妻子叫醒，将刚刚想到的诗句读给她听。而索瓦则会用心倾听并给出意见。这真美妙得让人嫉妒！在诗歌中他们努力成为一个真实的人，或者说，通过诗歌他们成为一个更真实的人。这里的真实，是逃离了日常阴影的诗性真实。很多诗人，在写作之外，不得不把自己交给更驳杂的生活维度。于是他们的想象世界日渐磨损，当他们对"像昆虫一样趴在地上"感到不适时，他们的生命感受已经被日用观照定型化。他们是领导、是商人、是解决问题的装修工人，此时诗便在他们的世界中退场了。唐不遇的日常写作，映照的是那颗拒绝被"烦"的世界腐蚀的诗心。

可是，反过来说，很多人写日常的温润如玉，他们在诗歌的小屋中小心地呵护着碧绿的内心。这当然并无不可，然而其诗歌的精神格局终究显得逼仄。我想唐不遇之为唐不遇恰在于，在灵性想象、诗性感受力和语言本体创造之外，他的语言之树连接着时代和历史构成的更广阔精神根系。正如他所说，诗人不应该背对时代，但诗人也不应该被时代所绑架。诗人如果像鹦鹉一样成为时事的留声机、庞大主流的表态工具,那诗人的存在又有何意义?诗人的尊严在于,他吸入了时代雾霾化的空气,并用创造力之肺进行精神吐纳,他呼出的气息,既包含着对时代、历史的精神诊断,又包含着对雾霾空气的审美重构。一触及时代,唐不遇往往深刻而忧愤:"这些吼声,是机器/还是亡魂发出的——/那广阔墓地无数的死者/已附身于每一个/流水线作业的工人"(《坟墓工厂》);"每天,如此准时,垃圾车/像一颗心脏突突跳动,/把我们的身体运载到焚烧炉里;而我们却为焚烧炉装上空调。"(《梦频仍》)这分明是唐不遇献给时代的哀歌和安魂曲,重要的不是他对时代表了态,而是他以审美发现撕开了时代肌体若隐若现的裂痕:我们常常忘了身处焚烧炉的精神处境,却在"空调"的欺骗下获得"清凉"。这股现实关怀几乎就是杜甫附体,却又有了更鲜明的现代批判性。

唐不遇诗歌辨析度还来自于他对历史经验的诗性发挥。他的《历史博物馆》处理的是历史对现实的塑形和缠绕的主题,修辞性地敞开了当代历史表达的诗歌路径:"太阳睡着后,记忆仍是金黄色的:在被禾叶、稻芒割过和刺过的地方抓痒//给下一个时代留下道道红痕"。这样的表达还散见于《毛诗三章》《历史——致弱冠之年的你们》等作品中。这种机敏的表达捍卫了处于时间迷雾中诗人的尊严。

三

关于诗歌,唐不遇说过一段意味深长的话:"我有一个古老的父亲,还有一个年轻的师傅。也许用师傅教授的技艺,我们只能够回到记忆里,而永远回不到父亲的怀抱里。但我也不怀疑突然有那么一天,我们能够带着新的精神和道德力量,重返唐人的境界和气度。"① 这段话其实关涉到一个诗人如何创造性地转化中西诗学资源的问题。作为一个在习艺之初就受到奥登等西方现代主义大师影响的中国青年诗人,当唐不遇区分"师傅"和"父亲"的时候,已经非常清晰地在李金发、卞之琳、穆旦等中国现代诗人所构成的

---

① 唐不遇:《写作的艰辛与自由》,《文艺报》2015年7月31日。

"化欧"传统中提出了汉语性的自觉这一命题。换言之,唐不遇将化古和化欧作为写作的双重迫切性。某种意义上说,唐不遇对于新诗的汉语性这个由来已久的命题有着自己相当自觉而独特的探索。

如果考察唐不遇的诗歌便会发现,"回到父亲怀抱"在他那里绝非简单地复制古典诗歌的意象、章句和意境,毋宁说,在他那些充满现代性自觉的作品中,对于古诗的追慕体现为一种德性诗学的向往。在一篇答奖辞中,他这样说:"虽然在当代谈论道德并不讨好,但我还是觉得不应该忽视道德。我们有必要把道德还原为一种魅力,一种高贵的求索,而不只是一套冰冷的、僵硬的、机器般的学生守则。我们不能把道德这个美好的词拱手让给庸俗的道学家,就像不能把祖国这个词拱手让给国家。""在令人喜爱的古诗中,我便处处读到淳朴的,沉着的,时而化为悲悯,时而化为山水的道德。甚至只要看到那些伟大的名字,我就能感受到一种富有精神深度的风骨。作为被深深的无力、悲观和虚无攫住的当代诗人,我们或许真的应该让个人经验清晰或复杂到一种道德的高度。"[①] 在将诗歌语言本体作为最高探索对象的现代诗学中,谈论"道德"是危险。但我以为这恰是唐不遇诗学思考的独特价值所在。他当然不会肤浅到企图用世俗道德来规范诗歌写作,毋宁说,他的德性诗学观念其实是希望重建诗歌跟主体人格之间的关联。强调诗歌作为主体情趣、胸襟的投射,一直是中国传统诗学的重要观点。钱穆便认为"必得有此人,乃能有此诗","没有他胸襟,怎能有他笔墨!"[②] 钱穆强调读诗应该对照着年谱读全集,在生命遭际中窥测诗人诗作中的心灵分量。他看重杜甫是因为杜工部"每饭不忘君亲,念念在忠君爱国上";他爱王维的"雨中山果落,灯下草虫鸣",是因为透过诗歌王摩诘对宇宙人生抱有一番禅意的超越。当然,强调德性境界的主体诗学如果直接绕过诗歌语言本体未免凌空蹈虚;但那些空有诗歌语言本体的营构而缺少主体德性建构的诗歌,则未免格局过于狭小。

中国新诗在拥抱本体诗学之前,曾被某些观念性的大他者所俘获,诗歌被作为一种"表态工具",不管是对革命表态,还是对时

[①] 唐不遇:《写作的艰辛与自由》,《文艺报》2015年7月31日。
[②] 钱穆:《谈诗》,《中国文学论丛》,九州出版社2012年版。

事表态，这样的诗歌应称为客体诗歌——作为某种客体投射的诗歌。在逃避革命大他者的过程中，当代诗歌逐渐确立了对本体诗学的信仰。这当然意义非凡，然而在此之外，我们不应忘了还有主体诗学，即强调写作者的精神趣味、视野、胸襟和境界对诗歌的重要性的诗歌伦理。抽离本体谈主体，未免空中楼阁；但抽离主体谈本体，则难逃密室自怜。如此，唐不遇的意义便显露出来，他的写作在继承当代诗歌对语言本体极端苛刻的追求之余，少有地获得了对主体精神境界的体认。当他将想象的活力整合进语言的秩序之后，他又追求着德性诗学对本体诗学的引领和提升。在我看来这便是唐不遇写作的启发。我愿意以他的《早晨的大海》末节作结，从中我们也不难辨认他对宇宙人生的一番独特看法：

    我们经过一座小岛，
    岛上的人们等待着我们。
    但我们只是经过，
    我们只是
    大海发出的轻微鼾声。

机械复制时代的灵晕诗人

——从本雅明和辛波斯卡出发读冯娜

冯娜是近年来备受瞩目的青年诗人。她的写作虽非众体皆备，但也有多种尝试。虽然更多涉及对一个诗性异域的书写，但她偶尔也会有现实焦虑的发作，写下《中国寓言》（再一次听到他的消息/因贩毒在另一个省份被执行死刑/家人领回他的骨灰盒，却在车站被人偷走——像一个诡异的寓言，它困扰着我）和《苔藓》（需要依托梦来完成的生活，覆着一层薄冰/人们相互教导噤声的技艺）等感时忧世的句子；虽然她并非典型的女性主义写作者，作品甚少涉及"女性主义"诗歌所常见的性别场景和内在深渊，但她偶尔也会写下这样的性别宣言——"惟有一种魔术我不能放弃：/在你理解女人的时候，我是一头母豹/在你困顿的旅途，我是迷人的蜃楼海市/当你被声音俘虏，我是广大的沉默/你是你的时候，我是我。"（《魔术》）[1] 在克服了青春写作某种不节制抒情之后，在《无数灯火选中的夜》这部诗集中冯娜找到了一种节制、柔韧的话语方式。我们会被"在云南，人人都会三种以上的语言/一种能将天上的云呼喊成你想要的模样/一种在迷路时引出松林中的菌子/一种能让大象停在芭蕉叶下 让它顺从于井水"（《云南的声响》）这样横空出世的语言和想象力所感染，也会被"那不是谁的琴弓/是谁的手伸向未被制成琴身的树林/一条发着低烧的河流/始终在我身上 慢慢拉"（《问候——听马思聪〈思乡曲〉》）这种精巧的套层比喻所打动。

然而，冯娜诗歌最突出的个人特征或许体现于那些感知着植物

---

[1] 冯娜：《无数灯火选中的夜》，中国青年出版社2016年版。本文所引冯诗，如无特别说明，都同自此书，下引不再注明出处。

群山的呼吸,跟万物倾心交谈,以返源和寻根进行现代省思的诗篇中。这些诗歌具有柔韧的语言质地,丰沛的想象能量和将触目可感的意象体系跟深邃省思的精神图景结合起来的追求。某种意义上说,机械复制的现代是一个万物被砍断了精神根系并因此失去灵晕（aura）的社会。就此而言,冯娜的写作则是在对现代风物的诗性勘探中为现代复魅。本文将主要以她最新诗集《无数灯火选中的夜》为对象进行论述。

一

在复制技术极为有限的传统社会,世界存在于自身稳固的底座中,仿佛一座巍峨的巨山,人类不可能搬动这座山,只能夜以继日如细小的蚂蚁穿行于群山的小径中。那个时候,一个诗人在山中邂逅一片惊人美景,并没有什么技术手段帮助他与远方的朋友共享。文字的复制是人类社会的一大跃进,可是文字复制依然不能搬动传统社会的巨山。而在视听复制和移动互联网的时代,世界从此成了一张张高分辨率的照片和触手可及的短视频,以瞬间传输的速度在南北半球传递。值得一问的是,扁平化的视听复制传递中,世界丢失了什么?远方的朋友收到了在深山中旅行朋友即时发来的山中风景,他们看到的是同一片风景吗?视听复制时代的黄山旅人和一百年前的山行者,他们看到的是同一片云海吗?如果不是,世界在轻便的可复制性中发生了什么扭转?是否一个传统的世界之魂正在镜头的惊吓下转身而去。

这并非一个新鲜的提问。几十年前,本雅明就已经将"复制"视为传统与现代社会的深刻分野,并且对复制艺术品丢失的部分做出了命名——灵晕（aura）。原作的即时即地性构成了它的原真性（Echtheir）,"在机械复制时代凋萎的东西正是艺术作品的灵晕"。[①]

在说到历史对象时提出的灵晕概念不妨由自然对象的灵晕加以有益的说明。我们把后者的灵晕定义为一种距离的独特现

---

① ［德］本雅明:《机械复制时代的艺术作品》,［美］汉娜·阿伦特编《启迪》,张旭东译,生活·读书·新知三联书店2008年版,第236页。

象,不管这距离是多么近。如果当一个夏日的午后,你歇息时眺望地平线上的山脉或注视那在你身上投下阴影的树枝,你便能体会到那山脉或树枝的灵晕。这个意象让人能够很容易地理解灵晕在当前衰败的社会根基。这建立在两种情形之中,它们都与当代生活中日益增长的大众影响有关。这种影响指的是,当代大众有一种欲望,想使事物在空间上和人情味儿上同自己更"近";这种欲望简直就和那种用接受复制品来克服任何真实的独一无二性的欲望一样强烈。这种通过持有它的逼肖物、它的复制品而得以在极为贴近的范围里占有对象的渴望正在与日俱增。无疑,由画报和新闻短片提供的复制品与由未加武装的眼睛看到的形象是不同的。后者与独一无二性和永恒性紧密相连,而前者则与暂时性和可复制性密切相关,把一样物体从它的外壳中剥离出来。毁灭掉它的灵晕是这样一种知觉的标记,它的"事情的普遍平等感"增强到如此地步,以致它甚至通过复制来从一个独一无二的对象中榨取这种感觉。①

在本雅明看来,艺术作品灵晕之衰既在于复制技术,也源于"可复制性"背后那种将一切视为等质的社会观念。对于艺术品而言,复制摹本摧毁了原作的即时即地性和光晕;而对于社会产品而言,机械标准化生产同样摧毁着它们的灵晕。现代社会商品集散地从传统社会的集市变为超市,超市的真正实质是商品时空性的废止。换言之,在传统社会中你只有在潮汕才能吃到的牛肉丸,在标准化生产时代理论上可以在任何超市买到。因此,"特产"正在失去它的传统含义。特产不再是只有在某地才可以获得的产品;甚至"特产"也不再鲜明地表征了某地不可替代的独特性。所以,我们在超市中看到的各地特产变得越来越相似。它们的即时即地性和内在差异性丧失了。机械复制化也成了现代城市乃至于现代人的共同趋向。如今,即使很多区域刻意保留他们的文化特征,这些城市的主流生活方式也变得越来越相似。你很难想象云南丽江的生活方式跟四川成都有本质的差异,它们都深深地镶嵌于现代消费体系中。

---

① [德]本雅明:《机械复制时代的艺术作品》,[美]汉娜·阿伦特编《启迪》,张旭东译,生活·读书·新知三联书店2008年版,第237—238页。

某一刻人们都在酒吧中喝着标准化的洋酒，百无聊赖地用苹果手机上网；又或者在某个杯酒广场狂欢着看世界杯。文化特质或区域差异正在当代社会中变成一种"表演经济"。一群现代人因为深陷于现代之中而产生了对传统的意淫冲动。因此，丽江人扮演丽江特色并成为一种产业，这不是真的回到传统，厌倦机械标准化本身正是机械时代的重要特征。正如鲍德里亚所说："现代性似乎同时设置了一种线性时间和一种循环时间，前者即技术进步、生产和历史的时间，后者即时尚的时间。这是表面矛盾，因为事实上现代性从来都不是彻底决裂。同样，传统也不是旧对新的优势：传统既不认识前者也不认识后者——二者都是现代性同时杜撰的，所以现代性永远都既是新生的，也是追溯的，既是现代的，又是过时的。"①"新"和"旧"是现代同时发明的对象，现代所陈列的"传统"，很多时候依然是现代的另一副面孔。可是，现代所生产的"传统"事实上并不能恢复传统的灵晕。

换言之，现代是一个持续祛魅的社会，魅的丧失给现代的自然诗歌或现代诗中的自然产生了巨大的挑战。中国新诗产生之初就一直是某种文化方案的目的或工具，这导致了中国新诗的鄙薄"自然"。加之诗人们面对的正是这样一个祛魅的失去象征的世界，中国新诗与政治革命、意识流动、格律声韵、人道主义、身体欲望和底层正义纠缠许久，但很少有中国诗人书写了"自然"。这个"自然"不是一般化的山水风光，而是一种对花木草本、山川日月丧失灵晕命运的洞察和招魂。因此，这里的"自然"不能通过"反映论"来实现；它召唤一种新的象征和抒情来将灵晕纳入文本的肉身。

我在这个意义上阅读冯娜的诗歌。

二

不妨从此诗集之名——"无数灯火选中的夜"谈起（我知道这个题名是冯娜反复斟酌、几番更改的结果）。重要的不是这个名

---

① ［法］鲍德里亚：《时尚的"结构"》，《象征交换与死亡》，车槿山译，译林出版社2012年版，第119页。

字的"诗意",而是这种"诗意"背后的思维方式。这种在诗集中一再重现的思维事实上折射了一种值得讨论的现代性反思意识。题名中,灯火和夜处于一种动词性关系中,它区别于日常性思维中的"万家灯火"的静态场景。静态描述隐含着这样一种思维:它倾向于将夜、灯火同质化并视为无差别皆备于我的"物"。这是一种典型的现代性主/客思维,世界是等待被描述的物总体,世界是等待主体"我"征服的对象。或许,主客两份的思维方式正好为现代的物化/异化提供了知识平台。相反,在"无数灯火选中的夜"中,"灯火"和"夜"被恢复了主体性和感受能力,它们之间获得了动词性的判断和行动能力;此外,灯火从总体性中分离出来而成了无数不同的个体。它们虽然共同选择了"夜",但谁能说作为"这一个"的灯在自己跟夜的关联中释放的不是仅仅属己的灵魂之火呢?

辛波斯卡的经典名作《在一颗小星星下》常引发人们这样的疑问:常规表达中的"在一片星空下"为什么在辛波斯卡这里成了"在一颗小星星下"呢?不管有意或无意(冯娜表示过对辛波斯卡的喜爱),辛波斯卡的小星星/星空在她这里转变成了灯火/夜,不难发现这里的个体/总体关系是同构的:它们将个体从捆绑的总体性中释放出来的思维是相同的。进入20世纪以后,将个人尊严从历史决定论和总体性中解放出来,成了现代性反思的重要内容。我们在此意义上理解辛波斯卡所谓的"我为自己分分秒秒地疏漏万物向时间致歉"。辛波斯卡又说"远方的战争,原谅我带花回家"。远方的战争,战争中的生命受难和心灵受苦固然令人揪心,但是因为这样"总体性"的价值就要取消"我带花回家"么?辛波斯卡只能说"我……致歉"了。她不是站在完全个人立场取消对公共价值、总体价值的关怀,但也反对站在总体立场上取消个体的独立性。这是辛波斯卡的启示,这种启示融合进了冯娜的诗中。

不过"无数灯火选中的夜"之特别不仅在于灯火/夜这组关系,还在于对物主体性的赋予。激活物世界丰盈的感性能力,这是对主/客二分现代性思维的反思。这种思维同样可以在辛波斯卡的《用一粒沙观看》《跟石头交谈》等作品中找到共振。"我们叫它一粒沙。/但它不叫自己粒或沙""它不需要我们的顾盼,我们的碰触。/它不感到自己被看见和碰触。/它掉落在窗沿这一事实/只是我们的经验,而非它的。"辛波斯卡质疑了以人定物的主体视角,她从物的立场上嘲讽了人类思维的霸道和对"侵物"的自然化。很难想象喜爱辛波斯卡的冯娜没有读过这些名作。那么或许可以这样说,"无数灯火选中的夜"将辛波斯卡二种最独特的反思现代性思维镶嵌于一体,并使其更具诗歌修辞上的质感。不过,辛波斯卡之于冯娜的影响是思维方式上的,如果从诗歌语言质地来说,她们的表达是截然不同的。辛波斯卡倾向于感性和智性的交融,叙述与戏谑的交织;而冯娜诗歌则有经过象征处理过的意象、意境,感性抒情虽然相当节制,但始终走在思想表达前面。因此,辛波斯卡的诗更具智趣,冯娜的诗则更具感性的抒发力。

我不敢说冯娜是拥有最丰富植物学知识的诗人,但她一定是最热爱植物的诗人之一。对于一个诗人而言,在植物学意义上熟悉和热爱植物是远远不够的,虽然也是必不可少的。冯娜长期在报纸上开设一个关于植物的专栏,也是诗人朋友间辨认稀奇植物花卉的达人,植物学知识自然不容小觑。可是诗人更应该在自己和植物之间发现一个诗性领地,这是将观察世界的立场、生命志趣、精神偏好投射于植物秉性而形成的视域,本质上它属灵而非属物。冯娜显然建立了这样的精神性植物视域:她之亲近植物,绝不是点缀风雅的消遣或文化姿态的展示,而是跟她整个生命态度连在一起。换言之,亲近植物在她乃是亲近万物。她透过植物而赋予物以主体性,使植物内里勃发着"灯火选中夜"的感性能量。百合、香椿、芍药、夜蒿树……几乎没有任何植物在她笔下是"类"而不是"个"。她不是像众多外行的植物爱好者仅仅总体性地爱着作为绿的植物,植物在她诗中既释放了各自的差异性又有了独特的精神禀赋。

> 怎样得到一株黑色的百合?
> 种下白百合的种子,培土、浇灌、等待
> 当它结出种子,选取颜色最深的一粒
> 来年种下,培土、浇灌、等待
> 如此反复,花瓣的颜色会逐年加深
> 如同我手上的皱纹
> 花开是在明亮的早晨
> 我摘下它,为了祝福你
> ——《短歌》

从白百合到黑百合，这里提供了一种诗性的培育方式，所以说它不是植物学而是诗的。因为这种方式恢复了生命应有的慢，并应和了皱纹的年轮和衰老的节奏。从白到黑的渐变中，将生命融进一株"百合"的转性中，这里有仅属于花痴的想象力。在《一颗完整的心》中，她想象了一个自我的分身——"她蒙着脸 长得像我许多年后的模样/我猜想中的拥有低头亲吻花朵和墓碑的力量"，这是诗人的自我期许，如何在风沙弥漫粗粝酷烈的俗世中保留"一颗完整的心"，她用于定义"完整"的两个标准是"对美的敏感、情不自禁"和对"死亡的平视与坦然"。这里，花朵成了美的具体喻体，花朵既是冯娜的审美对象，也成了其生命审美的标尺。当然，冯娜的植物情结并不僵硬。在《香椿树》中，她写到对香椿嫩叶的情感，只是这种情感并不导致她将其从现实性使用中剥离出来并顶礼膜拜。不，她带着平常心靠近香椿树，并写出一种难得的幽默感：

香椿树

我也想像香椿树，信仰一门叫做春天的宗教
也想像它一样，不仅用着火的嫩叶
也用让人又爱又恨的气息
转动一个季节的经筒

有时我从山上下来
等待采折的香椿仿佛早早获悉它的命运
只长出手掌一样的芽苞
食草动物都够不着的高枝
香椿点起烛火一样的经幡

有人问路，问我借打火机
他准备顺便上树，摘一袋香椿
凉拌是否需要热水焯锅？
我差点说出还是炒鸡蛋好吃
我预感到我的虔诚有限

尽管我刚从庙里出来，尽管我所求不多

诗人虽然自嘲"虔诚有限"，但她显然既拒绝将物"物化"，也反对将物"圣化"。换言之，她仅仅将香椿树作为香椿树，把香椿叶作为香椿叶。在她的视界中，香椿具有自在的感受性："等待采折的香椿仿佛早早获悉它的命运"；然而她并未因此矫情地匍匐为不食香椿主义者。这首诗所显示出来的主-客体关系很值得玩味，幽默既来自于自嘲（一种自我限制）也来自于对物世界恰到好处的释放。

你会发现冯娜经常将叙述切换为一种物视角的观物立场，她以为"一张桌子记得它所有的客人"（《猫头鹰咖啡——致李婧》）。一个自觉的写作者，"物视角"并非一种简单的修辞，而是跟她认识世界的方式密切相关。她在《高原来信》中写道："寄来的枸杞已收到/采摘时土壤的腥气也是/信笺上的姓氏已默念/高海拔的山岚也是。"在这里，友人的"枸杞"挣脱了作为"礼物"的认知锁链而活过来，从包装袋里重新长回枝头，跟生于斯长于斯的土地重新血肉相连。在本雅明看来，传统世界中当我们眺望远山之时，那股山气青岚若隐若现；而现代都市丧失了这样的山岚。作为一种隐喻，这种山岚的丧失同样发生于艺术作品中，本雅明把它称为"灵晕"。而冯娜却是能够在现代社会中恢复存在光晕的诗人，其中秘密，也许确实可以在"无数灯火选中的夜"的诗性思维中找到答案。

三

对于现代性有非常多不同的理解角度，鲍曼独特之处在于将其视为一种时间意识："当时间和空间从生活实践中分离出来，当它们彼此分离，并且易于从理论上来解释为个别的、相互独立的行为类型和策略类型时，现代性就出现了……在现代性中，时间具有历史，这是因为它的时间承载能力在永恒扩张——即空间（空间是时间单位允许经过、穿过、覆盖或者占领的东西）上的延伸，一旦穿过空间的运动速度（它不像明显的不容变更的空间，既不能延长，也不能缩短）成了人类智慧、想象力和应变能力的体现，时间就获得了历史。"① 在一个超稳定的传统社会中，时间是循环往复的，因此"旧"比"新"更有价值，一切时间不过是对某个过往的重现，此时的时间是没有历史的。但在现代性的时间中，它变成了一道永恒向前的直线，此时"新"比"旧"更有价值。因此，现代性的时间是一种没有眷恋、永不回头的时间。人们看到一件东西，不再在乎它的来路和根源；也甚少在乎它跟何种东西紧密相连；不关心它内在的完整性存在。资本家的眼光关注的不是一个完整的人，而是被他所雇佣的一双双功能性存在的手。人类在现代分工体系和高科技存在中，看起来占有世界的方式更多更便捷了，但主体事实上更加单向度了。人被物化，物被属性化。在此背景下，很多现代诗人努力重构一种"返源"意识——返源就是在认识论上恢复物的来路和联系。此在被作为一种历史性和关联性的存在。不难发现冯娜诗歌正有着非常强烈的返源意识，不妨用以下一诗阐释之：

诗歌献给谁人

凌晨起身为路人扫去积雪的人
病榻前别过身去的母亲
登山者，在蝴蝶的振翅中获得非凡的智慧
倚靠着一棵栾树，流浪汉突然记起家乡的琴声
冬天伐木，需要另一人拉紧绳索
精妙绝伦的手艺
将一些树木制成船只，另一些要盛满饭食、井水、骨灰
多余的金币买通一个冷酷的杀手
他却突然有了恋爱般的迟疑……

一个读诗的人，误会着写作者的心意
他们在各自的黑暗中，摸索着世界的开关

这首诗被冯娜置于诗集《无数灯火选中的夜》的第一首位置，

---

① ［英］齐格蒙特·鲍曼：《流动的现代性》，欧阳景根译，上海三联书店2002年版，第13页

无疑包含着诗人的特殊感情。这首诗通过对不同人生的错综并置建构了万物相互呼应的命运共同体，既出乎其外如在星空航拍诸多细小者的命运，而又入乎其内从每个个体角度去感受，诗人悲悯于"他们在各自的黑暗中，摸索着世界的开关"。此诗对世界的黑暗和盲目有着悠悠的洞察，却依然执着于在诗歌中歌唱——惦念着诗歌献给谁人，这是我特别看重的诗人的心智能力。

此诗第一节以树的生命史为核心，将不同的细小命运以幽微曲折的方式组织起来，其丰富博大虽然尚不能比拟卞之琳《距离的组织》，但也相当令人佩服：流浪汉倚靠栾树而想起家乡的琴声，琴身木料必然来自于某棵树。如此，远离家乡的流浪汉之悲叹不正是木琴远离出身的树木所发出的琴音哀鸣？这是一种生命的流浪。"冬天伐木，需要另一人拉紧绳索"，我们不难想象这样的场景：一面是电锯轰鸣在切断树木跟土地根系的关联，一面则必须有一根绳索牵扯着被砍伐的树身，以免树在某个瞬间的轰然断裂倾倒造成的伤害。这固然是伐木之现实，但这个场景却又内置了一种强烈的生命拉扯和精神紧张感。树临近了它的别离时刻，电锯如加速度的时间在不留情地动作，绳索表征了某种竭尽全力的挽留和徐徐放下的必然。砍下的树木，如必然踏上流浪之途的现代人，等待着种种社会程序如"精妙绝伦的手艺"施加的雕刻。被砍下的树木将拥有不同的命运，一些被制成船只，它们将在河流上渡人并目睹众生携带着不同命运来去匆匆；另一些树木则只能归属于某种狭隘逼仄的生命道路，它们将成为盛饭的碗、打水的桶和接待亡灵灰烬的盒子。这是诗人由一棵树所想象出来的命运之纷纷歧路。

你或许还有疑惑，诗前三行跟这种树的生命史又有何关联呢？我是这样看的：凌晨的扫雪者，目睹她的生命故事的或许正是一把木柄的扫把；而拥纳着病中母亲的或许是一架木质床榻。木帚和木床和下面的木琴、木船、木碗、木桶、木盒一样是流浪的"异乡木"，陷落于自身的命运并见证着复杂的人生。这些生命故事都由一棵树引申出来，它们如"蝴蝶效应"般紧密相连组成命运的共同体。我猜想这是第三行诗采用蝴蝶意象的缘由。登山者，或许正是第四行的流浪汉。流浪汉和异乡人是他永恒的命运，他既在攀登中感受着乡愁，又在蝴蝶振翅中获得生命的启示。

这首诗非常巧妙地将不同命运组织起来，形成了对生命流浪、凋零、伤逝的集体性观照，可是这并不是诗的谜底。虽然对生命做了一番总体性的感慨，可是它的底牌依然是基于个体立场的挣扎和眷恋：为什么冷酷的杀手突然有了恋爱的迟疑？这无法在现实逻辑中获得解释。能解释的只是诗人对纷纷、错综、迷乱、黑暗的命运依然保有爱意和眷恋。在诗人看来，一首诗不是为了在读者处获得理解而产生，"误会"是一种常态，可是我们依然永远在各自的黑暗中，摸索着世界的开关。重要的正是黑暗中怀有的摸索开关的期盼，这事实上已不仅仅是诗的语言和技艺，而是诗的启蒙和拯救了。

这首诗代表了冯娜诗歌非常重要的思维特点——万物都回到它的根部。现代社会正是一个去根性的社会。根性便是不可置换的时空性，是即时即地的在地性。可是现代机械标准化的社会，一切都被进行了统一的时尚编码。人们很少考虑超市里商品的来历，即使是水果海鲜来到超市中也已经奄奄一息，更不能说统一包装的食品玩具。人们对于有灵的事物尚且失去考究来历的耐心，更不用说对机械复制流水线下来的人造商品。

以人为本位对物性的冷漠，这个问题辛波斯卡持续追问过。我以为冯娜诗歌最动人的地方正在于，她始终将万物置于其生命轨迹之中，顺着她的诗，万物都可以回到根部。所以，她虽然书写了某种现代的流浪，但她的诗歌世界中，大地拥有了自我敞开的持续闪耀。

冯娜诗歌时刻眷恋着"出生地"，也感念"一面之缘"背后的天意冥冥。她看见一种白色花朵，感念着"摘花人是我／那种花的人，想必今生和我仅此一面"（《一面之缘》），仅此一面也罢，匆匆世界谁习惯慢下来摘花并关怀一下种花人呢？她总是把事物放在一个关联性的网络中想象其历史。作为驻校诗人住在首师大为驻校诗人们提供的房子，她也会自觉地进入了这个空间的历史性中。

在这个房间
——记首都师范大学17楼1号514房

在这个房间，住过至少十位诗人
　我坐在桌前，还能感到他们在这里抽烟、发烧、养绿萝

有人遗留了信笺，有人落下了病历卡
有的人和我一样，喜欢在冰箱上贴些小昆虫
他们当中的大多数都喜欢窗外的白杨
最喜欢它落叶，和对楼的人一样喜欢黄金的声噪

我没有见过他们当中的大多数
他们也一样
有时候，我感到他们熟悉的凝视
北风吹醒的早晨，某处会有一个致命的形象
我错过的花期，有人沉醉
我去过的山麓，他们还穿越了谷底
他们写下的诗篇，有些将会不朽
大多数将和这一首一样，成为谎言

  我上面说过冯娜并非女性主义者，女性主义者对房间的空间想象往往是排他性、自我性的，而冯娜对于房间的空间想象却是涵纳性、关联性的。她"感到他们熟悉的凝视"，她倾向于不仅发现当下的当下性，而是发掘当下的过去性，并置身于传统的序列之中。这种艾略特式的智慧，同样成为她重要的诗歌思维。

四

  海德格尔在《诗·语·思》中通过对梵高《农夫》的分析提出了"有用性"和"稳靠性"的概念："器具的器具本质的确在其有用性中。但这有用性本身又根植于器具本质存在的充实圆满。我们称器具本质存在的充实圆满为稳靠性。正是这稳靠性，使农夫得以参与大地沉默的呼唤；凭这稳靠性，农妇才确信她的世界。"①这里的论述，跟他另一段论述可以对照看："制造用具，比如造斧头，用的是石头，而且把石头用罄了。石头消失在斧的有用性中。质料愈好，愈适用，就愈是消失到器具的器具性存在中。相反，作

---

① ［德］海德格尔：《人，诗意地安居》，郜元宝译，上海远东出版社2004年版，第98页。

为作品存在的神殿，它建立了一个世界，却并不导致质料的消失，恰恰是神殿首次使建造神殿的质料涌现出来并进入作品世界的敞开之境。有了神殿，有了神殿世界的敞开，岩石才开始负载，停息并第一次真正成为岩石之所是。"①

　　有用性/稳靠性和器具性/敞开之境构成了某种同构关系。机械复制的现代社会存在着一种强大的引力使万物对象化为器具性存在，而诗人的天职则在于通过去蔽而使大地重新涌现。可是海德格尔未必懂得现代诗歌如何去蔽的内在奥秘，正如本雅明也未必知道机械复制时代的艺术作品如何重获灵晕。我以为，冯娜诗歌最令人印象深刻之处在于，她以旺盛的语言才华和艰苦的诗路跋涉，将一种永恒歌唱的抒情姿态和反思现代性的思维融合起来。她破除主/客对立，赋予物以内在主体性的思维，她将物置于历史性、关联性的网络中进行返源考察，使书写释放出丰盈的诗意。不妨以她这首《寻鹤》作结，"寻鹤"在她是一种隐喻。养鹤者不仅是牧人，他和鹤相互内化。某种意义上，养鹤者是典型的反现代的诗人。他拒绝将养鹤作为一种经济行为，最后他钻进了鹤身体中羽化登仙。在现代，寻鹤也许便是寻诗。

寻鹤

　　　　牛羊藏在草原的阴影中
　　　　巴音布鲁克　我遇见一个养鹤的人
　　　　他有长喙一般的脖颈
　　　　断翅一般的腔调
　　　　鹤群掏空落在水面的九个太阳
　　　　他让我觉得草原应该另有模样

　　　　黄昏轻易纵容了辽阔
　　　　我等待着鹤群从他的袍袖中飞起
　　　　我祈愿天空落下另一个我

---

① ［德］海德格尔：《人，诗意地安居》，郜元宝译，上海远东出版社2004年版，第102页。

她有狭窄的脸庞　　瘦细的脚踝
与养鹤人相爱　　　厌弃　痴缠
四野茫茫　她有一百零八种躲藏的途径
养鹤人只需一种寻找的方法：
在巴音布鲁克
被他抚摸过的鹤　都必将在夜里归巢

寻找身份和技艺的生命之旅

——读阮雪芳的诗

阮雪芳是当代潮汕诗人中非常突出的一位,即使放在广东诗人的参照系中依然具有鲜明的艺术和精神辨识度。同时,阮雪芳也是个低调的女诗人。强调她的低调,是因为她并没有那么热衷于参与各种诗歌活动,她并不着急于像穿花蝴蝶那样飞行于现实诗坛中去留下些许痕迹,寻求某种出场或获取某些认同或知音。这直接导致了她的写作并没有得到应有的认可,没有在评论的话语场中获得应有的聚焦。强调她是女诗人,当然不是暗指她的写作不足以与男性诗人相提并论,而是指她的诗歌中确实具有独特的女性经验和强烈的身份困惑。

从冷雪到阮雪芳

在阮雪芳重新使用本名之前,她叫冷雪,还有一段时间用陶元这个笔名。她用冷雪的笔名写作了大量的作品,并且出版了诗集《经霜的事物》。可是,她却于2011年决定改笔名。这当然不是一个无聊的游戏:每个人都承受着别人的命名,也接受着一种出生时大概决定了的命运轨迹。可是,写作者却往往期待自我命名——那就是笔名,也期待写作能带来一种不一样的生命。现实中,笔名往往是一种既是自我辨认,也积累着旁人对作者的认识,形成某种认知度和文化资本。所以,如非必要,已出过书,有点知名度的作者是不会随便更名的。如此,从冷雪到阮雪芳,从一个名字搬运到另一个名字之下,并非仅关审美和情趣,也是一种身份危机和精神困境,是作者调整自我身份认同过程中作出的一种心理和文化应对。

呈现在作品之外的生活困境、日常危机并非文学批评所能全部猜测，张爱玲的一簸子垃圾都有人挑拣窥视，以便从日常窥测精神。但对于阮雪芳，我们实在只需要关心她的作品。所以，我关心的是，从冷雪回归阮雪芳，精神困境及其调整在她的诗歌中产生了什么样的投射。

当年我读冷雪的作品，感到这是一个细腻婉转的女诗人，她喜欢表达内心情感的风暴和暗流。她不在诗中进行小女生娇滴滴的情感撒娇，她显然已经对生命有所了悟，她的情感经验中不无黑暗和孤冷，因而见证了世界另一些不为人知的角落；她对语言也有所了悟，她的修辞和想象都有某些动人的闪光。但是，她的诗歌技艺显然还并不纯熟，她的某些表达太缭绕，有些诗给人感觉没有挠到精神和语言的痒处，所以就并不特别痛快解渴。她本人对于世界、人生也存在着种种困惑。老实说，老托尔斯泰对世界都充满困惑，问题是他的困惑是以某种稳定的认识论、价值观为基础的。而冷雪的困惑，却是处于认识论和写作观暧昧未明的情况下，所以，作为诗人的冷雪是一个具有很多待解问题的艺术和生命学徒。

阮雪芳是那种特别谦虚（甚至有点过头），不喜欢喋喋不休的人，她大概会把更多的时间用于静观或者独步的人，不知她独对过多少江边，参悟过多少黑夜，反正，不知不觉间，她回归阮雪芳。她用本名阮雪芳来为冷雪画上句号，她用诗歌来昭示阮雪芳在技艺和身份认同上相对于冷雪的变化。那么，这种变化是什么？

近年来阮雪芳一直在静观内心中慢慢地进行心灵对焦的工作，现在，她的词语取景框变得更大，开始有了某些广角镜头。她的心灵对焦功能在时间的淘洗下也有了更强大的变焦倍数。那些以前她擅长的心灵细节特写如今由于角度的选取而变得更加意味深长；由于语言造型能力和想象力的提高，她的诗终于站到了更高的拍摄点观望了生命更辽阔的景象，打开了此前未曾打开的精神和语言空间。在我看来，它是诗人在技艺"准确性"上的习得；是诗人女性视角的深化和自觉化；也是诗人写作和生命认同的确立。而这三个方面，显然值得我们认真探讨，同时我也愿意借着对阮雪芳近期诗歌的讨论，来探讨诗歌表达"准确性"和女性写作以及女性与写作等话题。

振动"独特"和"确切"的双翼

阮雪芳会有意识地进行语言技艺的练习,这种练习处于敏感和自觉,所以很多成果并不是半成品的习作,反而是放松之下的自然佳作。

且看她的《亲爱的速度》:

> 风逼近一只蝴蝶
> 强烈的气旋
>
> 途中,火车呼啸而过
> 恰好与狂野的内心接轨
>
> 热带雨林
> 美洲豹击穿
> 羚羊纯净的哀伤
> 不可冒犯的神秘之物
>
> 生命伊始,那跑得最快的一个
> 成为你
> 像一滴水追逐着另一滴
> 运行的轨迹
> 仿佛饱满之后①

此诗有意识地对"速度"加以诗性表现,风和蝴蝶可以是一种嬉戏的关系,当速度成为风和蝴蝶之间的关系时,蝴蝶其实处在一种强烈的精神气压之下,一种生命追赶和精神紧张。所以,对她来说,速度的诗性表现不仅是找出一系列具有速度的物象,而是去逼近速度压迫下的精神紧张感。

---

① 阮雪芳:《钟摆与门》,现代出版社2016年版,第5页。本文所引阮诗,如未特别说明,皆出自此书。

"呼啸而过"的火车同样是速度的化身,"火车与内心接轨"使内心获得了火车呼啸般的速度。可是,心为什么要跑这么快?什么在追赶它?阮雪芳用诗句迫使我们去思考。

美洲豹以雄浑的速度俘虏了矫健羚羊的肉身,可是羚羊被消灭前的眼神,是诗人眼中的"不可冒犯的神秘之物"。羚羊的身体可以是美洲豹的腹中物,然而羚羊的哀伤却对趾高气扬的入侵者致以柔软而不可征服的抵抗。阮雪芳的诗完成了一种对侵略性的残暴速度的反省,生命或许有一种不被高速度所驯服的低速度。哀伤是心灵的品质,甚至是某种精神品质存在的标志,它说明羚羊并不仅作为非情感动物而存在。所以,它实际上寄托着阮雪芳对于某种不可消灭的情感价值和精神价值的认同。

美洲豹的速度是一种入侵者消灭生命的速度,精子的速度则是一种初登鸿蒙者创造生命的速度。当一滴精液循着正确的轨迹,并以非凡的速度,找到了属于它的另一滴,它就完成了"饱满"的创造,这一切是对蝴蝶对火车的致敬。

因此我们发现,后两节是对前二节的应答,被风追赶的蝴蝶,内心有火车呼啸而过般狂野的速度,蝴蝶处在被命运的风裹挟和生命的火车鼓励的状态中,它必须寻找一种意义,阮雪芳在坚韧的情感和生命的本初中去为进退失据的人生找到一份精神支点。

这首很短,但很完整,由速度贯穿,既是现代诗歌独特切入角度的尝试,也是精心安排,妙手剪裁的结果。这样精简准确而饱满的短诗,是阮雪芳的新面貌。

对诗歌难度和独特性持续思考,使阮雪芳的诗歌写作往往在切入角度上令人印象深刻。《可燃物》描述一系列可燃性的物质或精神对象,让人耳目一新:

雨中的小酒馆
再一次和朋友
说到可燃物:
雄黄、死人骨头
夏夜萤火虫
同志的唇、酒精

>   异性恋者的命运
>   小口径子弹
>   黑火药
>   谎言之力
>   朋友在殡仪馆工作
>   他呷了一口二锅头
>   沉默良久:
>   还有茫茫人世
>   那孤单活着的悲怆

当诗人以"可燃物"为写作对象时,她已经对世界进行了一番提炼,她同时又明确设定了进入诗歌的条件,这种限制叙述提高难度的同时也提供了路径。在明确的想象路径中磨炼想象力,这是冷雪成为阮雪芳之后常自觉进行的自我训练。

又如《一枚醒着的钉子》:

>   深夜,地球上的一个国家
>   国家的一个省份
>   省份的一座小城
>   一条江,江边的
>   一个人,站着,好像一枚钉子
>   一枚醒着的钉子
>   冷冷地钉在地球表面

此诗写站在江边的孤独,却从极大的自然环境写起,从地球到国家到省到小城到江边的人,特别是钉子的比喻,"冷冷地钉在地球表面"同样是准确性和独特性的结合,既有钉子和地球的对比,也有将人比钉的新鲜。使得此诗有柳宗元《独钓》茫茫宇宙一片白中独钓翁之妙,也有现代诗独特角度产生的艺术效果。

她的《皈依》写"我"经常去寺庙,只是因为看到一个年轻的和尚,在他纯净的形象中淡忘了自己生命中的伤害和离别。这显然是一个特殊的凡人和宗教相遇的角度,特殊而矛盾的角度却显得特别真实:

> 有一段时间
> 我经常去韩江对岸的那座山
> 山上一座寺庙
> 不是为了烧香、听诵经
> 而是庙里有一个和尚
> 长得俊极了
> 看见他
> 我就感觉自己干干净净
> 仿佛从未受过伤害
> 从未历经生离死别

从冷雪到阮雪芳，在艺术上还呈现为写作准确能力的习得。可以通过她的《修女的乳房》来讨论：

> 长在肉上的月亮
> 五个忏悔的果子
> 贞洁、服从
> 她一走动
> 它们就在宽大的黑衣之下
> 抖动。她跪下
> 它们就倾向
> 绝色
> 虚无的嘴巴
> 时常，她双手合十
> 压制潮汐，和植被
> 隐秘的香味
> 每当夜幕降临，她的双唇轻启
> 它们就敞开
> 雪白地落入
> 上帝之手

语言的准确把握表现在对比喻的创造性运用上。比喻是一种古老的修辞技艺，比喻源于人类对白描的不满足感，考验着人们在不同事物之间唤醒关联的能力。习惯于静观沉思的写作者，通常也习惯在惯常的技艺领域内进行新的表达，但静观使她获得了对事物独特场面的呈现。阮雪芳把修女的乳房比喻为"长在肉上的月亮，两个忏悔的果子"，既有比喻，又有拼贴，特别朴素自然，同时又极为新鲜动人。

这种艺术效果就来自于"准确"的语言造型能力。我想再说一说"准确"。很多人，包括诗人、诗歌理论家卞之琳，都认为好诗的重要标准是"简练"。所谓"简"，是能少不多，能简不繁。所谓练，就是精炼，是语言的提纯过程。所以简练不仅仅涉及诗歌语言的提炼和艺术加工，同时还是一种风格形态。即诗歌不但要追求"练"，也追求"简"，前者是语言，后者是风格。可事实上，诗歌的风格未必只有简约一种。

所以，简约的风格固然值得追求，可是诗歌，特别是现代诗歌，另有其他的风格形态可能性值得探索。所以，这个概念不如卡尔维诺的"准确"来得准确。卡尔维诺在他的《未来千年文学备忘录》（又称《美国讲稿》）中提出了关于文学的五个核心价值，分别是"轻逸"（lightness）、"迅速"（quickness）、"确切"（exactitude）、"易见"（visibility）、"繁复"（multiplicity）。我所谓准确，正是卡尔维诺意义上的"确切"，是表达对象与表达符号之间的匹配度和对比度。从古典哲学的思维中，一个对象总要一个最匹配它的符号，找到这个符号，即为准确。可是我们也会发现，通向对象的途中常常有很多道路，有常道，也有小径。不同道路都存在通向准确的可能。

我认为冷雪的诗歌实践，开始慢慢靠近可贵的"准确"，诗歌是瞬间到达的艺术，所以对于准确的要求更高。把乳房想象为月亮，已经很独特，但是如果换成"长在身上的月亮"，效果就不好，因为身上的月亮还可以是眼睛等其他部位，阮雪芳特别用"肉"加以限定，使读者的想象虽然沿着曲折的线路，却没有偏差地指向所在。而肉与月亮的反差张力，肉的形而下，月亮的形而上，肉的身体性和月亮的精神性的反差，在在指向了修女肉身欲望与精神修炼之间的冲突。"忏悔的果子"同样具备这种张力，精神性的形容词跟物质性的名词之间的张力，不仅仅是拟人，是拼贴，还在于这种修辞极其准确地指向修女这个对象。"准确"这种可贵的语言能力，阮雪芳习得了。

飞过存在的《蝴蝶》及其探索性

更为可贵的是，在追求表达确切的同时，偏于冷静沉稳的阮雪芳并没有丧失对探索性的追求。这从她的《蝴蝶》中可以看出：

既不是祝英台的蝴蝶
也不是庄子的蝴蝶
不是亚马逊河流域上的蝴蝶
也不是《沉默的羔羊》里的蝴蝶
不是存在主义的蝴蝶
也不是柏拉图的蝴蝶
它们扇动双翅，听从无声的口令
从森林飞来，从峡谷飞来
从古代飞来，从超现实时空飞来
从战乱中飞来，从粉饰的太平飞来
它们飞过马路，飞过动物园，飞过屠宰场，飞过铁丝网
黑压压一片，飞过学校和监狱，飞过避雷针和电视塔
飞过广场上的铜像，飞过市场上的豆腐摊
它们飞进教堂又从那里飞出来
它们飞进医院又从那里飞出来
它们飞进女人的子宫又从那里飞出来
它们飞进男人的烟斗又从那里飞出来
它们飞进人民政府又从那里飞出来
它们飞进黑洞洞的枪口又从那里飞出来
它们盘旋头顶
擦过肩膀、掠进眼睛
规整、严肃、黑压压一片
终于，蝴蝶张开翅膀
像携带细菌的口罩一样
封住了我们的嘴

《蝴蝶》无疑是阮雪芳诗歌的尝试，它是阮雪芳诗歌的例外，她的诗大部分是单句成行的短诗为主，以短诗，单句成行为主的。

《蝴蝶》为了呼应主题，在诗形上也做了尝试，全诗连标题在内26行，其中最长的一行出现在第12行（含标题），诗歌从形式上看像一只展翅的蝴蝶，具有某种图像诗的特征。

就诗的语言来看，此诗也有以往诗歌所不具的澎湃恣肆之姿。诗开始的一系列否定性关联令人想起臧棣的那首《月亮》（臧棣是从月亮之形进行的否定式连锁比喻显然更具想象的挑战性），阮雪芳从蝴蝶的相关经典进入，中国到外国，真实到虚构，文学到哲学的不同蝴蝶被阮雪芳一一否定了，她继承了第三代诗人的解构传统，想把蝴蝶身上的种种文化沉淀推开，去进入一只本然的、在场的蝴蝶（就如于坚对乌鸦的命名一样，女诗人阮雪芳选择的是蝴蝶）。

中间从9行到21行的这一系列"飞进"在相近的句式中挑战着在诗歌中深呼吸的能力，一起而下的写作挑战写作者的精神视域，如果可通约的句式没有配以异质性的事物，这种写作就会被当成浪漫主义的简单排比在现代诗歌中无以立足。正是在这里，冷雪挑战了自己过去的小诗短诗，挑战自己以往并不强大的诗歌肺活量，更重要的是挑战了自己对世界精神本色的想象能力。在她的诗中，蝴蝶飞过古今，飞过历史，飞过抽象与具体，飞过宏大与日常，飞过成长与规训，飞过偶像与平民，飞过男性与女性，飞过男性的战争，女性的苦难，所以蝴蝶在她的诗中获得了时间的代言人功能。以前，人们用江水，用流云，用 来表征时间，阮雪芳创造性地用蝴蝶扫描了生命。她精神视域的打开和语言能力的打开显然是重要原因。

放在阮雪芳本人的写作脉络中，这首诗提示了她冷静的观察下面探索的热情，她不是没有探索心的人；同时也使她诗歌主题从以往的情感体验和性别体验进入更广阔的生命体验和历史体验。

诗歌探索往往追求创新想象力，但诗歌表达准确性与创新想象力之间却构成了某种矛盾。对于诗歌而言，准确的修辞和超凡的想象力是左右脚的关系。想象力迈开前进的左脚，如果没有准确修辞跟上去的右脚，就没有前进。而且，这种情况下，想象力迈的步伐越大，诗歌文本的分裂就越严重。

这里隐含着想象力与准确性的匹配问题，两者之间，准确性是基础标准，想象力是加分标准。有时候，诗人会为了准确性而调低想象的难度。表达常规的内容，容易把握的内容，实现准确性的难度就相应降低。问题是，这样的准确，往往是缺乏意义的准确。一个跳水运动员，为了准确性，而选择难度系数较低的动作，可以是一种比赛策略；一个诗人，为了表达的准确而不去挑战写作的难度、想象力的高度，写出来的作品往往没有多少毛病，但也是最大的毛病。以平庸冒充朴素，写作上丧失了跟对象之间的陌生感而进入打滑状态。以圆滑冒充纯熟。所以写作同样是需要冒险精神的，"准确"在某个作品中呈现为一种固定状态，在某个诗人身上却呈现为一种相对能力。已有的技艺，写某种难度的作品可能很准确，写另一种难度的作品却有失败——不准确的危险。

所以，对"准确"的追求并不以牺牲探索性为代价。青年诗人，在准确性上有所欠缺，或者是缺乏自觉；成名诗人，却可能在准确性标准上有自觉意识，在探索性上缺乏动力。这是各自的危机，一种理想的状态是既有能力去实现准确性，又有动力去实践探索性。

必须说，在短诗的类型中，阮雪芳渐渐地获得了准确表达的能力，也不失持续探索的动力和精神。在这两者之间，她大概前者偏强而后者偏弱。这或是值得她思考的。

阮雪芳诗歌的性别场景

或许跟阮雪芳的自身经历有关，她对于主流社会的性别角色设置所带来的女性黑暗经验有特别的体察。在潮汕甚至于广东的女诗人中，阮雪芳这种性别表达的自觉是颇为独特的。

何谓女性诗歌，是个有多重答案的问题。80年代以来由翟永明承继普拉斯的独语式表达，开启了书写女性独特性别经验和内心黑暗深渊的女性诗歌传统，而伊蕾、唐亚平、尹丽川对女性身体经验的书写，跟法国伊利格瑞和西苏等女性主义理论家对女性身体经验的强调多有呼应。所以，从狭义看，女性诗歌就是指在诗歌中传达女性成长或身体的独特经验，或者是书写女性及其社会性别身份之间的摩擦和觉悟。

广义的女性诗歌，常常被用于指称由女性诗人所写作的诗歌。这个定义的弊病显而易见，女性虽自然具有某些女性思维特征，但这种特征如何呈现为文本上的女性特征却是需要具体讨论的。深刻地内化了男权规则的女性并不少见，我认为女性视角至少包括三个层面：第一个层面是女性的成长和身体经验；第二个层面是从社会性别的角度观察主流性别设定下女性经验的痛苦和遮蔽。这其实是所谓女性主义视角，女性主义视角反对的不是男性，而是男性霸权文化。毋宁说其实是一种以平等为诉求的性别视角。这是男性也可以具有的性别平等立场，所以有不少所谓的男性的女性主义者，也有大量的女性的男权文化拥戴者。性别视角层面上的书写，理论上男性也可以，但是由于缺乏一份切身体会，男性往往容易把不平等的性别设置自然化，忽略其中的等级性。第三个层面的女性视角是指女性特质投射在文本上形成的审美效果。这是最难指认的一个层面，譬如人们往往认为女性作者的作品细腻、曲折，男性作品则雄浑、崇高。这都是一种模糊而相对的判断，男性作家同样不乏细腻，女性作家也不乏追求崇高风格者。这种划分用于从整体上进行意义甚微的风格指认还差强人意，用于进行诗人个案研究则常常导致错误判断乃至于文学上的冤假错案。人们常常从这种预设中得出，女诗人不适合进行某类题材的创作，这种本质化的指认与其说发现了某种规律，不如说强制性地划定了某条界线，是值得警惕的。

所以，对我而言，我愿意从前两个层面来谈论某个女诗人的性别书写，有限度地从第三个层面来讨论女诗人整体的审美特征。

在我看来，阮雪芳是比较多地用诗歌触及女性经验的诗人，而且她显然主要是从上述第二个层面，即女性社会性别与心灵经验的摩擦来写的。

《芙蓉王》是这方面的代表。

> 他从暗处回到灯下
> 点燃一根芙蓉王
> 猛吸了一口
> 烟雾腾起
> 被热气流

一点一点吞食
　　水珠滴答，脸上
　　分明还有波浪的碎片

　　仿佛他刚从大海深处
　　或灾难的现场退出
　　现在他安全地
　　回到灯下
　　点燃一根芙蓉王
　　烟快吸完
　　他都没有朝暗处
　　斜乜一眼
　　似乎那个赤身裸体的女人
　　已被黑暗抹掉
　　与他
　　无关

　　此诗大概写一个性爱之后的场面，男性从身体的欢愉中出来，从黑暗回到灯下，抽烟——这非常符合俗谚所谓"事后一根烟，快乐似神仙"的习惯。"事后烟"仿佛是男性性行为后的一个仪式，是身体释放之后的另一层心理释放。在诗中，声音是缺席的，没有交流，没有对话，没有聊天，闲言碎语，甚至连争吵也没有。男性显然是背对着女性的，阮雪芳用冷峻而不无反讽的白描写道：

　　烟快吸完
　　他都没有朝暗处
　　斜乜一眼
　　似乎那个赤身裸体的女人
　　已被黑暗抹掉
　　与他
　　无关

　　一个也许极其普遍的性事后场面的失衡让阮雪芳捕捉到了：这

是一场买欢，一次老夫老妻的例行公事？似乎都不是，又似乎都可以。场面被刻意去除具体性，男性角色深深地沉于自己的欲望释放中，仿佛那个刚刚在黑暗中共舞的女性，不过是一个盛放欲望的痰盂。在这场交欢中并没有任何心灵的出场和相逢，只不过是一个主体对某件物化对象的一次使用，用完就弃于一角。也许我们无须较真说即使是买欢客都不吝啬跟性工作者的调笑艳言。就态度而言，阮雪芳所呈现的这个场景无疑是具有艺术真实的。而这个场面落在男性视角中，是很难引起写作冲动的，男性写作者喜欢从性场面中去升华出政治意味和国族情感。最为奇特的是看过一首网络上的男性诗人的作品，内容描写一次对俄罗斯性工作者的买欢。从对俄罗斯女性的身体的占有中升华出某种中国人曾有的俄罗斯情结。那是一首令人啼笑皆非的作品，这种作品中很难对传统的性别场景背后的荒谬性有何体察。阮雪芳则显然凭着自己的性别立场表达了一种克制的愤怒。注意诗中，这盒烟叫作"芙蓉王"，这里当然意味深长，芙蓉的女性特征使得芙蓉王的吞吐间获得一种象征含义，阮雪芳用一个性后场面洞穿了大量当代男性对女性身体的一种俯视的帝王式心态。

如果从诗歌形式上看，我们会发现一种描写视角上的悄然转换。中国古典作品乃至现代作品中不乏女性形象，但这些形象往往是由男性来书写的。男性主体所书写的女性形象常常成了某种男性欲望的投射和对象化。钱锺书在《围城》中写方鸿渐归国时在船上邂逅鲍小姐，作者描写鲍小姐饱满的嘴唇，明艳流盼的眼波。在敏锐的批评家眼中，钱锺书是把鲍小姐作为一个男性欲望的对象来写的，有趣的是，性感主动的女性成为中国男性的欲望对象，却并不是他们的婚姻对象。在婚姻方面，他们往往喜欢那些如纯净水般简单的女性。

回到诗歌上来，很多旨在赞美女性的诗歌常常复制某种男性立场，并以美的名义完成着性别角色定位的文化规训。譬如郑愁予的《错误》，我们常常从"美丽的错误"的角度来解读其主题，从新古典主义的探索来激赏其审美创造。然而，作为一个由男性来呈现的女性（作者是男性，诗中的"我"也是男性的游子），这首诗中的女性形象处于一种典型的失声状态，她的一切完全由男性诗人和男性角色来表达，诗歌以男性的喟叹想象性地补偿了闺中等候的女性,并就此遮蔽了真实守候女性的痛苦经验(这种经验在诗歌中成为装点性的成分)将男性游子和女性守候者的性别分工加以审美的固化。所以我们在《错误》中其实看到一种典型的男性/女性的观看和被观看的关系。

我们回头看阮雪芳的这首诗,却呈现了一种女性诗人的反向观看。诗歌描写的内容虽然女性被置于黑暗中沉默,但那个芙蓉王的男性却显然在诗歌中置于一双女性眼睛的审查之下。难以想象一双男性的眼睛在这个场面中发现的是这种"芙蓉王"的荒谬。值得一提的是,阮雪芳将男性置于观看视野中,但却努力赋予其丰富性,譬如"脸上/分明还有波浪的碎片// 仿佛他刚从大海深处,/或灾难的现场退出/现在他安全地/回到灯下"这里既可视为对男性从欲望之海中退出后的描写,也可视为对男性在社会战场中的深重压力的某种体察。所以,她显然并没有把性别灾难简单地归于男性,她甚至也置身于"大海深处""灾难现场"的他们抱有某份包容。

由于女性视角的深化和自觉化,阮雪芳诗歌的性别书写常常在冷静克制中呈现着女性生命的悲剧性,譬如她的《一把剃须刀》:

当你少女时,一把剃须刀引起你的好奇
在父亲用过之后,你拿起来,往脸上
推,像小小的割草器划过早晨的嫩枝
当你成为一个男人的妻子
一股吉列剃须泡沫的味道
扑面而来。你感到清冽的泉水
涌动,从身体的某处
在你年老时,一把剃须刀
将会带来什么。当他们一个接一个地离开
现在,你坐在客厅
透过镜子的影像,儿子
那个年轻人正第一次使用
你微笑,看着

此诗中,透过女性生命的三个不同时期对男性剃须刀使用场面的观看,串起了女性的一生的三种最重要的身份:女儿、妻子和母亲。剃须刀是典型的男性用品，剃须刀是男人的入场券，暗示着某种男性性别气质，它可以视为某种传统性别气质和性别身份设定下的典型道具，而女性显然正是通过对这些道具的认同而完成其性别身份的建构。

这首诗写得不动声色，但却有某种暗含的机锋，女儿由于隐秘的恋父情结，是其认同男性气质和女性社会性别身份的开始；当她作为妻子时，常常因为"清冽的泉水/涌动"这种真切的灵肉交融的体验让她愿意去承担作为妻子的一切；而母亲角色却通过对儿子的爱来固定。这个过程中女性被"小小的割草器"刮去的嫩枝却少为人所察觉。

这首诗展示了女性对主流性别身份认同的基础，她不像尹丽川的《妈妈》一样对母职发出激烈的反诘，但出示了一种温和女性主义的不动声色的悲剧性。

既然认识到这种被文化规训而潜移默化编织进主流性别文化身体的悲剧性，所以她也在试图退出，她在《慢慢地》中展示了被编织进去的过程，也暗示了慢慢中"我变成自己"的努力：

> 变成自己之前
> 我是他人的一部分
> 是其他物质：
> 关窗的手
> 说好话的嘴
> 踩油门的脚
> 消化药片的胃
> 映现人群的眼睛
> 餐桌旁的某个座位
> 一本病历
> 身份证
> 几个称谓
> 被告席
> 某份合同上的指纹
> 奶袋
> 公车的填充物

> 快感缔造者……
> 那些楔进的
> 正在慢慢消失

阮雪芳诗歌的性别表达除了从女性视角呈现女性在婚姻生活场景中的悲剧和荒谬意味之外，也触及了女性的性体验。正如女性主义者西苏等人强调没有性快感的女性是不完整的，女性应享受自己的身体一样，阮雪芳并不回避性在自己经验中的存在。《那未曾》是书写性体验作品：

> 驶向远方的木火车
> 春天烟雨的南方兔子
> 舌尖上，蜂鸟倒悬的音乐
> 种子破壳——
> 肉体的时光之力
> 每一次靠近
> 波浪
> 击碎。那灼热
> 潮湿
> 岩石绝对的能量
> 草木生长之前
> 无意志的梦的开端
> 亲爱——
> 让我们长久保持
> 陌生。新奇
> 那尚未迷恋的部分
> 仿佛才开始相识
> 即使我已成为你的情人

显然诗歌更主要是从女性心灵的角度来写性，她不仅写性的欢愉，虽然她对性中相遇的描述颇为动人，但更值得一提的是诗中女性在获得颇有灵肉交汇意味的体验后，说出的却是"让我们长久保持陌生"。这显然早不是那种在性后脱口而出"你要对我负责"的女性，享受并把握自己的身体经验，同时却不愿意接受这种身体经验、甚至是情感经验的奴役和规训，是这首诗的独特之处。她呈现了某种女性视野中的性景观。

用生命和写作相遇

女性由于痛苦而写作，是一种自发写作。很多写作的女性出于天性的敏感感受到传统性别秩序的压力和痛苦，她们找到了写作，并通过写作辨识了自己的痛苦。然而痛苦虽然文字化，却没有得到缓解，所以她们最终离弃了写作，而寻找了宗教上的皈依。某种意义上，宗教也成了写作的一个陷阱。

写作《女太监》的杰梅茵·格里尔认为，主流社会关于浪漫爱情的叙述，其实是社会对于女性进行文化规训的重要程序。女性在浪漫爱的劝说下，充满憧憬地进入了家庭，在社会关于母职神圣的编码下获得心理补偿，并因此赔上了自己的全部生命。主流社会的文化编码使得很多女性成了恋家狂和恋子狂，她们被文化建构出一种对家庭、丈夫和儿子的强烈需求。而大部分女性的生命方程式也让她们心安理得地把自己代入婚恋方程中去运算一生。当她们惊觉原来婚姻是一道永远无法除尽的方程时，她们又从儿子和母亲的身份中获得安慰。家庭对女性的规训作用于是复杂地呈现，女性坚持写作是一件多么困难的事情。她们很可能被赶进婚姻的避风港，然后写些撒娇的小调，或者干脆不写。如果她们坚持写的话，那么她的生命将变得特别艰难。阮雪芳是特别的，她因为对写作的坚持，而导致在日常生活中的动荡和痛苦；但这些痛苦竟然没有使她放弃，反而使她在更高的层面上跟写作相遇。

或者说，阮雪芳并不是那种因为痛苦才找到写作的人，因为痛苦而与写作相遇的人迟早要离开写作。当她发现痛苦解决了，或者发现写作无法解决痛苦时，她都将断然离开，放弃或者寻找新的解决方式。她是那种把写作当成天然的生活方式的人，所以，她越是痛苦，就越深刻地跟写作相遇，就发现写作深深地切入了她的生命。把写作当成生命的女人，"没有写作的日子是空的"，阮雪芳是一个在漫长写作中获得写作自觉的诗人，她的写作在向多种题材多种形式多种思考维度打开。所以，她是用生命去认同写作，她的写作动力不是源于某种名利的渴望，不是源于某种对痛苦的逃避，而是源于对写作技艺的迷恋和透过写作认识世界的渴望。这样的写作，在我看来，确是一种自觉的写作，是一种可能达致持久的写作。

稳固的写作认同的基础上，阮雪芳的写作依然充满陷阱。生活与写作如何协调，独立表达与无所不在的诱惑之间的矛盾永远存在。举例说，回到阮雪芳这个名字，阮雪芳是一个中性的、温和而大气的名字，它是一种隐喻，一种生命暗示意谓芬芳的雪而"陶元"这个笔名同样意味深长。陶可引申为一个铸造的过程，元则是本初，女性自己寻找、铸造自己的本初，这是一个艰难的过程，在社会规训使女人成为女人的过程中，女人为自己寻找一个自我，是一件多么艰难而充满陷阱的事情。这个笔名即为一个男性诗人所提示，这当然并无不可，然而如果从隐喻的意义上看，它隐含着寻求新生的女人在男性命名指引之下行动的含义。女人新生当然并不以否定男性为前提，问题是男性的指引中也充满着种种再次当女性对象化、客体化的陷阱。这当然是隐喻意义上的。

写作永远是艰难的，女人写作必须以足够的智慧和坚韧与世界上、生命中的黑暗经验周旋。

结　语

阮雪芳、丫丫、小衣都是潮汕乃至广东女诗人中的佼佼者，她不像丫丫那样斑斓，丫丫的诗中总充满如孔雀开屏般多彩的想象，丫丫如蝴蝶的尖叫激起词语小剧场内修辞的千万涌动；她也不像小衣那样决绝，小衣的诗剑走偏锋，一剑封喉，她鬼气的想象和修辞透着一往无前的狠。阮雪芳不是这样，她没有丫丫那样的语言肺活量，也没有小衣那样的语言爆发力，所以她走向冷静、精准表达的方向。她既不撒娇，也不撒野，她善良得甚至有点软弱，她甚至改了原来稍显孤冷的笔名。在酒神和日神的两种写作类型中，她一定是属于后者的。因此，她的写作也注定是更长久的，更自觉的。阮雪芳是有语言悟性和生命探索渴望的，所以她一旦找到生命之元，就一定会走得比大部分人远。

奔跑着燃烧的诗矿
——谈丫丫的诗歌

有时候你不得不承认上天是不公平的,把那么多的阳光放在赤道,却把那么多的寒冷放在西伯利亚。让那么多的人写诗多年依然语言乏味,诗思枯竭,却让一个刚写诗不久的人像燃烧着一样迸发诗思的烟花,而且这烟花还在诗歌的天幕上持续绽放,甚至于奔跑着燃放。我这里说的是一个叫作丫丫①的诗人。写诗还不足二年,却引来了民间诗坛的广泛关注和诗歌评论界的注目。如今,各家民间诗刊随处可以看到她的诗作,在诗歌大刊上也频频露面,甚至被《诗选刊》作为头条诗人推出。著名的诗人和编辑李寒一再在《诗选刊》上选用她的作品,著名诗歌评论家向卫国称她是这么多年读诗生涯的一个奇迹。显然,她已经被视为一个充满潜力的诗人,而且正在向更牛的路上撒腿狂奔。

作为一个跟丫丫有着较多交往并近距离观察了她的写作轨迹的诗歌评论者,我认为我或许陷入了一种"老花眼"效应,向往着远方的景观,却对身边的风景缺乏敏感甚至充满警惕和怀疑。我是通过诗人黄昏认识阮雪芳、丫丫这批潮州本土的诗人的,我开玩笑说,自从《九月诗刊》取得影响之后,那些潜伏在本土的诗人们纷纷嗅到气味,自觉地在黄昏的身边现身了。阮雪芳出现的时候,带来了她的《经霜的事物》,丫丫出现的时候,却什么都没有带来,黄昏介绍说她以前是写散文的,现在正在学写诗歌。在我的偏见中,什么都不会写的人,就宣称是写散文的。丫丫参加了我们的诗

---

① 丫丫,本名陆燕姜,早期写作时多用"丫丫"作笔名,近年也多用本名陆燕姜发表作品或出版诗集。本文写作时诗人主要用"丫丫"这个笔名,故一仍其故。

歌选修课、读诗会等活动，但是我一开始却没有读到她的诗歌。感觉她是一个大大咧咧甚至太闹的女人，她声称要踹开黄昏的办公室，把黄昏从休息室拎起来（黄昏听完只是嘿嘿笑，我们不得不对黄昏对年轻女诗人这种无原则的微笑在内心表达极大的"鄙视"）。这个据说会跳舞、会弹琴的女人，在我的自以为冷峻的眼中，就是一个舞跳不动了，琴弹不了了，在业余艺术圈中混不下去跑到业余文学圈来混的女人。这样的人，诗歌估计不会很好，我当时想；所以我并没有关注她的诗歌，她的博客倒是很热闹，点击量不低，成天热衷于去和人互相光顾提高点击量，诗歌估计不会很好，我当时又想。当然也在博客上瞥过几眼她的诗歌，又印证了我傲慢的第一印象。

大概是在去年的冬天的一个周末下午，我们在诗人黄昏的办公室举行了一个小型的读诗会。丫丫带来了她的几首诗，其中包括了《刺》《灯神》《归》这几首，不得不说，那些句子在寒冷的天气中特别突出，简直是照眼的亮了。大家一致觉得丫丫进步了，并突然发现，这个学艺术的女人，确实是有语言的天分的。更准确说，是有诗歌的天分。丫丫似乎天生就是写诗歌的一把好手，一个重要的表现是，她以后写的诗歌中，总有奇特的诗歌想象和出人意料的词语创造，她似乎就是一个词语的魔法师，总会在诗歌中变幻出种种奇异的景观来；另一个重要的表现是，到目前为止，丫丫诗歌以外的文字总是不免让人觉得稚嫩甚至乏味。而一到诗歌的领域，她又大显身手得让你误以为这根本就是两个人。丫丫从不讳言她不读书或很少读书，我小人之心地觉得这是对她才气的炫耀，但从她目前的诗与文中，你又不能不承认这是真的。或许这就是文学吧，很多人学了很多，练了很久，文章老练、识见不凡，但写起诗歌却依然没有那种让人眼前一亮的感觉，因为，诗神并没有在他/她的身体中埋藏着诗思的矿藏，而丫丫的身体，无疑却是诗矿含量极高的所在。

以上所言无非泛泛之谈，颇类欲扬先抑的广告，所以，我们还是进入丫丫的诗歌，来一番显微镜底下的语言质检，看看她的作品有着哪些特殊的新质或微量元素。

现代诗歌由于挣脱了传统格律的紧身衣，追求诗歌表达的多种可能性，没有一个放之四海而皆准的文体模型可以作为分析时的凭借，所以常常导致很多读诗者的阅读晕眩和无效解读。但是诗歌分析的基本要素并非没有，我曾把海德格尔所谓的"天地人神"和诗歌进行简单的对接，认为诗歌中也存在着"天地人神"，即诗歌想象（天）、诗歌语言（地）、个体经验（人）、发现存在（神）。这当然是一个很简单的类比，海德格尔的"天地人神"讲的是人的"安居"，这里的"天地人神"或许可以某种程度上解释诗的"安居"。具体到丫丫的诗歌，她在诗歌语言和诗歌想象方面无疑有着精彩的表现，而在个体经验和存在发现方面，也有着自己的努力。

一　拼贴：雕刻语词绚烂的风景

我们知道，诗歌写作，无非从一个词开始，如何从无数在日常的使用中变得黯淡无光的词语堆中拈出某一个，让词语发光，让读者眼睛放光，是考验着诗写者的才华和功力的。这种功夫，类似于用修辞之刀雕刻词语。丫丫在这方面总有着让人出其不意的表现。我们来看看这首《即兴曲：空心的时光》：

> 那些零碎，小小的快乐
> 在这样慵懒的午后，适合
> 用来打水漂。像小石子一样
> 在水面上翻跟斗
> 一次，两次，三次……
>
> 早春的雾气
> 让那些想象力充沛的人
> 汁液饱满。仿佛轻轻一摁
> 唇间涌动的新鲜浆汁
> 便会不自觉，流淌出来
>
> 在一整片深桨的水域中
> 我用腹语，反复呼喊
> 却寻不到一根搭救的蒿草

四周空茫
　　镜子里的松果，一颗颗
　　无理由地坠落①

　　诗题的中心语是"时光"，这当然是个诗人们爱用的词，单此一词，却也因不断使用而使诗意单薄了。所以，必须对"词"进行雕刻，比如在动宾搭配中强化诗意，著名导演塔可夫斯基认为电影是在"雕刻时光"，雕刻时光的表达使时光成为可感可操作的对象，正是在动宾搭配中显出意味。丫丫此处却是用最简单的偏正修饰，也就是加形容词：＊＊时光，她用的是"空心"，"时光"顿时触手可及了，大概意指某些百无聊赖的生命片段。这首诗的好，当然不仅因为一个诗题，而在于丫丫总有本事对词语进行各种诸如此类的雕刻、打光和加柔。手段细究起来也并非多么了不起，但是效果上却往往恰到好处，简单的词语因此而流光溢彩起来。这大概就只能以诗才谓之（向卫国先生就惊呼丫丫是个诗歌的天才）。

　　此诗第一节，以场景化来构造，散漫的口吻和口语句式，却让人眼前一亮。核心无疑在"快乐……适合用来打水漂"，其他的词语都是围绕这条词语的转轴来展开：零碎的，午后的，小小的，只是对快乐的时间、情状上加以补充；而"像石头一样，在水面上翻跟斗，一次，两次，三次"则是对打水漂的补充和展开了。我们在读诗会上读过这首诗，当时我提议大家模仿第一节，以"快乐，适合用来＊＊＊"造句，有人说"快乐，适合用来吐烟圈，一圈，两圈，三圈"；"快乐，适合用来读旧信，一句，两句，三句"，事实上，这两个模仿都是不恰当的，因为在丫丫的诗歌中，"快乐，适合用来打水漂"中的"快乐"是一个可触可感的对象，它正是用来打水漂的"手中物"，那种形象性并非模仿句子可以比拟，而且又跟前面的"小小的""零碎"对应起来，句子在形象性的同时有着内在的严密性和自洽性。以至于我们希望在"打水漂"这个位置上替换其他词语却无果而终。

　　如果我们看整首诗，就发现丫丫极善于进行形象化的艺术思维，某个瞬间，某些片段和细节，在她那里总是被呈现为全方位的

---

① 陆燕姜：《即兴曲：牢心的时光》，《潮州日报》2013年1月15日。

感觉互动，第二节中又用唇间液汁流淌来形象化"想象力充沛的人"的那种饱满状态。说起来，这里无非是形象化和通感，也是耳熟能详的手法了，但善用者却往往举重若轻，恰到好处。王小波说小说家必须有些"无中生有"的能力，那么，诗人就必须有些化平淡为绚烂的本领了。怎样把平淡无奇的细节、瞬间拉开、延长并敞开一个形象化的空间，这就是艺术思维大展身手的地方了，这也是诗人语言质地上之卓越或庸碌的分水岭。

继续看丫丫雕刻"时光"的表现，"时光"这个词在她的诗中有着不同的使用：

> 可是，这有什么办法呢？
> 人与人。男人与女人。有着太多的不同
> 就像我喜欢雪白的时光，喜欢坐下来安静地谈情
> 而我的男人，他喜欢雪白的大腿，喜欢随心所欲地做爱
> ——《情人节，偶遇帕斯捷尔纳克先生》

> 左手提着变质的时间，右手
> 提着新鲜的孤独
> ——《变奏：宅时代》[1]

看起来，丫丫偏好用形容词去想象时光的多种状态，时光于是被赋予不同的质地，提炼出不同的意蕴。我甚希望丫丫来完成一个"关于'时光'前面形容词的 N 种形态"，不知她能够翻新出几款来呢？这当然仅是玩笑，诗语之获取常在于妙手偶得，命题之下，往往得出些平庸的结果，丫丫也是，这我们也是试过的，我不觉得她是一个词语翻新的机器，只想说明她语言运用的才华。

有时词语的妙用，并不在修饰，而在不修饰。不修饰的词语关键在于看似无意却饱含匠心的选词，这方面丫丫似乎也有天分：

> 迷宫中央
> 某些话语，找不到线头

---

[1] 陆燕姜：《变奏》，中国戏剧出版社 2013 年版，第 23 页。

> 寒夜，双耳失聪
>
> 用方言，喊出一个名字
> 回声，在牛皮信封里
> 凝固
> ——《空城》①

这里说到底是怎么样在现代汉语中继续进行"隐喻"的创新。隐喻既是汉语的特性，同时也是一种在现代汉语诗歌中被质疑的修辞，最极端的是于坚所提出来的"拒绝隐喻"。于坚的诗学倡导当然自有其现实和理论的针对性，也在他的诗歌实践中创造了优秀的文本。但是，从诗歌的特性说，隐喻又不可能真正地被拒绝，所以，问题事实上就被转化为如何更有效地在现代汉语诗歌中去使用隐喻。于坚的倡导其实为我们提出了一个警示：那些在汉语诗歌传统中沉淀下来的意象必须被审慎地使用，如其不然，它们就徒具审美的外壳，并将成为跟诗人心灵无关的现实遮蔽物。

当代汉语诗歌写作中，张枣是一个对名词的隐喻使用有着特别尝试的诗人，譬如他常用到的"木梯""镜子""理发师"等词就充满着创新性的隐喻。我要说的是，汉语由于其特性，词语具有其本义、核心义、引申义和特别的文本义。所谓隐喻，就是文本义和核心义之间的距离。一个在使用中日益老化、固化的隐喻，文本义和核心义的距离在不断缩短，文本义一旦和核心义重合，诗性就基本消失了。所以，诗人必须在具体的写作中去为词语创造文本义。但是，此间的问题又在于，文本义的生成并非绝对自由，而是作者和合格读者之间的微妙契约，而契约的条文是基于诗歌文本（小本文）以及文化背景（大本文）。如果一个隐喻永远不能被洞悉，那只能说，诗人对自我心灵景观的加密产生了乱码，它已经不再是一种艺术，而是一种无聊的游戏。

诗歌是一种讲究瞬间到达的艺术，所以，名词性隐喻的有效使用就至关重要了。上面的诗行中，"线头"和"牛皮信封"就是有效的表达。"线头"不但赋予"话语"以形象，而且又赋予它"牵

---

① 陆燕姜：《骨瓷的暗语》，现代出版社2014年版，第44页。

一发而动全身"的功能,所以,它的含义在一个词中就引而不发,"牛皮信封"也是,这里不展开。诗句中或许并没有值得一再阐发的微言大义,但是对于词语细节的处理乃显示出诗人的功力和天分,这里的处理在丫丫的诗行中俯拾皆是。

丫丫诗歌让人印象深刻的正是她那种对词语创造性拼贴而产生的微妙、贴切的效果,顺便举几个例子看看:

南方的冬天,爱已断奶
那片停落在窗棂上的雪花
丢失了秘符
　　——《与浪漫主义无关》

我缄默。这些年
生活的几何学,教会了我
平面与立体,理论与实践
相同的命题,可以有着截然不同的结论
　　——《两条平行线的交点》

交出我的姓氏、身世、声誉,
设了密码的灵魂和躯体,以及
只有我一个人的祖国
　　——《对一首诗虚张声势》

呛人的荷尔蒙
消磁的信仰
来不及转弯的浪漫
　　——《即兴曲:等》

香气的汛期
转瞬即至
潮水涨过她
荒凉的心
　　——《即兴曲:桃花》

他的"鱼筐"仍是空的
一如今晚的我
——《变奏：伪。读诗会或纪念日》

干杯吧！神志恍惚的星期六
除去所有衣物，两个裸体清脆地碰响
空间的伤口，时间的盐
多么恰如其分的超越和伤害
——《变奏：非命名，第六天》[①]

拼贴是一种后现代语境中大量使用的文化策略，同时也是在诗歌中大量被实践的文本修辞，它跟特定大文化的瓜葛我们不在这里展开，只是想说，这种修辞未必伟大，它在丫丫诗歌中其实是信手拈来。有时候你不得不去佩服或惊讶，她的脑子里何以总是在闪过一些名词（爱、生活、灵魂、躯体、荷尔蒙、香气、裸体）时，又同时闪过那么些既不相干又如此契合无间的修饰（断奶、几何学、加了密码、呛人、汛期、碰响）。这些在日常使用中分属于不同层面的词语为丫丫所驱御，服服帖帖地组合成斑斓的诗歌地图。你可以说，此雕虫小技，但你也不得不说，此诗才也！至于语言上的这种创造力和错位拼接能力，我认为必须到诗歌想象中去寻找答案，这个问题，我们下面会进一步分析。

二 诗思：从手绢到玫瑰到火焰的魔术

波兰诗人辛波斯卡说"再没有比思想更淫荡的事物了"，所谓"淫荡"或许指的是无拘无束地寻找"交配"的欲望；而思想无疑也有着无拘无束地寻找新可能性的冲动。思想的道德在于打破"从一而终"，在于各各交欢并繁衍出灿烂多姿的后代。由此而言，我们或许可以说，"再没有比诗歌更淫荡的文体了"，从词语、修辞、到场景、想象，诗歌思维无不显示出对"语言混居杂交"模式的衷

[①] 以上变奏诗出自陆燕姜《变奏》，中国戏剧出版社 2013 年版；其他出自《骨瓷的略语》，现代出版社 2014 年版。

心向往。无论是蒙太奇还是通感、拼贴,都是企图从日常语用指定的语言婚姻中出逃,去寻觅词语自由主义的"纵欲生涯"。诗人语言的绚烂,或者在于一种"淫荡"的诗思。"淫荡"当然是比喻的说法,跟苏桑·桑塔格所谓的"色情的文体"正是同样的道理。诗人如若欲求诗歌之独特,当追求诗思的独特,此一点,在丫丫这里也是一再证明了的。

丫丫诗歌令人印象深刻之另一点,正是她的几乎每一首诗中,都有出人意料的想象。如前所说,她如一个魔法师一般,把诗歌变成一场表演,左手的手绢在右手就成了玫瑰,转回左手又成了火焰。

所谓诗歌思维,从本质上说是一种有意蕴的形象思维。我们的日常成人思维,事实上是为了适应社会生活需要而形成的对生活世界的认知。近代以来,社会生活中的成人思维事实上是主客两分的认知性思维。这种思维中人被确立在一个认知本体的位置上,世界就是我们认知的对象。而认知的工具,又主要以近代西方的科学思维为主。所以,当一棵树进入一个未被社会化的儿童眼中时,经常是以形象化的形式出现的(遮风挡雨的树宫殿、有胡须的树爷爷等),但进入成人社会以后,这种思维日益被压缩,树开始被转化为一种功能性的存在:树不是人,树是一种植物,树具有光合作用的功能,打雷不能站在树下等。日常思维对世界的认知总是以压缩形象思维为代价,而诗歌思维某种意义上说是必须逃避日常思维的。所以,诗歌思维常常表现出童话思维、置换思维、天人思维等非科学认知性特征。

回到丫丫的诗歌,丫丫从不讳言自己不读书或少读书,她自称读书极少,不爱读书,但是一本书一旦被她读进去了,她就会变幻出很多东西来。这些话不管解读为对自己诗歌才华的无意识炫耀还是对客观读书状态的描述,我认为都无关紧要。重要的是,或许正是因为她几乎没有被迫接受过理论的训练,(中师艺术专业毕业,没有学习理论的强迫性需要)进入到一种理性的思维逻辑中,她的头脑中那片诗矿才没有被大面积地破坏。这里不是说理论思维和形象思维绝对对立,但相对对立是客观事实。当然有着不少在理论和诗歌方面都有很好作为的人,当代比如废名、郑敏、臧棣和胡续冬这些诗人,他们在理论和诗歌方面都有建树,但不得不说,一方面这是他们较高的天分，另一方面他们的诗歌也在很大程度上智力化了。

当很多人为一个奇特的诗歌场景而抓破脑袋的时候，丫丫最不缺的却是各种各样稀奇古怪的念头。所以，我们总是可以在丫丫的诗歌中读到很多特别的想象化场景，诸如"骨刺的暗语""我的廊长出一条长草"之类的想象到处皆是：

床、梳妆台、墙角的仿真百合
窗帘、地上的灰尘，甚至
她脸上浅浅的小雀斑
便不安分地，动了起来

噔，噔，噔……她听到有人在体内
爬楼梯的声音。沿着肋骨，拾级而上
如果没有猜错，那人一定是
左手持着火把，右手拿着铁锹
　　——《灯神》①

我承认：
我的神经兮兮与胡思乱想的坏毛病
有着不可分辨的关系

刚刚我不经意路过一个玻璃橱窗
看到一个熟人。她的体型，相貌，神情
像极我自己。我停下，与她对视

这个时常搅得我心神不安的主犯
竟对着我诡秘窃笑。噢，猖狂的家伙
真的无计可施？

我犹豫着。轻车熟路地

---

① 陆燕姜：《骨瓷的暗语》，中国戏剧出版社2013年版，第17页。

她又一次，偷走我的思想
　　在别处，精准地复制
　　　　——《主犯》①

　　在现代快节奏和多层面的生活中，人们常常受着精神分裂之苦，或者说，每个人都难免有着多重的自我。诗人就更是如此了，理智与欲望，精神与物质，禁锢与自由，这种种的分裂常折磨着诗人。丫丫或许也是为此所苦，所以写作的那个自我就把那个弄得自己心神不宁、焦灼不安的自我指认为"主犯"了，怎样让这个主犯在诗中现身呢？丫丫借助了一面路边的玻璃橱窗，这无疑是中国古代以至于现代诗歌中"镜子"使用的一种变体了。透过橱窗之镜照出自我心灵中的他者，这个对"我"诡秘窃笑，而我却"无计可施"的家伙"又一次，偷走我的思想在别处，精准地复制"。这里说明，"我"是在突然之间才惊觉到另一个自我对我的入侵的，它在我意识潜流中运作，竟如小偷一般，等到发现，往往无可奈何了。这里借助于第三人称和第一人称的心灵对话进行的戏剧化想象其实在30年代卞之琳的诗歌中就开始了，但丫丫的戏剧化，更为简单和形象，她应该也没有读过太多卞之琳的诗歌，只是其诗思任意所之的产物。

　　在丫丫以想象见长的作品中，我比较偏爱下面这首《变奏：片段》：

　　　　巨大的浴镜前
　　　　我小心翼翼
　　　　穿上——
　　　　不锈钢内衣
　　　　塑料背心
　　　　红木短裙
　　　　玻璃外套
　　　　橡胶连裤袜
　　　　水泥长筒靴

---

① 陆燕姜：《骨瓷的暗语》，中国戏剧出版社2013年版，第39页。

最后不忘戴上
亲爱的纸花小礼帽

你站在镜子背面
一语不发
拿着透明螺丝刀
不慌不忙，将我
一件一件，一点一点
拆下来——

我终于成了
一堆废土
2011-04-26①

  如果说这首诗同样是采用戏剧化手段，并且同样是在现实的场景中引申出的奇异想象的话，那么，它跟以上想象的不同在于它显露出来的明显的超现实主义特征。同样是面对镜子，丫丫一定是一个喜欢对着镜子臭美的女人，但是看来她对着文字之镜时还不仅仅是臭美，她把现实的思考跟超现实的想象无间地融合起来了。第一节写对镜穿衣的过程，奇特的是那穿上的衣物的"硬物化特征"。无疑，内衣、背心、短裙以及衣袜这些都应该是贴身而柔软的，而如今，"我"穿上的却是不锈钢、红木、塑料、水泥这些无比坚硬材质的衣物。显然，这里就是一种身份想象了：在镜前整装准备外出，所以必须为自己准备另一个可以融入公共生活的自我，或者说这身准备，乃是公共生活对书写者自我的塑形和定性。第一节在衣服的软与硬所展开的张力空间中展示了异化的过程。
  有趣的是第二节，第一节是穿，而第二节却是脱，是拆（是对坚硬之物的"脱"）。"镜子背面"究竟是什么位置呢？这显然不是现实更衣者的背面，而是更衣者的对面，就是镜子里面了，这不是一个现实的位置，而是一个想象的位置，所以，那个"你"，如《主犯》中的"你"一样，只不过是另一个"我"罢了。当一个

---

① 陆燕姜：《变奏》，中国戏剧出版社2013年版，第19页。

"我"在穿上坚硬现实之衣的时候，另一个"我"却拿着螺丝刀，用小刀把这一切不慌不忙地拆散。所以，这首诗在我看来和《主犯》一样，都牵涉到内心的拉扯和撕裂。

丫丫诗歌中这些"淫荡"的想象比比皆是，也正是她诗歌的主义特色，包括像《梦里的布拉格广场》《变奏：阳痿者》等诗中都有出色的表现。

三 经验、发现和待涉之河

老实说，丫丫在语言和想象方面都有令人侧目的天分，但这些天分却还没有惊世骇俗。她的语义修辞和诗歌想象并没有开创性地超越了前人的诗歌实践。在诗歌艺术上的开创既是天分也是机缘，实在是太难太难了。所以，大部分的诗人，在语言想象的储备之外，经验和发现也是他们让人记住的重要环节。

在诗歌写作的历史中，总有人靠着对特殊经验类型的敏感表现而为诗歌添光增色，譬如翟永明、伊蕾等人之于性别经验，韩东之于市民经验，黄礼孩之于宗教经验，郑小琼之于打工经验，等等。以丫丫极其平坦和幸福的现实生活而言，她并不可能占有什么独特的经验类型。但是，她也绝不是满足于在诗歌中卖弄撒娇和低吟浅唱之人，她总是努力地去思考和发现。就目前而言，她的题材领域除了爱情外（向卫国先生的诗评对丫丫诗歌的爱情主题有比较深入的分析），她也思考了自我内心的撕裂和纠缠（上节在分析她的诗歌想象时提过的两首诗即是）、婚姻中的性别对峙、女性在传统婚姻中的内耗，时代之恶在人身上的投影，并试图在此基础上去呈现当代经验，去写出配得上这个时代的诗歌。

> 这该死的东西。潜伏在他们的私生活里
> 像有毒的香水，散发着小狐狸的气味
> 诡秘。时隐时现
>
> 它，穿透发了霉的硬币背面
> 暗长在无色无味皱褶婚姻的缝隙
> 在红男绿女食不果腹的孤独里

一个带杂味的眼神
　　一条神差鬼役的短信
　　一场空穴来风的际遇
　　呵，这藏头露尾的鬼东西
　　冷不丁便会插伤信条和教义

　　而被戳痛了的人心
　　即使滴着血，也没有人喊疼
　　只是说：痒
　　　　——《刺》①

　　刺是包裹在婚姻中无所不在、触手可及的小障碍，在"私生活"中"时隐时现"，正所谓"暗长在无色无味皱褶婚姻的缝隙/在红男绿女食不果腹的孤独里"。"刺"这种婚姻生活中的暗流，无形却有味，它不是血淋淋的刀，不是撕心裂肺的痛，而是一种若有若无，时来时去却又让人猝不及防的"痒"。丫丫在这里所捻出的"刺"和"痒"，互为表里，正是阐释日常婚姻的有效表征。
　　而在《归》中，丫丫主要从女性的角度，把婚姻诠释为一场姓氏、身体以至于心灵的"迁徙"：

　　米白色的小教堂，举行着一场葬礼

　　她的姓氏被迁徙，乳名被切割
　　吐着浅蓝火舌的躯体，被
　　命名

　　小木屋之外，少女时光被插植成
　　白色栅栏。柴扉或掩或开，竹篱外的葵花
　　只剩，一个方向。跟他上山砍柴
　　为他洗衣烧饭，缝裤补衫，疗病舔伤
　　生下儿女，一双

---

① 陆燕姜：《骨瓷的暗语》，现代出版社2014年版，第3页。

三两声鸟鸣、虫叫，一丝花香，几缕山风
　　还有他的一声声轻唤。她，寄隐于
　　一幅水墨风情画中。像诗般
　　将柴、米、油、盐，分行

　　活着与死亡。有时只是
　　对方的另一种，表现形式
　　地狱与天堂，也是

　　她，正从一扇门。通往
　　另一扇门①

　　婚礼被设置在浪漫的白色小教堂，接受着神和众人的祝福，这是所有婚姻的开始。然而，第二节马上从女性的角度对来展现婚姻对于女性触目惊心的"切割"与"迁徙"："少女时光被插植成/白色栅栏。柴扉或掩或开，竹篱外的葵花/只剩，一个方向。"女性在被合法"嫁出去"的婚姻制度中所承受的定型和宰制，从米白色教堂到白色栅栏的词语转变中可以窥出。

　　有趣的是，这首诗名为"归"，婚姻常常被视为女人的归宿，可是丫丫眼中，婚姻何尝不是一场刚刚开始的迁徙和流浪。所谓找到归宿的人，又该"归"向何方？婚姻，是从少女之门通往女人之门，可是在婚姻中承受着迁徙之痛的女人，又该通往哪一扇门？

　　在我看来，丫丫写出的最配得上当代经验的应该是这首《变奏：阳痿者》：

　　这并不是什么不可告人的秘密
　　被砍伐的树木
　　始终不发出任何声响

　　刀痕经常不落在躯干本身
　　阴影上的伤疤错落有致

---

① 陆燕姜：《骨瓷的暗语》，现代出版社2014年版，第5页。

知情人从不随口说出真相

　　他拿城墙当书籍阅读
　　有时书里散发出的草香夹杂
　　油漆气味

　　他找不到医治的药引
　　历史是执政者的绝缘体
　　无弹性。不透气。

　　街道，广场，教堂
　　灰尘横行……
　　他的偷窥癖无处可施

　　坚挺的理想溃败于疲软的时代
　　随身所带的避孕套，不是器具
　　只是玩具
　　　2011-04-21①

　　以病为喻，第一节就直接凶悍得让人惊心：树木，被砍伐，却从不发出任何声音，而这"并不是什么不可告人的秘密"。人尽皆知，在这个时代被砍伐的人们，已经拦腰截断的人们，却不认为砍伐是不可告人之羞耻，反而以病为荣者，实在多的是。这就是所谓的"刀痕从来不落在躯干本身/阴影上的伤疤错落有致/知情人从来不说出真相"。一个病了的时代，所有人却共同缄默，刻意地把病（诗中用的是伤痕）给集体掩埋了。其间的悲剧性，有如鲁迅当面所描绘的"无物之阵"。战斗而没有对手，敌人却掩藏在所有日常的笑脸中。病而所有人皆不以为病，并且恪守着同一个秘密而后去附和轻的生活。

　　第三节"城墙"与"书籍"的比喻都奇特而有力，"墙"是另一个当代人所共知又共同缄默的秘密。与"墙"共存者，在把墙当

---

① 陆燕姜：《变奏》，中国戏剧出版社2013年版，第16页。

成书阅读时,如何能不从青草中嗅到"油漆气味"。这是丫丫对当代生活悲剧性的另一层书写,虽然她说出的并非人所未言,但应该说是尚没有用诗歌的方式去表现的。同理,第四节对"历史"的认识,并非多么了不得,关于历史的叙述,俏皮者如栽在胡适身上的"历史是一个任人涂抹的小姑娘",深刻者如罗兰·巴特说:"历史家越接近自己的时代,话语行为的压力就越大,而时间也就越缓慢:两种时间制不是等时性的(isochronic)""历史话语大概是针对着实际上永远不可能达到自身'之外'的所指之物的唯一的一种话语。""历史的试金石与其说是现实,不如说是可理解性(intelligbility)。"① 但是丫丫以一个诗人的方式去表达历史,她用的是"执政者的绝缘体,无弹性,不透气"。其表达之简略与蕴藉,我们只能说,诗人不是思想家,诗人用自己的方式处理了思想。

第五节是上面的自然延伸,无所不在的墙所构筑的街道、广场、教堂,自然抑制掉人的"偷窥欲"(注意这里的反讽),公民是有东张西望的知情欲和知情权的,但人民的知情只能被定性为"偷窥"。所以,前面五节的悲剧性铺垫推出了最后的高潮:

> 坚挺的理想溃败于疲软的时代
> 随身所带的避孕套,不是器具
> 只是玩具

当然,最后是不是需要一个这么直白的"高潮",还值得再探讨,但是这首诗说明丫丫并不甘于仅仅处理那些个人闺中闲愁之类的经验,而更愿意用笔去承担和探索当代生活和当代经验,这无疑是难得的自我打开。

结 语

应该说,丫丫是一个极有潜力的诗人,她的某些诗歌比很多写诗多年的所谓诗人都要好。但是,这并不等于她已经是一个优秀的

---

① [法]巴尔特:《历史的话语》,《现代西方历史哲学译文集》,上海译文出版社1984年版,第83页。本文作者"巴尔特"即后来通译的"罗兰·巴特"。

诗人。这表现在,她的写作还并不真正稳定,很多诗歌质量还有较大起伏,她写短诗往往有出色表现,而一旦处理长诗,写作手段上开始变得不够用而不得不乞灵于浪漫主义的呼告抒情;写作的持续性问题,作为一个不怎么读书、生活阅历也并不丰富的诗人,才情能支撑写作多久,这是一个问题。从目前看来,丫丫可贵之处在于,她真正把写作当成生命中一件重要的事情来做,或许正是这种投入导致她写作的燃烧,但是她能够把这种"燃烧"的激情保持多久,同样需要观察。所以说,诗矿(说到底就是诗才)的存在,或许可以成就一个让人惊讶的潜力诗人,却未必会成就一个优秀甚至于卓越的诗人。丫丫足以让人期待,但也千万不能被太多迅猛扑来的"赞美"所"捧杀","虚荣"可以点燃写作,但不会是写作持久的燃料。

写于 2011 年 10 月
改于 2018 年 12 月

第三辑　诗本身

智性诗歌的精神辩证法

——读辛波斯卡《在一颗小星星下》

在一颗小星星下①

辛波斯卡

我为称之为必然而向巧合致歉。
倘若有任何谬误之处,我向必然致歉。
但愿快乐不会因我视它为己有而生气。
但愿死者耐心包容我逐渐衰退的记忆。
我为自己分分秒秒地疏漏万物向时间致歉。
我为将新欢视为初恋向旧爱致歉。
远方的战争,原谅我带花回家。
裂开的伤口,原谅我扎到手指。
我为我的小步舞曲唱片向在深渊呐喊的人致歉。
我为清晨五点仍在熟睡向在火车站候车的人致歉。
被追猎的希望,原谅我不时大笑。
沙漠,原谅我未及时送上一匙水。
而你,这些年来未曾改变,始终在同一鸟笼中,
目不转睛地盯望着空中同一定点的猎鹰,
原谅我,虽然你已成为标本。
我为桌子的四只脚向被砍下的树木致歉。
我为简短的回答向庞大的问题致歉。
真理啊,不要太留意我。
尊严啊,请对我宽大为怀。

---

① [波兰] 维斯拉瓦·辛波斯卡:《万物静默如谜》,陈黎、张芬龄译,湖南文艺出版社2012年版,第80—81页。

存在的奥秘，请包容我扯落了你衣裙的缝线。
灵魂啊，别谴责我偶尔才保有你。
我为自己不能无所不在向万物致歉。
我为自己无法成为每个男人和女人向所有的人致歉。
我知道在有生之年无法找到任何理由替自己辩解，
因为我自己便是我自己的障碍。
噢，言语，别怪我借用了沉重的字眼，
又劳心费神地使它们看似轻松。

　　辛波斯卡是一个特别的诗人，她的诗集在波兰是畅销书。毕竟是获奖诗人，即使没有诺贝尔文学奖的加持，辛波斯卡的作品作为智慧的结晶很可能也会轻易俘获那些爱智爱趣的大脑。王小波写小说是为了反对三无生活（无智、无性、无趣），辛波斯卡虽然并不刻意写性，但在智和趣方面却都登峰造极。有的诗人我们会向他们要求情感，有的我们会要求技艺，有的我们要求的却是智慧。比如对陶渊明和王维这样的诗人，我们最看重的其实是诗后面那颗道心和禅意。辛波斯卡完全有能力成为后辈诗人们的技巧教练，但如果我们将她当成技巧教练却又入宝山而空手归了。她的诗每首都是精品，但如果要在这些精品中选极品，我会选择《在一颗小星星下》和《用一粒沙观看》二首，因为它们包含了典型的辛波斯卡诗歌辩证法。

　　很多人读《在一颗小星星下》时被吓坏了，这么汹涌的诗行中似乎找不到提纲挈领的地方，这很让读者焦虑。为称之为必然向巧合致歉，辛波斯卡你在说什么呀？致歉是一种由愧疚发出的情感性表达，必然和巧合是一种事物规律性或非规律性的描述，并无情感可言，将情感施与一个非情感领域，这是诗人脑洞大开，还是倒行逆施？而且，跳跃也太快了，为什么"我为自己将新欢视为初恋向旧爱致歉"后面会跳跃到"远方的战争，原谅我带花回家"。辛波斯卡这太长太长的脑部反射弧常让很多人蒙圈。可是，要我看，这首诗有着很清晰的语言纹理，思想表达也若合符契地联结在一起。如果一定要整体性把握这首诗，我认为就是"辩证法"，这是一种辛波斯卡式是生命辩证法。

　　何谓辩证？辩证就是在正反、阴阳、集体/个人、献身/冷漠、必然/偶然等二元对立项中找到更居中的超越性立场。"我为称之为必然向巧合致歉",这里讨论的其实是非常宏大的历史问题,历史究竟是由必然性决定的,还是由巧合决定的?这是二种论争已久的历史观。在黑格尔、马克思的哲学中,大历史中有着辉煌的螺旋式上升的结构,当然是由必然性决定的。这种历史决定论在非常长时间里主宰着人们的思路,但辛波斯卡投以狐疑的眼光,如果你们都称之为必然,那我就要向"巧合"致歉了。因为,巧合被历史决定论流放了,你们连一个位置都不给它,难道不该对它表示歉然么?要知道,由巧合和偶然决定大历史走向的例子比比皆是,也是很多野史感慨"如果当年不是……那历史也许就要改写了"的原因。偶然也是现代主义着力开掘的领域,现代主义跟现实主义的区别并不仅在于技巧上的新奇,更在于内在的认识论。用王富仁先生的话说,现实主义和浪漫主义一个向外看,一个向内看,但它们都共享着可知论,他们都相信世界是可以被理性把握的。可是现代主义跟它们最大的区别在于,现代主义主要是由不可知论支撑的。这是何以卡夫卡小说中的 K 会一直找不到城堡的哲学原因,因为世界本质上是不可识的。昆德拉在《不能承受的生命之轻》中更是用六个巧合将偶然性对生命的影响推至极致。你说托马斯医生和特蕾莎的命运那样不可抗拒地纠缠在一起是因为命定的爱情,或许不,它的起点只是六个巧合:

> 七年前,在特蕾莎居住的城市医院里,偶然发现了一起疑难的脑膜炎,请托马斯所在的科主任赶去急诊。但是,由于偶然,科主任犯了坐骨神经痛病,动弹不得,于是便派托马斯代他到这家外省医院。城里有五家旅馆,可是托马斯又出于偶然在特蕾莎打工的那家下榻。还是出于偶然,在乘火车回去前有一段时间,于是进了旅馆的酒吧。特蕾莎又在当班,偶然为托马斯所在的那桌客人提供服务。恰是这六次偶然把托马斯推到了特蕾莎身边,好像是自然而然,没有任何东西在引导着他。[①]

所以,当辛波斯卡向巧合致歉时,她代表的不仅是她自己,而

---

① [捷] 米兰·昆德拉:《不能承受的生命之轻》,许钧译,上海译文出版社 2014 年版,第 47 页。

是一种现代主义的历史观。可是，辛波斯卡并没有因此就投向偶然性的怀抱，她马上转过来说，"倘若有任何谬误之处，我向必然致歉"，辛波斯卡并没有否定必然性。如果她偏执于偶然的一端，就分享了偶然性的深刻和迷思了。这就是辛波斯卡的辩证法，这套认识论的辩证法以至生命论的辩证法正是全诗一以贯之的关节，是打开这首诗最核心的按钮。

且举几例。"我为将新欢视为初恋向旧爱致歉"，这是一句让我每读必笑的句子，里面有洞察、体谅和自省。深刻的作家何其多，但深刻容易走向刻薄。比如李敖，他说"我不知道女人的眼泪和自来水的区别""女人和警察一样，喜怒无常和每月红包"。这里当然有修辞的机巧，但刻薄啊！王尔德就好多了，"愚人创造了世界，智者不得不活在其中""什么是离婚的主要原因？结婚。""逢场作戏和终生不渝的区别只在于逢场作戏稍微长一些。"但这些深刻的俏皮话是置身度外的，它把自己摆在一个冷眼旁观的位置。可是辛波斯卡不！她多深刻呀，"将新欢视为初恋"是对人类记忆和遗忘现象投射于爱情领域的深刻洞察，可是辛波斯卡不是秀一下自己的智力优越性或道德制高点，她把自己放在其中。我为此致歉意味着，她并不认为自己将超越这种人类根性；可是，深陷于如此的人性，她要做的并非去合理化自身的行为——自我合理化是几乎大部分人获得心理平衡的方式——她做的是致歉！这里，她再次超越了常规的二元对立，要么站在道德高地上对爱的遗忘进行批评和嘲讽，要么毫无歉意地为自己辩解，她的辩证法因此隐含着双重的人性，既有对人性弱点的体恤，也有对此的反思和歉意。

再看这一句"我为我的小步舞曲唱片向在深渊里呐喊的人致歉"。深渊呐喊的人为什么跟我的小步舞曲唱片构成矛盾呢？为何我要致歉呢？无论是在深渊里呐喊的人还是远方的战争，都代表着某种远方的灾难，那么，我们该如何面对他人的，远方的灾难呢？这里显然又产生二种典型的主流态度，一种认为我们必须对灾难感同身受，以此证明我们的人道主义和人性光辉。这种逻辑发展下去很可能导致某种道德绑架，那里在战争了，而你在娱乐，你还有人性吗？这是这种逻辑发出的典型拷问。当然，另一种主流态度是，远方的灾难，跟我又有什么关系？这是典型的个人主义立场的回答，这种立场拒绝自我为任何价值做出承担，你在你的深渊，我有我的唱片。那么，辛波斯卡站在哪里？她依然站在辩证法一边，二种主流的立场都被她超越了。她并不觉得远方的灾难必须使我停止自己的个人生活——以小步舞曲为代表，同样，她也不认为个人对深渊者不应该有伦理上的程度，这种承担就是"致歉"。你会发现，"致歉"是一种闪耀着多么伟大情感的辩证法呀。

于是，我们要回到这首诗的诗题去——"在一颗小星星下"。如果足够细心，你会发现这个诗题包含了某种矛盾："在……之下"这个句式隐含的应该是"星空"而不是"一颗小星星"，所以，这里的问题是，我们为什么要站在一颗小星星之下，而不是一片星空之下呢？星空是由无数星星组成的集体，而一颗小星星是作为一个个体存在的，这跟上面分析到的远方的战争和灾难联系在一起，我们必须尊奉某种价值，从而完成某个精神共同体，可是，这不是取消个体的理由，一颗小星星才是生命出发的地方。这依然是"集体/个人"的辩证法。

还可以再说一下这首诗由"致歉"构成的伟大情感。此诗几乎全由"致歉"构成，如何理解这些"致歉"的精神内涵呢？在一般的语境中，致歉指为某种过错而表达悔意，请求谅解。这里的"致歉"显然不在此列。诗人之致歉并非由于日常现实那些具体得失产生的愧歉，她致歉的对象既有抽象的"必然""巧合""偶然""时间"，也有远在他方的"战争""伤口""深渊里呐喊的人"。可见，诗人的"致歉"事实上成了自身情怀的检验坐标，由她的致歉对象我们发现，她关怀的不是一己之得失，不是具体可见的现实对象，而是抽象的、他者的、弱小的、万事万物的。正是这种致歉对象的抽象性和独特性，构成了诗人无与伦比的诗歌想象力和人文情怀。诗中，"必然""巧合""快乐"等抽象概念在诗人那里成了具有感受能力的主体，作为一个享受平静生活的人，诗人总是为"深渊里呐喊的人""火车站候车的人"而挂怀，为"不能无所不在"而歉然。因而，此诗具有某种不可方物的大情怀。在辛波斯卡那里，"在一颗小星星下"，万物有灵，万物呼应，这首既有难度又有趣味的诗更有着对宇宙万物深深的眷恋。通过"致歉"这一特殊句式，诗人把诗歌主体建构为一个关怀无限的有限者。人人生而为有限者，但"在一颗小星星下"的诗心，却渴望着无限，关怀着无限，甚至为无法成为"无限"而向万事万物"致歉"，这大概是此诗最令人动容之处。

还必须看到，诗中"致歉"作为贯穿始终的句式同时成了这首诗的结构。值得注意的是，古典诗歌讲究内容和结构上的"起承转合"，此诗作为一首典型的现代诗却剑走偏锋，完全几乎由"致歉"句式构成，这既构成了一种巨大的写作难度，也是一种典型的现代诗歌平行递进结构。这种结构是辛波斯卡所最喜欢，也最擅长的。又如她的《种种可能》则完全是由"我偏爱"句式构成："我偏爱电影。/我偏爱猫。/我偏爱华尔塔河沿岸的橡树。/我偏爱狄更斯胜过陀思妥耶夫斯基。/我偏爱我对人群的喜欢/胜过我对人类的爱。/我偏爱在手边摆放针线，以备不时之需。/我偏爱绿色。/我偏爱不把一切/都归咎于理性的想法。"① 以上仅是种种可能的"偏爱"之一斑，却不难看出辛波斯卡的机智、妙趣和独特。这种平行递进的诗歌结构现代性，对当代中国诗人也产生了深刻影响，譬如当代诗人宋晓贤的《一生》便几乎由意义递进式的"排队"构成："排着对出生，我行二，不被重视/排队上学堂，我六岁，不受欢迎/排队买米饭，看见打人/排队上完厕所，然后/按次序就寝，唉/学生时代我就经历了多少事情"，诗歌接下来不断为"排队"加码并在最后达到高潮："还有所有的侮辱/排着队去受骗/被歹徒排队强奸/还没等明白过来/头发排着队白了/皱纹像波浪追赶着/喃喃着有一天，所有的欢乐与悲伤/排着队去远方。"② 这无疑是结构现代性所产生的独特艺术效果。

---

① ［波兰］维斯拉瓦·辛波斯卡：《万物静默如谜》，陈黎、张芬龄译，湖南文艺出版社 2012 年版，第 127 页。
② 宋晓贤：《一生》，杨克主编《1999 中国新诗年鉴》，广州出版社 2000 年版，第 1—2 页。

历史的"不可能"和"可能"

——读特朗斯特罗姆《论历史》

论历史①

一

三月的一天我到湖边聆听
冰像天空一样蓝,在阳光下破裂
而阳光也在冰被下的麦克风里低语
喧响,膨胀。仿佛有人在远处掀动着床单
这就像历史:我们的现在,我们下沉,我们静听

二

大会像飞舞的岛屿逼近,相撞……
然后:一条抖颤的妥协的长桥
车辆将在那里行驶,在星星下
在被扔入空虚没有出生
米一样匿名的苍白的脸下

三

1926年歌德扮成纪德游历非洲,目睹了一切
死后才能看到的东西使真相大白

---

① [瑞典]托马斯·特朗斯特罗姆:《特朗斯特罗姆诗全集》,李笠译,南海出版公司2001年版,第99—100页。

一幢大楼在阿尔及利亚新闻
播出时出现,大楼的窗子黑着
只有一扇例外:你看见德雷福斯①的面孔

四

激进和反动生活在不幸的婚姻里
互相改变,互相依赖
作为它们的孩子我们必须挣脱
每个问题都在用自己的语言叫喊
请像警犬那样在真理走过的地方摸索!

五

离房屋不远的树林里
一份充满奇闻的报纸已躺了几个月
它在风雨的昼夜里衰老
变成一棵植物,一只白菜头,和大地融成一体
如同一个记忆渐渐变成你自己。

我想谈谈特朗斯特罗姆的《论历史》这首诗,谈谈关于诗歌与历史的关系这个话题,同时也谈谈特朗斯特罗姆诗歌中的历史观。在我看来,这首诗关涉到历史对于个人如何可能的问题。

何谓历史?或许大概会包括三个层面:

第一层的历史是指过去发生过的事情的总体,这是一个集合性的概念,它涵盖一切时空,但却有待赋型与释出,是总体意义上的历史,是投射各种关于"真实"想象的常规场所(我们说,历史不是那样的,历史不是这样的)。

第二层是指在某种特定意识形态和史学语法进入之后所得出的具体历史形态。这些具体的历史形态可能指向同一时空,却有迥异的描述和判断,但它们无一例外都要自我立法,并宣称自己为总体

---

① 德雷福斯(Dreyfus,1859—1935)法国军官,1894年被指控犯有叛国罪。

历史的唯一面目。这是一种具体的历史叙事,其局限性、建构性、意识形态性已经被新历史主义所反思。

第三层或许是史观层面的历史。这个层面关涉如何看待历史,历史的局限性,历史对个人如何可能等问题。

显然,特朗斯特罗姆是在第三个层面上谈论历史。

一般来说(不涵盖特殊形态),由于小说、戏剧等叙事文体所包含的形象直观和大容量等特征,它们更容易被某种强势的历史叙事所征用,它们常常被用于雕刻历史记忆,锻造集体经验。比如国家建立以后,新政权的历史起源问题,需要依靠小说、戏剧等文体去塑造。国家合法性的叙述框架,需要小说和戏剧去生产和填补具体的经验。而诗歌扮演什么角色呢?它往往是战斗的号角,是鼓舞士气的良方,也是主旋律舞台上的歌队。所以,它难以提供国家意识形态叙事所需的经验,但可以为一种历史叙事中的文献上咏叹调。这是指在政治意识形态环境下的情况,在消费意识形态主导下,小说这种叙事文体也比较容易和消费需要应和,生产出媚俗的历史经验。也就是说,小说比较容易在具体的历史营构中打转。人大概从小都有故事癖,而中国人大都有历史癖,所以大部分中国人都爱看历史故事、历史小说。所以小说常常穿行于历史之中,但却最容易去剪裁一种合政治目的性或合消费目的性的历史经验。比如二月河的《康熙王朝》等作品,《南京!南京!》《金陵十三钗》《色·戒》等叙述历史的冲动。而诗歌,由于结构、容量、语言等特性,在政治社会中固然同样被使用,但多不进入历史;在消费社会中便显出相对独立性,常常可以摆脱具体的历史经验,而创作出一种历史反思,即上面所谓第三个层面的历史。

特朗斯特罗姆的《论历史》,发表于1966年的诗集中,写作时非常年轻——相比于他漫长的写作生涯而言。

诗歌第一节以一个想象场景来象征,我来到冰封的湖边聆听,冰在太阳下闪光,开始冰裂,场景非常美,但更有意思的是,诗人认为,这像历史。这个场景和历史的相似性也许在于:历史叙事也是一个被冰封的湖,它美丽地闪光,但也在阳光下留下缝隙,我们面对历史,就是在湖边聆听。这种凝听不是完全把握,而是一种进入的可能。历史被展示为遮蔽和去蔽的结合,相对性与可能性的结合。

第二节同样是一个具有象征含义的想象场景,而且充满动态。

这个场景同样跟"水"有关，星星下，水中的岛屿、跨越岛屿或水域的桥，穿过桥的汽车。但是，特朗斯特罗姆显然没有兴趣去叙述这样的现实场景，他的现实词语都服从于内心的历史认知，"岛屿"不是作为本体，而是作为喻体出现的，而本体是"大会"，什么是"大会"，是否指历史记载中非常重要的、确定无疑的那些重要事件，中共第一次代表大会，十一届三中全会之类。在一般视野中，它们的确定性如"岛屿"一般不可移动。但是诗人说它们"飞舞逼近，相撞"，这大概在说明某种确定历史叙述的不可能。如果说水是既真实又危险，充满着难以把握浩瀚性的具体历史细节的话，那么历史叙述常常必须通过一条条长桥，打通和连接那些岛屿，从而建构出通往确定历史故事的直通路线。而特朗斯特罗姆的象征场景又一次对这种历史确定性表达了不信任。注意"米一样匿名的苍白的脸下"，一颗颗米的比喻，黄灿然用过，是《杜甫》中，"它的日子像白米，每一颗都很艰辛"。特朗斯特罗姆的米突出看不可辨认的性质，个体细节在历史叙事中的不可辨认性、

第三节，不是场景想象，而是事件想象。1926 年，歌德扮演成纪德游历非洲，有些真相必须过后才能看到。可以说讲得特别清楚，特别厉害的是诗人的象征事件想象力，纪德、歌德、德雷福斯这几个人物的并置，18 世纪、19 世纪和 20 世纪的并置，近代、现代景观的并置。在一个特别具体的场景中展开了历史的相对性和可能性。

第四节很好理解，我们都是历史的产物，激进和反动，左和右，是历史的两只脚，在他们的婚姻中诞生了后来者。从这个意义上看，不仅鲁迅是"历史的中间物"，所有人都是历史的中间物。诗人几乎有点直白地说，作为它们的孩子我们必须挣脱。这是指个人面对历史的岩层结构的一种个人态度：像警犬那样在真理走过的地方摸索！

最后一节，回到象征性，超现实的场景想象，一份报纸变成了植物，变成了白菜头，和大地交融，最后成为我们的记忆，成为我们自己。报纸是印刷文明的造物，既承载着传播真实的梦想，烙刻着极权专制的谎言，也传播着消费时代缺乏营养的流言蜚语。可是，它将塑造我们的记忆，让我们成为那个时代中的"你自己"。再次回应历史的困难。

特朗斯特罗姆的历史观和历史书写：

历史终究是特朗斯特罗姆念兹在兹、挥之不去的情结，他的历史观是新历史主义式的，他已经看到了历史的建构性、被书写特征。但是，让真的阳光照进书写的缝隙处，似乎仍是他不懈的努力。他不相信被权力写就的历史，但对于在历史下水道悄悄流去的无数鲜血却不能忘怀，所以，他既写历史的黑洞，也写历史的伤痕，历史对真实经验的遮蔽和被遮蔽经验的隐隐作痛。

就此意义而言，我认为特朗斯特罗姆分享着与后现代主义相近的历史书写原则，但是，诗人的历史书写的意义，不同于新历史主义哲学家。它不是在诗歌中去简单重复新历史主义的观念，而必须以诗人的想象强度和语言雕刻能力来增加黑暗经验被记忆的可能。

晚年视角和隐藏于群星中的爱

——读叶芝《当你老了》

当你老了①

当你老了，头白了，睡意昏沉，
炉火旁打盹，请取下这部诗歌，
慢慢读，回想你过去眼神的柔和，
回想它们昔日浓重的阴影；

多少人爱你青春欢畅的时辰，
爱慕你的美丽，假意或真心，
只有一个人爱你那朝圣者的灵魂，
爱你衰老了的脸上痛苦的皱纹；

垂下头来，在红光闪耀的炉子旁，
凄然地轻轻诉说那爱情的消逝，
在头顶的山上它缓缓踱着步子，
在一群星星中间隐藏着脸庞。

一首过于有名的诗歌其实是一个月亮一样的大坑。不小心就把分析者坑成一盏省油的灯。只能硬着头皮，浅说。《当你老了》选自叶芝诗集《玫瑰》，青年叶芝被同龄的毛特·岗的美貌和抱负所深深吸引，"一生的烦恼开始了"。她是一个坚定不移的民族主义

---

① ［爱尔兰］叶芝等：《驶向拜占庭》，袁可嘉译，中国工人出版社 1995 年版，第 125 页。

者，为了争取爱尔兰独立不惜代价。叶芝追随她参加了一系列革命活动，一再向她求婚，并为她写下了大量的诗篇，写于1893年的《当你老了》是其中最著名的一首。有论者认为这些作品是英语诗中最美丽的爱情诗，但毛特·岗却一直与叶芝保持着距离。1903年，毛特·岗结婚的消息给了叶芝毁灭性的打击，加之剧院琐事烦扰，叶芝的诗风大变，逐渐抛弃了早期朦胧美的风格。叶芝得不到回报的爱转化成一篇篇感情复杂、思想深刻、风格高尚的诗。叶芝意识到，是毛特·岗对他的不理解成就了他的诗，否则"我本可把蹩脚的文字抛却/心满意足地去过生活"。

叶芝作这首诗时，彼此都正值华年，青春动人，为爱尔兰独立事业献身的毛特·岗对于叶芝有着无法抗拒的魅力。此诗第一节写你"老"了时对爱情消逝的感叹，第二节写"你"年轻时身边的各种追求者，以及"我"那种超越时光的爱之信仰。第三节前两句重新写"你"的感叹，后两句却不再是简单写"我"那种圣洁之爱。诗人为这种坚韧深刻的爱找到了更广阔的意境。最后两句的意思是：即使多年之后，"你"以为爱情已经消逝，可是"它"并未消逝，它藏身于更高的地方，它依然在星群中闪烁。这无疑是全诗最含蓄隽永、深沉开阔的片段。

首先必须注意到这首诗视角转换的写法。作为青年时期的爱情诗，诗人却转换出晚年视角，假想爱人暮年的生活，语调平静、舒缓，把自己沉郁的情感娓娓道来。这一写法显然受16世纪法国诗人龙沙《致埃莱娜的十四行诗》的影响。诗人仿佛是一位孤独者，远远地注视着这位众星捧月的姑娘，向她献出自己弥足珍贵的爱情。"多少人爱你青春欢畅的时辰/爱你的美丽，假意或真心/只有一个人爱你那朝圣者的灵魂/爱你衰老的脸上痛苦的皱纹。"

还应注意此诗"对你倾诉"的叙述，这很容易产生如在耳边的亲切感，让读者感受到诗人是在向他的理想对象毛特·岗，哀婉地倾诉自己的心意，充分体现了"你"在"我"心中的重要性。而诗歌在第二人称叙述的同时，还借用了虚拟的晚年视角，充分体现了诗人某种超越时光和凡俗的爱情观。还应注意到，此诗并非简单表达爱意的永恒，更多是传达了自己超越时光、灵魂至上的爱情信仰。第三节，一边是晚年的"你"凄然诉说着爱情的消逝，另一边爱情却在代表着更高方向的山上踱步，隐藏于群星之中，正是这种爱情信仰的明证。

象与像的张力
——读罗伯特·哈斯《像》

像①

孩子从小溪带来蓝色粘土，
女人做两座雕像：女士和小鹿。
那个季节鹿从山上下来，
在红杉峡谷中静静地吃草。
女人和孩子注视女士塑像，
那粗糙的球形，那优雅，那阴影般的着色。
他们不确定她从哪里来，
除了孩子的拿取、女人的双手
和小溪的蓝色粘土，
在那儿鹿有时日落现身。

  这是一首意味深长的作品。诗笔逸出现实的塑像场景而创造了某种若即若离的哲理冥思。孩子带来了蓝色黏土，女人做成了两座雕像。问题在于，"女士和小鹿"的形象从何而来？诗歌显然在此习焉不察处发出追问：构成这个女士塑像的元素究竟有哪些？除了材料（蓝色粘土）、搬运工（孩子的拿取）和创作者（女人的双手）之外，究竟什么使得"像"来到世界、来到我们面前？如此，诗歌像一个张开了嘴巴，那嘴型里未被说出，即将说出的主题是：女人不自觉地内化了什么样的观念装置而想象"女士"的形

---

① [美]罗伯特·哈斯：《罗伯特·哈斯诗选》，远洋译，《诗歌月刊》2014年第10期。

象？进一步，女人对"女士"形象的想象又如何反过来塑造了她自己？有必要注意到诗中鹿的形象与女士形象的并置。女士的静态、阴影和鹿从山上下来，"在红杉峡谷中静静地吃草""日落现身"的恬静构成了某种潜在的同位关系。事实上，这首诗并未给解释女士和鹿的关系以绝对化的指引，反而创造了一种多义的、神秘的空间。一方面，有人认为，鹿在西方文化中具有指引者的意涵。因此，女士和小鹿也许代表着一个现实自我和一个理想自我的区分；另一方面，从宗教文化角度看，圣经中，人也是"神照着自己的形象造人"的结果。此处的自塑其身，似乎包含着人脱离上帝自我建构的现代性内涵。也有宗教信仰者认为，在基督赞美诗中，"如鹿切慕溪水"是形容信徒对神的渴慕。小鹿作为具有女性化特征的主体，对神顺服，但内在却由于神的庇护而更强大。此诗中那个女性，虽然塑造了女士和小鹿的形象，但并不知道他们从何而来。这说明她尚未把自己归入神的怀抱；而那只在溪边现身的小鹿，代表了一种带有宗教色彩的指引性力量。当然，这是信仰者视角的解读。

虽然我们无法完全确认对女人和小鹿之间的关系。但在写作上却可以注意到场景穿插所带来的精神张力。全诗 10 行，第 3、4、10 行是关于小鹿的，其他是关于女人和孩子塑像的。塑像部分是带有可视性的现实场景，虽然也引申出相当的冥想空间。但如果没有写作中两次的荡开和逸出，没有小鹿场景的引入，诗歌打开的张力和某种不可言说的神秘感不会像现在这样强烈。

此诗陈黎、张芬龄将诗题译为《形象》，相比之下，我更认同远洋所译的《像》，因为在汉语中，"像"既有塑像的意思，也有"相似"的意思。女人如何在女士塑像中想象某种"相似"，又如何在女士和小鹿的塑像中想象另一种"相似"。这是此诗很重要的内涵，似乎不是"形象"所能概括的。

诗歌的光影声色和精神景深

——读阮雪芳《分居期女人》

分居期女人①

冒雨访你。楼梯
一条上升的暗道
你的住处
声控灯一明一灭,夜晚
在身后迈着醉汉的步子
你打开门,长发的波浪
和影子的香气

两小时,我们静坐,喝酒
隔壁的孩子熟睡
我们打开画册看弗里达
嘶哑的色彩。这时
湿淋淋一只苍蝇撞在
窗玻璃上,你看着它
长时间沉默。大雨

仿佛一个裸体的女人
正抱紧她的灵魂
奔跑而过。肮脏的街道四处延伸
身体是孤独的教堂,你没有喝醉

---

① 阮雪芹:《钟摆与门》,现代出版社2016年版,第15—16页。

阮雪芳的诗歌有多副面孔。有时她用象征性的抒情，有时用口语性的反讽；有时她写现实的负重和灵魂的飞翔，有时她也写女性经验内部的疼痛和撕裂。不管采用何种方式，朋友们都觉得近年来她的写作在孤独长久的凝视下摸到了诗意世界的开关——更准确，也更丰盈起来。有些人喜欢在诗歌中直接说理，然而只有驾驭能力非常突出的诗人才能将说理提升为跟诗性兼容的智性。辛波斯卡说"我为将新欢称之为初恋向旧爱致歉"，像在说理，却包含了富于洞察力的诗歌智慧。没有这种在诗性和智性之间走钢丝的能力，最好不要在诗歌中讲道理。阮雪芳应该洞察此理，她大部分诗歌走的是用意象、情景创造丰富感性的道路。这类诗的内里也有义理在，可是它不是说出来，而是流淌出来。

《分居期女人》便是由叙事和情景进入，并娴熟地将现实空间不断象征化的例子。它带给我们光影声色的经验碰撞，并在这些被象征化的经验背后隐藏着幽远的精神景深，这首据说顺手写下的诗显示了诗人颇为老练精湛的诗歌技艺。

有必要注意到诗歌中的空间。女性主义者常盼望一间自己的房间，此诗写的却是去探访囿于一屋的女人，背后隐含着如何超越一屋的精神意涵。第一节写的是来到房间前，盘旋上升的楼梯，其间一明一灭的声控灯，外面如醉汉迈步的夜晚，这些都构成了一种鲜明的空间暗喻，暗示着女性自我确证的艰难。第二节来到了房间里，此节有着一种内外空间的互看。被囚于不幸婚姻的女人，画册中的弗里达嘶哑的色彩构成了与现实判然有别的精神空间。而湿淋淋撞在窗玻璃上的苍蝇象征着婚姻空间外另一批"不幸的人"。所以，此节的空间书写既有里外互相羡慕、互相不解的"围城"视角，更有以精神空间超越现实空间的批判视角，虽然一切引而不发。这种超越性的空间在第三节中被再次强化。身体是人灵魂寄寓的空间，为了灵魂不窒息于没有窗户的身体中，所以要"裸体"，要"抱紧她的灵魂/奔跑而过"。我觉得这首诗的谜底其实是人如何自我超越，从而使"肮脏的街道"变成"孤独的教堂"。

我常用杜甫的"窗含西岭千秋雪，门泊东吴万里船"来说明诗歌显见的光影声色和沉潜的时空延伸。杜甫的了得在于他在窗和门的镜框结构中，通过雪和船将时间和空间并置起来，使得诗歌显见的画面背后深藏了千年万里的巨大张力。显然，《分居期女人》同样将精神景深隐匿于光影声色背后。你分明看到女人身上的雨水正顺着手臂滴下来，你感受到逼仄楼梯中黑暗的压迫感，在一明一灭的灯背后，你听到脚步声和心跳声。当门打开之际，你看到了长发的波浪和影子的香气。活色生香的女人被囚于此，成为婚姻的人质。诗人没有说，但你深刻感到了。此诗令我想起陆忆敏的《风雨欲来》，同样是完全情景化的写法，人物的细小动作和现实表象背后勾连着复杂的精神暗涌。都是以无限去面对无限的写作，不妨对读。

在生命河边钓出心之所好

——读水丢丢《渔者》

渔者①

他少言寡语,正适合手持钓竿
在郊外的小河边,内心如水
空山不见影,但闻幽静声

鱼上钩或者不上钩
是姜子牙所说的愿意不愿意的问题
能钓上手指长的鱼,小春说
"那就是好技术"
同样喜欢钓鱼的小春又补充说:
"好手艺的人才会钓上手指长的鱼。"
他说的时候,我相信他是一个有经验的渔者

起身时
日暮西山
而今追忆
我愿此刻辽阔地
像蓝天像草原

这首诗并非第一眼就令人惊艳。相反,倒给人不少疑问。第一行说"他少言寡语",第二节则让叫小春的男人颠来倒去说一句似

---

① 水丢丢:《渔者》,《诗歌月刊》2009 年第 4 期。

乎有哲理的话：能钓上手指长的鱼，"那就是好技术"；"好手艺的人才会钓上手指长的鱼"。"小春"是第一节的"他"吗？如是，他第一节的"少言寡语"和第二节的"絮絮叨叨"的裂缝该如何缝补呢？第一节"手持钓竿/在郊外的小河边"提供的是一种进行时态，到了第三节"而今追忆"我们才知道那是一种过去进行时。那是追忆中的一种情境，何以那个共钓时刻值得追忆呢？还有：第一节前两句说的是郊外小河边钓鱼，为什么第三节突然跳到"空山不见影，但闻幽静声"呢？这种从"水"跳跃到"山"的内在肌理是什么？

此诗夹杂着口语的语感（"鱼上钩或者不上钩/是姜子牙所说的愿意不愿意的问题"）和书面熟语语感（"空山不见影，但闻幽静声""日暮西山""我愿此刻辽阔地/像蓝天像草原"）二种不同语感的交错确实让这首诗容易不受待见，特别是化用熟语如果没有化出某些特别的机锋，就难免被视为陈腔滥调。

我的解释是：第一节的"他"未必是第二节的小春，这个"他"也可能是"我"的一个分身。在"我"的追忆、叙述的凝视下，过去的那个"我"成为叙述者之"我"的一个他者。那时他渴慕着以钓入定，少言寡语便是返归内心的外在表征。而"内心如水"的水既作为熟语存在，也承接上面的"钓竿""小河边"的语言线索而来，暗示着"钓"者非鱼，而是钓心，作为一种内心的禅定修炼。因此，第三行"空山不见影，但闻幽静声"在第二行获得了一定的铺垫。这两句显然化自王维"空山不见人，但闻人语响。返景入深林，复照青苔上。"（《鹿柴》）对于孜孜不倦的理想读者而言，王诗的禅意和空灵也许会提供了一种互文空间。但是并非所有读者都愿意高度配合，此时便很容易觉得第三行更像是一种偷懒的袭用。

第二节继续钓鱼情境并引出"钓鱼者说"：钓鱼而有姜太公"愿者上钩"的心态，这是凡常关于从容的理解。这里提供了另一种理解："好手艺的人才会钓上手指长的鱼。"钓是什么？所钓在鱼者，钓便是一种功利性的诱捕；姜太公所钓并非不在鱼，而在愿意上钩的鱼。姜太公钓的其实是最最金贵的鱼。钓手指长的鱼区别于姜太公钓鱼之处在于，把钓视为一种相遇。这种相遇不同于功利钓鱼对肥美之鱼的追求；不同于太公钓鱼的以退为进。它要的恰恰是特定的、个人化的那种鱼——手指长的那种。所以，此处的钓，也许是在追问：作为钓者的人如何在生命的河边钓出自己的心之所好。正是在这个意义上，"我相信他是一个有经验的渔夫"。

第三节"起身时/日暮西山"暗示了那一次垂钓如何旷日持久而怡然自得。"而今追忆"强调作为过去时的钓之思悟对此刻的意义。必须说，"我愿此刻辽阔地/像蓝天像草原"在语言上确实有落入窠臼的俗套感。不过"我愿"的祈使语气或许暗示着完全相反的现实——此刻并不辽阔，所以才需要追忆，才需要重返某种澄明之境的启示。如果这样看的话，《渔者》提供的不是鸡汤式的钓鱼哲学，而是类似于索绪福斯推石上山的存在境遇：没有哪一次垂钓的感悟足以照亮一生。生命的蒙尘和擦亮也许是必须永恒持续的动作。

诗的叙事与象征

——读潞潞《深夜听到卡车》

深夜听到卡车[①]

深夜听到卡车不是一个臆想
车灯突然刷亮窗户,刷亮了
床上一对久已失和的夫妻的脸
他们并排躺着,什么都没有察觉
是隔壁的一个少年,充满泪水
他一夜又一夜地鼓起勇气

他奇迹般地拥有了今夜。他要把
今夜的一切压住,如同神秘的法则
十字大街泼上了水,像火灾后的遗址
惟一的步行者是一只猫
轰鸣的卡车来的正是时候

所有的卡车司机都在他们的洞穴中
温热、腐臭,他怎样脱身?
他蒙住眼睛,像一次毫无顾忌的逃亡
只有这少年的拦截,在一处窗后
过去多年,他失眠拉开窗帘
依然看到那孤独而疯狂的卡车
那画面更加离奇(仿佛在月球上)

---

① 潞潞:《这——潞潞诗集》,北岳文艺出版社2015年版,第173—174页。

> 手执方向盘的司机戴着天鹅绒手套
> 我知道了，这是一个不怕暴露的自杀者
> 他越来越快，在镜子般的
> 急转弯道上传来碎裂的刹车声

《深夜听到卡车》是一首叙事性非常强的作品，它内蕴了鲜明的画面感、直观的故事、清晰错综的人物线索，这些都是一般抒情诗歌所不具有的元素。不过，叙事既不是优秀诗歌的充分条件，也不是必要条件。所以，叙事性要融合进诗歌，很重要的一点在于如何由叙事的具体性引发出象征的无限性，这是由有限而臻于无限的功夫。

这首诗通过深夜卡车串起了多个生命现场：首先是"一对久已失和的夫妻"，他们并排躺着，沉睡中，深夜的车灯刷亮了窗户进而刷亮了他们的脸，他们什么都没有察觉。车灯以野蛮的姿态冲撞进深夜事物的内部，预示着某种危险信号。可是沉睡者依旧沉睡；失和夫妻并排而卧的姿态是一种典型的日常生活隐喻——表面平淡如水而底下裂痕沟壑纵横。在此意义上，这对夫妻代表了生命危机不在场的在场者。与之相对的当然是卡车危险现场的观察者——隔壁的那个少年。少年当然不知道隔壁的夫妻的孤独，正如夫妻不会知道少年的孤独，他们都陷身于彼此的限知视角中。诗歌中所有的人都是孤独的限知者；只有把这一切罗织起来的叙述人"我"拥有稍微超越性的视角。卡车串起的第三个生命体是那只深夜在大街上的猫，当然是野猫，深夜的步行者和流浪者，无家可归的事物，它比窗后的少年离卡车现场更近。与卡车相连的第四个生命体便是卡车里的司机——"所有的卡车司机都在他们的洞穴中/温热、腐臭，他怎样脱身？"值得注意的是，卡车串联起来的生命都是孤独的被囚者——夫妻被安静地囚禁于床和睡眠所代表的日常婚姻中、少年被囚禁于窗户和失眠的孤独中、猫被无家可归的流浪所囚禁，而卡车司机则被囚禁于一个永远运动着的洞穴。有趣的是，夫妻（家）和猫（无家）形成了对位关系；少年（静止）和卡车司机（运动）又形成了对位关系。不管他们处于何种状态，他们都在卡车的巧妙链接下深陷孤独。

诗歌前二节所铺垫的情节化为后二节的强烈紧张感："他蒙住

眼睛,像一次毫无顾忌的逃亡",承上,这个"他"是指卡车司机。这个洞穴牢笼中的司机想来一次极端的逃亡?"只有这少年的拦截"令人想起第二节孤独的少年"奇迹般地拥有了今夜""他要把/今夜的一切压住","轰鸣的卡车来得正是时候",它们一起暗示着,两个自杀者的一次离奇相遇。第四节中,叙述人"我"不惜现身指出——"这是一个不怕暴露的自杀者"。最后二句"他越来越快,在镜子般的/急转弯道上传来碎裂的刹车声",这里以声音回应着诗题"深夜听到卡车声",更重要的是,如镜子碎裂的刹车声既使全诗一直铺陈的紧张诡秘氛围达到高潮;当一个自杀者邂逅另一个自杀者,尖利的刹车声又在象征意义上变成了一种生命警示。

拼贴之于当代诗

——读林柳彬《是水在控制我》

是水在控制我①

是水在控制我
冲涮着木梳的黑头发控制着我

树枝长出早安的形状
而它的根部在说晚安

建筑物是白痴,那些进进出出的
表情的剪纸

是路灯的开关在控制我,
是烧焦、熄灭的眼瞳

反复鉴别,是清晨切开了
多汁的窗户

划伤了整条街道
和破漏的下水管

我们转动着嘴唇的车轮

---

① 林柳彬:《是水在控制我》,王光明主编《2006 中国诗歌年选》,花城出版社 2000 年版,第 158 页。

我们开着焦急的店铺

　　这首诗在技术上有两个看点：首先是物我的倒置，其次是拼贴的运用。物我错置体现在"是水在控制我/冲涮着木梳的黑头发控制着我"，"是路灯的开关在控制我，/是烧焦、熄灭的眼瞳"，这种修辞在当代诗中并不少见。通过这种错置强化主体内在的某种意绪。不过看起来，此诗更值得分析的是"拼贴"。"拼贴"事实上是一种在现代文学阶段就进入新诗的修辞，然而拼贴却是在当代诗歌中被频繁并高强度使用。张枣在《跟茨维塔耶娃的对话》中有"谈心的橘子荡漾着言说的芬芳"之句，这里拼贴体现在将橘子/芬芳和谈心/言说两种不同领域的词语有机并置交错而形成相互敞开的语义镜像张力。同样道理，此诗第二节便将树枝/根部和早安/晚安两种词语序列予以交错拼贴，"树枝长出早安的形状"具有相当的想象力，有趣的还在于某种细部的安排，试想这节诗能否换成"树枝长出晚安的形状/而它的根部在说早安"呢？或者换成"树根长成早安的形状/而它的树枝在说晚安"，大概都跟原意并不相符。因为根部作为出发处，跟"早安"也许是匹配的；而树枝作为某种后生的东西，对应呼应着某种结束的"晚安"，如此原诗的安排就再次强调了某种错置。"是清晨切开了/多汁的窗户"这二个拼贴的句子中充满了某种隐身的比喻带来的肉身性和物质感。清晨/窗户跟切开/多汁的（水果）两套词语序列的创造性并置带来了前所未有的黏糊糊的陌生化。特别值得一提的是，此节的"切开"一词事实上统辖了以下一节的"划伤""破漏"。而最后一节的"我们转动着嘴唇的车轮/我们开着焦急的店铺"同样运用了拼贴的手法。当然最后一句并不完美，它的拼贴性并不明显，在上面如此密集的拼贴惯性中，最后一句似乎显得差了一口气。不过整首诗从语言修辞角度还是具有相当的一致性和冲击力。它通过语言的陌生化再次重申了陈超说过的一句话"现代诗不是让你懂，而是让你感受"。

空间并置的生命流离

——读宋尾《家》

家①

小狗在前面奔跑,它是家的一部分
沿着房子转悠,下面是马路
那里缺乏安全感
家缓慢地延伸
顺着路径,我找到
日用超市、蔬肉市场、理发店、宠物医院
将它们与邮局、医院、银行分别插在卡片上
下午或晚上,我会去找九段
抽烟、喝茶,或吵架
夜半,路灯滞留在天际
它们找不到归宿,但遮蔽着局部的安全
纱窗外,保安低头跟草丛里的昆虫
说些什么
水从他们的故事缝隙流过去
来到我的面颊上,它,又流走

  一只在前面奔跑或转悠的小狗,串起了具有多重意义发散性的空间。家不仅是一个相对稳定的居住空间,也是一种具有认同感的情感空间。所以,小狗是家的一部分并不难理解。一个把小狗视为家之一部分的人,并不必然处于某种危机中。可是,当这只或奔跑

---

① 宋尾:《给过去的信》,重庆大学出版社 2009 年版。

或转悠的小狗把一个个空间并置起来时，那种与家的温暖相对立的疏离感却越来越明显。无论是缺乏安全感的马路，还是超市、蔬菜市场、理发店、宠物医院、邮局、医院或银行，都仅仅是解决人或狗生理性存在问题的处所，而跟精神无关。所以，它们是可以被"分别插在卡片上"的。它们与家无关，或者说正是它们表征着一种与家相对的生命流离。值得注意的是，将超市、市场以至医院银行"插在卡片上"隐含着一种非常规的语言表达。刷卡越来越成为现代生活的一部分，这个动作既意味着便捷的生活方式，也投寄着某种个人的社会化境况。个体正是通过一次次的刷卡被越来越深地镶嵌于社会性网络中。问题在于，当我们说"刷卡"时，看似通过"刷"这个动作确认了人的主动性和主体性；而这首诗制造了某种逆转，将诸多巨大的社会性空间"分别插在卡片上"，这里包含着对卡所代表的巨型金融、科技乃至社会制度网络对主体形塑能力的反讽。正是在这种巨型资本社会网络宰制下，小狗才更强烈地成为家的一部分。

　　第八行开始，小狗隐身。诗歌从上午转入了"下午或晚上，我会去找九段"，这是一种一般性的概述，指陈着时间发生的常态性。九段可能是一个围棋高手，也可能仅是一个绰号。"抽烟、喝茶，或吵架"这些行为引出了一种老友记的氛围。可是，老友的家显然也不是家。它是介于自己家跟公共社会空间之间的情感性空间。朋友家跟自己家的区别在于夜半终须离开，于是便有了夜半的"路灯滞留在天际/它们找不到归宿，但遮蔽着局部的安全"。从下面的"纱窗外"可以看出这是屋内视角，即将离开而尚未离开，这种心理投射使得远远的路灯像"找不到归宿"的个体。路灯给路人以某种光明的指引，显然是创造安全感的，何以这里却是"遮蔽着局部的安全"呢？大概因为在一个处于某种无家可归体验中的人眼中，屋外的路灯并未带来哪怕是局部的安全，反而因为屋里/屋外的区隔而暗示了更强烈的不安全感。正是这种不安全感引出了后面的"保安"，可是保安显然只是另一种意义上"找不到归宿的路灯"。跟草丛里的昆虫对话的保安，大概也类似于将小狗视为家的一部分的我，甚至更糟。替别人看守着家的人，别人尚且找不到家，他们显然更没有归宿意义上的家。最后所谓"水从他们的故事缝隙流过去/来到我的面颊上，它，又流走"，通过水意象的流动性把我和他们并置到了一起,都是一群无家可归的人。

　　抛开主题不说,此诗以一天为内在结构(早上遛狗,处理日常杂务,下午晚上会友),将不同空间组织于"家/失家"这一主题下的娴熟写法令人瞩目。诗中我跟保安、小狗跟路灯、昆虫之间的对位关系设置使得诗歌不局限于自我的世界,而延伸出更广阔的由我及他的生命关怀。

失眠者听觉中的生命深陷
——读雪鹰《张医生》

张医生[①]

黑暗中又有人叫张医生
当时，我正失眠
他每喊一声，我的痛苦
就加深一分，随之
也就翻一次身
我不知他听到我床板的响动
没有；如果他看见
我难受的表情
肯定会停止那一声比一声
急促的叫喊
张医生已经不行医了
因为医死了人
已被吊销了执照
但时不时总有人在夜半
大声叫喊我的邻居

首句的"黑暗中"暗示了时间——深夜，也暗示了整首诗所处的某种心理氛围，一个失眠中人所体验到的感觉世界。洛夫的《香港的月光》中有几句诗："香港的月光/比猫轻/比蛇冷/比隔壁自来

[①] 雪鹰：《张医生》，李强主编《21世纪两岸诗歌鉴藏》，东方出版中心2018年版，第704页。

水管的滴漏还要虚无"，失眠者才会体验到隔壁自来水管滴漏的虚无。失眠者独自承受着黑暗所施加的重压，可是这首诗中失眠的重压既有一个人独对的黑暗，还被隔壁急促的叫喊所强化——"他每喊一声，我的痛苦/就加深一分，随之/也就翻一次身"。深陷失眠的虚无和呼告无门的人突然遭遇了一个又一个虽然呼告，但似乎同样无计可施的人的"深陷"感之中。

张医生已经不行医了，因为医死了人。这是一个反讽性的情节：如果张医生不是庸医，那么他"医死了人"而被吊销执照就是一个悲剧，他也处于某种无法自拔的生活纠结之中；如果他是一个庸医，那么那些在深夜不断前来敲门一声声高喊的人则呈现了另一种生命的无奈和深陷——他们或他们的亲人是被什么样的病痛折磨而不得不求助于一个已经被吊销执照的医生呢？由此，《张医生》通过一个失眠者的听觉，把一种生命内部无法自拔的深陷感由个体而扩展为一种生命的普遍状态。

此诗的某些语言细部同样值得注意，比如短句和分行。"当时，我正失眠/他每喊一声，我的痛苦/就加深一分，随之/也就翻一次身"，如果不用逗号隔开句子，语义上并不会受影响，但过于顺滑的长句必然不如不断被打断的短句更能呈现那种辗转反侧的感觉。而"我不知他听到我床板的响动/没有"则显然是将正常的一个疑问句有意切断，产生的效果既是疑问句，又是设问句的自我回答——敲门高喊的人"没有"听见我的翻身声音。这导引出某种暗示：认知的限度使我们不可能知觉到更多的生命苦痛，甚至是"我"这样的失眠者的听觉中感知到的生命深陷，恐怕也不能道出生命苦痛之万一。由此，使诗歌产生了一种浓重的悲剧感。

"梦"游者说

——读林溪《大梦谁先觉》[1]

梦是一面多棱镜,承载着多层面的雕刻和解读;梦也是一个热词,分享着当代中国主流的意义期待。梦之于人,可能是生理性、社会学的;梦进入文学,却常常是修辞学的、精神分析学的。那么,梦又将以何种方式入诗,或者说,梦如何被诗化并彰显其诗性品质呢?

林溪的长诗《大梦谁先觉》提供了一个可供分析的优秀样本。全诗由序和6节构成,序分2小节,其余每节各包含7小节,每小节5行,全诗共220行。诗题"大梦谁先觉",主旨在"梦",那么,透过梦的镜像,林溪让我们指认的是什么?他又是如何以诗造梦,化梦为诗呢?

序中已经出现了全诗的一个典型情境:

> 多年以来,我一次又一次
> 被一根绳子
> 从同一个梦拖进拖出

而"你"则无能为力又置身事外地凝视着"我"被"拖进拖出"。此处"你"毋宁视为"我"的分身角色,此时的"我"正是被锁于旧抽屉之中,透过缝隙窥视世界的受困者。垂下之绳和抽屉是贯穿全诗的核心意象,抽屉是林溪为精神困境提供的新意象。在此之前,相关的文学符号是城堡(卡夫卡)、无物之阵(鲁迅)、

---

[1] 林溪:《隐身术》,长江文艺出版社2017年版,第1—17页。《大梦谁先觉》是220行长诗,本书不附全诗。

围困狮子的铁笼（里尔克）等等。诗歌开篇便在一个充满哲学意蕴和诗学互文性的场景中展开，它暗示了此诗要借助"梦"去探讨现代的精神困厄及突围的宏大命题。

第一节，承接着序中的典型情境，被自己反锁于抽屉中的人，"梦"于他而言是否正是天花板上垂下之绳呢？而结果并非是"我"顺着绳子爬出抽屉，却是"你"顺着麻花绳子从上面下来。这是一个关于围困与突围的主题，这一节也许处于梦前阶段，"我"想象着"终究会有人预留一道缺口/让我抽身离开"，想象着"母亲拿着钥匙/亲手打开那把锈迹斑斑的锁"。

第二节在突围的命题中呈现了第一次梦的失落。第一节诗人还想象着"四处散落的春天/蛱蝶的翅膀野花一般盛大"，此处却转化为"灵光闪现的春天/在这冷冰冰的空气中阵亡了"。这实在不过是一个"虚无的梦"，一次自我内心的争吵和对峙，也许正是梦本身把人引向歧途，"只要醒来便可相安无事"。梦贬值了，不再是精神的燃料，却成了陷阱本身。这大概是诗人林溪对以梦为马时代逝去的强烈惆怅，在以梦为毒药时代所感到的强烈不适。此时，"梯子"成了另一种期盼，"梯子"化解了绳子绝望般的垂直，为脱困和解厄提供了方向和步骤。因而，"梯子"便是美妙之物，"上帝一样，亲吻了我的骨头"；"梯子"也便勾连着"遗失的钥匙"，通往"故乡、河床、麦田和脸庞"，那里"我们可以饮酒也可以拥抱/我们孤独又美丽"。可是，这也只是梦，"终究是没能绕过纠缠的幻觉/房子里依然空空如也"，"我"依然被纠缠定位于绳子的另一端。

第三节于是便有梦碎之痛，"用隐忍收割了无数个空洞的下午/黄昏时的寂静，如此苍白"，"那困他于现实的床榻/多像我的抽屉/一个在梦中被呈现的牢笼"。但林溪还从梦碎的声音进入了自我的冥思：

> 空房子中的这个人我是我吗？
> 那绳子另一端的人又是谁？
> 躺在那里的一具臭皮囊是我还是他？

做梦者诚然遭受着现实的遗弃，可诗写主体却在精神分裂的时代努力确证那个做梦自我的价值。何谓诗人？我以为诗人便是能够在现实的层面中分身，对世界投以非功利打量者。诗人注定成了这个功利现世的零余人，诗人之可贵可感，又在于他始终不离弃身体里那个"无用的"、绝望的，被"同一个梦拖进拖出"的自我。面对这"两个不同的灵魂"，诗人发问"我是否仍然愿意省略掉棱角"？

  第四节展示了一个具有私密性的内心场景。在无法种植梦的时代，"两岸的树，互相招着手/却没有人愿意从我的梦境中走过/那个扛着梯子的人没有来"。在这种绝对的孤独中，诗人寻找与自己相安之道——"掀开被麋鹿压着的被角/坐在床边/或躺回熟睡的身体"，以及等待呼啸而过的"火车"，打出"子弹"，这些无疑都包含着鲜明的性意味。可它又并非性的生理学层面，此处的性包含着孤独中对身体丰富性的敞开和发现。身体快感常常是此岸无望等待者赖以自慰的引渡船，身体是感觉到自我存在的重要见证。可是，身体快乐便隐喻着自我对各种宰制之物的偷袭；而"幸福"的稍纵即逝却又意味着冥思的漫游者始终难以逃脱空房子的牢笼。

  第五节又否定了"子弹"和"火车"制造的"羞于启齿的幸福"，"我所做的一切都被你否定了""被射出的子弹，弯曲着垂了下来"，"我"和"你"——或者说我的两个不同的灵魂，开始了漫长的交谈。聊聊爱情，聊聊家族和亲人，聊聊工作。这里"聊"成了桥梁，成了隐喻，成了沟通自我内部冲突和困境的重要方式：

> 是否该谈谈未来，把这个梦丢弃
> 所有抽屉和枷锁都被打开
> 锃亮的铁轨一直延伸到看不见的地方
> 子弹可以响亮地钉在终点

  如果说第一节是梦前阶段，第六节则是出梦阶段，"渐渐衰败的肉体被一只手推醒/黎明如微胀的小腹/我要回到那些触手可及的事物内部"。这不是一次绝对的解决，"我"注定将循环往复地陷入内心的困厄和突围之中，如不断推石上山的西绪福斯，所以，注定"你必定又一次从上面下来/顺着一根麻花状的绳子……"

  无疑，《大梦谁先觉》在形式上模拟了一次场面无眠、半梦半醒以至天光重临的神思漫游，在内容上"梦"的内涵则体现为无梦或残梦时代诗人自我的分裂和争吵,诗写主体对"无用""冥思"的这个灵魂层面的坚守。诗歌虽题为"大梦谁先觉",但却并未简单给出一种通往"觉"的通途,而是把梦和觉表现为一个无限循环的过程。谁能说这不是更严肃深刻的表述?

令人印象深刻的是,《大梦谁先觉》在诗学修辞上呈现了突出的"隐喻剧场化"的特征。诗人诚然动用了大量的诗歌隐喻:空房子、绳子、抽屉、梯子、火车、子弹……可是这些隐喻不仅作为孤立意象发生作用,它们都是某个词语剧场的重要构件,意义在剧场化的过程中发生了溢出和渗透。

那从上面垂下了的麻花绳子不断出现在各节中,并把全诗的诸多意象串成一个有机的词语剧场:梦游者仰卧于空房子间,望着垂直向下的天花板上落下的麻花绳子,绳子垂钓着他,或者说一个自我在垂钓着另一个自我,仰卧者就此进入了精神的漫游。不难发现,每一节的意义建构都离不开那些具象化的语言道具:抽屉和钥匙、绳子和梯子、火车和子弹这些词语兼具了隐喻性和道具性,它们既作为单独意象喻指着禁锢、受困和脱困、突围,可是它们作为道具构成的场景,构成一个更具渗透生发性的意义结构,这正是这首诗所谓的"隐喻剧场化"特征。某种意义上说,这是此诗艺上最独特之处。

在中国传统诗学中,意象带出了一种在诗歌听觉之外的"可视性"的追求。诗歌不仅有音韵维度的理想,也不仅是要讲济世之大道,诗歌必须有奇特凌厉、鲜明逼人的形象感和"可视性"。它不是指"可理解性",而是某种形象与抽象相遇的直接性和形象中介。这个中介在五七言诗的语言体制中,往往是意象。在现代汉诗更弹性自由的语言体制中,它有时会被发展为"词语场景",但是把诗歌的"可视性"发展为一个完整的词语剧场的并不多见,《大梦谁先觉》无疑有一种诗学的突破。

梦从来都是中国新诗的重要想象空间,最典型的是鲁迅的《野草》,《影的告别》《墓碣文》《死火》《狗的驳诘》《失掉的好地狱》等篇都是以"我梦见"开头,这意味着《野草》正是借助着"梦"这个想象平台来展开的。借助隐喻和象征的通道,诗人打开了现代深度自我的无限秘密。可是这条道路很快被革命的巨石所阻断,在革命诗学的写作伦理中,自我、内心深度被无可疑义地归属于没落的"小资产阶级"趣味。新时期诗歌中当然不乏关于梦的别致表达，如陆忆敏的《梦》"我希望死后能够独处/那里土地干燥/常年都有阳光/没有飞虫/干扰我灵魂的呼吸/也没有人/到我的死亡之中来死亡"。

在现代汉诗的写梦光谱中看《大梦谁先觉》会发现这首长诗的特别：它着力拓展了梦作为一个诗性空间的象征性、剧场性和哲思品质。"我"既是梦中人，又通过诗歌造梦，观察梦。概言之，"梦"既为此诗提供了形式和结构，也为诗歌提供了精神镜像，折射着现代孤独者内心的争吵和分裂，认同的离合和困境，和困境中永恒的挣扎。